dtv

2006

Thinbeach, ein kleiner Ort in den englischen Fens außerhalb von Cambridge. Ein junger Mann wird zerhackt in einem Schredder aufgefunden. Ein Unfall? Kurz darauf wird auf einer abgelegenen Landstraße eine weitere Leiche entdeckt, und wieder scheint es ein Unfall gewesen zu sein. Das Opfer hatte Nachforschungen über eine rätselhafte Gesellschaft namens »The Wake« angestellt. Wer sind die Mitglieder dieser Gesellschaft? Haben sie etwas mit den Todesfällen zu tun? Und warum begeht die russische Frau eines Landmaschinenherstellers plötzlich Selbstmord? Bei seinen Ermittlungen schlägt Inspector Tom Fletcher eisiges Schweigen entgegen. Doch dann stößt er auf ein uraltes Ritual, die »Hochzeit von Thinbeach«, bei der zur Erntezeit eine Strohpuppe symbolisch im Dorfteich ertränkt wird …
»Intelligenter, atmosphärisch dichter Krimi aus England.« (literature.de)

Patrick Lennon wuchs in Cambridge auf und hat in Thailand, Frankreich, Italien und Mexiko gelebt. Heute lebt er als Unternehmer mit seiner Familie wieder in England auf dem Land.

Patrick Lennon

Tod einer Strohpuppe

Kriminalroman

Deutsch von
Barbara Ostrop

Deutscher Taschenbuch Verlag

Von Patrick Lennon
ist im Deutschen Taschenbuch Verlag erschienen:
Stahlhexen (21163)

**Ausführliche Informationen über
unsere Autoren und Bücher
finden Sie auf unserer Website
www.dtv.de**

Ungekürzte Ausgabe 2010
Deutscher Taschenbuch Verlag GmbH & Co. KG,
München

Titel der englischen Originalausgabe:
›Corn Dolls‹ (Hodder and Stoughton, London 2006)

Vermittelt durch die Literarische Agentur
Thomas Schlück GmbH, Garbsen
Umschlagkonzept: Balk & Brumshagen
Umschlaggestaltung: Wildes Blut, Atelier für Gestaltung,
Stephanie Weischer unter Verwendung eines Fotos von gettyimages
Satz: Fotosatz Reinhard Amann, Aichstetten
Druck und Bindung: Druckerei C. H. Beck, Nördlingen
Gedruckt auf säurefreiem, chlorfrei gebleichtem Papier
Printed in Germany · ISBN 978-3-423-21231-1

Der Junge war groß für sein Alter und hatte mandelförmige Augen.

Im Sommer hatte er mit der Schule die »Halle der sowjetischen Errungenschaften« besichtigt. In dem hangarähnlichen Gebäude bewunderten die jungen Genossen den Raumanzug eines Kosmonauten, den Planungsentwurf einer Neubausiedlung und mehrere Traktoren aus der Produktion des Traktorenwerks ihrer Stadt. Dann war die Gruppe weitergezogen, um die Statistik der Weizenproduktion in Augenschein zu nehmen.

Der Junge hatte sich abseits gehalten und war bei den Traktoren zurückgeblieben. Das war nicht grundlos geschehen: Sie war Pionierin und drei Jahre älter als er.

In der Halle hatte sich die Hitze des russischen Sommers gefangen, und zwischen ihnen schwebten kleine Stäubchen in der Luft. Sie legte ihm den Finger auf die Lippen und lächelte. Sie öffnete seinen Kragen. Es war ganz still, nur sein Herz hämmerte laut. Er lehnte sie gegen den riesigen Traktorreifen und legte seine Hände um ihre Taille. Er roch den Gummigeruch des neuen Reifens, Maschinenöl und den sauberen Duft ihres Haars.

Mein Leben wird gut sein, dachte er.

Montagmorgen

Tom Fletcher lockerte seine Krawatte. Sein Hals war feucht, was nur zum Teil der sommerlichen Hitze zuzuschreiben war. Der Fotograf machte eine weitere Aufnahme, mit Blitzlicht, trotz des Sonnenscheins, der durch die Glasfenster im Dach strömte. Er trat zurück und wandte sich Fletcher zu.

»Ist das Ihre schlimmste Leiche bisher?«

Fletcher nickte. In seinen acht Jahren bei der Polizei von Cambridge hatte er noch keine grässlicheren Verstümmelungen gesehen. Er verscheuchte eine Fliege von seinem Gesicht.

Er stand in einem großen, hangarähnlichen Gebäude, das als Ausstellungsraum für landwirtschaftliche Maschinen diente. Vor ihm befand sich ein gelbes Absperrband der Spurensicherung, dahinter waren in einem Halbkreis Traktoren aufgestellt. Mit ihren Scheinwerfern, die wie Augenpaare wirkten, sahen sie fast so aus, als würden sie etwas in ihrer Mitte beobachten.

Im Zentrum des Halbkreises stand ein anderes Gerät. Es war ein Holzschredder zum Zerhacken dicker Äste – eigentlich nur eine Anzahl beweglicher Messer unter einem Trichter, der groß genug für einen Menschen war. Und tatsächlich steckte ein Mensch in dem Ding. Oben ragte ein Paar Beine heraus, die Füße unnatürlich verdreht. Fletcher fiel etwas auf.

Die Schuhe. Er betrachtete sie genauer.

Es waren die Beine eines jungen Mannes namens Jake Skerrit, eines zweiundzwanzigjährigen Hochschulabsolventen. Jake hatte als Management-Trainee für Breakman Machinery gearbeitet, eine Firma, die in den Fens, der Marschlandschaft im

Norden Cambridges, mit landwirtschaftlichen Geräten handelte. Alle Mitarbeiter hatten übereinstimmend ausgesagt, dass Jake häufig Überstunden gemacht und oft am Sonntagabend im Bürogebäude über seinen Unterlagen gesessen habe. Außerdem habe er gern mit gefährlichen Maschinen herumgespielt. Heute war Montag. Jakes Leiche war von dem Wachmann gefunden worden, der das Gebäude jeden Morgen aufschloss.

Die Leiche war nicht vollkommen geschreddert, weil sich ein Sicherheitsschalter umgelegt hatte, als die Messer die Schultern erreichten. Daher war das Gesicht, das gegen die stählerne Einlassöffnung gequetscht war, noch teilweise erhalten – doch die Messer hatten die Arme zerhackt und einen Teil der Schädelpartie abgetrennt. Unter dem Trichter, dort, wo das Gerät normalerweise das geschredderte Holz ausspie, war der Boden mit menschlichen Überresten bedeckt: Haare, Knochensplitter, zwei vollständig erhaltene Finger, eine Ärmelmanschette und etwas, das wie ein Ohrläppchen aussah. Unter dem Schredder hatte sich eine Blutlache gesammelt, die inzwischen fast eingetrocknet war und die Konsistenz von Straßenteer hatte. Es wimmelte von Fliegen.

Fletcher starrte wie gebannt auf Jakes Schuhe.

Er nahm an, dass die Leute von Health and Safety, der staatlichen Behörde für Arbeitsschutz, ein Verfahren wegen der Verletzung von Sicherheitsvorschriften anstrengen würden, weil die Breakman-Mitarbeiter die Fahrzeuge und Maschinen immer mit angesteckten Zündschlüsseln stehen ließen. Doch es sah so aus, als handelte es sich wirklich um ein Unglück – einen jener rund sechzig tödlichen Unfälle mit landwirtschaftlichen Maschinen, die jährlich in Großbritannien verzeichnet wurden. Der Polizeiarzt war nur der Form halber hinzugezogen worden und auch die von ihm veranlasste Autopsie war reine Routine. Fletcher hatte mit seinen anderen Fällen schon mehr als genug zu tun, und vielleicht hätte er das hier am besten auf sich beruhen lassen, vielleicht hätte auch seine Anwesenheit eine reine Formsache bleiben sollen – doch die Schuhe ließen ihm keine Ruhe.

Er sah zu, wie die Kollegen von der Spurensicherung in ihren weißen Papieranzügen das Absperrband aufrollten und der Fotograf seine Ausrüstung zusammenpackte. Zwei verdrießlich wirkende Typen betraten die Halle. Hinter vorgehaltener Hand wurden sie von den Polizisten die Knochenmänner genannt. Sie waren Spezialleute eines Bestattungsunternehmens aus Cambridge. Der eine trug einen Leichensack und der andere hatte eine Schaufel in der Hand.

Fletcher wandte sich ab, doch die Schuhe ließen ihn nicht los. Er warf einen Blick auf die oben an der Decke angebrachte Überwachungskamera, die genau auf den Schauplatz des Unfalls ausgerichtet war. Ein Lämpchen daran blinkte rot.

Breakman Machinery hatte für diesen Tag geschlossen, die schockierten Angestellten waren von der Polizei befragt und anschließend nach Hause geschickt worden. Der einzige Mitarbeiter, der noch auf dem Gelände war, erwartete Fletcher im Wachraum, einem der einfachen Büros im vorderen Teil der Halle. Fletcher betrachtete ihn einen Moment lang durch die verglaste Tür.

Es war ein übergewichtiger, rotwangiger Sechzigjähriger in einem karierten Sportsakko. Er saß vorgebeugt da, eine Zigarette in der einen Hand, während er sich mit der anderen die kahle Stirn massierte. Dabei sprach er kopfschüttelnd mit sich selbst. Fletcher öffnete die Tür einen Spalt weit, ohne dass der Mann es bemerkte. »Zu nah gekommen … verdammt … verdammt …«, hörte er ihn immer wieder murmeln.

Der Raum war klein, mit Wänden aus weiß gestrichenen Hohlblockbausteinen. Darin standen drei stapelbare Stühle, ein einfacher Schreibtisch und ein Stahlschrank. Als Fletcher die Tür ganz aufmachte, schlug ihm ein Whiskydunst entgegen, vor dem er zurückzuckte. Der Geruch von Alkohol bereitete ihm körperliches Unbehagen, eine seiner Eigenheiten. Er setzte sich in vorsichtiger Entfernung auf einen der Stühle und sagte: »Ich bin Detective Inspector Tom Fletcher von der Polizei Cambridge. Wenn ich recht unterrichtet bin, haben Sie die Leiche gefunden.«

»Jawohl – ich bin Ron Teversham, der Wachmann. Eher eine Art Hausmeister, genau genommen. Ich schließe abends zu und morgens wieder auf.«

Zweierlei war ungewöhnlich an diesem Wachmann. Erstens versuchte er, seine Bedeutung herunterzuspielen. Und zweitens hatte er geweint.

»Sie sind ziemlich aus der Fassung, Ron.«

»Das ist der Schock. Ihn so zu finden, so schrecklich zugerichtet.«

»Wie gut haben Sie ihn gekannt?«

»Wie man sich eben kennt bei der Arbeit.«

»Warum hat er das Ihrer Meinung nach getan? Warum hat er ein so gefährliches Gerät in Gang gesetzt?«

Ron versuchte zu lachen. »Jake konnte nie die Finger von den Maschinen lassen. Das war sein Problem. Er hat immer damit herumgespielt.«

»Gerade eben sagten Sie, er sei zu nah dran gewesen.«

Ron fuhr hoch, und seine rotgeweinten Augen füllten sich einen Moment lang wieder mit Tränen.

»Den Messern ist er zu nahe gekommen. Er war zu dicht am Schredder, und der hat ihn reingezogen.«

»Erzählen Sie mir mehr über ihn. War er wohlhabend?«

»Wohlhabend? Das soll wohl ein Scherz sein. Er hatte Schulden und so, überzogene Kredite.« Teversham stockte plötzlich. »Warum fragen Sie das? Es war ein Unfall, verdammt noch mal. Jeder weiß, dass er ständig mit den Maschinen zugange war.«

»Was für Schuhe trug er normalerweise?«

»Schuhe? Einfach alte Turnschuhe, was anderes konnte er sich nicht leisten.« Ron ließ den Blick zur Halle hinüberwandern, von wo man ein lautes Kratzen hörte. Die Schaufeln der Knochenmänner. »Es war doch ein Unfall, oder?«

»Alles deutet darauf hin. Aber das lässt sich leicht klären.«

»Wie denn?«

»Wir schauen uns die Aufzeichnung der Überwachungskamera an.«

Teversham versuchte erneut zu lachen. Er drehte sich um und schloss den Stahlschrank auf. Darin stand ein zehn Jahre alter Videorecorder, der mit einem noch älteren Fernseher verbunden war. Das Kassettenfach war leer, und Teversham schob seine nikotinverfärbten Finger hinein und sagte: »Es steckt nicht immer eine Kassette drin. Manchmal ja, manchmal nein.«

»Und gestern Nacht?«

»Nein. Ich habe Freitag keine eingelegt. Hören Sie, wenn ich entlassen werde, bin ich am Arsch.«

Fletcher sah ihn aufmerksam an und fragte sich, ob er wirklich so eine Niete war. Dann sagte er: »Ron, warum ist der Geschäftsführer eigentlich nicht hier? Schließlich ist hier jemand ums Leben gekommen.«

»Breakman? Der ist auf Vergnügungsreise. Die Firma Caterpillar hat alle Händler nach Jersey eingeladen, um ihnen einen neuen Traktor vorzuführen. Das Hotel und alles wird bezahlt, und Breakman hat sogar seine Frau mitgenommen. Ist das zu glauben? Die haben Geld wie Heu, und dann wirft man ihnen auch noch Gratiswochenenden hinterher.« Das brachte Ron nun endlich wirklich zum Lachen, und er wieherte so laut heraus, dass er das Scharrgeräusch der Schaufeln übertönte. Er warf seine Kippe auf den Zementboden und holte sich sofort die nächste Zigarette aus der Packung. »Rauchen Sie?« Er hielt Fletcher das Päckchen hin. »Nein? Sie halten sich in Form und treiben Sport, was? Sieht man. Ich schätze, heutzutage stehen die Mädels auf so was.« Mit zitternden Händen zündete er seinen Glimmstängel an. »Ich habe Breakman schon angerufen. Sie konnten vor morgen Vormittag keinen Rückflug bekommen.«

»Wie heißen die beiden?«

»Er heißt Crispin Breakman. Ihr Name ist Olga. Sie haben vor vier Monaten geheiratet, ist das nicht reizend?« Ron stockte erneut und ließ den Blick wieder in die Halle wandern. »Kann ich jetzt gehen, bitte? Es war einfach ein Unfall.«

Fletcher sah ihn noch eine Weile nachdenklich an.

Die riesige Maschinenfabrik in Stawropol trug den Namen Niva. Zwischen den Produktionshallen und den Unterkünften der Arbeiter lag ein Stausee. Im Winter, wenn die Temperaturen auf minus dreißig Grad fielen, gefror er zu einer festen Eisfläche, über die die Kinder gern schlitterten. Im Sommer schwammen sie im Staubecken und sprangen von den Betonmauern ins Wasser.

Es war der Sommer vor jenem Winter, der sein Leben verändern sollte. Der Junge wuchs heran, und sein Selbstvertrauen wuchs mit ihm. Er hatte das Pioniermädchen geküsst. Er konnte quer durch das Staubecken und wieder zurück schwimmen. Er schaffte einen Salto von der Umfassungsmauer.

Einmal, als er Wasser trat, um wieder zu Atem zu kommen, und sich ausruhte, schwamm die beste Freundin des Pioniermädchens langsam an ihm vorbei. Sie war die beste Turnerin aller Schulen Stawropols. Ihr Haar lag auf dem funkelnden Wasser wie eine Schleppe. Er spürte ihren nackten Fuß an seinem Rücken, und als er sich umdrehte, sah er, wie ihre in der Sonne halb geschlossenen violetten Augen aufblitzten.

Mein ganzes Leben wird so sein, dachte er. Alles wird besser und immer besser.

Damals war er elf.

Auch Jake Skerrits Büro war ein weiß gestrichener Raum: fünf mal fünf Meter, von einem kleinen Fenster und einer Neonleuchte erhellt, sauber und ordentlich. An der einen Wand stand ein Aktenregal, an der anderen sein Schreibtisch. Auf dem Schreibtisch befanden sich Bildschirm und Tastatur, ein gerahmtes Diplom der Anglia Polytechnic University und ein kleiner Stapel Unterlagen.

Das scharrende Geräusch in der Halle verstummte. In der plötzlichen Stille überflog Fletcher die Unterlagen, hauptsächlich Rechnungen und Termine für die Lieferung von Landmaschinen. Er zog die Schublade des billigen Schreibtischs auf: weitere Rechnungen. Briefpapier. Eine Schachtel Streichhölzer mit der Werbung eines örtlichen Lokals. Und dann, ganz hinten, ein kleines Büchlein.

Russisch für Anfänger.

Montagnachmittag

Fletcher wartete vor der menschenleeren Halle in der Sonne, das Jackett über die Schulter gelegt, und betrachtete den weiten Himmel der Fens. Wolken in der Größe ganzer Landstriche ballten sich in Schichten vor dem endlosen Blau zusammen. Ein Vectra hielt neben ihm, ein Zivilfahrzeug. Fletcher legte seine Jacke zusammen und stieg ein.

Detective Sergeant Sal Moresby war mit Ende zwanzig ein paar Jahre jünger als Fletcher. Er war bei der ersten Festnahme dabei gewesen, die sie als Detective vorgenommen hatte, und bei der Erinnerung musste er heute noch lächeln. Der Verdächtige, ein sonderbarer kleiner Mann, der sich später zu einem nützlichen Informanten entwickelte, hatte sie bewundernd angesehen. *Wissen Sie was, Miss Moresby, Sie haben das Gesicht einer präraffaelitischen Schönheit.*

Der Gauner hatte recht. Ihr zusammengebundenes, glattes braunes Haar umrahmte ein ovales Gesicht und braune Augen, die sie jetzt fragend auf Fletcher richtete, als sie den Motor anließ.

»Verdächtige Umstände?« Sie redete ihn nicht mit *Sir* an – das wollte er nicht.

»Ein bisschen undurchsichtig, das Ganze. Es gibt eine Überwachungskamera, aber das ganze Wochenende war keine Kassette eingelegt. Der Wachmann meint, er sei eigentlich nur ein Hausmeister, und er fängt schon vormittags an zu trinken.«

»Sonst noch etwas?«

»Die Schuhe des Toten.«

»Seine Schuhe?«

»Sie kamen mir sehr, sehr teuer vor. Erstklassiges Leder, handgenäht. Und sie waren brandneu, ich konnte noch das Logo auf der Sohle erkennen. Und dann sagte der Wachmann mir, Jake habe keinen Penny in der Tasche gehabt.«

»Vielleicht hatte er ja deswegen keinen Penny: weil er sich schicke Schuhe auf Kreditkarte leistete.«

»Kann sein, aber wenn ich ein neues Paar handgenähter Schuhe hätte, würde ich sie nicht gerade sonntagabends in einem Ausstellungsraum für Traktoren tragen. Und ganz bestimmt nicht, wenn ich mit gefährlichen Maschinen herumspielen will.«

»Weißt du, was noch ungewöhnlich ist? Ich habe mir eben angesehen, wo Jake Skerrit wohnte. In einem großen Haus am Rand des Dorfes ganz in der Nähe, Thinbeach heißt es. Es war keiner zu Hause, aber jetzt gerade fällt mir auf, dass ich dieselbe Adresse heute schon mal gesehen habe. Es ist nämlich die Adresse des Geschäftsführers.«

»Von Crispin Breakman?«

»Genau. Jake hat vermutlich bei seinem Chef gewohnt.«

»Und folglich auch bei der jungen Frau seines Chefs. Sie heißt Olga. Das gibt einem zu denken.« Fletcher warf einen Blick auf die Uhr. »Aber jetzt muss ich erst mal was essen.«

»Die Leiche hat dir nicht den Appetit verdorben?«

»Uralte Überlebensinstinkte. Beim Anblick des Todes schreit der Körper: *Nahrung!* Außerdem hab ich das hier in Jakes Schreibtisch gefunden.«

Er hielt die Streichholzschachtel hoch, die inzwischen in einem durchsichtigen Plastikbeutel steckte.

THE BRIDE in Thinbeach
Spezialitäten: Krebse, Hummer, Aal

»Die Rechnung geht auf mich«, sagte er.

Thinbeach lag am Fluss Cam, in den flachen, landwirtschaftlich genutzten Marschen zwischen Cambridge und Ely, und es war nur über eine Straße zu erreichen, durch deren Asphaltbelag das Gras spross.

Sal fuhr schnell. Mitten in der Landschaft zeichnete der Turm einer zerfallenen Kirche sich vor den Wolken ab, rundum waren goldgelbe Weizenfelder, gesprenkelt mit rotem Mohn. Fletcher ließ die Scheibe herunter und atmete den staubigen Duft des Fensommers ein. Dann veränderte sich die Landschaft, lange Reihen von weißen Foliengewächshäusern erstreckten sich zu beiden Seiten der Straße: Intensivanbau von Obst und Gemüse. Hier wurde das Sonnenlicht grell von den Planen zurückgeworfen, und es roch nach gar nichts mehr.

Sie ließen die Foliengewächshäuser hinter sich und durchfuhren ein Naturschutzgebiet, bewachsen mit Weißdorn, Weiden, Binsen und Farn. Schließlich führte die Straße zwischen zwei Feuchtwiesen, auf denen selbst jetzt im Hochsommer frisches grünes Gras spross, einen Hang hinab. Eine idyllische Zufahrt und die passende Einstimmung auf das Dorf.

Auf dem Ortsschild stand »*Willkommen in Thinbeach*«, ein zweites Schild forderte die Autofahrer auf, langsam zu fahren, auf einem weiteren war zu lesen: »*Hier wacht der Nachbar*«, und dann wies noch eine Tafel auf eine Partnerstadt in der Normandie hin.

Thinbeach war klein, aber schmuck: Hinter einer aufwendig gepflasterten Verkehrsinsel begann die Hauptstraße mit dem Namen »The Shamblings«, die zu beiden Seiten von großen, blühenden Vorgärten und alten Häusern aus honigfarbenem Naturstein gesäumt war. Ein Haus war zum Dorfladen ausgebaut – *The Fen Deli* –, im Schaufenster lagen Tüten mit gemahlenem Kaffee, den Fletcher bis ins Auto zu riechen meinte, während Sal langsam die Straße entlangrollte.

Die wenigen Menschen, die er auf dem Bürgersteig sah, wirkten wohlhabend und selbstbewusst. Als er sich nach dem Weg zum The Bride erkundigte, schickte ein freundlicher Mann ihn zum Ende der Shamblings.

Die Straße wurde enger, und die Natursteinhäuser wurden von höheren, ockergelb verputzten Fachwerkbauten mit schwarzen Holzbalken abgelöst. Das Geräusch des Motors hallte zwischen den Hauswänden wider, bis Sal den Wagen nur noch mit Mühe durch die enge Gasse manövrieren konnte. Schließlich erreichten sie das Ende der Straße – es war eine Sackgasse.

Vor ihnen lag ein hoher, grasbewachsener Erdwall, der ihnen in einem halbkreisförmigen Riegel die Sicht versperrte. Links stand ein eindrucksvolles altes Haus, teils Fachwerk, teils Naturstein, von einem Garten umgeben und mit dem hinteren Ende in die Böschung gebaut.

Rechts stand ein ähnlich altes Gebäude: The Bride. Es war das Dorfpub, dessen Garten durch eine Lücke in der Böschung einen Zugang auf die andere Seite des Erdwalls zu gestatten schien.

Sal stellte den Motor aus.

»Mein Körper schreit ebenfalls: *Nahrung!*«

Fletcher blieb einen Moment zögernd auf der Schwelle stehen, doch in dem Pub war nichts von dem Bierdunst zu riechen, der ihm sonst immer den Magen umdrehte. Das Lokal hatte einen glänzend gescheuerten Holzboden, die Tische strahlten vor Sauberkeit. An einer langen Backsteinwand hingen Gegenstände in Holzrahmen, Sal stand schon davor und betrachtete sie. Fletcher trat näher und erkannte kleine Puppen – wie für Kinder –, die liebevoll aus gedrehtem Stroh geflochten waren, Kleidchen aus leuchtend bunter Seide trugen und jeweils in einem einzelnen Rahmen an der Wand präsentiert wurden. In der Mitte hing eine gedruckte Informationstafel.

Die Hochzeit von Thinbeach

Thinbeach ist eine der wenigen Gemeinden Englands, die eine uralte Tradition bewahren.

Alljährlich wird an einem Festtag im Sommer eine »die Braut von Thinbeach« genannte Strohpuppe die Shamblings entlang zum Ufer des Thinbeach Pool getragen und dort ins Wasser geworfen. Der Tradition zufolge opfert die Braut von Thinbeach ihren vergänglichen Körper, um den Ernteerfolg des Jahres zu garantieren.

Dieses unter dem Namen »Hochzeit von Thinbeach« bekannte Fest soll aus der Zeit der normannischen Invasion der Fens im Jahre 1067 n. Chr. stammen.

Souvenir-Postkarten sind an der Theke erhältlich.

»Wie eigenartig«, sagte Sal und trat zur Theke.

Fletcher ging zur Gartentür. Im Vorbeigehen fing er den Blick der Kellnerin auf, einer etwa dreißigjährigen Frau, deren T-Shirt den Aufdruck *REBEL* trug. Ihr Blick war genauso deutlich zu lesen wie das Wort auf ihrer Brust und sagte ihm, dass sie mit ihm reden wollte.

Fletcher trat ins Freie und ging zum hinteren Teil des Gartens, der sich zu der Öffnung im Erdwall hin nach unten absenkte. Links und rechts ragten die grasbewachsenen Erdwände fünf Meter in die Höhe, wahrscheinlich waren es Überreste eines alten Verteidigungswalls.

Er trat durch die Öffnung und stieß dahinter auf eine große Wasserfläche: einen ovalen, etwa dreihundert Meter breiten See, dessen Ufer mit Binsen bewachsen waren. Links hatte der See zwei Zuflüsse, die sich rechts in den Cam ergossen, dessen seidig glänzendes, grünes Wasser dort in seinem Flussbett vorbeiströmte. Am Horizont erhoben sich die Türme der Kathedrale von Ely. Vor den hell angeleuchteten Wolken flatterte ein Reiher davon.

»Das hier ist der Thinbeach Pool«, vernahm er eine Stimme

hinter sich. Er drehte sich um und entdeckte die Kellnerin, die leere Gläser einsammelte – vermutlich ihr Vorwand, um nach draußen zu kommen. »Sie sollten die Krebse probieren – die waren heute Morgen noch quicklebendig.«

»Klingt gut. Hier findet immer das Fest statt?«

»Die Hochzeit, ja.« Sie hatte noch immer diesen Blick. »Sie sind doch von der Polizei, oder? Wir haben das von Jake Skerrit gehört.«

Er stellte sich vor. Sie war schlank und hatte das glänzend braune Haar und kantige Kinn, das für die Einwohner der Fens so typisch war. Beim Stehen schob sie die Hüfte vor. Ein Bauchnabelpiercing blitzte zwischen ihren Jeans und dem kurzen T-Shirt in der Sonne auf. Er warf einen Blick auf den Aufdruck des T-Shirts.

»Miss Rebel?«

»Ich heiße Debbie. Musste ... musste Jake leiden?«

»Es ist mit Sicherheit sehr schnell gegangen.«

Debbie setzte sich an einen Tisch und blickte auf die Wasserfläche hinaus. Fletcher setzte sich ihr gegenüber und wartete ab.

»Der arme Jake«, sagte sie. »Dem hat es an gesundem Menschenverstand gefehlt, trotz seinem Studium. Er hat hier manchmal was getrunken, aber er war immer pleite.«

»Sind Ihnen vielleicht einmal seine Schuhe aufgefallen?«

»Seine Schuhe? Er trug immer abgelatschte Turnschuhe. Wahrscheinlich hatte er nur ein einziges Paar.«

»Sie selbst haben es nie probiert?«

»Was denn?«

»Ein Studium?«

»Ich hab schon so einiges probiert, Inspector. Aber niemals was ganz Verrücktes.«

»Debbie, können Sie mir mehr über Jake erzählen? Wie er wohnte und lebte? Wir unterhalten uns hier ganz privat.«

Debbie beugte sich so weit vor, dass ihr Goldkettchen in der Luft baumelte, und ihre Augen glänzten.

»Ich bin keine Klatschbase, Inspector.«

»Sie können mich Tom nennen.«

Er sah, wie Sal mit zwei Gläsern Orangensaft aus dem Pub trat. Sie begriff die Situation und setzte sich in Hörweite an einen anderen Tisch, während Debbie begann.

»Wie er wohnte und lebte?« Ihre Augen verengten sich, und sie stützte das kräftige Kinn auf eine Hand. »Crispin ist fünfundvierzig. Er ist ein bisschen dick und wird langsam grau. Olga ist nicht mal fünfundzwanzig und sieht aus wie ein Model. Was schließen Sie daraus?«

»Dass Crispin ein Glückspilz ist.«

»Das war kein Glück, Tom. Er hat sie praktisch bestellt. Sie ist eine Katalogbraut.«

Plötzlich stand Sal am Tisch, beugte sich vor und sah Debbie ins Gesicht. Fletcher lehnte sich zurück.

»Und was genau«, fragte Sal, »ist eine Katalogbraut?«

Die Arbeiter waren in drei achtgeschossigen (pro Geschoss zwanzig Wohneinheiten) Blocks untergebracht. Diese waren hufeisenförmig um eine von Wegen durchzogene Rasenfläche angelegt. Dort stand ein sowjetisches Arbeiterdenkmal, und daneben lag ein Spielplatz mit Klettergerüsten in Sputnik-, Lokomotiven- und, natürlich, Traktorenform.

Die offene Seite der Rasenfläche führte zum Staubecken, hinter diesem lag das Niva-Traktorenwerk. Morgens strömten die Arbeiter über die Wege und der Rauch der Schlote zeichnete sich vor dem Sonnenaufgang ab.

Niva war ein guter Arbeitgeber, und wer dort arbeitete, war stolz darauf. Zum Werk gehörten auch Versammlungs- und Besprechungsräume mit lebensgroßen Porträts von Präsident Breschnew, Kantinen, ein Krankenhaus, eine Bibliothek und Einrichtungen zur Kinderbetreuung. Alles wurde von den beiden Traktoren-Fertigungshallen überragt, die je einen Quadratkilometer groß waren.

In dieser Umgebung wuchsen die Kinder auf. Sie turnten an den Sputniks und rannten über den Rasen. Sie gingen zur Stadtschule 302, wo die Kinder der Niva-Familien sich als etwas Besonderes fühlten, herausgehoben aus der Schar der anderen.

Einer der Jungen wusste, dass er selbst unter den Niva-Kindern etwas ganz Besonderes war. Er hatte das hübscheste Pioniermädchen geküsst – und ihre beste Freundin, die Spitzenturnerin, hatte ihn im sonnenglänzenden Wasser des Staubeckens mit ihren kräftigen Händen umfangen.

Der Junge hieß Iwan.

Debbie sah von Fletcher zu Sal.

»Crispin ist ein netter Kerl, aber er hat null Ausstrahlung. Wir dachten schon, er würde niemals heiraten, obwohl er Geld wie Heu hat. Wissen Sie, warum Jake bei ihm wohnte? Crispin stellte ihm ein Zimmer zur Verfügung, weil er sich in dem großen Haus einsam fühlte und gern ein bisschen Gesellschaft wollte. Jedenfalls, letzten März war Crispin drei Wochen verreist. Na, und da ist er tatsächlich in Moskau gewesen und hat den Mut gehabt, zu einer Ehevermittlungsagentur zu gehen. Die haben eine russische Ehefrau für ihn aufgetrieben, und im April ist er mit ihr nach Hause gekommen. Sie ist eine Ausländerin, aber nett, Sie verstehen schon.« Debbie konzentrierte sich wieder auf Fletcher. »Aber wissen Sie, Jake hatte noch immer sein Zimmer in der Villa. Ein gutaussehender junger Mann, fast gleichaltrig mit ihr. Das ist doch nur natürlich. Also, zweimal die Krebse.«

Debbie sammelte noch ein paar Gläser ein, und ihr Piercing blitzte und blinkte in der Sonne. Mit einem letzten Blick auf Fletcher kehrte sie in die Gaststube zurück.

»Meinst du, dass Crispin wirklich in Jersey ist?«, fragte Sal.

»Ich habe es überprüfen lassen. Er hat morgen den ersten Flug zurück nach London Stansted gebucht.«

Sie bestrichen warme Brotscheiben mit Butter. Sie brachen die Krebspanzer auf, holten das Fleisch heraus und beobachteten die Möwen, die über die Oberfläche des Thinbeach Pool strichen. In der Hoffnung auf Reste streckten die Fische ihre bleichen Lippen aus dem Wasser.

»Hübsch und ruhig ist es hier«, sagte Sal.

»Ja, allerdings.« Er warf einen Blick auf sein Handy: Der Empfang war schwach und gelegentlich war überhaupt keine Verbindung angezeigt. Er warf den letzten Krebsrest einer Möwe zu, die ihn im Flug packte und damit davonschoss. »Ich frage mich nur, wie es Olga hier gefällt.«

Sie fuhren, Sal am Steuer, durch den Gürtel der alten Fenlandschaft um Thinbeach, wo sich unter den hohen Wolken des Nachmittagshimmels weite Binsenflächen dehnten. Sal mochte die Landschaft mit ihrem Gewirr von Weißdorn und Geißblatt und den Schmetterlingen in den Hecken. Tom Fletcher saß gedankenversunken auf dem Beifahrersitz. Sal mochte die Stille. Sie mochte auch Tom Fletcher, der nun seit zwei Jahren ihr Vorgesetzter war.

Am Ende ihres ersten Jahres sollten sie in der Nähe von Swavesey jemanden festnehmen. Der Mann hatte lächelnd in der Haustür gestanden, dann nach hinten gegriffen, eine Armbrust zum Vorschein gebracht und auf Sal angelegt. Einen Moment lang hatte die Bolzenspitze zitternd auf sie gezeigt. Dann war Fletcher vor Sal getreten, hatte die Hand auf die Waffe gelegt und sie zur Seite gedrückt.

Sie gehört zu mir.

Seine Tapferkeitsmedaille als Polizist hatte er sich vermutlich auf ähnliche Weise verdient – seine Kollegen sprachen manchmal darüber, aber er selbst erwähnte es niemals.

Jetzt fuhren sie wieder zwischen den Foliengewächshäusern hindurch, die sich zu beiden Seiten der Straße hinzogen wie eine Mondsiedlung, dann an der verfallenen Kirche vorbei und schließlich durch die Getreidefelder, die sich, von keiner Hecke unterbrochen und nur von Strommasten gesäumt, scheinbar endlos ausdehnten.

Sal lenkte den Wagen auf die Straße nach Cambridge und beschleunigte auf achtzig Meilen. Sie hatten es nicht eilig, aber sie fuhr gern schnell.

»Dann war es also ein tödlicher Unfall?«, fragte sie.

Er wandte sich ihr aufmerksam zu, und sie warf einen Blick auf ihn. Er hatte ein breites, ehrliches Gesicht, auf seinen Wangen lag immer ein Bartschatten und unter seinen jungenhaften Ponyfransen leuchteten blaue Augen. Wie immer trug er ein Hemd mit Button-down-Kragen und einen blauen Anzug, dessen Jackett im Moment auf seinem Schoß lag.

»Jake war zweiundzwanzig«, sagte er, »lebte aber im Haus seines Chefs in einem Dorf, in dem ein Strohpuppen-Fest den Höhepunkt des Jahres bildet. Er lernte Russisch und die junge Frau seines Chefs ist eine Katalogbraut. Er hatte keinen Penny, trug aber sonntagabend in der Ausstellungshalle teure neue Schuhe. Was hältst *du* davon?«

»Ich denke, wir sollten morgen früh hierher zurückkommen.«

»Und ich denke, dass du recht hast.«

Sie wohnten im obersten Stockwerk des Wohnblocks, und ihre Wohnung bot eine gute Aussicht auf das Niva-Werk und die Osteuropäische Ebene dahinter, eine grün-braune Fläche, die sich bis zum Horizont erstreckte.

Diesen ganzen letzten Sommer über saß Iwan Gorenski immer zwischen sechs und sieben Uhr abends am Tisch, wenn die Suppe auf dem Herd stand und das Zimmer mit ihrem Duft erfüllte. Das war die Zeit, die er mit seinem Vater verbrachte.

Sein Vater war ein leitender Ingenieur im Niva-Traktorenwerk, ein sehr fähiger und geachteter Mann. Iwan stellte seinem Vater gern technische Fragen. Er wollte wissen, wie Geräte und Maschinen funktionierten, wie es kam, dass ein Flugzeug flog, und warum Schiffe nicht sanken. Sein Vater besaß einen Fallminenbleistift, mit dem er Skizzen auf Papier zeichnete, und Iwan war überzeugt, dass die ganze Welt letztlich so zu fassen war: an diesem Tisch, mit den Erklärungen seines Vaters und seinen einfachen Zeichnungen. Der Junge empfand die Welt als einen rationalen Ort, der sich erklären und verbessern ließ. Manchmal sah er seinen Vater an und wollte einfach so werden wie er.

So ging der heiße Sommer zu Ende. Und dann waren die Fenster eines Morgens vereist.

Montagabend

Sal Moresby hatte noch zahlreiche unerledigte Fälle auf dem Schreibtisch, was angesichts der in Thinbeach verbrachten Stunden bedeutete, dass sie fast bis Sonnenuntergang hatte arbeiten müssen. Jetzt stand sie auf dem Balkon ihrer Wohnung, in der sie mit ihrem Freund zusammenlebte. Das Apartment lag im Obergeschoss eines modernen Wohngebäudes mit Ausblick auf den Fluss Cam und den Midsummer Common, eine große Grünfläche. Es war ein schöner Abend, die Sonne ging gerade unter, und auf dem Fluss tummelten sich Ausflugsboote und Sportruderer.

Sal hörte ein leises Klirren hinter sich, als ihr Freund sich das nächste Bier aus dem Kühlschrank nahm. Sie blickte sich um. Es war dunkel im Zimmer, und nur der Computerbildschirm leuchtete. Dort saß er und surfte durchs Internet.

Sie wollte nicht hier sein. Die Wohnung war zu dunkel und der Balkon zu klein. Sie wollte etwas erreichen. Sie wollte mit Tom Fletcher draußen in den Fens sein.

Fletcher beendete seinen Arbeitstag unmittelbar nach Sal. Er blieb einen Moment lang vor der Parkside Police Station stehen und atmete in der Abenddämmerung tief durch. Über dem University Arms Hotel flatterte der Union Jack vor dem malvenfarbenen Himmel, und um die Lampen in der Mitte des Parker's Piece schwirrten Wolken von Mücken.

Dahinter lag das aus Touristenführern bekannte Cambridge: die Colleges, die Kirchen und die Stakkähne entlang dem »Backs« genannten Uferstreifen des Cam. Dort befand sich auch seine eigene Wohnung, die auf die Landschaft der Blei- und Schindeldächer hinausblickte. Tom Fletcher drehte sich um und ging in die entgegengesetzte Richtung.

Jede Stadt hat ihre zwei Seiten.

Er überquerte die East Road, wo die Obdachlosen sich vor dem Wohnheim der methodistischen Kirche sammelten. Er ging die Mill Road entlang, wo Motten die Leuchtreklamen der Läden und Kneipen umschwirrten und an jeder Straßenecke Jungs in Kapuzenshirts standen und von Zeit zu Zeit die Köpfe herumwarfen, damit ihre Goldkettchen klimperten. Eine Weile später kam er zur Brücke über den Rangierbahnhof, der unter dem Namen Electric Mile bekannt war: eine riesige, von Geleisen bedeckte Fläche unter einem Netz von Oberleitungen, die leise im Wind zitterten. Fletcher blieb am Geländer stehen und beobachtete einen Personenzug, der unter ihm durchfuhr, Funken aus der Oberleitung schlug und einen Geruch von statischer Aufladung hinter sich herzog. Als der Zug vorbei war, schimmerten die Schienen wieder leer in den Abend hinein, ein breites Feld aus Stahl und Drähten.

Er überquerte die Brücke und bog in ein Gewirr schmaler Gassen mit niedrigen Reihenhäusern ein, die von den Masten des Rangierbahnhofs überschattet wurden. Der nächste Zug rollte vorbei, und Fletcher spürte das Vibrieren des Bodens durch das Pflaster hindurch. Am Ende der Gasse, wo ein Stahltor den Zugang zum Gleisgelände versperrte, kam er zu dem Haus, das er suchte. Er klopfte an die Tür, von der er nicht lassen konnte.

Dienstagmorgen

Als das Telefon läutete, legte Fletcher den Rasierapparat weg. Er hatte ziemlich merkwürdige Träume gehabt: Fliegenschwärme, die Schuhe eines toten Mannes, eine kleine Strohpuppe und jemand, der *Sie ist Russin* sagte. Dann hatten sich elektrische Leitungen berührt und eine Tür war aufgegangen.

Fletcher griff nach dem Hörer.

Anschließend zog er sich fertig an: frischer blauer Anzug, graues Hemd und Leinenkrawatte. Die Kaffeemaschine brodelte, aber er beachtete sie nicht. Seine Gedanken arbeiteten fieberhaft.

Er hatte gerade erfahren, dass man auf der Straße nach Thinbeach einen verunglückten alten Ford Sierra gefunden hatte. Der Fahrer war durch die Windschutzscheibe geschleudert worden und tot. Er hieß Ron Teversham und war von Beruf Wachmann.

Eher eine Art Hausmeister, genau genommen. Ich schließe abends zu und morgens wieder auf.

Manchmal lag Iwan in jenem letzten Sommer vormittags zusammen mit seinen Freunden auf dem Damm des Staubeckens und sah auf die Eisenbahngleise, die aus dem Niva-Werk herausführten. Sie beobachteten, wie die Lokomotiven flache, mit Traktoren beladene Waggons aus dem Werk schleppten, langsam Fahrt aufnahmen und von Stawropol in Richtung Westen davonratterten.

»Wohin werden die wohl geliefert, was meinst du, Iwan?«

Iwans bester Freund dachte gern über die Welt jenseits

Stawropols nach. Er konnte sogar etwas Englisch: Coca Cola und Ford, Hello und Bye-Bye.

Iwan spähte durch den Qualm der Lokomotive in die Ferne. »Mein Vater sagt, sie werden in alle Sowjetrepubliken geliefert. Und außerdem noch in andere Länder. Nach Polen und in die Deutsche Demokratische Republik. Und auch noch nach Kuba, wo es sehr heiß ist. Viele Länder wollen unsere Traktoren.«

Der Lokomotivenqualm blieb über der Ebene hängen, während die Waggons immer kleiner wurden, bis sie nicht mehr zu hören waren und schließlich verschwanden.

»Und wohin werden sie noch geliefert, Iwan?«

Der Himmel war vollkommen blau, nur hinter der Kathedrale schwebten ein paar Wolken am Horizont. Auf der Straße nach Thinbeach gab es eine einzige Kurve, und die war jetzt von einem Streifenwagen versperrt, dessen Blaulicht stumm in der Sonne blitzte. Dahinter waren schon Polizisten mit der Unfallaufnahme beschäftigt, sie vermaßen Aufprallwinkel und Entfernungen, während der Sergeant Fletcher berichtete. Fletcher hörte zu und fragte dann: »Irgendetwas Verdächtiges?«

»Nein, Sir. Man kann es riechen.«

Fletcher trat zum Wagen. Der Sierra war aus der Kurve geschleudert worden, hatte das Warnschild umgerissen und war gegen den Stamm einer Weide gekracht. Jetzt raschelten die herabhängenden Blätter der Weide über das Wagendach, als suchten sie nach einem Lebenszeichen.

Doch es gab keins. Teversham hatte keinen Sicherheitsgurt angelegt, vielleicht wegen seiner Leibesfülle. Er war durch die Windschutzscheibe geschleudert worden, und die Leiche lag jetzt auf der eingedrückten Motorhaube. Die Füße steckten im Lenkrad fest und der Schädel war gegen den Stamm geschmettert worden und hatte eine rote Schmiere hinterlassen, die in der Sonne gerann.

Fletcher beugte sich über den Toten und sah ihn sich genauer an. Das schüttere Haar war mit Scherben übersät, die im Blaulicht des Streifenwagens aufblitzten. Man roch ausgelaufenes Motoröl, aber stärker noch war der Whiskydunst, und Fletcher verzog angewidert das Gesicht.

Er sah sich den Wagen an. Die Türen waren verbeult und zerschrammt, die Stoßstange hinten voller alter Narben. Im Handschuhfach entdeckte er einen beinahe leeren Flachmann. Er machte die Heckklappe auf und fand eine lange, sorgfältig am Boden festgeschnallte Kunststoffkiste. Er öffnete die Riegel und klappte sie auf. Darin lag ein zweiteiliges Billardqueue mit den Initialen RT.

Fletcher ging zur Straße zurück. Hinter ihm scharrten die Weidenzweige noch immer übers Wagendach.

Die Polizisten in Uniform räumten inzwischen ihre Ausrüstung zusammen und unterhielten sich übers Frühstück. Der Fotograf war derselbe wie gestern und warf Fletcher beim Einpacken der Kameras einen Seitenblick zu.

»Scheint ansteckend zu sein.«

Fletcher antwortete nicht. Gerade als der Streifenwagen beiseitefuhr, um das Fahrzeug des Bestattungsunternehmens durchzulassen, traf Sal Moresby ein. Sie brachte den Vectra mit quietschenden Reifen zum Stehen und stieg aus. Sie trug Sportschuhe, schwarze Jeans und ein khakifarbenes Hemd. Das Haar war nicht zusammengebunden, und sie hatte sich ein Airwave-Gerät aushändigen lassen. Dieses Gerät, das wie ein Handy in Übergröße aussah, gehörte normalerweise zur Ausrüstung der uniformierten Polizei.

Das Airwave-Netz war ausschließlich Behörden und Organisationen mit Sicherheitsaufgaben vorbehalten; ein Netzwerk von Masten garantierte perfekten Empfang an jedem Ort und gewährte verschlüsselten Zugang zu den Datenbanken des modernen Staates. Sal zeigte ihm das Display, auf dem Ron Tevershams Einträge im nationalen Verkehrssünderregister angezeigt wurden. In den letzten zehn Jahren war Teversham zweimal wegen Alkohol am Steuer verurteilt worden, und sein Wohnort Wittris war die verrufenste Stadt in den Fens.

Fletcher bemerkte, dass etwas aus den Weidenzweigen fiel und sich auf dem Autowrack niederließ. Es waren kleine, krabbelnde Insekten – Dutzende davon sammelten sich auf dem Dach und Hunderte auf der roten Masse, die Tevershams Schädel am Baum hinterlassen hatte, bis schließlich nur noch ein einziges Gewimmel zu sehen war.

»Aaskäfer«, merkte Sal an. »Die leben nur zwei Tage und sind dann Futter für die Vögel. An den Schuhen hast du diesmal nichts auszusetzen?«

Fletcher schüttelte den Kopf. »Die Schuhe sind einwandfrei. Die Unfallaufnahme hat ergeben, dass er mindestens siebzig Meilen draufhatte. Eine scharfe Kurve, abgefahrene Reifen, verlangsamte Reaktion nach Alkoholgenuss. Keinerlei Hinweis auf die Beteiligung weiterer Fahrzeuge, weder Bremsspuren noch Scherben auf dem Asphalt. Das heißt also, dass durch eine tragische Laune des Schicksals in den letzten sechsunddreißig Stunden zwei Angestellte von Crispin Breakman nacheinander tödlich verunglückt sind.«

Sal wischte sich ein paar Käfer vom Ärmel. Sie hielt Fletchers Blick fest, die braunen Augen weit geöffnet.

»Und das schlucken wir so, ja?«

Fletcher dachte an den Berg Arbeit auf seinem Schreibtisch. Er warf einen letzten Blick auf die Käfer, die über die rote Masse auf dem Weidenstamm krabbelten. Dann sagte er: »Ron mochte die Breakmans nicht. Schauen wir doch mal, wie sie die Nachricht aufnehmen.«

Fen Lodge war das perfekte Heim für einen erfolgreichen Landmaschinenhändler. Es war eine zum Wohnhaus umgebaute Scheune, die mit eigener Zufahrtsstraße ein wenig außerhalb des Dorfes lag. Das Dach war mit alten Ziegeln gedeckt, die Fenster schnuckelig klein, die Wände aus schwarz lackiertem Holz, und das Ganze stand auf einem gekiesten, von einem schmiedeeisernen Zaun eingefassten Hof, auf dem die beiden Mercedes des Ehepaars in der Sonne blitzten. Klar, dass das Ron Teversham neidisch gemacht hatte.

Fletcher fuhr heute seinen eigenen Wagen, einen alten Audi-Kombi. Er stellte sich hinter Sals Zivilfahrzeug auf den Kies. Es war ein wunderschöner Sommermorgen: Selbst die Steine wirkten wie frisch gespült.

Die Tür ging auf.

»Crispin Breakman? Wir sind von der Polizei.«

»Oh, Himmel. Wegen der Sicherheitsvorschriften? Kommen Sie von Health and Safety?«

»Nicht direkt.«

Crispin wirkte älter als fünfundvierzig, wozu auch seine gebeugten Schultern beitrugen. Er führte seine Besucher in ein großes, abgedunkeltes Zimmer mit unverputzten Ziegelwänden und einem mit Feuerholz bestückten Kamin. Er zog eine der Jalousien hoch, und sie ließen sich in bequemen Ledersesseln nieder.

Im helleren Licht wirkte Crispin noch müder und bedrückter. Durchaus angemessen für einen Mann, dessen Untermieter gerade in einem Schredder gelandet war. Crispin hatte ein Gesicht, das man sofort wieder vergaß, lockiges, an den Schläfen ergrautes Haar und unstete Augen. Er trug einen maßgeschneiderten Anzug, der besser zu einer dynamischeren Person gepasst hätte. »Wir sind gerade erst aus Jersey zurückgeflogen –«, begann er.

»Nach Stansted Airport. Ich weiß.«

»Genau. Und ich muss jetzt ins Büro. Meine Frau ruht sich noch aus. Jakes Tod hat sie schrecklich mitgenommen, sie ist sehr empfindsam.«

»Wir würden uns gern später mit ihr unterhalten«, sagte

Fletcher. Dann informierte er Crispin über Ron Tevershams tödlichen Unfall. Crispin hörte mit geschlossenen Augen zu. Als er sie wieder aufschlug, sagte er etwas, was Fletcher dazu veranlasste, den ganzen Fall neu zu überdenken.

»Jake und Teversham. Das seltsame Paar.«

»Wollen Sie damit sagen, dass die beiden Freunde waren?«

»Sie hatten von Anfang an diese eigenartige Freundschaft. Aber es ist doch nichts Merkwürdiges an ihrem Tod, oder?«

»Merkwürdig?«

»Verdächtig, meine ich.« Crispin blickte von Fletcher zu Sal. »Oder? Die Sache mit Health and Safety ist schon schlimm genug. Unglaublich, dass die Jungs immer die Zündschlüssel stecken ließen. Ich habe das schon meinem Anwalt übergeben.«

»Erzählen Sie uns von Jake«, sagte Sal.

»Jake? Er war ein netter, normaler Junge. Wir haben ihn billig bekommen. Er hat letztes Jahr die Uni abgeschlossen und war ganz schön verzweifelt. Freunde von ihm, die auch studiert haben, arbeiten bei Pizza Hut. Aber er liebte Maschinen, ein richtiger Freak. Als sein Lebenslauf auf meinem Schreibtisch landete, gab ich ihm die Stelle des Bürogehilfen und nannte es Management-Trainee. Das war vor Weihnachten.«

»Und er hat sich mit Teversham angefreundet?«

»Beide waren ein bisschen traurig und einsam. Sie blieben oft lange im Büro und unterhielten sich, oder sie gingen zusammen einen trinken. Teversham war immer auf der Suche nach jemandem, der ihm zuhörte.«

»Teversham erwähnte, dass Jake Schulden hatte«, bemerkte Fletcher.

»Bis über beide Ohren verschuldet, der arme Kerl. Mindestens achtzehntausend Pfund Studiendarlehen, würde ich sagen.«

Fletcher sah die cremefarbenen Kalbslederschuhe vor sich.

»Hat er viel Geld ausgegeben?«

»Jake? Im Gegenteil. Er hatte Tabellen, wie er sein Budget einteilen musste, wie viel er für dies oder jenes ausgeben und wie viel er zurückzahlen konnte. Er trug zur Arbeit einen Anzug, aber es war immer derselbe.« Crispin zupfte seine adretten Manschetten zurecht. »Als er bei uns anfing, wohnte er in Cambridge und konnte sich kaum die Miete leisten. Er war ein guter Mitarbeiter und machte oft Überstunden, darum bot ich ihm im Januar ein Zimmer hier im Haus an, die Einliegerwohnung im Souterrain. Das war natürlich vor meiner Hochzeit mit Olga.«

»Crispin«, sagte Sal, »ich will nicht indiskret sein, aber…«

»Aber Olga, ja? Ich weiß, was in Thinbeach geredet wird. Crispins Katalogbraut. Ich bin alt genug, um ihr Vater zu sein.«

»Ich hatte mich einfach nur gefragt, wie Sie sich kennen gelernt haben.«

Crispin schien gern darüber zu reden, sah es als große Leistung an.

»Letztes Jahr bekam ich Werbepost von einer Agentur, die Bekanntschaften mit russischen Frauen vermittelt: *Schritte zur Liebe.* Ich dachte mir, warum nicht? So was ist doch inzwischen gar nichts Außergewöhnliches mehr. Jedenfalls war der Service erstklassig. Sie haben alles für mich organisiert, und dann flog ich hin, um Frauen kennen zu lernen, die als Partnerinnen für mich in Frage kamen.«

»Sie waren in Russland?«

Crispin drückte die Brust heraus und lächelte stolz.

»Genau. Was für ein Land. Einerseits findet man außerhalb der Städte das beste Agrarland, das ich je gesehen habe. Sie haben so einen Boden wie wir hier, schwarz und fruchtbar. Andererseits gibt es dort schreckliche Armut und wüste Kriminalität. Überall sitzen Ganoven am Hebel. Aber die Agentur war großartig. Man hat mir dort Olga vorgestellt. Ich wusste sofort, dass sie nicht dort hingehörte, in diese Tristesse. Sie war wie ein strahlendes Licht.«

»Und dann haben Sie also geheiratet«, sagte Fletcher.

Crispin zündete sich eine Zigarette an. Er redete jetzt mehr mit sich selbst, nicht mit zwei Polizeibeamten, die sich für den Tod eines Management-Trainees interessierten.

»Wir kamen im April zurück – erinnern Sie sich, wie heiß es war? Wir gingen im alten Fen spazieren. Sie fotografiert gern Landschaften.« Crispin drückte plötzlich seine Zigarette aus. »Aber hier geht es nicht um Olga und mich. Sie hatten sich nach Jake erkundigt.«

Tatsächlich dachte Fletcher jedoch über Olga nach, darüber, wie eifersüchtig sie einen Mann machen konnte. So eifersüchtig, dass ein Mord denkbar wäre?

»Wie sind Olga und Jake miteinander ausgekommen?«, fragte er.

Crispin zuckte die Schultern. »Sie haben kaum miteinander geredet. Er hat sich für sich gehalten, ist in seinem Zimmer geblieben.« Sein Gesicht verdüsterte sich. »Was ist denn Ihrer Meinung nach mit Jake passiert?«

»Was meinen denn *Sie?* Was könnte ihn um Himmels willen dazu bewogen haben, eine so gefährliche Maschine in Gang zu setzen?«

»Er war ein Maschinenfreak. Er kletterte immer auf den Traktoren herum und machte Unsinn. In der Mittagspause saß er oft im Hof und skizzierte die Ausstellungsstücke, er konnte richtig gut zeichnen. Er war ziemlich exzentrisch, ehrlich gesagt.«

»Hatte sich in der letzten Zeit irgendetwas verändert? War er zu Geld gekommen?«

»Das war sein sehnlichster Wunsch, zu Geld zu kommen. Aber nein, er war arm wie eine Kirchenmaus.«

»Wann haben Sie ihn zuletzt gesehen?«

»Freitag gegen Mittag im Büro. Dann fuhr ich nach Jersey.

Wollen Sie es überprüfen? Bei der Traktorenvorführung dort waren zweihundert Leute – plus Olga.«

Fletcher nickte. »Sie sind im Hotel St Michel abgestiegen.«

Crispin schluckte und nickte dann.

»Und wann haben Sie Ron Teversham zuletzt gesehen?«

»Auch am Freitag, denke ich.«

»Was hatte er für einen Hintergrund?«

»Er war seit etwa zehn Jahren bei uns. Davor hat er wohl ebenfalls als Wachmann gearbeitet. Er war natürlich ebenfalls billig. Das ist noch etwas, was er mit Jake gemeinsam hatte.«

»Was wissen Sie über die Überwachungskamera bei Ihnen in der Ausstellungshalle?«

Crispin blickte entsetzt von Fletcher zu Sal. »Sie hat nicht funktioniert, stimmt's? Sie hat das mit Jake nicht aufgezeichnet?«

»Sie hätte laufen sollen, und das ist jetzt das Problem. Ron sagte, dass nicht immer eine Kassette eingelegt war. Ist das richtig?«

»Das ist gut möglich. Er war ein bisschen schlampig.«

»Aber Sie sind der Geschäftsführer.«

Crispin breitete die Arme aus, als wollte er sagen: Was kann man da machen?

Fletcher kam zu dem Schluss, dass der Mann dumm war. Nicht die gespielte Art von Dummheit, hinter der die Anspannung jeden Moment hervorbrechen kann. Sondern schlicht und ergreifend wirklich dumm. Er fragte sich, wie zum Teufel Crispin es nur geschafft hatte, ein erfolgreiches Unternehmen aufzubauen.

»Vielen Dank für das Gespräch, Mr Breakman. Der Ordnung halber möchte ich noch Jakes Wohnung sehen, und außerdem würde ich mich gern mit Ihrer Frau unterhalten.«

Crispin nickte zu jeder Forderung. Dann führte er sie durch einen Korridor an der Rückseite des Hauses zur Tür der Einliegerwohnung und ließ sie dort allein, weil sein Handy klingelte und sein Anwalt ihn sprechen wollte.

Fletcher sah Sal an. »Der eifersüchtige Ehemann? Ein Auftragsmord?«

»Ja, klar. *Kommen Sie in die Fens und machen Sie meinen Untermieter kalt. Wenn Sie ihm das Gehirn schön kleinhacken, kriegen Sie noch einen Tausender drauf.* Kannst du dir Crispin in dieser Rolle vorstellen?«

Er musste ihr recht geben. Crispin wirkte unfähig, auch nur einen Vertrag mit einer Reinigungsfirma auszuhandeln, geschweige denn mit einem Killer.

Er machte die Tür auf, und sie standen beide da und starrten in das Zimmer. Crispin hatte gesagt, Jake sei ein netter, normaler Junge gewesen. Vielleicht war das, was sie hier sahen, ja normal für einen Management-Trainee im Landmaschinensektor. Aber ganz sicher für niemanden sonst.

Manchmal ging Iwans Mutter früh aus dem Haus und reihte sich in eine Schlange vor einem der Lebensmittelläden ein. Dann hatte sie Gerüchte gehört, dass man im Laden eine Lieferung Wurst oder Seifenpulver erwartete oder den Sirup, den Iwan so gern mochte. Wenn Iwan sie begleitete, stand er neben ihr in der Schlange und malte sich aus, was sie im Laden kriegen würden. Meist gab es aber dann nur noch ein paar Büchsen auf einem Regalbrett oder einen Stapel leerer Kartons, um deren Inhalt sich schon die anderen Frauen gezankt hatten. Manchmal lächelte eine junge Verkäuferin ihn an.

Später, als Erwachsener, begriff Iwan Gorenski, warum alles so gekommen war: wegen Wladimir Iljitsch Lenin.

Lenin hatte eine gegen alle freien Märkte abgeschottete Planwirtschaft begründet, ein autarkes System, das nur darauf wartete, den Kapitalismus zu ersetzen, sobald die bourgeoisen Gesellschaften zerfielen. Lenin hatte sich geirrt.

Im Kapitalismus werden Güter entsprechend der Nachfrage

der Kunden produziert. Unter- und Überproduktion werden vom Markt bestraft. In der Planwirtschaft werden die Güter dagegen nach staatlich festgesetzten Vorgaben gefertigt. Dadurch klaffen Produktion und Nachfrage zwangsläufig auseinander. Manchmal werden jahrelang Güter produziert, die keiner will oder braucht, und diese müssen entsprechend gelagert oder vernichtet werden. Von anderen Gütern, wie zum Beispiel Seifenpulver oder Sirup, wird unter Umständen ständig zu wenig produziert, ohne dass das Gleichgewicht durch Marktkräfte wiederhergestellt werden könnte.

Als Erwachsener las Iwan über diese Dinge und erinnerte sich an die leeren Regale seiner Kindheit. Da verstand er allmählich, warum sein Leben gerade diesen Weg genommen hatte.

»In einer Hinsicht hatte Crispin recht«, merkte Sal an. »Jake war wirklich ein Maschinenfreak.«

Das Zimmer maß ungefähr fünfzehn Quadratmeter und ging auf den Garten hinaus. Es war mattweiß gestrichen und mit einem schmalen Bett, einem Sessel und anderen einfachen Möbeln ausgestattet.

Drei der Wände waren vom Boden bis zur Decke lückenlos mit Bildern von landwirtschaftlichen Maschinen bedeckt, überwiegend Traktoren. Es waren Hunderte von an die Wände gepinnten Blättern. Zum Teil waren die Bilder aus Büchern fotokopiert, entstammten den Websites von Traktorenfans oder waren aus Zeitschriften ausgeschnitten – doch viele waren auch von Hand gezeichnet: akkurate, mit allen technischen Details angefertigte Skizzen.

Fletcher ging langsam durch das Zimmer und besah sich die Bilder.

Die vierte Wand bot Raum für einen Schrank und zwei Wandborde. Auf dem oberen Bord stand ein altmodischer Kassettenrecorder, daneben lagen einige Ausgaben des Männermagazins *GQ* und eine Taschenbuchausgabe von *Unten am Fluss.*

Auf dem unteren Wandbord lagen zwei große Bücher. Das erste war ein dickes englisch-russisches Wörterbuch. Fletcher klappte es auf und entdeckte darin weitere Zeichnungen Jakes: eine Serie von Bleistiftskizzen auf Karton. Das abgebildete Bett und das Fenster mit dem Blick auf den Garten ließen erkennen, dass Jake sie in seinem Zimmer angefertigt hatte.

Auf den Skizzen war eine junge Frau zu sehen, die in immer aufreizenderen Stellungen nackt auf dem Bett posierte – auf der ersten Zeichnung lehnte sie sich mit lang herabfallendem Haar lächelnd zurück und streckte dem Künstler die Brüste entgegen. Als Nächstes lag sie auf der Seite, das eine Bein angewinkelt, so dass das Dreieck zwischen ihren Beinen zu sehen war. Das dritte Bild zeigte sie von hinten, auf allen vieren und die hübschen Pobacken nach oben gereckt. Eine schnell, aber geschickt hingeworfene Skizze.

Sal nahm Fletcher die Zeichnungen aus der Hand.

»Sehr feine Grauabstufungen.« Eine Haarsträhne fiel ihr ins Gesicht, und sie strich sie zurück. Sie blickte Fletcher an. »Nach dem lebenden Modell gezeichnet – oder Ausfluss einer lebhaften Phantasie?«

»Wie auch immer, jedenfalls haben wir vermutlich gerade Olga kennen gelernt.« Er legte das Wörterbuch zurück und nahm das andere Buch zur Hand.

»Die Geschichte der Hochzeit von Thinbeach, von Alain de Minching«, stand in Goldprägung auf dem Einband.

Er blätterte auf die erste Seite. Sal stellte sich neben ihn und las mit. Sie stand so nahe, dass er einen Parfümhauch und den Duft ihres Haares einfing.

Als das Heer Wilhelms des Eroberers in die Fens um Cambridge vordrang, konzentrierte sich der Widerstand der einheimischen Bevölkerung unter Führung von Hereward dem

Wachsamen (Altenglisch: Hereward the Wake) auf das Gebiet der Isle of Ely. Der Bezirk heißt heute noch so, doch damals war es tatsächlich noch eine Insel in den Marschen. Der Name leitet sich von der Bezeichnung »Isle of Eels«, Insel der Aale, her. Nach heftigen Kämpfen unterwarfen die Normannen die Angelsachsen und vertrieben die Aufständischen in das Sumpfgebiet im Nordwesten. Es kam zu einem angespannten Frieden.

Einer örtlichen Legende zufolge war der normannische Heerführer Chretien de Minchin so von der Isle of Ely angetan, dass er zum Einheimischen wurde, sich in Thinbeach ansiedelte und eine Schönheit aus der Gegend heiratete. Eine Ballade, die in dieser Gegend noch im neunzehnten Jahrhundert gesungen wurde, erzählt die Geschichte vollständig:

Sie war schön,
Doch sie war treulos,
Die Maid von der Isle of Eels.
Mit jedem Dorfburschen
Lag sie im Obstgarten.
Lord Chretien packte die Eifersucht
Und über die Schulter warf er die Maid,
Ertränkte sie im Thinbeach Pool.
Aber sie wird wieder auferstehn,
Die treulose Maid von der Isle of Eels.
Die Maid von der Isle of Eels.

Ob diese kleine Tragödie historisch authentisch ist, sei dahingestellt, doch das Domesday Book verzeichnet tatsächlich einen Chretien de Minchin, der in der Nähe von Ely »sechs Weiden, einen guten Obstgarten und ein starkes Herrenhaus« besaß.

Die Nachfahren Chretien de Minchins leben bis zum heutigen Tag in Thinbeach …

Fletcher klappte das Buch zu und legte es nachdenklich zurück. Jake hatte wirklich sehr unterschiedliche Interessen gehabt.

Im Schrank fanden sie einige billige Hemden, ein paar abgetragene Jeans und ein Paar ausgetretene Turnschuhe. Fletcher nahm sich die *GQ*-Magazine vor und blätterte sie durch. Eine Seite war mit einem Eselsohr markiert: eine Anzeige für Schuhe der Marke Ungini. Glänzendes italienisches Leder, nur in der Bond Street, London, erhältlich. Jake musste sich selbst so ein Paar versprochen haben.

Hinten im Schrank fanden sie einen Karton mit ein paar Aktenmappen. Fletcher holte ihn heraus und öffnete die erste Mappe. Darin lagen Briefe von seiner Bank, die sich auf Jake Skerrits um fünftausend Pfund überzogenes Konto bezogen, Visa-Auszüge, die belegten, dass er viertausend Pfund in winzigen Raten abstotterte, und Schuldbriefe über Studenten- und andere Darlehen in Höhe von sechstausend Pfund. Fletcher fand Gehaltszettel, die kaum die monatlichen Raten deckten, und einige Blätter mit Tabellen, mit deren Hilfe Jake sein verzweifelt knappes Budget einzuteilen versucht hatte.

In der nächsten Mappe fanden sie einen gepolsterten Umschlag. Fletcher schüttelte den Inhalt auf seine Hand, und Sal Moresby stieß einen anerkennenden Pfiff aus.

Es war ein Schmuckkästchen, auf dem mit Silberprägung stand: Tiffany, Bond Street.

Darin lag ein schlichtes Armband, Platin, mit vier kleinen Diamanten mittlerer Qualität besetzt, und ein Kassenbeleg von Tiffany mit Datum vom letzten Wochenende. Preis: 9459 Pfund. Bar bezahlt. Fletcher klappte die Schachtel zu und warf sie wieder in den Karton.

Jake hatte also vor seinem Tod eine kleine Einkaufstour nach London unternommen. Ein Armband von Tiffany – für Olga? – und Schuhe von Ungini für ihn selbst.

»Woher hatte er so viel Bares, Sal?«

»Und was ist da drin?«

Sie trat zu einem kleinen Aktenschrank, der als Nachttisch diente. Sie zog die obere Schublade ein Stück heraus und brachte Aspirintabletten, ein Päckchen Kleenex, zwei Kondome und eine Plastiktüte mit Cannabiskraut zum Vorschein: was Jake zur Entspannung so gebraucht hatte.

Sal schnüffelte an dem Cannabis und verzog das Gesicht. Fletcher roch es schon von weitem: der säuerliche Geruch der hochwirksamen, schizophreniebefördernden Cannabissorte Skunk. Als die Ex-Hippies im Innenministerium die Gefährlichkeit von Cannabis herabstuften, meinten sie, es mit demselben Stoff zu tun zu haben, der sie damals, vor langer Zeit an der Uni, kichernd in ihre Bärte hatte prusten lassen. Sie waren der Meinung, jeder sollte das Zeug mal probieren. Sie wussten nichts von Skunk, denn keiner hatte ihnen davon erzählt.

»Wenn er genug von dem Zeug genommen hat, hatte er vielleicht eine psychotische Störung«, bemerkte Sal, »was Crispin höflich als exzentrische Art umschrieb. Was ist denn das?«

Die Schublade war zu zwei Dritteln herausgezogen und steckte nun fest, und als Sal hineingriff und nach dem Hindernis tastete, stieß sie auf eine Rolle Geldscheine. Sie zählten viertausendzweihundertvierzig Pfund. Alles in gebrauchten Fünfzig- und Zwanzigpfundscheinen, die Jake einfach unter der Abdeckung des Aktenschrankes festgeklebt hatte.

»Seine Träume sind also wahr geworden.«

»Ein chinesisches Sprichwort sagt, das sei das schlimmste Unglück: wenn deine Träume wahr werden.«

»Mir scheint, es gibt ein noch schlimmeres Unglück: wenn Träume wahr werden und du anschließend in einem Schredder landest.«

Die untere Schublade war abgeschlossen, und Sal öffnete das Schloss mit dem Taschenmesser. Fletcher hätte noch mehr Geld oder Schmuck erwartet, doch es lag ein Landmaschinenkatalog darin.

Es war eine Jubiläumsbroschüre, 1980 zum zehnten Gründungstag von Breakman Machinery herausgegeben, und auf dem Umschlagfoto sah man die versammelte Belegschaft lächelnd vor der Ausstellungshalle stehen. Die Innenseite zeigte das Foto eines durchsetzungsfähig wirkenden Mannes, der vor einem Mähdrescher stand. Irgendwie hatte Fletcher das Gefühl, dieses Gesicht schon einmal gesehen zu haben, und zwar erst vor kurzem.

Die Bildunterschrift lautete: *Mr Billy Breakman, Gründer von Breakman Machinery.*

Als Fletcher das Bild genauer betrachtete, war die Ähnlichkeit mit Crispin Breakman unübersehbar. Aber während Crispins pausbäckiges Gesicht unbeholfen und unreif wirkte, sah man diesem Mann an, dass er für das Erreichte gekämpft hatte.

»Weißt du, Sal, ich hatte mir schon gedacht, dass Crispin das Unternehmen unmöglich selbst aufgebaut haben konnte. Das hier muss sein Vater sein.«

»Den Crispin nicht erwähnt hat. Aber andererseits, warum sollte er auch?« Sal nahm die Broschüre und blätterte sie durch.

Fletcher ließ sich die Sache durch den Kopf gehen.

Als Jake nach Thinbeach kam, war er ein vollkommen mittelloser Hochschulabsolvent gewesen, so bettelarm, dass Crispin ihm ein Zimmer zur Verfügung stellen musste. Dann hatte Crispin unbestellte Werbepost erhalten und eine russische Schönheit namens Olga geheiratet, und Jake hatte Interesse an – was eigentlich – entwickelt? Mit Sicherheit an Olga selbst. Außerdem wahrscheinlich an der Geschichte des Ortes und vielleicht auch am Breakman-Unternehmen. Jake heizte seinem Gehirn mit Skunk ein, dachte viel nach und freundete sich mit dem Wachmann an. Dann bekam er irgendwoher fünfzehntausend Pfund in bar. Eines Sonntagabends zog er seine brandneuen Schuhe an, ging in die Ausstellungshalle und setzte den Schredder in Gang. Der Wachmann fuhr gegen einen Baum. Gleichzeitig ließ sich kein einziges Vergehen feststellen – außer den von Health and Safety beanstandeten Sicherheitsmängeln, Alkohol am Steuer und einem unbedeutenden Drogendelikt.

»Jake hat uns eine Menge zu denken gegeben, Sal. Sal?«

Sie starrte die Längswand des Zimmers an, die lückenlos und chaotisch mit Jakes Bildern vollgepinnt war. »Riechst du was?«, fragte sie.

Er schnupperte. Es war tatsächlich etwas zu riechen – ein chemisch künstlicher Geruch, wie zum Beispiel –

»Farbe?«

Sie trat näher zur Wand und schnüffelte mit leicht gekräuseltem Nasenrücken. Sie blickte ihn kurz an und wandte sich erneut den Bildern zu. Sie hob die Ecke einer Zeichnung an und spähte darunter.

»Da ist irgendwas drunter, Fletcher. Irgendwas ist da auf die Wand gemalt.«

Sie entfernte das Blatt, und ein Ausschnitt eines Männerkopfes kam zum Vorschein, der mit Farbe auf die Wand gemalt war. Sie nahm zwei weitere Blätter weg, und nun kam Fletcher das, was er sah, bekannt vor.

»Das ist Billy Breakman.«

Er entfernte ein Blatt weiter unten an der Wand. Wieder blickte ein Gesicht zu ihm auf, und der Geruch von Farbe wurde noch intensiver. Kurz darauf lagen alle Bilder und Zeichnungen in einem Stapel auf dem Boden, und Sal und Fletcher traten zurück und betrachteten die Wand.

Was der nette, normale Junge mit der Wand angestellt hatte, konnte man nur als Wandgemälde beschreiben. Es maß fünf mal zwei Meter und musste eine Menge Arbeit gekostet haben. Mit einem mittelgroßen Pinsel und schwarzer Farbe war es auf die mit heller Dispersionsfarbe gestrichene Wandfläche gemalt. Stellenweise hatte Jake Rillen und Vertiefungen in den Verputz gegraben, um das Bild plastischer zu machen. Hier und dort hatte er etwas in die noch feuchte Farbe gedrückt. Fletcher pflückte etwas von diesem Material ab. Es war überall mit schwarzer Farbe verkleistert, aber dennoch unverkennbar.

»Stroh.«

Das Wandgemälde schien einen Wasserfall oder ein dahinschießendes Wildgewässer darzustellen, das in kleinen Wirbeln und Strudeln, die mit farbgetränkten Strohbüscheln reliefartig betont waren, über die Wand strömte. Im größten Wirbel stand der Name DER ALTE BREAKMAN in Großbuchstaben, daneben Billys Gesicht, das nach dem Foto im Katalog gezeichnet war, allerdings war das Gesicht nach oben gereckt, als wäre der Körper unter Wasser. Darunter waren zwei weitere Männergesichter zu sehen, ebenfalls von Wasserwirbeln umschlossen, doch diese Gesichter waren nur grob umrissen – als hätte Jake keine Ahnung gehabt, wie sie aussahen, und nur zeigen wollen, dass dort jemand war.

Fletcher trat noch einen Schritt zurück, fasste das ganze verrückte Bild ins Auge und sah dann Sal mit hochgezogenen Augenbrauen an.

»Die beiden leeren Gesichter – das könnten Teversham und Jake selbst sein. Was meinst du?«

Sie zuckte die Schultern. »Sieht wie ein Traum aus. Vielleicht im Drogenrausch gemalt? Fällt schwer, so was ernst zu nehmen.«

»Aber er ist ja nun tatsächlich tot. Und Teversham ebenfalls.« Fletcher kam zu einer Entscheidung. »Sal, ich möchte, dass du noch eine Weile in Thinbeach bleibst und herausfindest, wo Teversham gestern Nacht war und was er gemacht hat.«

»Was ist mit den anderen unerledigten Fällen?«

»Die müssen eben einen Nachmittag lang warten. Außerdem schlage ich vor, dass du so schnell wie möglich ein Treffen mit deinem Informanten vor Ort arrangierst.«

Sie runzelte die Stirn. »Er ist manchmal schwer zu finden.«

»Er frisst dir aus der Hand. Er hat dich schließlich eine präraffaelitische Schönheit genannt, nicht wahr? Frag ihn, was er über die Breakmans weiß, oder über Jake Skerrit, ob es irgendwelche Gerüchte gibt. Ich unterhalte mich unterdessen mit Olga und schau mir dann an, wo Teversham gewohnt hat.« Er blickte sich in Jakes kleiner Welt um. »Kommt dir an diesem Zimmer irgendetwas ungewöhnlich vor?«

»Eigentlich nicht, Fletcher. Nur das Geld, der Schmuck, das verrückte Wandgemälde – ja, und vielleicht die Skizzen von der nackten Frau seines Vermieters.«

»Und dabei war noch nicht einmal die Tür abgeschlossen. Wie lange sind Olga und Crispin schon zurück? Eine Stunde oder so? Crispin hat das Zimmer nicht angerührt, weil er naiv ist und keine Ahnung hat, wie es hier aussieht, und außerdem hat er mit dem Rechtsanwalt zu tun. Aber Olga hat zugelassen, dass wir die Skizzen von ihr finden, und ebenso den Rest.«

»Warum?«

»Vielleicht wird sie mir das ja sagen.«

Crispin führte Fletcher in einen großen Wintergarten. Er war sehr hell und voller üppig gedeihender Farne und Kletterpflanzen, und in der schwülfeuchten Luft hing der Duft von Blüten. Bienen summten vorbei. Fletcher blieb stehen, um an einer Orchidee zu schnuppern.

»Wer gärtnert bei Ihnen?«

»Ich mache fast alles selbst.«

Fletcher sog den Duft der Orchidee ein. »Erzählen Sie mir ein wenig von Ihrem Vater.«

»Dad? Er ist Eigentümer der Firma, hat sich aber zurückgezogen. Ich bin der Geschäftsführer.«

»Wo kann ich ihn finden?«

»In Portugal. Er besitzt dort eine Ferienwohnung in einem Golfclub.«

»Wie lange ist er schon da?«

»Seit April.«

»April? Der Monat, in dem Olga hierherkam?«

»Ja. Hören Sie, ich muss jetzt ins Büro.«

»Crispin, bitte schließen Sie Jakes Zimmer ab und lassen Sie niemanden hinein. Jake hat dort ziemlich gewütet. Er hat etwas an die Wald gemalt, Wasserstrudel und darin das Bild Ihres Vaters. Hat das irgendetwas zu bedeuten?«

Crispin zuckte die Schultern. »Ich sagte Ihnen ja, dass Jake exzentrisch war.«

»Na gut. Ihr Dad sieht ganz schön energisch aus.«

»Er hat die Firma aus dem Nichts aufgebaut. Anfangs gab es nur eine Baracke in den Feldern. Letztes Jahr hatten wir landesweit den höchsten Absatz von Landmaschinen überhaupt.«

»Und dieses Jahr?«

Crispins Züge verkrampften sich: der Junge, der sich übernommen hat. Der Landmaschinenhandel, der verrückte Mieter. Die russische Ehefrau.

Auf der anderen Seite des Wintergartens, wo die Bodenplatten endeten, entdeckte Fletcher eine Frau, die im Schatten eines Baumfarns mit hochgezogenen Beinen auf einer Bank saß. Sie hielt den Kopf gesenkt, und ihr Gesicht war hinter ihren Haaren verborgen.

»Olga«, sagte Crispin zu ihr tretend. »Liebling, das hier ist Inspector Fletcher.«

Sie sah auf. Sie war wirklich wie ein strahlendes Licht.

Fletcher setzte sich neben sie auf die Bank, und sie sahen Crispin nach, der in seinem maßgeschneiderten Anzug zwischen den Farnen davonging.

»Olga«, fragte Fletcher. »Was geht hier vor?«

Dienstagnachmittag

Crispins Frau ließ die Frage unbeantwortet. Sie hatte ein markantes Gesicht mit hohen Wangenknochen und eine kupferrote Haarmähne, und sie sah Fletcher mit leuchtend grauen Augen an, blickte direkt durch ihn hindurch, bevor sie wieder zu Boden schaute. Sie trug ein kurzes Jeanskleid und hatte die Beine an den Körper gezogen. Finger- und Fußnägel waren glitzernd malvenfarben lackiert, die Beine gebräunt. Auf dem einen Knie hatte sie eine winzige weiße Narbe. Sie drehte eine Lonicera-Blüte zwischen den Fingern, und Fletcher konnte den Duft riechen.

»Na schön. Also, wie lebt es sich so in England, Olga?«

Das veranlasste sie, mit einem grimmigen Lächeln aufzublicken, bei dem ihre Wangenknochen sogar noch breiter wirkten. Sie schüttelte langsam den Kopf und schob sich dann das Haar aus dem Gesicht. Sie trug einen schweren Verlobungsring und ihren Ehering, sonst aber keinen anderen Schmuck und keine Uhr. Sie lehnte sich gegen die Rückenlehne der Bank, und der Ausschnitt ihres Kleides öffnete sich ein Stück. Als sie Fletchers Blick mit ihren grauen Augen festhielt, blitzten einen Moment lang Jakes Bleistiftskizzen vor ihm auf.

»Das Leben ist nicht so, wie ich es erwartet hatte«, antwortete sie.

Ein leichter, ein wenig rauer Akzent. Wie konnte Crispin nur zulassen, dass Jake weiter bei ihm im Haus wohnte, dachte Fletcher. Er wollte zu seiner eigentlichen Frage kommen – *Was zum Teufel hat Jake hier getrieben?* –, aber sie drehte noch immer die zierliche Lonicera-Blüte zwischen den Fingern.

»Wie meinen Sie das?«, fragte er.

Sie blickte auf den Baumfarn im Kübel hinter der Bank.

»Inspector, wissen Sie, was Crispin für diese Pflanze bezahlt hat? Neunzig Pfund, also hundertunddreißig Dollar. Wissen Sie, was ein guter Arzt in Russland verdient? Sechstausend Dollar im Jahr.«

»Aber einige Russen sind doch reich, oder nicht? Zumindest liest man das bei uns in der Zeitung.«

»Oh, gewiss. Hier weiß man ganz genau über uns Bescheid; dass wir in Russland alle in der Mafia sind.«

»Von der Mafia hatte ich nicht gesprochen.«

Sie starrte auf die Blüte in ihrer Hand und drehte sie langsamer.

»Wenn ich in Ely einkaufen gehe, starrt man mich an. Ich höre, wie die Leute hinter mir hertuscheln.«

»Wahrscheinlich sind sie neidisch.«

Sie lächelte wieder ihr trauriges Lächeln, noch immer den Blick nach unten gerichtet. »Ich habe meine Familie in Russland, Inspector. Ich bin die älteste Tochter. Mein Vater besitzt eine kleine Autowerkstatt. Wissen Sie, was sein Traum ist?« Sie sah ihn an. »Er hätte gern ein Haus mit einem Garten und einem Gartentor, das man abschließen kann. Das ist sein Lebensziel.«

Entweder schüttete sie ihm ihr Herz aus, oder sie verbarg etwas vor ihm. Vielleicht war das für Olga auch ein und dasselbe.

»Olga, erzählen Sie mir von Jake.«

»Jake? Englisch und exzentrisch, sehr einnehmend. Auch er hatte seine Ziele, wissen Sie.«

»Was denn für welche?«

»Er entwickelte eine neue Art Traktor. Er sagte, der würde mit Sonnenenergie und Pflanzenöl laufen. Er wollte ihn in Brasilien testen lassen.«

»Ein guter Plan.«

»Ja, damit die Brasilianer mit Sonnenenergie ihren Urwald vernichten können.«

»Wie gut haben Sie ihn gekannt?«

»Ich weiß genau, was Sie denken, Inspector Fletcher. Ich mochte ihn, er hat mich zum Lachen gebracht. Er mochte *Unten am Fluss*, und ich mag das Buch auch.«

»Standen Sie sich nahe?«

»Wir waren Freunde, okay?«

Fletcher stellte sich das Tiffany-Armband an ihrem Handgelenk vor. Jake hatte ein ausgezeichnetes Gefühl für optische Wirkung gehabt.

»Hat er in letzter Zeit irgendwie Geld in die Hand bekommen?«

»Woher soll ich das wissen?«

»Hat er sich jemals mit Ihnen über Thinbeach und die Geschichte des Ortes unterhalten?«

Die Lonicera-Blüte verharrte in Olgas Hand, und die Russin blickte mit zusammengezogenen Augenbrauen darauf nieder.

»Manchmal haben wir über dieses kleine, wohlhabende Dorf gelacht, lauter Reiche, die die Zeit totschlagen.«

»Hat er jemals mit Ihnen über Billy Breakman und Breakman Machinery geredet?«

»Warum?«, fragte Olga die Lonicera.

»Sie haben sich also darüber unterhalten?«

Es war schwül im Wintergarten und Fletcher spürte, wie ihm der Schweiß in den Nacken rann. Er sah ein schwaches feuchtes Glänzen in Olgas Halsgrube.

»Hat er mit Ihnen über Leute geredet, die Billy kennt oder früher kannte?« Oben am Himmel dröhnte ein Flugzeugmotor. »Olga, hören Sie. Sie wissen, dass ich in Jakes Zimmer war. Ich habe das Wandbild gesehen, und auch alles andere. Sie hätten die Sachen mühelos verschwinden lassen können, aber das haben Sie nicht getan. Warum nicht?« Das Summen einer Fliege. »Jake ist auf schreckliche Weise gestorben. Sehen Sie mich an, Olga. Reden Sie mit mir.«

Ihre Augen sahen zu Boden. Dann begegneten sie seinem Blick. Sie waren grau wie zerbrochener Schiefer und blinzelten nicht.

»Jeder hat irgendetwas, Inspector. Etwas, was er für sich behält. Sie etwa nicht?«

Das ließ ihn einen Moment lang stocken. »Wir reden hier über Jake Skerrit.«

Er sah, dass ihre Finger zitterten, als sie die Blüte fallen ließ.

»Ich habe versagt. Ich habe versagt, und ich weiß nicht einmal, was meine Aufgabe ist.«

»Olga, wovor haben Sie Angst?«

Sie zertrat die Lonicera-Blüte unter den Schuhsohlen, bis nur noch Fetzen übrig waren. Ihr Duft hing noch immer in der Luft.

Am Ende des Jahrzehnts hatte die Kluft zwischen Produktion und Nachfrage die Sowjetunion in eine endlose Stagnation geführt. Ihr wirtschaftliches Überleben hing vom Import bestimmter Güter aus dem Westen ab, industrieller Rohstoffe – insbesondere Metalle –, die eine zentralisierte Planwirtschaft nicht in ausreichenden Mengen herstellen konnte. Der Westen wollte dafür natürlich Geld – doch der sowjetische Rubel war wertlos. Sein Geldwert war eine rein fiktive Größe der staatlichen Planungsstäbe. Die forcierten Exporte in Satellitenstaaten brachten nur andere wertlose Währungen ins Land. Die Sowjetunion brauchte daher dringend einen steten Zustrom westlicher Devisen. Dies war bekannt, wurde aber niemals öffentlich eingestanden oder diskutiert.

Doch wurde von den staatlichen Planern ein Devisenbeschaffungsprogramm initiiert. Es wurden Anstrengungen unternommen, durch den Export bestimmter hochwertiger Güter einen möglichst breiten Devisenstrom ins Land zu len-

ken. Kaviar und Wodka, die an die exklusiven Restaurants im Paris und New York der siebziger Jahre verkauft wurden, spielten dabei als Exportgüter eine Rolle.

Größere Hoffnungen setzte Russland allerdings auf den Export von Maschinen. Man glaubte, das Interesse der kapitalistischen Länder an Russlands ausgesprochen einfachen Fahrzeugen wecken zu können. Niva produzierte bereits einen Jeep, der sich gut nach Westeuropa verkaufte. Das Werk erhielt nun Anweisung, auch andere Produkte für den Export herzustellen, und zwar insbesondere Landmaschinen. Und hier wiederum insbesondere Traktoren.

Fletcher vergewisserte sich, dass Jakes Zimmer abgeschlossen war, und wollte dann zu seinem Auto gehen. Als er die Haustür öffnete, sah er auf dem gekiesten Vorplatz ein Paar mittleren Alters stehen, achtbar und schweigsam. Die Frau trug trotz der Hitze einen dunklen Mantel und ein Kopftuch und hatte nach einer durchweinten Nacht rotgeränderte Augen. Der Mann hatte einen abgetragenen, aber einstmals teuren Anzug an, hielt sich sehr aufrecht und sah Fletcher fest in die Augen. Fletcher stellte sich vor, wusste aber schon, wer die beiden waren, bevor der Mann es ihm sagte.

»Wir sind Jakes Eltern. Wir sind von Norwich hergefahren. Wir würden gern seine Sachen abholen.«

Fletcher dachte an das Zimmer mit dem verrückten Wandbild und an Olga, die im Wintergarten saß und Blumen unter den Schuhsohlen zertrat.

»Es tut mir leid, aber das ist derzeit noch nicht möglich. Es wird noch einige Tage dauern.«

Die Frau sah ihn an. »Er hat uns gesagt, dass er hier glücklich ist. Sehr glücklich. Er liebte die Traktoren.«

Sie unterhielten sich noch kurz. Sie besprachen die Punkte, die Polizeibeamte immer mit den Hinterbliebenen besprechen: die Autopsie und die gerichtliche Untersuchung, die

Möglichkeit, psychologischen Beistand zu bekommen. Dann verabschiedete Fletcher sich mit einem Händedruck. Die Hand der Mutter war zerbrechlich und feucht, doch der Händedruck des Vaters war fest. Irgendwie schnürte es Fletcher deswegen die Kehle zu. Als er sein Auto aufschloss, folgte Jakes Vater ihm und ergriff ihn beim Arm. Es war ein harter Griff, aber Fletcher spürte dennoch, dass die Hand des Mannes zitterte.

»Sie hat die Leiche nicht gesehen, aber ich schon. Es soll ein Unfall gewesen sein. Glauben Sie das?«

»Wir haben gerade erst mit den Ermittlungen begonnen. Ich muss Sie um Geduld bitten.«

Die zitternde Hand packte einen Moment lang noch fester zu, ließ ihn dann aber los. »Ich werde Geduld haben, um ihretwillen.« Er richtete sich erneut auf und sah auf seine Frau. Er hatte Falten im düster verschatteten Gesicht. Zwischen den Augen war eine tiefe Furche, die sich nie wieder glätten würde. »Bitte, finden Sie es heraus. Er war unser einziger Sohn. Ich dachte, er würde ewig leben.«

Fletcher fuhr los, seine Hände auf dem Steuerrad fühlten sich feucht an. Die Begegnung mit dem Vater eines Unfallopfers sollte ihn nicht so mitnehmen. Aber etwas in Olgas Worten und der Art, wie ihre Augen durch ihn hindurchsahen, hatte ihn aufgewühlt.

Jeder hat irgendetwas, Inspector. Etwas, was er für sich behält. Sie etwa nicht?

Sal Moresby parkte beim Fen Tiger Bite Stop. Bei normalem Wetter bestand die Imbissbude aus einem ausgeschlachteten Wohnwagen mit Holzbänken an den Wänden. Bei gutem Wetter kamen draußen noch eine Kabeltrommel und ein im Wind flatternder Sonnenschirm dazu. Sal klopfte den Staub von einem Plastikstuhl und setzte sich. Die Durchreiche in der Wohnwagenwand wurde klirrend geschlossen.

Sie wartete. Am Horizont ragte die alte normannische Festung Giant's Hill aus den Feldern um Rampton auf. Bald darauf hielt ein zerbeulter Subaru auf dem Parkplatz und der Motor ging aus. Ein Mann setzte sich zu ihr.

»Miss Moresby. Darf ich sagen, dass Sie mehr denn je einer präraffaelitischen Schönheit ähneln?«

»Oh, danke, Tony. Eher vom Rossetti- oder mehr vom Swinburne-Typus?«

»Heute, würde ich sagen, Burne-Jones. Das Spätwerk.«

Tony Olland war ein Mittdreißiger, sommersprossig, stupsnasig und mit Bartstoppeln auf dem vorspringenden Kinn. Bart und Haar waren rötlichbraun – zusammen mit dem Namen legte das die Abstammung von einem der sexuell umtriebigen niederländischen Arbeiter nahe, die vor dreihundert Jahren nach England gekommen waren, um die Sümpfe von Cambridgeshire trockenzulegen. In dieser Gegend nannte man, wie Sal wusste, ein uneheliches Kind bis heute liebevoll einen »kleinen Holländer«.

Tony war mit einer Wollmütze und einem Neoprenanzug ausstaffiert. Dabei gab es in Rampton gar keinen Wassersport. Wenn Tony sich nicht mit der englischen Kunst des neunzehnten Jahrhunderts befasste, trieb er sich in der örtlichen Kleinkriminellenszene herum.

»Halten Sie noch immer die Ohren offen, Tony?«

Tony wand sich unbehaglich. »Was wollen Sie wissen?«

»Haben Sie etwas über einen Landmaschinenhändler gehört, Breakman Machinery?«

Tony zuckte die Schultern. »Da draußen bei Thinbeach? Da passiert doch nie was. Die haben so ein Strohpuppenfest, das reicht denen fürs ganze Jahr.«

»Und wie ist es mit den Breakmans selbst? Oder ihrem Mieter, einem gewissen Jake Skerrit? Gibt es da irgendwas, was man wissen sollte?«

Wieder zuckte Tony lächelnd die Achseln. Er wirkte erleichtert: Er hatte ihr nichts zu sagen.

»Wie steht es mit einem Mann namens Ron Teversham?«

»Leider verschwenden Sie Ihre Zeit mit mir, liebe Miss Moresby.«

»Bleiben Sie noch einen Moment.« Sie suchte nach einem anderen Ansatzpunkt. »Haben Sie irgendwas über eine junge Russin gehört?«

Tonys Lächeln veränderte sich einen winzigen Moment lang. Es verblasste keineswegs, im Gegenteil: Es wurde noch strahlender.

»Russen?«, fragte er. »Warum sollten diese Männer aus der weiten Steppe uns hier Sorgen machen?«

»Wer hat denn etwas von Männern gesagt?«

Tonys Adamsapfel hüpfte. Er sah aus wie eine Ratte, gefangen in einem Sack.

»Tony, alter Junge, Sie haben also etwas gehört, nicht wahr?«

Tony nahm die Mütze ab und fuhr sich mit der Hand durchs rötlichbraune Haar.

»Miss Moresby, ich mag Sie wirklich gern. Aber es gibt so Sachen, wissen Sie. So Sachen, die ich so höre, wissen Sie, die kann ich nicht ...«

»Sie haben etwas über Russen gehört? Was denn?«

»Vielleicht gar nichts. Ich werd der Sache nachgehen, okay?«

»Tun Sie das. Wenn Sie keine Informationen kriegen können, nehme ich auch Gerüchte. Aber bis morgen Vormittag. Rufen Sie mich an.«

Tonys Neoprenanzug glänzte in der Sonne. Der Reißverschluss stand oben offen, und die Brust darunter war so bleich wie der Kunststoffkörper einer Puppe.

»Und dann sind wir quitt, Miss Moresby?«

»Lassen Sie mich nicht im Stich, Tony.«

Tony Olland sah sich auf dem Parkplatz um. Es war ein heißer Nachmittag. In seinem rötlichen Stoppelbart glänzten Schweißperlen.

Fletcher kaufte sich im Fen Deli in Thinbeach ein Sandwich und machte sich auf den Weg zu Tevershams Adresse in Wittris. Die Straße führte in nördliche Richtung durch Lauch-, Raps- und mohngesprenkelte Weizenfelder. Ab und zu kam eine schattige Senke mit kleinen Kuhweiden, einem Obstgarten oder Bienenstöcken. Weiter draußen in den Fens führte die Straße über breite Entwässerungskanäle, die weit im Norden in die Bucht The Wash und damit in die Nordsee mündeten und in denen sich jetzt die hoch am Himmel ziehenden Wolken spiegelten.

Fletcher hielt neben einem dieser Kanäle, aß sein Sandwich und schaute dabei ins Wasser. Er versuchte, sich Jakes Eltern aus dem Kopf zu schlagen und stattdessen über Olga nachzudenken.

Warum war sie hergekommen? Um durch die Ehe mit einem Mann, der doppelt so alt war wie sie, einer Umgebung der Armut und Kriminalität zu entkommen? Durchaus möglich. Sie hatte gesagt, sie habe versagt – in ihrer Katalog-Ehe vielleicht? Vielleicht hatte ihr Versagen ja darin bestanden, dass sie sich in den verrückten Jake Skerrit in der Einliegerwohnung verliebte. Und jetzt hatte sie Angst vor etwas oder jemandem. Doch nicht etwa vor *Crispin?*

Wer kam sonst noch in Frage?

Er ließ den Motor wieder an und bog in die Abzweigung nach Wittris ein. Hier änderte sich die Landschaft. Die Gegend lag noch tiefer, und statt der guten Böden um Thinbeach fand man hier kärgliche Felder, noch immer von nicht entwässertem Sumpfland durchsetzt, und der Straßenrand war mit Abfall übersät.

Wittris konnte mühelos das Etikett des hässlichsten Ortes in den ganzen Fens für sich beanspruchen: aus dem Boden gestampfte Behausungen, in denen man die verarmten Dörfler aus der Umgebung in den sechziger Jahren zusammengepfercht hatte. Der damalige Wirtschaftsboom hatte den so entstandenen Ort vollkommen ausgelassen. Das herausragende Kennzeichen des Städtchens war eine unregelmäßige Reihe fünfstöckiger Sozialwohnungsblocks entlang der Hauptstraße, von der Gemeindeverwaltung in einem kränklichen Gelb gestrichen. Wegen der angeblichen Ähnlichkeit mit dem Zustand des Beißwerkzeugs der Einwohnerschaft wurden diese Häuser allgemein die Wittris-Zähne genannt.

Andererseits gab es hier wenigstens ein Handynetz. Fletchers Freisprechanlage läutete, als die Skyline der nackten Wittris-Zähne vor dem Hintergrund der Spätnachmittagssonne auftauchte. Die energische Stimme von Dr. Ntele, der Gerichtsmedizinerin, schallte durch den Wagen. Mit ihrem simbabwischen Akzent eröffnete sie das Gespräch so schnörkellos wie einen chirurgischen Schnitt.

»Sie wollten einen Bericht über Jake Skerrits Leiche.«

»Wie geht es Ihnen, Dr. Ntele?«

»Die Todesursache war ein Schädel-Hirn-Trauma, was Sie nicht überraschen dürfte. Eine tiefe Verletzung der Schädelseite, bei der die Halsschlagader durchtrennt wurde. Davor wurden beide Arme abgetrennt, so dass das Opfer zum Zeitpunkt der tödlichen Verletzung möglicherweise bewusstlos war. Es geht mir gut, danke.«

»Gibt es irgendetwas ...«

»Verdächtiges? Nach dem zu urteilen, was von ihm noch übrig ist, nein. Für einen Jungen, dem der halbe Kopf fehlt, ist seine körperliche Verfassung sogar bemerkenswert gut. Leichter Fußpilz. Etwas Cannabis im Blut, kein Alkohol. Nichts, was auf einen Kampf hindeutet. Außer ...«

Fletcher hielt am Straßenrand, ließ den Motor laufen und griff nach einem Notizblock.

»... einigen Kratzspuren zwischen den Schulterblättern und in der Mitte des Rückens.«

»Welche Ursache?«

»Das spielt eigentlich keine Rolle, denn die Kratzer waren

schon fast verheilt und stammten vermutlich von letztem Mittwoch oder Donnerstag.«

»Aber sie lassen auf einen Angriff schließen?«

»Nicht unbedingt.« Man hörte, dass Dr. Ntele lächelte und die Sprechmuschel dichter an den Mund hielt. »Sie wollen wissen, woher diese Kratzer stammen? Als Pathologin würde ich sagen, von menschlichen Fingernägeln. Als Frau tippe ich auf weibliche Fingernägel. Da müssen Sie seine Freundin fragen, nicht mich.«

Zu den germanischen Vorzügen von Fletchers Audi gehörte leider kein Navigationssystem, und als er in Wittris eintraf, wusste er nicht recht, wie er Tevershams Straße finden sollte. Langsam rollte er an einer Ladenzeile vorbei: eine Imbissbude, ein Waschsalon und ein kleiner Supermarkt, alle mit Stahlgittern vor den Fenstern. Ein Kleinkind auf dem menschenleeren Bürgersteig winkte ihm mit dem schmutzigen Händchen zu. Am Ende der Straße hielt er vor einem Lokal, einem langen, einstöckigen Gebäude mit Wellblechdach und einem Schild entlang der ganzen Länge der Dachkante: *The Hereward Pool Hall – Ausschank im Haus – auch für Gesellschaften.*

Fletcher dachte an Tevershams sorgsam im Kofferraum des alten Wagens verstautes Queue mit den eingeschnitzten Initialen. Hier würde er nach dem Weg fragen.

Hinter dem Billardlokal verlor sich die Straße zwischen Bauruinen aus Hohlblocksteinen und schließlich in einer sumpfigen Senke. Fletcher verharrte einen Moment in der Tür und fragte sich, ob er gerade einen Fehler machte. Er hörte das Klirren von Flaschen und leises, betrunkenes Gelächter. Doch als er eintrat, stellte er fest, dass der Alkoholdunst vollkommen durch die hoch oben in den Wänden eingesetzten, weitgeöffneten Fenster abzog.

Beleuchtet von Neonlampen, die von der Decke herabhingen, standen vier Billardtische im Raum. An den Wänden lange Bänke, eine Jukebox, wie er sie seit seiner Kindheit nicht mehr gesehen hatte, ein stumm gestellter Fernseher und eine Theke mit einer Mikrowelle auf dem Ehrenplatz. Das Dutzend Gäste betrachtete ihn durch Rauchwolken hindurch, ohne die Unterhaltung abzubrechen.

Fletcher musterte seinerseits die Versammelten. Plötzlich fiel ihm ein Satz aus dem Buch in Jakes Zimmer ein: *Nach heftigen Kämpfen unterwarfen die Normannen die Angelsachsen und vertrieben die Aufständischen in das Sumpfgebiet im Nordwesten.*

Hier in Wittris schien die Zeit stillzustehen. In diesem Raum waren weder Schwarze noch Asiaten noch jemand, der auch nur annähernd südländisch aussah. Russen gab es hier mit Sicherheit auch nicht. Die Billardspieler waren alle männlich, trugen Jeans und altmodische Fußballtrikots und hatten fast alle das gleiche glatte, braune Haar und kantige Kinn wie Debbie in Thinbeach. Doch während Debbie Lebendigkeit ausstrahlte, wirkten diese Männer müde und erschlafft. Am nächststehenden Billardtisch hörte ein Mann in den Vierzigern, dessen Augen wie frisch tätowiert aussahen, sich Fletchers Bitte auf sein Queue gestützt an.

»Schicker Anzug. Sind Sie von der Polizei?«

»Ja. Wo liegt die Straße?«

Der Mann lächelte. Tiefe Längsfalten gruben sich in die vom Qualm im The Hereward über die Jahre ausgetrocknete Haut seiner Wangen.

»Tja. Wenn hier ein Polizist auftaucht, geht es immer um irgendeine Leiche. Wir haben das mit Ron Teversham gehört.«

Plötzlich verstummten die Gespräche im Billardsaal. Ein Dutzend tintenschwarzer Augenpaare richtete sich durch die Rauchschwaden hindurch auf ihn. Die Hände, in denen kein Billardqueue steckte, hielten Flaschen umklammert.

»Sie kannten Ron, nicht wahr?«, fragte Fletcher.

Der Spieler stieß eine Qualmwolke aus und nickte. »Ron hat hier gespielt. Nicht oft, aber er kam ab und zu her.«

»War er gut?«

Der Mann lächelte. »Er hielt sich für gut. Der gute Ron hat sich was drauf eingebildet, dass er da oben in Thinbeach arbeitete. Das was schon immer die Art von Thinbeach.« Er beugte sich über den Tisch und spähte am Queue entlang. »Das Land hat einmal uns gehört – wissen Sie das, Polizist?«

»Welches Land?«

»Die ganzen Felder da drüben, die guten Böden. Die Normannen haben es uns damals gestohlen. Kniffliger Stoß hier.«

»Ich würde über Bande spielen, aber ich spiele nicht oft. Die Normannen, das ist übrigens tausend Jahre her.«

Der Mann führte ganz plötzlich seinen Stoß aus, versenkte den Ball in der Ecktasche und blieb dann über die Tischfläche gebeugt stehen. Oben durch das Giebelfenster schoss ein kleiner Vogel in den Saal und flatterte hilflos im Kreis. Der Mann hob den Kopf und sah ihm zu.

»Tausend Jahre, wirklich, Junge? Und da fragen die Leute, warum wir nicht zurechtkommen.«

Der Vogel schaffte es durchs gegenüberliegende Fenster nach draußen, und die Unterhaltung begann von neuem. Jemand ließ einen Song aus der Jukebox laufen: Bonnie Tyler. Die Männer beugten sich wieder über die Tische. Fletchers Gesprächspartner richtete sich auf und sprach zum Fenster mit seinem quadratischen Himmelsausschnitt: »Am Supermarkt vorbei, nehmen Sie die lange Straße ganz durch die Stadt. Beim Gemeindezentrum links abbiegen.«

Die Wegbeschreibung war tadellos.

Teversham hatte im besseren Teil der Stadt gewohnt, wo die meisten Häuser in Privatbesitz waren. Doch der Anblick der alten Autos in der Straße und der schindelverkleideten Reihenhäuser vermittelte Fletcher eine Vorstellung von Ron in seinen letzten Lebensjahren: der einsame Wachmann-Hausmeister, der sich in dieser Ecke von Wittris, knapp außerhalb des Sozialwohnungsghettos, dem Rentenalter näherte.

Ein kurzer, gekiester Weg führte zu Tevershams Tür. Das Haus war heruntergekommen, mit abblätternder Farbe und wild wucherndem Unkraut davor. Fletcher wusste nicht genau, wonach er eigentlich suchte – aber er war überzeugt, dass Teversham in dieser Thinbeach-Sache eine Rolle gespielt hatte. Vielleicht hatte er seinem Freund Jake geholfen, den eigentlichen Grund für Olgas Anwesenheit herauszufinden.

Fletcher schob den Schlüssel, den die Verkehrspolizisten Tevershams Leiche abgenommen hatten, ins Schloss. Dann hielt er inne.

Der Zylinder knirschte so hohl, als wäre das Schloss vor kurzem aufgebrochen worden. Als die Tür aufging und er unvermittelt in Tevershams kleinem Wohnzimmer stand, sah er, dass vor ihm schon jemand da gewesen war.

Das Unterste war zuoberst gekehrt: Jemand hatte die Sofapolsterung herausgerissen, auf dem Boden war alles Mögliche verstreut, und in der Kochnische lagen die aus den Schubladen geworfenen Küchengeräte neben Tütensuppen und mehreren Flaschen billigem Whisky auf dem Boden.

Es gab nur einen einzigen Stuhl, der umgekippt auf dem Boden lag, und auf der Resopalplatte der Küchentheke war ein kreisrunder Abdruck, der Fletcher kurz ins Grübeln brachte. Dann verstand er. Teversham hatte an dieser Stelle gegessen, und zwar allein. Er hatte über so lange Zeit allein dort gegessen, dass sein Teller das Resopal kreisrund abgewetzt hatte.

Im hinteren Zimmer herrschte die gleiche Verwüstung. Kleider waren überall im Schlafzimmer verstreut, dazwischen eine Handvoll Männermagazine. Außerdem lag da ein kleines

Fläschchen. Fletcher schnüffelte daran und kippte fast um. Flüssiges Billig-Amphetamin aus den Sozialbauten von Wittris: Tevershams ultimativer Kick.

Der dritte und letzte Raum war ein kleines Arbeitszimmer. Die Schreibtischschubladen hatte man auf dem Boden ausgekippt, doch die Ordner mit Unterlagen und die wenigen Briefe waren unangetastet geblieben – darunter auch ein noch zugeklebter Umschlag mit einer neuen Kreditkarte darin.

Die Einbrecher waren demnach keine plündernden Jugendlichen gewesen. Dafür war die Haustür zu geschickt geöffnet worden, und keiner hatte das Speed, die Pornozeitschriften oder das Plastikgeld angerührt. Doch wer immer hier gewesen war, nach etwas, das in einem Aktenordner aufbewahrt werden konnte, hatte er nicht gesucht.

Dann vielleicht nach einem bestimmten Gegenstand?

Fletcher stand da und betrachtete die auf dem Boden verstreuten Sachen. Es war trauriger alter Kram, ein Locher, Briefpapier, Batterien, ein altes Diktiergerät. Er stupste es mit dem Fuß an und hob es dann auf. Solche Geräte hatten die Chefs in den siebziger Jahren für ihre Diktate verwendet: ein handgroßes Gerät, für das man normale Audiokassetten benutzte.

Dieser Recorder war umgebaut worden.

Das Mikrofon war ausgebaut und an ein langes, ins Gehäuse laufendes Kabel angeschlossen worden. Das Gehäuse selbst war mit Heftpflaster umwickelt, an dessen Klebefläche noch einige Körperhärchen hingen. Das Ganze war ein improvisiertes Abhörgerät.

Moderne Wanzen passen in eine Gürtelschnalle oder einen Kugelschreiber, aber Teversham hatte sicher weder das Geld noch das Know-how für so etwas gehabt. Er hatte vermutlich eine geheime Aufnahme machen wollen und war auf einen Trick verfallen, den er in alten Filmen gesehen hatte: den Kassettenrecorder mit Heftpflaster unterm Arm befestigen und das Mikrofon unters Hemd stecken. Warum? Was hatte Teversham aufnehmen wollen?

Fletcher drückte auf *Play* und die Spulen quietschten. Er öffnete den Deckel: Das Kassettenfach war leer.

Wer auch immer die Wohnung durchwühlt hatte, dieses Gerät hier hatte er nicht gesucht und hatte es in dem ganzen Kram noch nicht einmal bemerkt. Hatte der Einbrecher das, was er suchte, gefunden?

Fletcher schaute ins Bad und fand einen grauen Teppich, graue Kacheln und eine Badewanne mit grauem Schmutzstreifen vor. Der Besucher war ebenfalls hier drinnen gewesen, hatte die Kunststoffverkleidung von der Badewanne gerissen, den Deckel vom Wasserkasten der Toilette entfernt und den orangefarbenen Schwimmer freigelegt, der zischte wie ein mutierter Fisch.

Fletcher blieb in der Tür stehen und lauschte auf dieses Zischen. Er drehte sich noch einmal um. Der Schwimmer war zwischen den Wänden des Wasserkastens festgeklemmt. Fletcher griff hinein, holte ihn heraus, und nun schoss das Wasser wieder in den Kasten. Er schaute sich das Ding in seiner Hand an: Es war in der Mitte auseinandergeschnitten und anschließend wieder mit Teflonband zusammengeklebt worden, so dass sich eine für den Wasserkasten etwas zu große, länglichrunde Form ergeben hatte. Er schüttelte den Schwimmer und hörte, dass im Inneren etwas klapperte. Er hielt ihn gegen das Licht. Irgendetwas war da drin, unverkennbar: Es zeichnete sich hinter dem helleren Kunststoff dunkel ab. Er entfernte das Band, klappte die beiden Hälften auseinander und ließ den Inhalt in seine feuchte Hand gleiten.

Es war eine von jahrelangem Gebrauch zerkratzte alte Videokassette. Sie war etwas feucht geworden, ließ sich aber vermutlich noch abspielen. Ein schmuddeliger Aufkleber verkündete, dass sie Eigentum der Breakman Machinery Ltd. sei.

Ron, du durchtriebener Hund, dachte Fletcher. Du hast dir

die Kassette aus der Überwachungskamera unter den Nagel gerissen und sie versteckt, weil jemand anderes sie ebenfalls haben will. Irgendjemand möchte den grässlichen Tod von Jake Skerrit sehen.

Er hätte sich das Video gern gleich hier angeschaut, doch der Einbrecher hatte Tevershams Videorecorder gegen die Wand geschleudert – vielleicht hatte er dort zuerst gesucht und war ausgerastet, als das Kassettenfach leer war. Fletcher schob die Kassette in einen Plastikbeutel und verließ das Haus.

Auf der Straße blieb er einen Moment stehen und dachte nach. Es war jetzt früher Abend, die Luft war still und lau und die Straße lag verlassen da. Sein Herz hämmerte.

Er griff nach dem Handy und begann zu wählen. Da hörte er hinter sich auf Tevershams Kiesweg schwere Schritte. Bevor er sich noch umdrehen konnte, sagte eine Männerstimme: »Hallo, Polizist. Jemand möchte Sie treffen.«

Das Devisenbeschaffungsprogramm lief an. Im Niva-Werk in Stawropol wurde die Fertigung so umgestellt, dass nun der Name NIVA in lateinischen Buchstaben auf dem Gitter der Motorhaube prangte. Die Aufschrift USSR nahm den Platz des kyrillischen CCCP ein. Der fünfzackige Stern blieb.

Über die an die russischen Botschaften im Westen angeschlossenen Handelsmissionen gelang es, eine gewisse Anzahl von Niva-Traktoren nach Italien, Holland, Norwegen, Schweden, Dänemark, Kanada und Großbritannien zu exportieren. Die Käufer – Landmaschinengroßhändler – erhielten die robusten Fahrzeuge billig. Ihre Überweisungen gehörten mit zu dem Rinnsal harter Devisen, die die Sowjetunion in Gang hielten.

Das misstrauische und protektionistische England reagierte am zurückhaltendsten: Alles in allem wurden nur etwa hundert Traktoren geordert. In Planen gehüllt, gut eingefettet und mit nicht angeschlossenen Batterien wurden die Fahrzeuge über die Osteuropäische Ebene und Polen zur Nordsee transportiert und verschifft. Im Dezember 1978 trafen sie in Felixstowe ein, wurden auf LKWs verladen und bei den Händlern ausgeliefert. Die Händler bestätigten die Lieferung mit ihrer Unterschrift, entfernten die Planen, wischten überschüssiges Schmiermittel weg und schlossen die Batterien an. Sie drehten den Schlüssel im Zündschloss. Nichts geschah.

Sal Moresby verbrachte den Rest des Nachmittags in Thinbeach und versuchte jemanden zu finden, der Ron Teversham am Vorabend seines Todes gesehen hatte. Im Licht der warmen Nachmittagssonne, die die gepflasterte Straße beschien und die Cottage-Gärten vor den Natursteinhäusern noch bunter leuchten ließ, ging sie die Shamblings entlang.

Sie dachte nicht zum ersten Mal, was für ein hübsches Dorf das doch war. Die Häuser waren gepflegt, und wer auch immer auf ihr Klopfen hin die Tür öffnete, begegnete ihr freundlich und hilfsbereit. Alle hatten von Teversham gehört. Keiner hatte ihn gesehen.

Im Fen Deli machte der Ladenbesitzer ihr einen Latte macchiato aus einer Handvoll frisch gemahlener Bohnen. Auf einem Bildschirm über der Ladentheke lief ein Video über fairen Handel in der Kaffeeindustrie. Es zeigte lächelnde Peruaner, die genug verdienten, um einen Generator anschaffen zu können. Der Ladenbesitzer schlug vor, eine Verkehrsüberwachungskamera an der Landstraße installieren zu lassen.

In den Fachwerkhäusern näher beim See war es das Gleiche: keiner erinnerte sich, Teversham gesehen zu haben. Es kam Sal so vor, als verschwämmen die Gesichter der Dorfbewohner allmählich zu einem einzigen Gesicht – und einen Moment lang wurde sie von der Vorstellung verfolgt, hier wären alle Einwohner miteinander verwandt. Befragungen von Tür zu Tür hatten allerdings immer diese Wirkung auf sie.

Schließlich fand sie nur eine einzige Person, die Teversham gesehen hatte: Debbie, die Kellnerin in The Bride.

»Tom Fletcher haben Sie nicht dabei?«, fragte Debbie.

»Er ist anderweitig mit dem Fall beschäftigt.«

Debbie lächelte und wischte einen Zapfhahn mit dem Tuch sauber. Das Pub war beinahe menschenleer. Drüben an der Backsteinwand schimmerte die Ausstellung kleiner Strohpuppen im Licht: Die bunten Seidenstoffe glänzten wie Edelsteine und die geschickt geflochtenen Arme und Beine hatten einen goldenen Bernsteinton.

»Debbie, wie war das denn gestern Abend mit Ron Teversham?«

»Der arme alte Ron. Er setzte sich da drüben in die Ecke, so gegen zehn, und trank ganz allein einen Whisky.«

»Hatte er vorher schon etwas getrunken?«

»Er hatte immer vorher schon etwas getrunken.«

»Hat er irgendetwas gesagt?«, fragte Sal.

»Er murmelte etwas vor sich hin. Ich sagte: *Ist das nicht schrecklich, mit Jake* – weil sie früher oft zusammen hier gewesen sind, er und Jake. Er nickte einfach nur. Dann stand er auf und ging über die Straße. Ich hab es vom Garten aus gesehen. Nicht, dass Sie denken, ich hätte ihm nachspioniert.«

»Er ging über die Straße?«

»In das Haus dort gegenüber. Ich fand das irgendwie merkwürdig. Dass Ron so jemanden besucht.«

Sal trat ans Fenster und warf einen Blick auf das eindrucksvolle Haus, das ihnen schon gestern aufgefallen war: Backsteine im Kornährenverband bildeten das Erdgeschoss, auf das ein Obergeschoss aus Fachwerk aufgesetzt war. Schwere steinerne Tür- und Fensterstürze und eine Glyzinie, die die Wände überrankte, verbanden beides zu einem einheitlichen Bild, und das Ganze lag hinter einem schmiedeeisernen Gartenzaun. Alles zusammen sah so aus wie das Titelbild einer Broschüre über die verborgenen Schätze von East Anglia.

»Wer wohnt dort, Debbie?«

»Alain de Minching.« Debbie trat nun ebenfalls ans Fenster.

»Den Namen kenne ich.« Sal dachte an Jake Skerrits Zimmer. »Er hat ein Buch über die Hochzeit von Thinbeach geschrieben. Darin kommt eine alte Ballade vor, über...«

»Die treulose Maid von der Isle of Eels.« Debbie sang die Zeile wie ein Volkslied und dehnte die letzte Silbe zu zweien. »Er hat schon eine Menge gemacht, dieser Alain de Minching. Er ist wirklich ein sehr kluger Kopf.«

»Er behauptet von sich selbst, dass er von den Normannen abstammt.«

»Sie brauchen sich nur sein Haus anzuschauen.«

Vor ihnen ragte der Turm der verfallenen Kirche auf, und die schräg einfallenden Strahlen der Nachmittagssonne brachen sich in den Planen der Foliengewächshäuser, die sich links und rechts der Straße nach Thinbeach entlangzogen. Neben Fletcher auf dem Beifahrersitz saß ein Mann, den er vorher noch nie gesehen hatte.

Die Situation war ungewöhnlich. Vor Tevershams Haus hatte der Mann ihm erklärt, dass sie eine wichtige Fahrt unternehmen müssten. Er würde Fletcher zu jemandem bringen, der die Fragen, die Fletcher sich inzwischen möglicherweise stellte, beantworten könnte.

Und wer sind Sie?

Das erkläre ich Ihnen unterwegs.

Der Mann trug einen weißen Pullover mit Polokragen unter einer schwarzen Lederjacke, dazu dunkle Segeltuchhosen und knöchelhohe Sportschuhe. Er hatte ein bisschen Übergewicht, aber das stand ihm gut. Plötzlich lächelte er breit, und ein Goldzahn blitzte auf.

»Biegen Sie hier links ab, mein Freund. Nehmen Sie diese schmale Straße.«

Fletcher hatte diesen Akzent heute schon einmal gehört, die kehlige Stimme und das rollende R. Aus Olgas Mund klang es verführerisch. Bei diesem Mann war es ein zischendes Grollen.

»Sie sind Russe«, bemerkte Fletcher. »Ein Freund von Olga Breakman? Was tun Sie hier?« Keine Antwort. »Wen soll ich treffen?«

Der Mann lächelte. Er war Ende dreißig, hatte ein breites, gutmütiges Gesicht, Fältchen um die Augen, eine stumpfe Nase und kurzes Haar. Er sah aus wie ein ehemaliger Soldat.

»Fahren Sie einfach.«

Sie folgten einem Wirtschaftsweg, der um Thinbeach herum in naturbelassenes Sumpfgebiet führte. Die Ranken und Binsen des Fens schoben sich vor den rötlich verfärbten Himmel, Schilfspitzen schwankten im Wind. Dann ging die asphaltierte Straße in einen Feldweg zwischen verkrüppelten Weißdornbüschen über, und die Reifen holperten über lose Steine. Sie kamen an einem Schild mit der Aufschrift *Naturschutzgebiet* vorbei, das erste Straßenschild seit zehn Minuten. Fletcher fuhr langsamer, um Zeit zu gewinnen.

»Wie sind Sie überhaupt ins Land gekommen?«

Die Augen des Russen leuchteten. Er genoss das Gespräch.

»Im Pass steht, dass ich Lette bin. Ich gehe an Bord der Fähre. Ein netter lettischer Klempner, den winkt man doch sofort durch. Hier in diesem Land braucht ihr massenhaft Klempner. Wie kommt das nur, mein Freund?«

»Sie haben also einen gefälschten lettischen Reisepass.«

»Lassen Sie uns das Thema wechseln!«

»Wieso sprechen Sie so gut Englisch?«

»Man nennt mich sogar danach.«

»Wie denn?«

»Berlitz. Wie die Schule, wo ich zu Hause Englisch gelernt habe. Kaum ist es mit dem Kommunismus vorbei, kommen sie ins Land und machen eine Schule auf. Ich habe mich als Erster eingeschrieben. Ich hatte eine wunderbare Lehrerin,

Samantha Smithson-Hyde. Kurze Röcke, aber, wow, was konnte die Frau trinken. Ich habe auch die Kassetten gekauft.«

»Sie haben in Tevershams Haus wirklich alles auf den Kopf gestellt, Berlitz. Was haben Sie gesucht?«

»Ich habe dort nur auf Sie gewartet. Ich weiß alles über diesen Teversham und dachte mir, dass Sie irgendwann heute dort hinkommen würden. Aber ich war nicht im Haus. Wenn Sie meine Meinung hören wollen, würde ich sagen, dass irgendwelche anderen Typen gestern Nacht oder heute früh dort eingebrochen haben.«

»Und wer könnte das Ihrer Meinung nach gewesen sein?«

Berlitz zuckte die Schultern. »Sie sind doch der Polizist.« Er hatte keinerlei Interesse an der Videokassette gezeigt, die jetzt auf dem Rücksitz lag, als ginge er davon aus, dass britische Polizisten so etwas immer dabeihatten. »Jetzt hier abbiegen und zwischen diese hässlichen Büsche fahren. Da ist ein großes Loch, Achtung. So. Genau richtig. Mittendurch.«

Fletcher lenkte den Wagen vorsichtig zwischen den Weißdornbüschen hindurch. Dann hielt er an.

Vor ihnen lag eine riesige Fläche von rissigem Beton, Trümmern und Geröll, die bis zum Horizont mit der prachtvoll rot untergehenden Sonne zu reichen schien. Zuerst meinte Fletcher, tief am Boden treibenden Nebel zu sehen. Dann merkte er, dass alles mit Pusteblumen bewachsen war, deren runde Köpfchen mit den grauen Samenschirmchen zu Tausenden im leichten Wind zitterten.

»Wo sind wir?«

Berlitz lachte wieder: Er war ein glücklicher Mensch.

»Können Sie das nicht – wie heißt das Wort? – schlussfolgen?«

»Schlussfolgern.«

Fletcher spähte über das Pusteblumenmeer und sah etwas in einiger Entfernung – eine Art leichte Erhöhung, die sich vor dem malvenfarbenen Himmel abzeichnete.

Der Russe nickte. »Richtig. Dorthin müssen wir. Aber ich denke an Ihre Reifen, mein Freund. Daher schlage ich einen kleinen Spaziergang vor.«

Sie stiegen aus. Berlitz zog seine Jacke zurecht. Dass er etwas untersetzt war, erklärte noch lange nicht die Ausbeulung unter seinem Arm.

»Berlitz«, sagte Fletcher, »mir scheint, dass Sie eine Waffe bei sich tragen.«

Berlitz wirkte gekränkt. »Aber ich habe Sie nicht bedroht. Ich war höflich. Mehr als das, ein wahrer Gentleman.«

»Zeigen Sie mir die Waffe.«

Berlitz lächelte. »Wollen Sie sie wirklich sehen?«

Er öffnete den Reißverschluss seiner Jacke und zog eine irrwitzige Pistole hervor. Er legte sie auf die ausgestreckte Handfläche, so dass Fletcher sich nicht bedroht fühlte. Es war eine schlanke Waffe mit einem stark geriffelten Kunststoffgriff und einem langen, flachen Lauf, der in einer haifischflossenähnlichen Zielvorrichtung auslief. Das dunkle Metall war glänzend poliert und stellenweise blankgescheuert.

»Was soll denn das sein?«, fragte Fletcher.

Mit nach unten gehaltener Mündung zeigte Berlitz ihm stolz den Mechanismus.

»Das ist das Original, Mann. Eine Margolin .22. Damals, in der Sowjetunion, wurden sie als olympische Sportpistolen entwickelt, aber danach gab es die eine oder andere kleine Verbesserung. Hübsch und leise. Genau die richtige Waffe für einen Mann wie mich auf einer solchen Reise – und wissen Sie auch, warum?« Er nahm das Magazin heraus, warf es ein paarmal in der Hand herum und steckte es wieder zurück. »Eine ganz schlichte Waffe. Nimmt man sie auseinander, sieht sie aus wie ein paar Rohrstücke. Was ein Klempner eben so in seiner Werkzeugkiste hat. Ich möchte Sie nicht beunruhigen, mein Freund, aber ich glaube, dass gerade jetzt eine gewisse Anzahl dieser Waffen in Ihrem Land eintreffen. Plus Besitzer.«

»Gut gemacht, Berlitz. Sie haben mich auf eine Gefahr für die öffentliche Sicherheit aufmerksam gemacht – das kann vor Gericht zu Ihren Gunsten gewertet werden. Und wer ist nun also außer uns beiden noch hier?«

Rundum sah Fletcher nur das riesige Geröllfeld, das sich im Abendlicht dem Horizont entgegenstreckte.

Sal Moresby versuchte noch einmal, mit dem Airwave-Gerät Fletchers Handy zu erreichen. Ohne Erfolg. Sie beschloss, ihm noch eine halbe Stunde zu geben, bevor sie anfing, sich Sorgen zu machen.

Dann benutzte sie das Gerät, um zu überprüfen, ob Alain de Minching eventuell schon polizeilich erfasst war. Es war ein völliger Flop, der Computer hatte nichts über Minching.

Sie schaute auf die Uhr. Eine Viertelstunde. Sie konnte sich eigentlich nicht vorstellen, dass Fletcher jemals in eine Lage geraten könnte, mit der er nicht fertig wurde.

Berlitz steckte die Margolin in das lederne Pistolenhalfter unter seinem Arm. Dann zeigte er wie ein Kellner, der dem Gast zuvorkommend einen Tisch anweist, auf den aus der Geröllhalde emporwachsenden kleinen Hügel. Sie stapften die Halde hinauf, unter ihren Füßen knirschten Betonbrocken. Als sie sich dem Hügel näherten, erkannte Fletcher, dass er künstlich war, eine etwa drei Meter hohe Erhebung, die auf den ersten Blick uralt wirkte – sie sah aus wie ein neolithisches Hügelgrab. Dann entdeckte er jedoch einen modern wirkenden Spalt in der Seite: der Eingang, mit einem verbogenen Gitter versehen und von Betonsäulen flankiert.

Die Erhebung war also neueren Datums. Vielleicht ein verlassener Luftschutzbunker? Zuerst hielt Fletcher das Ganze für einen aufgegebenen Flugplatz, doch dann sah er weiter hinten andere, noch höhere Erhebungen aus dem Pusteblumenfeld ragen.

»Haben Sie es schon erraten?«, fragte Berlitz, als sie sich dem Hügel näherten. »Als ich klein war, gestattete Ihr Land den Amerikanern, an solchen Orten wie diesem hier Cruise Missiles aufzustellen, die auf uns gerichtet waren, und wir hatten unsere Raketen, die in eure Richtung zeigten. Aber jetzt sind wir alle gute Freunde, nicht wahr? Wir haben unsere Raketen zerlegt, und aus diesem Ort hier ist ein Naturschutzgebiet geworden. Was für ein Happy End.« Sie hatten das Gitter am Eingang der Kuppel erreicht. Ein paar Betonstufen führten nach unten. »Weiter begleite ich Sie nicht.«

Er machte sich auf den Rückweg zum Wagen und ließ Fletcher allein.

Ein Windstoß trug Rauch heran. Fletcher betrachtete die Kuppel und entdeckte ein immer heller aufflackerndes Feuer im Inneren. Dann tauchte jemand am Fuß der Treppe auf und winkte ihn herein.

Beim Hinabsteigen stellte Fletcher fest, dass die Kuppel in ihrer ganzen Länge von dem Spalt durchschnitten wurde. Die Wände aus altem, aber noch nicht rissigem Beton stiegen zu einem Streifen rötlich grauen Himmels empor. In der Mitte brannte ein Feuer aus dürrem Holz. Der Spalt wirkte wie ein Kamin, und der Rauch zog steil nach oben ab und verbarg das Gesicht eines hinter dem Feuer stehenden Mannes. Flechter erkannte nur den Umriss einer kräftigen Gestalt.

Der Mann hinter der Rauchsäule sagte: »Sie sind tief in Gedanken versunken, Polizist.«

»Ich heiße Fletcher.«

»Ich kenne Ihren Namen.«

»Olga Breakman hatte vor irgendetwas Angst. Vermutlich vor Ihnen. Wer sind Sie?«

Ein brennender Zweig knackte, und der Mann sah eine Weile ins Feuer, bevor er antwortete.

»Sie kennen mich nicht. Ich bin Iwan.«

Dienstagabend

Die Silhouette des Russen hinter der Rauchfahne des Holzfeuers verharrte vollkommen reglos, nur die Schuhe waren im Schein des Feuers zu sehen. Es waren Armeestiefel, die so blank poliert waren, dass die Glut sich darin spiegelte.

Fletcher sprach zu der dunklen Gestalt.

»Iwan, ich weiß nicht, was Sie hier wollen, aber Berlitz besitzt eine illegale Pistole. Er ist Ihr Komplize.«

»Er ist nicht mein Komplize. Er ist mein Dach-Mann.«

»Ihr was?«

»So führt man bei uns in Russland Geschäfte. Ich bin Geschäftsmann – und *Kryscha*: ein Dach für die Menschen, die ich schütze und vor Schaden behüte. Probleme gibt es, wenn jemand nicht für seine *Kryscha,* für seinen Schutz zahlt. Dann machen Berlitz und seine Freunde einen Hausbesuch. Sie steigen mit Kettensägen ins oberste Geschoss. Sie sägen das Dach ab und werfen es auf die Straße. Berlitz ist der Beste, er singt dabei. Er hat eine unglaubliche Stimme. Die Leute kommen, lauschen seinem Gesang und sehen zu, wie das Dach abgenommen wird. Nach ein paar Stunden weiß jeder im Viertel, was los ist: Das Haus hat kein Dach mehr, keine *Kryscha.* Niemand wird jemals wieder dort wohnen wollen.«

»Und wenn die Leute dann immer noch nicht zahlen?«

»Sie zahlen immer.«

»Sie befinden sich hier nicht in Russland, Iwan. Sondern in Ostengland. Ich vermute, dass Sie Informationen über zwei Morde besitzen, die hier vor kurzem an Einheimischen begangen wurden. Gehen wir.«

Die dunkle Gestalt blieb vollkommen reglos. Das Licht im Bunker verblasste zu einem düsteren Malvenrosa, in welchem der Beton bernsteinfarben schimmerte. Vögel flogen durch den Streifen Himmel über ihren Köpfen.

Fletcher schüttelte den Kopf. Mit einem Tritt schleuderte er einen Ast aus dem Feuer. Er packte ihn am nicht brennenden Ende und beleuchtete das Gesicht des Russen wie mit einer Fackel. Der Mann zuckte mit keiner Wimper.

Wie Berlitz war auch er Ende dreißig. Er stand kerzengerade wie ein Berufssoldat, dem das Leben als Zivilist noch ungewohnt ist – und die blank polierten Armeestiefel verliehen seinem maßgeschneiderten Nadelstreifenanzug eine bedrohliche Note.

Der Kragen des Hemdes stand offen, wofür es einen unübersehbaren Grund gab. Fletcher sah eine schartige Linie, die über den kräftigen Hals des Mannes bis unter sein Kinn lief – die schreckliche Narbe einer Wunde, die wohl um ein Haar tödlich gewesen wäre. Die Gesichtszüge des Mannes erinnerten Fletcher an alte sowjetische Denkmäler: hohe Wangenknochen, tiefliegende, mandelförmige Augen und kurzes, aus der breiten Stirn gebürstetes Haar.

Das Gesicht verzog sich langsam zu einem Lächeln.

»*Gehen wir*, sagt er. Der englische Humor ist wirklich sehr komisch. Olga hat mir von Ihnen erzählt.«

»Was hat Olga Ihnen sonst noch erzählt? Über Jake Skerrit zum Beispiel? Vielleicht, wo und wann Sie ihn allein antreffen konnten?«

Fletcher warf den Ast ins Feuer zurück, und Iwan trat ins Licht der Flammen.

»Jake Skerrit, dieser junge Bursche in der großen Maschine. Ich habe von ihm gehört, und auch von seinem Freund, dem Wachmann. Mit uns hat das natürlich nichts zu tun. Eine rein englische Angelegenheit.«

»Mir kommt es wie eine russische Angelegenheit vor.

Klingt so, als hätten Sie sich eine leichte Beute gesucht, einen wehrlosen englischen Geschäftsmann. Geht es um Schutzgeld? Oder schaffen Sie junge Frauen wie Olga per Zwangsheirat nach England?«

Iwan lächelte aufs Feuer hinunter, und das Licht tanzte in seinen mandelförmigen Augen. »Ich sollte Sie als Berater engagieren. Ja, wir machen solche Geschäfte. Der Heiratshandel ist für Leute wie mich topaktuell. Aber Ihre Vorstellung davon gefällt mir nicht – russische Frauen diesen englischen Burschen auszuliefern. Ich ziehe es vor, wenn der Ehemann der Dumme ist. Er verliert ein Vermögen bei der Scheidung, der Erlös landet bei mir, ich zahle die Frau korrekt aus und alle sind glücklich. Nun ja, fast alle. Olga ist eines meiner Mädchen, das beste, aber sie ist aus anderen Gründen hier.«

»Aus welchen Gründen? Unsittlichen?«

»Ich muss sagen, Sie haben ziemlich platte Vorstellungen von russischen Geschäftsleuten. Krasse Vorurteile, ist das in Ihrem Land nicht strafbar, hm?«

Iwan griff in sein Nadelstreifenjackett und zog einen Flachmann aus Edelstahl mit angeschraubten Trinkbechern hervor. Er schenkte zwei Becher ein und wollte Fletcher einen reichen.

»Ich trinke nicht«, erklärte Fletcher.

»Das Zeug ist in Ordnung. Schauen Sie.« Iwan setzte den einen Becher an die Lippen und kippte den Inhalt in einem Zug hinunter, die Augen glänzend im Feuerschein. Er wirkte gekränkt, als Fletcher den anderen Becher erneut ablehnte.

»Sind Sie Alkoholiker? Wie ich gehört habe, sind das viele Polizisten.«

»Ich habe noch nie Alkohol getrunken.«

Iwan betrachtete den vollen Becher in seiner Hand. Dann kippte er den Inhalt hinunter und schraubte beide Becher wieder auf dem Flachmann fest.

»Sie kommen von weit her, Iwan«, sagte Fletcher. »Was treiben Sie denn so, wenn Sie nicht gerade die Angestellten von Breakman Machinery ermorden?«

»Okay, Polizist. Hören Sie mir zu, das ist wichtig. In Russland gibt es das *delo shisni*. Wissen Sie, was das bedeutet? Es bedeutet die Lebensaufgabe, das entscheidende Werk im Leben eines Menschen. Der kritische Punkt. Nicht jeder hat das Glück, irgendwann dieser entscheidenden Aufgabe zu begegnen. Meine Lebensaufgabe liegt hier in Thinbeach.« Der Streifen Himmel über ihnen hatte inzwischen einen grellen Bronzeton, der dem von Iwans Augen glich. »Und Sie stören mich. Sie stellen Fragen ...«

»Wir sind hier in England und ich bin Polizist.«

»Widersprechen Sie mir nicht.« Der russische Akzent war wieder ein Grollen. »Wie tief ist das Wasser in diesem Fen? Drei Meter, denke ich. Wissen Sie, wie leicht es wäre, Sie heute Nacht einfach verschwinden zu lassen?« Wieder knisterte ein Ast im Feuer. »Aber das will ich nicht. Ein verschwundener Polizist zieht weitere Polizisten an, wie die Wespen. Ich möchte nur, dass Sie aus Thinbeach weggehen. Sie müssen einen Bericht schreiben, okay. Der englische Bursche spielte gern mit großen Maschinen. Dabei verunglückte er. Der Wachmann war betrunken und fuhr gegen einen Baum. Schreiben Sie das in Ihren Bericht. Kommen Sie nicht hierher zurück. Sprechen Sie nie wieder mit Olga.«

Über dem Bunker erwachte, vom Rauch halb verdeckt, ein Stern flackernd zum Leben. Die Nacht versprach schön zu werden.

»Iwan, Sie verstehen mich nicht. Sie werden in einem englischen Gefängnis sitzen.«

Iwan legte den Kopf zurück. Der Schein des Feuers ließ die Narbe unter seinem Kinn glänzen, und Fletcher fragte sich, wie viel Blut der Mann damals wohl verloren hatte. Iwan lachte.

»Polizist, ach, Polizist, glauben Sie, dass ein englisches Gefängnis mir Angst macht? Haben Sie jemals von einem Ort namens *der Zylinder* gehört? Nein? Nun, das ist ein Militärgefängnis, das schlimmste in Russland und damit das schlimmste der Welt. Ich war ein halbes Jahr lang dort. Es *ist* ein Zylinder, verstehen Sie: ein Betonring mit ein paar Lichtöffnungen oben. Die Zellen sind Betonkammern im Boden. Der Zylinder ist wie eine Maschine, jeden Tag rückt man eine Zelle weiter. Die Maschine dreht einen unaufhörlich im Kreis und lässt einen niemals zur Ruhe kommen. Sie würden nicht einmal in Ihren Albträumen darauf kommen, was dort mit den Menschen geschieht. Ich habe Männer gesehen, die Würmer fraßen und dabei glücklich waren.«

»Ist das damals passiert – das mit Ihrem Hals?«

Fletcher war gar nicht auf ein Gespräch aus, aber aus irgendeinem Grund interessierte ihn das. Beim Gedanken an die schreckliche Verletzung zuckte er innerlich zusammen. Ob das Mitleid war?

Iwan senkte nur den Kopf und schloss einen Moment lang die Augen.

»Also«, sagte er, »ich habe mich wie ein Engländer verhalten. Ich habe Ihnen eine faire Chance geboten. Greifen Sie zu. Schreiben Sie einfach Ihren Bericht.«

Fletcher dachte daran, wie Jake Skerrits Vater ihn beim Arm ergriffen hatte. »Wir sehen uns noch«, sagte er.

Dann ging er vom Feuer weg, die Treppe zum Eingang hinauf und trat hinaus in die Dämmerung.

Kühle Luft. Rundum die zerbröckelnde Betonfläche. Iwan rief etwas auf Russisch, und Berlitz, der am Fuß der Geröllhalde an Fletchers Audi lehnte, richtete sich auf und kam zu ihnen geschlendert. Die Pistole war nicht zu sehen.

»Sie wollen doch nicht schon gehen?«

»Doch, Berlitz.«

»Nun ja, natürlich, mein Freund. Es war mir ein Vergnügen. Ich hoffe, Sie bald wiederzusehen.«

Fletcher ging über das Geröll zu seinem Auto. Als er dort ankam, hörte er etwas hinter sich und drehte sich um.

Berlitz und Iwan standen, vor dem Hintergrund des malvenfarbenen Himmels scharf umrissen, hoch aufgerichtet auf der grasbewachsenen Betonkuppel. Iwan überragte die gedrungene Gestalt von Berlitz in der Lederjacke. Berlitz hatte eine Hand erhoben, und selbst auf die Entfernung waren die einzelnen Finger deutlich zu erkennen.

Wieder hörte Fletcher etwas, das gleiche Geräusch wie zuvor. Es war eine menschliche Stimme, mächtig und klar. Sie schallte über die Betonfläche und verstummte dann, von einem Echo gefolgt, das über den zerklüfteten Boden hallte. Fletcher verstand nicht recht, was da geschah. Er sah, wie Berlitz wieder die Finger bewegte, als prüfe er den Wind. Hinter ihm am dunkler werdenden Abendhimmel funkelte der Stern hell und klar.

Fletcher lehnte sich gegen seinen Wagen. Er wusste, dass er notfalls mit Vollgas in wenigen Sekunden hinter der Hecke wäre, aber er hatte nicht das Gefühl, dass das nötig sein würde.

Berlitz bewegte wieder die Hand und fing an zu singen.

Fletcher verstand nichts, doch einen solchen Gesang hatte er noch nie gehört. Er begann langsam und tief, und die klaren russischen Worte klangen wie eine Ansprache an die weite, leere Landschaft.

Fletcher wusste, dass die Fens bis vor einigen hundert Jahren ein brackiges Binnenmeer gewesen waren und die Dörfer Häfen oder auch nur winzige Inseln in den Sümpfen. Er stellte sich vor, dass das Meer, sollte es sein Gebiet jemals zurückfordern, einen Klang verbreiten würde wie die Stimme dieses russischen Kriminellen mit der Pistole in seiner Jacke.

Die Stimme verstummte, doch ihr Nachhall wehte wie Rauch durch die Dämmerung. Sekunden verstrichen. Noch immer war der Umriss des Sängers mit der ausgestreckten Hand neben Iwan auf der Kuppel zu sehen. Ein einsames Gänsepaar durchquerte den Himmel mit Suchrufen von Ost nach West.

Berlitz und Iwan drehten sich um und verschwanden. Kurz darauf hörte Fletcher auf der anderen Seite des Hügels ein Auto wegfahren. Das Feuer im Inneren des Schutzbunkers war fast niedergebrannt.

Fletcher beobachtete es ein paar Sekunden lang. Die Sekunden wurden zu Minuten. Er dachte an das kleine Haus in der Electric Mile. Der Gesang hatte das Bild heraufbeschworen.

Dann fuhr er los.

In den Lagerhallen der britischen Landmaschinenhändler sprangen die Niva-Traktoren nicht an. Funken sprühten und die primitiven Aufhängungen wirkten verbogen. Außerdem verloren die Traktoren ganze Ölpfützen. Die Händler studierten die in verwirrendem Englisch abgefassten Betriebsanleitungen. Die Traktoren sprangen weiterhin nicht an und das Öl tropfte weiter.

Die Händler tauschten ihre Erfahrungen aus und wandten sich an die sowjetische Handelsmission in London. Sie verweigerten die Zahlung und verlangten den Abtransport der Traktoren. Der Zustrom harter Währung versiegte, bevor er recht begonnen hatte.

Es kam zu hitzigen Telefonaten zwischen der sowjetischen Handelsmission und dem Niva-Werk. Die Handelsmission wollte eine Rücksendung der Traktoren nicht akzeptieren. Die Werksleitung beharrte darauf, dass es sich um einen Irrtum handeln müsse: Entweder hätten die Händler die Batterien falsch angeschlossen und benötigten Unterweisung oder die Traktoren seien beim Transport beschädigt worden und müssten repariert werden. Insgeheim machte man sich allerdings Sorgen, dass diese Lieferung vielleicht wirklich fehlerhaft gewesen war.

So oder so musste jemand sich des Problems annehmen

und es beheben. Dies war eine Aufgabe, die man nur einem hochqualifizierten und vertrauenswürdigen Mann anvertrauen konnte.

Im Konferenzraum des Niva-Werks, unter den Augen von Präsident Breschnew, wurde ein leitender Ingenieur instruiert.

Fletcher hielt sich an der Türsäule von Sals Wagen fest, als diese in der Kurve beschleunigte. Der zerklüftete Schatten der Weißdornhecke flog im Scheinwerferlicht vorbei, dann fuhren sie durch den geraden, schwarzen Tunnel der Straße nach Thinbeach, an der alten Kirche vorbei und durch die Kurve, in der Ron Teversham die Kontrolle über sein Fahrzeug verloren hatte. Die Reifen quietschten.

Sie hatten sich kurz vor Thinbeach getroffen und ihre Notizen abgeglichen.

Als ich die Russen erwähnte, wirkte Tony Olland ganz schön nervös.

Das wundert mich überhaupt nicht, Sal. Aber jetzt brauchen wir erst einmal einen Videorecorder.

Das Dorf tauchte auf, und auf dem Schild mit dem Namen der Partnergemeinde brach sich das Scheinwerferlicht in der Dämmerung.

Der Fen Deli war geschlossen, doch der Besitzer kam aus der Wohnung hinter dem Laden und erlaubte ihnen, das Videogerät hinter der Kasse zu benutzen. Fletcher zog die Jalousien herunter und legte die Kassette ein. Es roch noch immer nach Kaffee und Brötchen in dem Laden.

Neben ihm band Sal sich das Haar mit einem schnellen Handgriff im Nacken zusammen. Dann lehnte sie sich gegen die Theke und blickte auf den Bildschirm.

Das Bild war vierfach unterteilt. Man sah den Parkplatz, den Eingangs- und Empfangsbereich, den Flur mit den Bürotüren und den Ausstellungsraum mit dem Schredder im

Halbkreis der Traktoren. Eine Zeitanzeige in der Ecke des Bildschirms notierte 18.23 Uhr. Sie spulten im Schnelllauf vor, und es war nur zu sehen, dass das durch die Dachfenster der Ausstellungshalle dringende Sonnenlicht langsam abnahm, bis die Nachtbeleuchtung sich einschaltete, die sogleich von Motten umschwirrt wurde.

Um 21.13 Uhr zeigte das ruckelnde Kamerabild, wie ein schlanker junger Mann von angenehmem Äußerem über den Parkplatz kam. Sal ließ das Band nun in normaler Geschwindigkeit weiterlaufen, und sie sahen, wie Jake den Eingangsbereich durchquerte, die Schuhe durch das betagte Videosystem zu grünen Streifen verzerrt.

Der Bildschirmausschnitt mit der Ausstellungshalle zeigte, dass Jake eine Weile dort stand und sich umsah, so als wollte er sich vergewissern, dass er unbeobachtet war. Fletcher beugte sich vor und wartete angespannt auf die schrecklichen Bilder, die nun kommen mussten. Doch Jake drehte sich um und ging in den Bürobereich zurück. Der Film zeigte, wie er an den anderen Türen vorbei in den spartanischen Wachraum trat, in dem Fletcher am Montagvormittag mit Ron Teversham gesprochen hatte. Jake trat ein und ließ die Tür angelehnt. Die Zeitanzeige zeigte 21.16 Uhr.

Das Bildschirmviertel mit dem Parkplatz wurde dunkel. Dann geschah dasselbe mit der Kamera am Empfang. Dann in der Ausstellungshalle. Jake Skerrit lugte aus der Tür in Tevershams Büro und zog den Kopf wieder zurück. Der Ausschnitt mit den Bürotüren erlosch, und jetzt war der Bildschirm nur noch ein düsteres Grau, während in der Ecke die Zeitanzeige weiterlief. Sie spulten bis zum Ende des Bandes vor.

Nichts mehr.

»Das heißt also, dass Jake Skerrit die Kameras abgestellt hat. Er hat sie *absichtlich* ausgeschaltet.« Sal ließ die Videokassette auswerfen und klopfte sich damit gegen die Handfläche. »Das scheint wirklich auf einen Unfall hinzudeuten. Er wollte nicht, dass die Kamera aufzeichnete, wie er mit den Maschinen herumspielte.«

»Ich würde dir zustimmen, Sal, hätte ich dieses Band nicht im Toilettenspülkasten eines Ermordeten gefunden. Ich meine, warum hat Teversham es an sich genommen, behauptet, dass es gar nicht existiert, und es dann so sorgfältig versteckt?«

»Sorgfältig?« Sal schürzte die Lippen. »Eigentlich hast du ja nur ein paar Sekunden gebraucht, um es zu finden. Ich würde sagen, dass Teversham es vor jemandem versteckt hat, der nicht wusste, wie eine Toilettenspülung funktioniert.«

»Eine gewagte Schlussfolgerung.«

»Das ist meine größte Stärke.« Sie warf ihm die Kassette zu. »Wie auch immer, wir müssen heute Abend noch einen Besuch machen. Komm mal her.«

Sie zupfte ihm die Krawatte zurecht.

Am Gartentor prangte ein schmiedeeisernes Schild mit dem Hausnamen – *The Blindy House* – und dahinter führte ein mit Platten ausgelegter Weg zwischen Büschen hindurch zur Haustür.

»Dort wohnt Alain de Minching«, sagte Sal. »Autor des Geschichtsbuchs, das wir in Jakes Zimmer gefunden haben, und, soweit wir wissen, der letzte Mensch, der Ron Teversham lebend gesehen hat. Ron war gestern gegen zweiundzwanzig Uhr hier. Wir wissen, dass er vor Mitternacht gestorben ist.«

Bevor er das Gartentor öffnete, betrachtete Fletcher aufmerksam das Haus. Dann betraten sie den Garten. Es roch nach Lavendel und nach dem Fluss unmittelbar hinter dem Damm. Aus den schmalen Fenstern fiel ein milchiges Licht auf die hängenden Glyzinien – und aus der Nähe sah Sal, dass in den Fugen der Steinwand Wildblumen wuchsen.

Als sie läutete, bellte irgendwo im Inneren des Hauses ein Hund, den jemand mit gut gelaunter Stimme zur Ordnung rief. Sie spürte die gespeicherte Wärme, die von den Steinen abstrahlte, und ebenso Fletchers schweigende Nähe.

Kurz darauf öffnete sich die Tür, und Sal stellte fest, dass Alain de Minching wie die perfekte Ergänzung zu seinem imposanten Haus aussah.

Fletcher musste unwillkürlich an Tevershams Wohnung in Wittris denken. Teversham hatte eine winzige Küche und drei kleine Zimmer gehabt. Dieser Mann hier dagegen führte sie, nachdem er ihnen freundlich die Hand gegeben hatte, durch eine riesige, mit Steinplatten ausgelegte Eingangshalle, von der links und rechts Türen abgingen, eine Treppe hinunter und zu einem Torbogen. »Kommen Sie, kommen Sie auf meine *terrasse*«, sagte er, wobei er Terrasse französisch aussprach.

Hinter dem Torbogen traten sie auf einen kleinen gemauerten Platz, der direkt am Rand des Thinbeach Pool lag und vom Licht aus den Erdgeschossfenstern beleuchtet wurde. Links und rechts erhob sich der Damm und verdeckte die ersten Abendsterne. Am gegenüberliegenden Ufer des Sees bog sich das grau verschwommene Röhricht im Wind. Vor der Terrasse plätscherte das unruhige Wasser gegen den Schlickstrand, auf dem ein paar hell schimmernde Seerosen wuchsen. Man hörte einen Fisch springen.

Zu dritt standen sie eine Weile da und sahen über das Wasser.

»Thinbeach war früher eine Insel, wissen Sie. Bevor die Fens trocken gelegt wurden«, sagte Alain de Minching. »Das hier war damals der Hafen und wurde *beach* genannt. Als die Normannen die Fens eroberten, errichteten sie hier ein befestigtes Herrenhaus – eine *maison blindée*, daher der Name Blindy House. Wir stehen hier auf normannischen Fundamenten.«

Fletcher drehte sich um und sah sich de Minching genauer

an. Ein eindrucksvoller Mann in den Fünfzigern: schlank, kurz geschnittenes Haar, ein kantiges, recht französisch wirkendes Gesicht, graugrüne Augen. Er trug die Freizeitkleidung eines Mannes, der noch keine Angst vor dem Alter hat, weite Hosen, ein Polohemd und einen Pullover über die Schultern gehängt. Er strahlte jenes gelassene Charisma aus, das sich einer Kombination aus Wohlstand, gutem Aussehen und Intelligenz verdankt.

»Hier ist es wunderschön. Was tun Sie denn beruflich?«, fragte Sal.

Alain de Minching breitete die Hände aus. Sie waren elegant und gepflegt – doch die Unterarme waren mit dichtem, dunklem Haarwuchs bedeckt.

»Ich investiere. In der Regel erfolgreich. Aber was kann ich für Sie tun?«

»Sie können uns von Ron Teversham erzählen«, antwortete Fletcher.

»Natürlich, der arme Ron. Setzen wir uns doch.« Alain deutete auf die Stühle, die um einen großen Teakholztisch standen. Auf diesem lag eine Landkarte ausgebreitet, an der Pappmarkierungen angebracht waren. Ein einzelnes Weinglas stand auf dem Tisch und beschwerte die eine Ecke der Karte.

»Nein, vielen Dank.«

Alains Lächeln erlosch, und er blickte auf den See hinaus. Von drinnen hörte man das Geräusch von Pfoten auf Stein, und zwei große Hunde erschienen auf der Terrasse, stattliche Jagdhunde, die Fletcher für Wolfshunde hielt. Die Tiere kamen zu Alain und legten sich leicht sabbernd links und rechts von ihm auf den Bauch. Alain beugte sich hinunter und streichelte einem der beiden über die Ohren.

»Würden Sie mir bitte antworten?«, sagte Fletcher.

Alain richtete sich auf und sah ihn an. »Sie verstehen nicht. Ich mache mir Vorwürfe, obwohl ich vor gestern Nacht noch nie etwas von Ron Teversham gehört hatte. Er kam gegen halb elf Uhr nachts hierher. Er war ziemlich betrunken und sehr aufgeregt.«

»Was wollte er?«, fragte Sal.

»Er machte sich große Sorgen wegen Breakman Machinery. Sie wissen vermutlich, dass der Sohn, Crispin, die Geschäfte übernommen hat? Ein gutmütiger Kerl, aber kein Geschäftsmann. Anscheinend geht es dort im Verkaufshaus zunehmend drunter und drüber. Und dann war da natürlich dieser scheußliche Unfall am Samstagabend, über den wir alle Bescheid wissen.«

»Das Unfallopfer vom Samstag hieß Jake Skerrit«, warf Fletcher ein. »In seinem Zimmer haben wir ein Exemplar Ihres Buchs gefunden. Haben Sie ihn gekannt?«

»Ich bin ihm nie begegnet. Wissen Sie, hier im Dorf finden Sie mein Buch praktisch in jedem Haushalt. Ich habe es selbst verlegt und viel in die Werbung gesteckt. Es ist die Geschichte unserer Gemeinde.«

»Und warum ist Ron Teversham bei Ihnen gewesen?«, fragte Sal.

»Das ist hier nichts Ungewöhnliches. Viele Bewohner des Dorfes bitten mich in den unterschiedlichsten Fragen um Rat. Dieser Teversham dachte, ich hätte vielleicht einen gewissen Einfluss auf Billy Breakman, den Firmengründer. Ich war zwar nie sehr gut mit Billy bekannt, aber Ron glaubte, ich könnte ihn dazu bewegen, aus dem Ruhestand zurückzukommen. Ron sagte, er mache sich Sorgen um die Zukunft der Firma, aber ich denke, es ging ihm eher um seinen eigenen Job. Ich hatte den Eindruck, dass er ohne den ziemlich am Ende wäre.«

Fletcher dachte darüber nach. War Teversham, nachdem er sich Mut angetrunken hatte, tatsächlich hierhergekommen und hatte den Bewohner des Herrenhauses um Hilfe gebeten? Denkbar war es.

Alain trat an den Tisch und griff nach seinem Weinglas. »Darf ich Ihnen nicht doch einen Schluck anbieten?«

»Leider nein«, antwortete Sal, »nicht im Dienst. Ron war betrunken, und Sie müssen gewusst haben, dass er mit dem Auto hier war. Haben Sie ihn da einfach so wegfahren lassen?«

Alain sah von Sal zu Fletcher und wieder zu Sal zurück.

»Also, das verstehe ich nicht. Ich habe Sie doch letzte Nacht informiert.«

»Wen haben Sie gestern Nacht informiert?«

»Jetzt sagen Sie nicht, dass Sie nichts davon wissen? In seiner gestrigen Verfassung hätte Teversham natürlich nicht Auto fahren dürfen. Ich wollte ihn aufhalten, aber er stürmte hinaus. Daher rief ich die Polizei von Ely an und machte sie darauf aufmerksam, dass in der Nähe von Thinbeach ein betrunkener Autofahrer unterwegs war. Ich kannte Rons Autokennzeichen nicht, weil er weiter vorn in den Shamblings geparkt hatte, aber ich dachte, dass ihn vielleicht ein Streifenwagen anhalten könnte. Das war vermutlich ein Irrtum. Hier in der Gegend ist nicht viel Polizei unterwegs, oder? Ihre Personaldecke ist ja auch ziemlich dünn. Dafür kann keiner was und Teversham ist selbst schuld, aber ich mache mir trotzdem Vorwürfe. Hätte ich vielleicht ein zweites Mal anrufen sollen?«

Fletcher warf Sal einen Blick zu, und sie trat ins Haus, um durch einen Anruf zu überprüfen, ob Alain de Minching die Wahrheit sagte. Fletcher vermutete, dass dem so war. Manchmal gab es eben Pannen.

Es wurde Nacht über dem Thinbeach Pool. Zwei Wolkenbänke schoben sich ineinander, das Röhricht am gegenüberliegenden Ufer hatte das Blaugrau des Wassers angenommen. Fletcher roch den Schlick am Uferstreifen unter der Terrasse.

In der Stille hörte er das leise Hecheln der prachtvollen Hunde. Alain kniete sich neben sie und streichelte sie am Hals. Die Hunde reckten wohlig die Köpfe. Er flüsterte ihnen etwas zu – auf Französisch, wie Fletcher bemerkte.

Fletcher blickte auf die auf dem Tisch ausgebreitete Karte. Sie kam ihm vertraut vor: Häuser, Straßen, Flüsse.

»Eine Karte von Thinbeach?«, fragte er.

Alain blickte auf, als hätte er Fletchers Anwesenheit ganz vergessen. Dann stand er auf und trat näher.

»Ja. Wir bereiten die Hochzeit von Thinbeach vor. Sie findet am Samstag statt.«

»Diesen Samstag?«

»Ja. Von da oben auf dem Damm, nur wenige Meter von hier entfernt, wird man die Braut von Thinbeach ins Wasser werfen.« Auf einer der Pappmarkierungen war eine Strohpuppe mit dünnen Ärmchen und Beinchen aufgezeichnet, die am Rande des Thinbeach Pool lag. »Könnte jemand, der vor Hunderten von Jahren hier gelebt hat, zuschauen, würde er das Fest sofort erkennen. Wir sind hier sehr dicht an unserer Vergangenheit dran.«

»Und Sie stammen, wie ich Ihrem Buch entnehme, von den Normannen ab. Das ist erstaunlich.«

»Warum? Sechzig Prozent der einheimischen britischen Bevölkerung leben in dem Bezirk, in dem sie geboren wurden. Vierzig Prozent sogar in derselben Stadt. Insgesamt gesehen sind wir ein recht sesshaftes Volk.« Alain trank einen Schluck Wein und warf einen Blick zum Haus. »Wie lange braucht Ihre Kollegin noch?«

»Nicht mehr lange.«

»Es eilt natürlich nicht. Vielleicht haben Sie ja von der Frau von Cricklade gehört? Sie hat vor dreitausend Jahren in Wiltshire gelebt, 1999 stieß man in einem Steinbruch auf ihr Skelett. Als man die DNA ihrer Gebeine mit der DNA der Bewohner des nächstgelegenen Dorfs verglich, stellte man fest, dass zwei Familien ihre unmittelbaren Nachfahren waren. Dreitausend Jahre, und sie sind noch immer da. Denken Sie nur! Nun, meine Abstammung von Chretien de Minchin ist eindeutig in den Kirchenbüchern dokumentiert.« Er setzte sein Glas ab. »Sie sollten Samstag zum Fest kommen und ein wenig Vergangenheit schnuppern.«

»Und zusehen, wie Chretien seine Frau ertränkt?«

De Minching lächelte wieder und blickte aufs Wasser hinaus. Er strich sich über die behaarten Unterarme. Aus seinem offenen Hemdkragen quollen Büschel von Brusthaar. »Chretien war ein recht starker Charakter, so könnte man es vielleicht ausdrücken. Er vertrieb die Angelsachsen, die ihm Ärger machten, und bevölkerte das Dorf mit seinen eigenen Nachfahren. Dafür braucht man eine feste Hand.«

Sal kam zurück und nickte Fletcher zu. Offensichtlich hatte de Minching wirklich bei der Polizei angerufen und die Kollegen vor Ort hatten nicht auf den Anruf reagiert.

»Mr de Minching, es tut mir leid, wenn ich unfreundlich schien«, sagte Fletcher.

Der Angesprochene winkte ab. »Inspector, nennen Sie mich Alain. Alain mit ai natürlich. Und denken Sie daran, ich stehe zu Ihren Diensten. Sollten Sie irgendetwas über das Dorf wissen wollen, können Sie mich jederzeit fragen.«

Die Hunde zu seinen Füßen hechelten.

»Russland«, sagte Fletcher.

»Wie bitte?«

»Wissen Sie etwas über eine Verbindung zwischen Thinbeach und Russland?«

Alain wirkte ehrlich verwundert. »Russland? Ach so, ich verstehe. Sie denken an Crispins Frau? Sie meinen, die Probleme bei Breakman Machinery könnten durch sie ausgelöst worden sein? Nun, ich habe keine Ahnung.«

»Ich dachte an einen umfassenderen Zusammenhang.«

Alain schüttelte den Kopf. »Da fällt mir wirklich nichts ein. Wir sind hier recht selbstgenügsam, wie Ihnen schon aufgefallen sein dürfte. Eigentlich ist das hier immer noch eine kleine Insel.« Plötzlich lächelte er. »Und das ist ja kein Verbrechen, oder?«

Der leitende Ingenieur saß an einem Tisch des Konferenzraums zwei Parteifunktionären gegenüber. Auf dem Tisch lag eine Mappe aus Karton. Die beiden Genossen beschrieben die Probleme mit den Traktoren und der Ingenieur machte sich mit seinem Minenbleistift Notizen.

»Es sind verschiedene Ursachen denkbar«, erklärte er. »Eine Ferndiagnose ist schwer möglich. Wann kommen die Traktoren zurück?«

Die Männer sahen nicht ihn an, sondern einen Punkt hinter seiner Schulter. Dann erklärte einer, dass Geschäftsbeziehungen mit kapitalistischen westlichen Gesellschaften immer problematisch seien.

»Diesen Gesellschaften fehlt die Zuverlässigkeit. Ihre korrupten Politiker schließen Verträge ab, aus denen sie sich später herauswinden wollen ...«

»Die Sache ist die«, unterbrach ihn der zweite Genosse, »wir können die Traktoren nicht zurücknehmen. Die verdammten Dinger bleiben, wo sie sind. Und das heißt, dass Sie sich das Problem vor Ort ansehen müssen.«

»Vor Ort?«

»In England.«

Es folgte ein langes Schweigen.

»Ich soll selbst dorthin?«

»Es handelt sich hier um ungewöhnliche Umstände, die außerordentliche Maßnahmen erfordern. Ein Visum für Sie liegt bereit. Zehn Tage sollten genügen, um jeden der Händler aufzusuchen. Sie werden von Süden nach Norden reisen.« Er schob die Mappe über den Tisch. »Hier ist Ihr Reiseplan. Wegen Ihrer Familie brauchen Sie sich nicht zu beunruhigen, Genosse Ingenieur. Während Ihrer Abwesenheit wird man sich sehr sorgfältig um sie kümmern.«

Sal und Fletcher verließen Blindy House, stiegen den grasbewachsenen Damm hinauf und sahen auf den See hinunter. Der Mond spiegelte sich im Wasser und die Uferbinsen schimmerten tiefviolett. Sal atmete den Geruch des Grases und des Windes ein, der über die Felder strich.

Dann berichtete sie: Alain hatte die örtliche Polizeiwache direkt angerufen, der Anruf war um 22.56 Uhr verzeichnet. Auf der Wache – wo zwei Beamte fehlten und keine Vertretung verfügbar war – hatte man die Sache an eine andere Polizeistation weitergeleitet, die sie aber wieder zurückgereicht hatte. Daraufhin war der Vorgang neu bewertet und als nicht dringlich eingestuft worden. Zu dem Zeitpunkt war Tevershams Schädel schon gegen den Stamm der Weide gekracht. Daran hatte keiner Schuld außer ihm selbst. Pech gehabt.

Sal sah zu, wie Fletcher einen Stein aufhob und ins Wasser warf. »War es wirklich Pech?«, fragte er. »Iwan ist jedenfalls nicht zufällig hier. Er hat hier irgendwas zu tun.«

Ihr Funkgerät summte. Als sie sich meldete, sah sie schon das Blaulicht eines Einsatzfahrzeugs, das mit Vollgas an Thinbeach vorbei über die Hauptstraße schoss. Noch bevor Sal die Nachricht hörte, ahnte sie, wohin das Blaulicht unterwegs war. Sein Widerschein legte sich auf das unruhige Wasser, blaue Linien kreuz und quer.

Nachts und im Blaulichtgewitter des Krankenwagens wirkte Fen Lodge völlig verändert. In der großen Empfangshalle wimmelte es von Leuten in Sicherheitsjacken, die so wirkten, als ob sie nichts zu tun hätten.

In der Küche saß Crispin Breakman mit einer Polizistin am Tisch und rührte in einer Teetasse. Sein Gesicht war mehr als bleich – es war aschgrau. Fletcher hörte sich seine Geschichte an.

Crispin hatte bis in den Abend hinein im Büro über dem Bericht von Health and Safety gebrütet. Olga war allein zu

Hause gewesen. Als er sie gegen neunzehn Uhr anrief, hatte sie ganz normal geklungen. Gegen einundzwanzig Uhr war er nach Hause gekommen und hatte sie im Erdgeschoss gesucht. Dann war er nach oben gegangen. Dort hatte sie sich ein Arbeitszimmer eingerichtet.

Fletcher nickte. Zusammen mit Sal ging er die Treppe bis zu einem breiten Treppenabsatz hinauf, von wo man durch zwei große Fenster den Mond über den Feldern stehen sah. Das einzige weitere Licht kam aus einer Tür, in der der Fotograf stand und seine Kamera einstellte. Er blickte auf und schüttelte den Kopf. Er war nicht mehr jung und hatte jetzt, am späten Abend, dunkle Ringe unter den Augen.

»Das hier ist das Schlimmste von allen«, sagte er. »Wenn Sie verstehen, was ich meine.«

Das Arbeitszimmer war viel größer, als Fletcher erwartet hatte. Es war perfekt eingerichtet: eine Workstation mit dem neuesten Apple-Computer, Audio- und Videotechnik vom Feinsten, eine Digitalkamera, die mit Sicherheit einen Tausender gekostet hatte. An den Wänden hingen gerahmte Landschaftsaufnahmen, und auf einer Seite des Raums stand ein halbes Fitness-Center. Dies hier war das Zimmer einer Frau, die ihre Freizeit ernst nahm und für die Geld keine Rolle spielte, wenn es darum ging, sich zu Hause die Zeit zu vertreiben.

In einer Ecke stand ein Tagesbett.

Olga lag darauf, auf dem Rücken, leicht zur Seite verdreht. Die eine Hand hatte sie zur Faust geschlossen und unters Gesicht geschoben, zwischen ihren Fingern hatten sich einige Strähnen kupferroten Haars verfangen. Die Augen waren geschlossen. Als Fletcher sich über sie beugte, sah er auf der einen Wange eine schmale Tränenspur. Die Lippen waren leicht geöffnet und ein Faden von Erbrochenem führte zu einer halb getrockneten Pfütze auf dem Boden, in der ein Durcheinander von Tablettenkapseln in so knalligen Farben leuchtete, wie nur Pharmafirmen sie erfinden konnten. Daneben lag eine leere Wodkaflasche.

Fletcher berührte Olgas Arm. Er war schon kalt und die Haut fühlte sich ein wenig feucht an.

»Warum?«, fragte Sal. »Ich sehe keinen Abschiedsbrief. Wegen Jake, aus Verzweiflung über seinen Tod?«

»Nein. Aus Angst. Sie war vollkommen in Panik.«

»Angst wovor?«

»Vor dem Mann, der sie mittels einer Heiratsagentur hier in Position gebracht hat und für den sie Informationen beschaffen sollte. Sie hat ihn enttäuscht und hatte Angst davor, was er tun würde.«

»Was *wird* er tun?«

»Ich habe keine Ahnung.«

Er trat zurück, damit der Fotograf den ganzen Raum ins Bild bekam. Er musterte die wenigen Gegenstände, die auf dem glänzenden Holz der Schreibtischplatte lagen. Sie sahen aus wie ein Stillleben aus der Sonntagsbeilage: ein Handy, der neueste Schrei im Art-déco-Stil, und ein Handheld-Computer, der kleiner war als seine Hand. Er wusste, dass die Software-Spezialisten der Polizei sich diese Sachen vornehmen würden, doch er hatte so eine Ahnung, dass sie vergeblich suchen würden. Olga hatte bestimmt darauf geachtet, keine Hinweise auf ihre wahren Verbindungsleute zu hinterlassen.

Dann sah er, dass sie ihnen doch etwas hinterlassen hatte, und zwar etwas, das er unbedingt haben wollte.

»Sal, kommt es manchmal vor, dass sich dir die Nackenhaare sträuben?«

Sie folgte seinem Blick. Sie sagte nicht viel, sondern nahm einen Kugelschreiber und angelte sich damit das alte Ding, das zwischen all den schicken, teuren Geräten lag.

»Das passt überhaupt nicht hierher«, sagte sie.

Sie hatte recht. Zwischen dem ganzen Hightechkram lag eine altmodische Audiokassette. Das Kunststoffgehäuse war ramponiert, das Band erschlafft. Olga hatte dieses Teil gewiss nicht gebrauchen können – in ihrem Zimmer gab es nicht einmal einen Kassettenrecorder. Das Ding passte besser zu Ron Teversham, genau diese Art von Kassette musste er in sein klobiges altes Diktiergerät eingelegt haben, bevor er es sich unter den behaarten Arm klebte.

Das Blitzlicht ließ Olgas Gesicht ein letztes Mal aufleuchten.

Unten in Jakes Zimmer machte Fletcher die Tür zu. Sal warf den alten Kassettenrecorder an, und während das Band mit einem Rauschen zum Leben erwachte, standen sie da und betrachteten Jakes Wandgemälde aus Farbe und Stroh, das Bild von Billy Breakman und den beiden anderen, gesichtslosen Männern in einem Meer von Wasserwirbeln. Als Fletcher das Band rauschen hörte, rechnete er mit einer Enttäuschung. Eine Sackgasse wie der Fund des Videos, das Jake in der Ausstellungshalle zeigte, oder die Information über Tevershams Besuch in Blindy House. Doch dann waren auf der Kassette Geräusche und schließlich Stimmen zu hören, und Fletcher wusste, dass er auf einer heißen Spur war.

Das Band lief keine drei Minuten. Gleich darauf ging Fletcher hinaus und bat den Fotografen, noch eine Aufnahme des Wandgemäldes zu machen, bevor er die Kamera wegpackte. Als Fletcher zurückkam, starrte Sal die Kassette in ihrer Hand an.

»Die Antwort lautet ja«, sagte sie.

Er erwachte aus seinen Gedanken. »Die Antwort worauf?«

»Ja, es kommt vor, dass sich mir die Nackenhaare sträuben. Zum Beispiel jetzt.«

Eines Abends Anfang Januar 1979 trat der leitende Ingenieur in die Wohnung im Obergeschoss des Niva-Wohnblocks und setzte sich an den Küchentisch. Draußen herrschten minus fünfundzwanzig Grad, und durch die frostbeschlagenen Scheiben sah Iwan nur die Bogenlampen der Gleisanlage und dahinter nichts als die Dunkelheit Russlands.

Iwan und seine Mutter setzten sich ebenfalls an den Tisch. Iwans Vater öffnete seine Aktentasche und zeigte ihnen, was man ihm gegeben hatte: einen von Süd nach Nord verlaufenden Reiseplan für die Besuche bei den britischen Landmaschinenhändlern, ein Aeroflot-Flugticket zum Flughafen von Heathrow und einen Gutschein für einen Mietwagen. Iwan hatte gar nicht gewusst, dass es all das überhaupt gab.

Sein Vater sollte am nächsten Morgen aufbrechen. Die Reise würde zehn Tage dauern.

Es war ganz still in der Küche, man hörte nur das Zischen des Ofens, das Wasser in den Rohren und das Rattern eines Zuges, der in der Dunkelheit aus dem Werk abfuhr. Iwan sah seine Mutter an und entdeckte Tränen in ihren Augen.

»Ich weiß ja nicht einmal, wo das ist«, sagte sie.

Sein Vater nahm ein Blatt Papier und skizzierte den Umriss von Großbritannien. Iwan fand das Gebilde komisch, es sah aus wie ein Männchen ohne Beine und mit einem riesigen Kopf. Sein Vater malte für jede seiner Stationen einen Punkt, damit sie seine Reise Tag für Tag verfolgen konnten. In den Niva-Wohnungen gab es kein Telefon.

Iwan folgte seinen Eltern in ihr Schlafzimmer und sah zu, wie seine Mutter einen Pappkoffer vom Schrank nahm und packte. Er musste sich mit seinem ganzen Gewicht auf den Koffer stemmen, damit sie ihn zumachen konnte.

Sal Moresby stand auf ihrem Balkon und beobachtete ein hell erleuchtetes Partyschiff, das seine lachenden Passagiere den Fluss hinabtrug. Sie dachte daran, dass es kaum zehn Meilen weiter nördlich in den Fens Orte wie Thinbeach gab, Orte, die still und bescheiden wirkten – so als wären sie wirklich die kleinen Inseln, als die Alain de Minching sie beschrieben hatte.

Dann stiegen die anderen Bilder vor ihrem inneren Auge auf: Tevershams am Stamm der Weide zerschmetterter Schädel, Jake Skerrits seltsame Zeichnungen in Fen Lodge und das Wandbild mit Billy Breakman im Wasser. Wie Fletcher die Bleistiftskizzen von Olga mit seinen blauen Augen betrachtet hatte. Dann der Anblick derselben jungen Frau als Leiche.

Schließlich die Kassette in Olgas Zimmer. Sal hatte nicht viel damit anfangen können, und auch Fletcher hatte ziemlich verwirrt gewirkt, als er sie für die Vormittagsbesprechung mit ihrer Vorgesetzten in einen Umschlag steckte.

Sal dachte an den kommenden Tag. Inzwischen war sie ziemlich gespannt, was Tony Olland ihr am nächsten Morgen erzählen würde.

Diese Fragen gingen ihr nicht aus dem Sinn, und so stand sie auf dem Balkon und sah zu, wie auf dem Fluss wieder Ruhe einkehrte. Sie hatte keine Lust, schlafen zu gehen, ja, sie hatte nicht einmal Lust, die Bettdecke zurückzuschlagen und ins Bett zu schlüpfen.

Es gibt Orte, von denen man nicht lassen kann, Straßen, durch die man immer wieder gehen muss. Als Tom Fletcher die Tür des Hauses in der Electric Mile öffnete, flog eine Motte auf und flatterte taumelnd hinauf zu den Eisenbahnlampen.

Im Erdgeschoss brannte Licht, doch es war niemand zu sehen. Die Möbel standen ordentlich da und der Holzboden war sauber geschrubbt. Hinten war die unbeleuchtete Küche, in der Geschirr in einem Abtropfgitter stand, und von dort aus ging eine mit einem dünnen Vorhang verhängte Tür auf einen kleinen, betonierten Hof. Fletcher blieb einen Moment lang in der Küche stehen und verfolgte die Lichter eines vorbeifahrenden Zuges durch das dünne Gewebe. Dann zog er den Vorhang beiseite und trat ins Freie.

Sie saß im Schneidersitz auf einer Matte, die auf dem Beton

ausgebreitet war, den Rücken aufrecht gegen die Backsteinmauer gelehnt. Sie trug Sandalen, Baumwollhosen, ein altes Jeanshemd und Armreife an den Handgelenken. Sie sah auf und lächelte ihn an, als er sich neben sie setzte. Sie berührten einander nicht.

Er schloss die Augen. Er spürte die elektrische Ladung in der Luft und roch die Züge und den Rosmarin im Blumentopf neben ihm. Er wandte sich ihr zu und sah sie an.

»Hallo, Cathleen.«

Sie war Anfang dreißig, wie er. Arme und Beine waren lang und schlank und ihr Gesicht schimmerte im schwachen Licht. Das Haar war kurz geschnitten, aber er erinnerte sich gut, dass es bei ihrer ersten Begegnung ein wilder brauner Lockenschopf gewesen war. Ihre grauen Augen erwiderten seinen Blick.

»Woran denkst du, Tom?«

»An die Zeit, als dein Haar länger war.«

»Woran denkst du wirklich?«

»Ich habe heute zwei Leichen gesehen und gestern eine. Ein Mann hat mich beim Arm gefasst und gesagt: *Er war mein einziger Sohn*. Das ist mir an die Nieren gegangen.«

Sie blickte zum Himmel auf. Die dichten Wolken, die sich über Thinbeach gesammelt hatten, trieben nach Süden weiter, zerstreuten sich und warfen das orangegelbe Licht der Stadt zurück. Die Oberleitungen summten und ein Einsatzwagen fuhr mit heulender Sirene über die Brücke. Das Blaulicht spiegelte sich in den Fenstern des Obergeschosses.

»Wie geht es dem Jungen?«, fragte er.

Cathleen runzelte die Stirn. »Mir ist heute auch was an die Nieren gegangen. Er hat mich etwas gefragt, was er mich zuletzt als kleines Kind gefragt hat.«

»Was denn?«

»Er hat mich gefragt, wer sein Vater ist.«

Früh in der Morgendämmerung fiel dichter Schnee und verhüllte die rauchenden Schlote des Niva-Werks und sogar die Lichter der Gleisanlage. Iwan ging, den Pappkoffer in der Hand, neben seinem Vater die Treppe hinunter. Der Koffer war schwer, aber er trug ihn trotzdem. In den Nachbarwohnungen öffnete sich die eine oder andere Tür, und die Leute sahen ihnen nach. Das gefiel Iwan. Es gefiel ihm so sehr wie der Kuss, den er dem Pioniermädchen gegeben hatte, oder die Berührung, mit der ihre beste Freundin ihn unter Wasser gestreift hatte.

Sie traten aus dem Treppenhaus ins Freie, und der Schnee fiel über sie her. Die Flocken drangen in Iwans Augen und Mund ein, sie schmeckten wie Rauch.

Irgendwo im Schnee tauchte etwas Großes, Schwarzes auf und rollte auf sie zu. Als es näher kam, war es riesig. Es war eine Sil-Limousine, die die Werksleitung dem leitenden Ingenieur für die Fahrt zum Flughafen zur Verfügung gestellt hatte. Der Fahrer stieg aus und öffnete den Kofferraum. Iwan schaffte es, den Koffer hochzuhieven, und sie legten ihn in den Kofferraum und klappten den Deckel zu.

Iwans Vater drehte sich einmal auf dem Rücksitz um und lächelte Iwan zu, dann fuhr der Wagen los und der Vater blickte wieder nach vorn. Nach wenigen Sekunden war der Wagen vollkommen vom Schnee verschluckt. Iwan sah ihm nach, bis seine Augen so voller Schnee waren, dass er nichts mehr sehen konnte.

Mittwochmorgen

Es war früh am Morgen, doch die Sonne hatte schon genug Kraft, den Nebel über dem Cam aufzulösen. Unter seinen Füßen spürte Tom Fletcher den Weg, auf dem er den Uferstreifen der Backs entlangjoggte, er sah die Fassaden der Trinity Hall und des Clare College in der Sonne leuchten, er hörte das Geräusch seiner Schritte, seine Atemzüge in der frischen Morgenluft und das Muhen der Rinder auf den Weiden. All das nahm er wahr, aber in Gedanken war er woanders. Nicht bei der Electric Mile – denn diesen Teil seines Lebens hatte er tief in sich verschlossen –, sondern draußen in den Fens. Er versuchte, die Ereignisse in eine geordnete Abfolge zu bringen.

Angefangen hatte alles, als Iwan Olga mit Hilfe einer Heiratsagentur bei Crispin untergebracht hatte. Hatte sie Crispin Schaden zufügen sollen? Offensichtlich nicht. Sie war dort, um etwas herauszufinden, was für Iwan von entscheidender Bedeutung war. Iwan hatte jedoch nicht vorhersehen können, dass Crispin einen Untermieter hatte und dass Olga und Jake sich anfreunden würden. Mit ihren glitzernd lackierten Nägeln hatte sie sich in Jakes Rücken gekrallt und ihm erzählt, warum sie hier war. Und in Jakes bekifftem Hirn hatte etwas Klick gemacht. Er ging mit seinem Wissen zu Ron Teversham, und Ron kam auf dumme Gedanken, bewaffnete sich mit einem Kassettenrecorder und machte eine verrückte Aufnahme, aus der Fletcher selbst jetzt noch nicht recht schlau wurde. Jake malte ein riesiges Gemälde an seine Wand und interessierte sich plötzlich für die Dorfgeschichte und Billy Breakman. Billy hatte sich seinerseits nach Portugal verzogen, kaum dass Olga auf der Bildfläche erschienen war. Dann ging Jake in der Bond Street shoppen und kam einem Schredder zu nahe.

Fletcher blieb auf der King's Bridge stehen. Aus der King's College Chapel hörte er die durch die Entfernung verzerrten Klänge einer Orgel. Mit ihrem honiggelben Maßwerk erhob sich die Kapelle aus einem vollendet gepflegten Rasen, und das mit Pinakeln reich verzierte Dach zeichnete sich vor einem vollendet blauen Himmel ab. So kannte man die Kirche von Postkarten und aus Reiseführern: Es war die Schokoladenseite von Cambridge. Doch Fletcher wusste, dass die Stadt für den, der sie genauer kannte, oft einen sehr bitteren Geschmack hatte. Er stützte sich aufs Geländer und spürte, wie der Schweiß auf seiner Brust kühl wurde.

Zwei junge Frauen paddelten in Kajaks unter der Brücke durch, ihre schmalen Boote schnitten gerade Linien ins Wasser. Eines der Mädchen blickte lächelnd zu Fletcher auf, und er lächelte zurück, bevor das Boot sie davontrug.

Der Schredder. Als Teversham die Leiche fand, versteckte er die Videokassette – in einem Anfall von Panik? Oder aus Angst, dass darauf etwas Kompromittierendes zu sehen war? Aber es war nichts darauf, was Teversham irgendwie schaden konnte. Dennoch ging der Wachmann mit seinen Sorgen über Breakman Machinery zu Alain de Minching und fuhr sich anschließend tot.

Vielleicht hatte Iwan erst da mitbekommen, dass mit seinen Nachforschungen in Thinbeach etwas schieflief. Er schickte also Berlitz auf die Suche nach Fletcher und drohte Olga schreckliche Dinge an, falls sie etwas ausplaudern sollte. Das Problem für Olga war allerdings, dass sie schon geplaudert hatte. Und weil sie wollte, dass die Welt die Wahrheit erfuhr, hatte sie Jakes Zimmer nach seinem Tod nicht angetastet und die Kassette vor Fletchers Nase auf ihren Schreibtisch gelegt.

Warum war sie auf Breakman angesetzt worden?

Fletcher lief wieder los und über den menschenleeren Bürgersteig der Trinity Lane zurück. Er machte einen Umweg über den Marktplatz, wo gerade die ersten Stände aufgebaut wurden. Vor einer fahrbaren Frühstücksbude, die hier jeden Morgen stand, blieb er stehen. Der Besitzer nickte ihm durch den Qualm des brutzelnden Specks zu. Er war ein Pole reiferen Alters mit eindrucksvollem Schnurrbart und durchdringendem Blick. Alle nannten ihn Stan.

Stan hatte zwanzig Jahre lang in Cambridge gelebt, sieben Tage die Woche gearbeitet und eifrig gespart, weil er davon träumte, dass sein Sohn die Cambridge University besuchen würde. Im vorigen Jahr hatte der Junge die Schule mit besten Noten abgeschlossen und anschließend den Führerschein gemacht. Dann hatte er auf der Barton Road einen Unfall gehabt.

Stan stellte Fletcher einen Becher mit Tee hin, der braun wie altes Eichenholz war.

»Ihnen liegt was auf dem Herzen«, sagte er.

Fletcher nickte. Allmählich belebte sich der Platz: Händler, Straßenkehrer und Leute, die früh zur Arbeit gingen. Der Tag begann.

»Stellen Sie sich mal jemanden vor, Stan. Einen gewalttätigen Mann. Etwas veranlasst ihn, seine Heimat zu verlassen und Tausende von Meilen in ein winziges Dorf in Cambridgeshire zu reisen, wo er, wie er sagt, die entscheidende Aufgabe seines Lebens vor sich hat. Was könnte das sein?«

Stan wendete ein paar Eier, piekste mit einer Gabel in die Würstchen und grübelte vor sich hin. Innerlich war er weit weg – vielleicht in der Barton Road. Er würzte mit etwas Pfeffer.

»Er sucht etwas, was er verloren hat. Er ist ein gewalttätiger Mann, aber er sucht Frieden.«

Bevor Sal Moresby zur Polizei ging, hatte sie sich die Besprechungsräume dort als enge, laute Zimmer vorgestellt, in denen alle Kaugummi kauten und mit Kürzeln um sich warfen. Da hatte sie recht gehabt: fast überall war es genau so. Doch im Büro von Detective Superintendent Webley, Fletchers unmittelbarer Vorgesetzten, sah es anders aus. Und Webley war tatsächlich eine Beamtin, die vieles anders machte.

Ihr Büro lag im obersten Stock, und die Fenster wurden von den Kronen der Bäume beschirmt, die auf dem Parker's Piece wuchsen und deren Blätter sich jetzt leise vor dem zartblauen Morgenhimmel regten. Der Raum war ruhig und kühl, und in der Ecke summte ein Ventilator, damit es auch kühl blieb. Die eine Wand war als Projektionsleinwand hergerichtet, und neben einem Kassettenrecorder stand ein Digitalprojektor. Um einen Seitentisch standen Stühle, doch niemand saß auf ihnen. Eine volle Kaffeekanne auf dem Tisch war noch gänzlich unangetastet.

Sal wusste inzwischen, wie Fletcher und Webley zusammenarbeiteten. Dieser Vormittag war typisch: Wenn die beiden ein Problem besprachen, standen sie dicht beieinander, platzten immer wieder mit ihren Gedanken heraus, schauten sich oft lange an, dachten schweigend nach und nahmen den Faden dann wieder auf. Es war eine ungewöhnliche Arbeitsweise, aber Fletcher und Webley hatten auch ein ungewöhnlich enges Verhältnis, obwohl Fletcher seine Vorgesetzte immer sehr förmlich anredete und diese oft ziemlich kurz angebunden war.

Webley war Ende vierzig, sie hatte noch einige Jahre bis zum Ruhestand, war aber jetzt in dem Alter, in dem viele Beamte in den Spiegel sehen, langsamer treten und in Ruhe die Rente abwarten. Webley dagegen hatte in den letzten Jahren von sich und ihrem Team immer mehr verlangt: Alle sollten effizienter, schneller und besser arbeiten, denn wenn sie ihren Dienst quittierte, sollte der Laden wie geschmiert laufen.

Webley trug heute Zivil: eine schicke Hose und einen ärmellosen Pullover, der den Blick auf ihre Arme freigab. Die waren immer noch schlank und straff, was sie, wie es hieß, zahllosen Stunden im Fitnessraum zu verdanken hatte.

Fletcher beendete seinen Vortrag.

Webley sah zu Sal hinüber und dann wieder auf Fletcher. Bis auf erste Fältchen um die Augen war ihr Gesicht glatt und das Haar glänzte noch immer in einem dunklen Rotbraun. Wenn sie lächelte, sah sie mädchenhaft aus, doch wenn sie die Stirn runzelte, war ihr Alter unverkennbar. So wie jetzt.

»Also gut«, sagte sie. »Sie haben zwei tödliche Unfälle, aber keine Beweise für ein Verbrechen. Sie haben einen Selbstmord und zwei illegal Eingereiste, von denen einer mit einer kuriosen Pistole aus der Sowjetzeit bewaffnet ist. Sie haben einen ganzen Tag da draußen verbracht, zu zweit. Haben Sie nicht genug andere Fälle am Hals?«

»Ich glaube, wir sollten die Situation in Thinbeach genauer untersuchen, Ma'am.«

»Der Ausdruck ist treffend, Fletcher. Wir haben hier eine *Situation*, keinen Fall. Was liegt da auf dem Projektor?«

Fletcher schaltete das Gerät ein, und auf der Wand erschien Jakes schwarz-weißes Gemälde: das Wandbild von Billy Breakman und den beiden anderen Männern in dem Meer aus Wasserwirbeln. Webley betrachtete das Bild aufmerksam. Einen Moment lang berührte der Lichtstrahl des Projektors ihre Schulter, und sie trat schnell zurück, als wolle sie vermeiden, mit etwas derart Seltsamem in Kontakt zu kommen. »Bild und Kassette gehören zusammen«, sagte Fletcher.

Sie sah ihn an. »Dann spielen Sie die Kassette ab!«

Sal beobachtete Webleys Gesicht, als das Rauschen den Hintergrundgeräuschen Platz machte und dann von den Stimmen abgelöst wurde. Sie merkte, dass Webley spürte, wie wichtig dieser Fund war. Ihre finstere Miene war einem Ausdruck tiefer Konzentration gewichen, als sie mit zusammengelegten Fingern und gesenktem Kopf lauschte.

Vor der Besprechung hatten Sal und Fletcher schon eine Niederschrift der Aufnahme gemacht.

Lautes Rauschen: Mikrofon nicht richtig angeschlossen?

Schmatzendes Geräusch: Mikrofon funktioniert, aber vielleicht ist etwas darübergepresst?

Saugendes Geräusch: Mikrofon wird befreit?

Stimme 1 (männlich): Drückt dich was, Teversham?

Gelächter, männliche Stimmen. Gläserklirren, Getränkedosen werden geöffnet. Hintergrundmusik, unidentifizierbar.

Stimme 1: Nicht das schon wieder. Leg was anderes auf.

Schmatzendes Geräusch.

Eine andere Musik, Gelächter von Männern, jemand klatscht rhythmisch. Die Musik ist von Paper Lace, 1973: ›Billy, Don't Be A Hero.‹

Verschiedene Stimmen im Gespräch, nicht verständlich, dann:

Stimme 2 (männlich): Ach, dieser uralte Kram. Also, das ist so eine Geschichte.

Stimme 1: Vergiss es.

Stimme, von DI Fletcher als Ron Teversham identifiziert, der dicht beim Mikrofon spricht: Ihr wisst eigentlich gar nichts, oder?

Stimme 1: Vergiss es einfach. Schau uns doch an, da hocken wir und hören Paper Lace. Wir sind nicht mehr die Jüngsten. Nett, dass du einen ausgibst, Junge, aber wühl nicht diese alte Scheiße wieder auf.

Stimme 3 (männlich): Was wissen wir nicht?

Gelächter. Nach einigen Sekunden lacht Stimme 1 mit.

Stimme 1: Das ist lange her. Selbst für dich, Kumpel.

Teversham: Und was bedeutet das?

Das Gelächter verstummt allmählich.

Stimme 2: Das bedeutet, dass sie schlaue Hunde waren. Ein schlauer Haufen, und sie hielten zusammen.

Teversham: Wer war das denn?

Stimme 1: Es waren nur ein paar...

Stimme 2: Ich hab gehört, viele ...

Stimme 1: Nein, nur drei, das waren schlaue Burschen, die haben das klein gehalten. Da war dieser mickrige Typ, Peter Charter. Ein kleiner Farmer...

Stimme 2: Der war doch ein Niemand, der war nur der Fahrer. Da gab es diesen Thomas, wie hieß der noch? So 'n großer Mistkerl, da draußen in Thinbeach.

Stimme 1: Denton hieß er. Thomas Denton. Von dem hab ich seit Jahren nichts mehr gehört, und von Peter Charter auch nicht.

Stimme 2: Aber der Macher war Billy Breakman. Der alte Billy Breakman. Der steckte die doch alle in den Sack, jeden Einzelnen.

Klirren von zerbrechenden Gläsern und Flaschen, Gelächter. Die Musik verstummt. Neuer Song: Brotherhood of Man, 1975: ›Save Your Kisses For Me.‹ Stimmengewirr und Lärm.

Teversham: Dann waren sie also gut?

Stimme 2: Das lief wie am Schnürchen. Sie haben das Problem im Handumdrehen gelöst.

Stimme 1: Aber einen Fehler gemacht.

Stimme 2: (lacht) Ja, aber davon mal abgesehen waren das ganz schlaue Hunde. Sie nannten sich *(unverständlich).*

Teversham: Die was?

Stimme 2: The Wake. Sie nannten sich *The Wake.*

Teversham: Was bedeutet denn ...

Schmatzende Geräusche, elf Sekunden lang.

Ende des Bandes.

Webley öffnete das Kassettenfach und betrachtete die schäbige alte Kassette. »Nicht gerade professionell«, bemerkte sie. Sie warf Fletcher einen ihrer langen, nachdenklichen Blicke zu und fragte schließlich: »Mit wem hat Teversham da eigentlich gesprochen?«

»Das waren alte Saufkumpane, Ma'am. Vielleicht andere Wachleute.«

»Aber wieso hat dieser Teversham sein eigenes Gespräch aufgenommen?«

»Er war Alkoholiker«, antwortete Fletcher. »Vermutlich wusste er, dass er sich nicht mehr genau an das Gesagte erinnern würde, wenn er es nicht auf Band festhielt. Und das zeigt, wie wichtig das Ganze für ihn war, und damit auch für Jake Skerrit, Olga Breakman und den Mann, den wir unter dem Namen Iwan kennen.«

»Aber wovon reden sie? Was heißt *The Wake?*« Webley zeigte auf das projizierte Bild. »Wake, wie das Kielwasser eines Bootes? Darum das viele Wasser?«

»Möglich«, antwortete Sal. »Aber diese Männer unterhielten sich über eine organisierte Gruppe, die es einmal gegeben hat, vielleicht eine Gesellschaft oder eine Firma. Ein Team von drei Männern, einer davon Billy Breakman, die anderen beiden ein gewisser Thomas Denton und ein gewisser Peter Charter. Vermutlich sind das die beiden gesichtslosen Männer auf dem Wandbild.«

»Und welchen Zweck hatte diese Gruppe? Bestimmt haben Sie das Crispin Breakman gestern gefragt?«

»Er erklärte, noch nie von Denton oder Charter oder etwas namens *The Wake* gehört zu haben.«

»Er hatte kurz zuvor die Leiche seiner Frau gefunden, was wohl kaum förderlich für sein Gedächtnis war.« Webley schaltete den Projektor aus. »Irgendwelche Vorschläge?«

»Zunächst«, sagte Fletcher, »haben wir einige russische Kriminelle, die sich übermäßig für ein relativ schutzloses

Dorf interessieren. Drei Leute sind schon gestorben. Wir warten noch auf ein paar konkretere Hinweise von Sals Informanten, doch es scheint schon Gerüchte zu geben, dass die Russen hier vor Ort operieren.«

»Mein Informant wirkte ziemlich nervös«, fügte Sal hinzu.

»Das überrascht mich nicht. Diese Russen zwischen unseren einheimischen Gaunern?« Webley lächelte. »Wie Ratten in einem Hamsterkäfig.«

»Dann die beiden Männer, die zu Billy Breakman gehörten«, Fletcher zeigte auf die Stellen, wo eben noch die Projektion der beiden Köpfe geleuchtet hatte. »Wir müssen sie befragen und herausbekommen, ob sie eine Ahnung haben, warum Iwan sich für Thinbeach interessiert. Und mit Billy Breakman müssen wir auch reden, selbst wenn er sich in Portugal aufhält.«

»Eine Reise nach Portugal können Sie nun wirklich nicht rechtfertigen.« Webley trat zum Fenster und blickte auf die Bäume des Parker's Piece hinaus. Ohne sich umzudrehen, fuhr sie fort: »Wie viel Zeit wollen Sie eigentlich für diese Sache aufwenden?«

»Einen Tag, höchstens zwei.«

»Ich soll Ihnen zwei ganze Arbeitstage dafür genehmigen? Ist das Ihr Ernst?«

»Ich habe diesen Russen persönlich getroffen. Er hat sich geradezu in Thinbeach verbissen. Wir müssen ihn international überprüfen lassen – was hat er für einen Hintergrund, stellt er eine Bedrohung dar...«

»Oder ist er einfach nur ein Spinner? Was meinen Sie?«

»Ich halte ihn für eine Bedrohung. Ich glaube, dass er etwas im Schilde führt, aber ich weiß nicht, was.«

Webley blieb eine halbe Minute am Fenster stehen, die schlanken Arme vor der Brust verschränkt. Der Verkehr rauschte und in der Ecke summte der Ventilator. Dann wandte sie sich zu den beiden um.

»Gut. Überprüfen wir, ob es sich tatsächlich um einen Fall für die Polizei handelt. Ich klinke mich bei Interpol ein, finde heraus, was sie dort über den Russen haben, und setze mich mit der portugiesischen Polizei in Verbindung, um mehr über Billy Breakman zu erfahren: wo er sich aufhält, was er so treibt. Moresby, sprechen Sie bitte mit Ihrem Informanten und versuchen Sie dann, diese beiden Männer, Charter und Denton, ausfindig zu machen. Fletcher, ich möchte mich noch kurz mit Ihnen unterhalten.«

Tony Olland rief nicht an.

Im Schein der Vormittagssonne marschierte Sal zu seiner Haustür. Das kleine Reihenhaus gehörte zu einer Siedlung, die in den dreißiger Jahren für Landarbeiter errichtet worden war, und lag hinter einem Drahtzaun am Rande eines unzugänglichen Sumpfes. Der Subaru stand nicht vor der Tür, nur ein paar alte Ölflecken waren zu sehen. Nachdem Sal mehrmals laut geklopft hatte, öffnete sich die Tür des Nachbarhauses und eine Frau trat auf die Vortreppe.

»Olland ist weg.«

»Tony ist weg? Wohin denn?«

»Hat 'nen Onkel in Spalding, 'nen Vetter in Lowestoft. Die Holländer machen sich überall breit.« Sie stieß Rauch aus der Nase. »Das hintere Fenster ist nie richtig zu.«

Tony war ein Informant, weshalb seine Nachbarn wiederum Informationen über ihn preisgaben. Sal bekam das Fenster mühelos auf und schlüpfte in eine schmuddelige Küche, wo ein Frühstücksteller unabgewaschen auf dem Tisch stand. Tony war in aller Eile aufgebrochen: Schubladen und Kleiderschrank waren halb leer. Auf einem Bücherbord standen verschiedene Bände über britische Maler. Einer lag aufgeschlagen auf der Anrichte, die Seite mit einer Apfelweinflasche beschwert. Das Bild zeigte ein aus einem Apfelbaum heraustretendes nacktes Mädchen mit runden Brüsten, das einen muskulösen jungen

Mann von hinten umschlang. Edward Burne-Jones: *Der Baum des Verzeihens.*

Eine nette Idee, aber Sal hatte das Gefühl, dass sie Tony das *nicht* verzeihen würde.

Im Badezimmer waren weder Rasiermesser noch Rasierschaum. Der einzige Hinweis auf den Hintergrund von Tonys plötzlicher Abreise bestand in ein paar rötlichblonden Barthärchen, die im Waschbecken klebten.

Gestern Abend hatte Tony Erkundigungen für sie eingezogen. Die Antwort hatte ihm solche Angst eingejagt, dass er sich den Bart abrasiert und die Biege gemacht hatte. Sal wusste nicht, was genau er erfahren hatte – aber höchstwahrscheinlich hatte es mit dem Wort *Russe* zu tun.

Er hatte keine Geschwister. Im Kinderzimmer war so viel Platz, dass er dort die Flugzeuge aufhängen konnte, die er mit seinem Vater gebastelt hatte. Auf allen Flügelspitzen prangte der rote Stern. Die Skizze Großbritanniens mit den Städten, die sein Vater besuchen würde, hängte er an die Wand.

Draußen fiel immer noch Schnee, unruhig schimmernd im Licht der Gleisanlage. Er lag im Bett, betrachtete die Karte und fragte sich, wie es in England wohl sein mochte. Es sei dort nicht so kalt wie in Stawropol, hatte sein Vater gesagt. Dort lebten die Leute in kleineren Häusern, nicht in Wohnblocks, aber sie hätten Bauernhöfe und brauchten gute Traktoren.

Iwan machte die Augen zu, um sich all das vorzustellen. Er hörte das Rattern der Züge draußen auf den Gleisen, das Zischen des Wassers in den Rohren und jemanden, der in der Wohnung unter ihm sang. Was für einen Wagen sein Vater wohl mieten würde? Er stellte sich vor, wie sein Vater in der milden britischen Luft durch die Felder fuhr, um den Bauern zu helfen, all den vielen Menschen, die aus ihren Häusern liefen, um ihn willkommen zu heißen und ihm die Hand zu schütteln.

Er schlug die Augen auf und blickte auf die erste Station der Karte. Mit ausgestrecktem Finger fuhr er über die Buchstaben. Кембридж. Die erste Stadt hieß Cambridge.

»Ja, Ma'am?«

»Kaffee?«

»Polizeikaffee? Auf keinen Fall.«

Webley drehte sich vom Fenster weg und zu ihm um. Er spürte, wie ihr Blick ihn fixierte und das Lächeln aus ihren Augen wich.

»Sie stecken viel Zeit und Energie in diese Sache in Thinbeach. Bei Ihnen gibt es immer einen Grund für so was. Irgendetwas beunruhigt Sie, habe ich recht?«

»Ich bin Jake Skerrits Eltern begegnet.«

»Sie sind schon vielen Eltern, die ihre Kinder verloren haben, begegnet.«

»Und es tut jedes Mal weh. Aber das hier war das Schlimmste.«

»Warum, Fletcher?«

Er zögerte. »Der Vater sagte: *Ich dachte, er würde ewig leben.* Es war schrecklich, wie er das sagte. Wie er das von seinem Sohn sagte.«

Sie sah ihn eine Weile an und bemerkte dann: »In dem alten Buch der klugen Polizistensprüche, was steht da auf Seite eins?«

»Irgendwas über Loyalität?«

»Das steht auf Seite zwei. Auf Seite eins steht: *Der Fall darf nicht zu einer persönlichen Sache werden!* Verstanden?« Er nickte, und sie fuhr fort: »Wie läuft es mit Sal Moresby?«

»Sie ist große Klasse.«

»Okay. Sie beide sind ein gutes Team. Sie sehen auch gut zusammen aus.«

»Wollen Sie uns verkuppeln, Ma'am? Sie hat einen Freund.«

Webley lachte. »Ich bin einfach eine alte Glucke, das wissen Sie ja. Wie läuft es denn bei *Ihnen?«*

»Ma'am?«

»Kommen Sie, wir kennen uns doch gut. Ist alles in Ordnung? Nichts, was an Ihnen nagt?«

Er wusste, worauf sie anspielte. »Meine Scheidung ist durch, falls Sie das gemeint hatten, Ma'am. Im Dienst wimmelt es ja nur so von geschiedenen Polizisten.«

»Ich gehöre selbst auch dazu.« Webley blickte wieder auf die Bäume hinaus. »Man redet über Sie, Fletcher. Der Prachtkerl, der keinen Alkohol anrührt. Es heißt, Sie hätten eine geheime Freundin.«

Jetzt war es an Fletcher, ein Lächeln aufzusetzen, das gleich wieder verblasste. »Sie ist keine geheime Freundin, Ma'am. Nur ein Mensch, der gern für sich ist.«

»Nun, das ist gut so. Arbeit und Privatleben, das passt nicht immer unter einen Hut. Warten Sie mal ab, bis Sie in meinem Alter sind, Fletcher. Irgendwann stimmt das Klischee plötzlich: Dann ist die Polizei wirklich die einzige Familie, die man noch hat. Und da muss man sich auch noch blöde Sprüche über den Kaffee anhören – das bricht einem wirklich das Herz. Hören Sie, ich werde ein paar von Ihren Fällen aufs Team verteilen, die Kollegen werden sich sicher freuen. Geben Sie mir die Prioritäten. Aber zuerst rufe ich Interpol an, mal schauen, ob die was über Ihren Russen haben.« Sie nahm den Hörer in die Hand, hielt aber noch einmal inne. »Sie *müssen* nicht alles mit sich selbst ausmachen, Fletcher. Falls Sie einmal mit jemandem reden wollen, der das alles schon durchgemacht hat, bin ich für Sie da. Sie sind ein guter Polizist. Ich möchte, dass es so bleibt.«

Als er durch die Glastür war und über die Schulter zurückblickte, hatte sie schon den Hörer unters Kinn geklemmt. Sie hatte sich in ihrem Schreibtischstuhl zurückgelehnt und die Arme lang ausgestreckt – das war so ihre Gewohnheit beim

Telefonieren. Es waren die Arme einer älteren Frau, aber glatt und ein wenig sommersprossig. Er erinnerte sich, dass sie einmal – ein einziges Mal – die Arme um ihn gelegt hatte. Er wusste genau, dass sie sich ebenfalls daran erinnerte.

»Na, da haben wir ja die eine Hälfte des Dreamteams.«

Ohnehin schon geladen nach ihrem ergebnislosen Besuch in Rampton, schlug Sal krachend die Wagentür zu. Sie ließ sich Zeit und schloss in aller Ruhe ab, weil sie die Stimme hinter sich kannte.

Detective Inspector Franks hatte ungefähr das gleiche Alter und die gleiche Berufserfahrung wie Fletcher. Nur war Franks eine Handbreit kleiner, ein paar Kilo schwerer und hatte keine Tapferkeitsmedaille. Das schien ihn enorm zu stören. Dass er vermutlich gerade einige dringende Fälle von Fletchers und Moresbys Schreibtisch aufgehalst bekommen hatte, machte die Dinge auch nicht besser.

»Haben Sie sich verirrt?«, fragte Sal. »In der Tiefgarage?«

Er trat dicht an sie heran. »Nicht verirrt. Wurde nur mit der Arbeit von anderen Leuten überschüttet. Und ich höre da so merkwürdige Dinge, Moresby. Wissen Sie, was man so munkelt?« Sein Gesicht war nur noch dreißig Zentimeter von ihrem entfernt und sie sah die Essensreste zwischen seinen Zähnen. »Da soll es angeblich so einen russischen Gangster geben, der eines Morgens aufwacht und sich sagt: *Hm, das mit der Schutzgelderpressung läuft nicht mehr so recht. Da muss ich mir wohl eine neue Masche suchen. Ach, ich weiß was,* denkt er, *ich jette mal nach Ostengland rüber und mische da das Obstpflücker-Business auf. Und wer mir in den Weg kommt, den stopfe ich einfach in so einen verdammten Schredder.*« Frank schlug seine eigene Heckklappe krachend zu und brachte sein schwitzendes Gesicht wieder ganz dicht an Sals heran. »Ich meine, wer von euch beiden hat sich das eigentlich ausgedacht? Waren Sie das, Sal, oder war das Webleys Goldjunge?«

Dann war er plötzlich still.

Als sie in der Tür stand, hörte sie ihn sagen: »Verdammt, sie hat mich geschlagen. Diese Schlampe hat mich wirklich und wahrhaftig geschlagen.«

Manchmal, wenn Sal nachdenken wollte, ging sie aus der Parkside Station hinaus, bog hinter der Feuerwehr links ab, überquerte die Straße zur Schwimmhalle und setzte sich in die Besuchergalerie.

Von dort oben in der hinteren Reihe sah sie, wie Fletcher auf sie zukam, sein Jackett sorgfältig über die Lehne des Vordersitzes hängte und sich hinsetzte.

»Gute Wahl, das Schwimmbad«, sagte er. »Chlor entspannt und hilft beim Denken. Franks hat sich übrigens wieder beruhigt, falls dich das interessiert.«

Sie zuckte die Schultern und schaute zu, wie ein Wasserspringer einen Salto vom höchsten Sprungbrett machte. »Das war nur ein freundschaftlicher Klaps. Ich bin sauer wegen Tony Olland. Natürlich kommt er irgendwann zurück, aber er hätte uns wahrscheinlich etwas Entscheidendes sagen können.«

»Wir kommen auch ohne ihn aus.«

Der Springer schwamm zum Beckenrand. Lange Arme und kräftige Hände. Fletcher hatte sich stirnrunzelnd über einige Unterlagen gebeugt. Ein Hauch von Bartstoppeln lag auf seinen Wangen und seine Augen waren so blau wie das gechlorte Wasser auf der tiefen Seite, wo der Springer sich gerade aus dem Becken stemmte.

»*The Wake*. Komischer Name«, sagte Fletcher. »Was fällt dir dazu ein?«

»*The Wake*, das Kielwasser eines Bootes, wie Webley sagte? Das würde das viele Wasser auf Jakes Wandgemälde erklären. Oder ein Weckruf?«

»Oder eine Totenwache, Sal.« Sie bemerkte, dass er einer

jungen Frau, die jetzt die Leiter bis zum höchsten Sprungbrett hochkletterte, mit den Augen folgte. Die Springerin stellte sich aufrecht hin und nahm dann Anlauf. »Allerdings gehören bisher nur die zu den Toten, die versucht haben, hinter die Sache mit *The Wake* zu kommen, nicht die Mitglieder selbst. Billy Breakman erfreut sich in Portugal bester Gesundheit, und hier haben wir die Suchergebnisse für die beiden anderen Männer. Peter Charter und Thomas Denton.« Die Springerin tauchte fast ohne jedes Aufspritzen ins Wasser ein. »Thomas Denton«, fuhr Fletcher fort und nahm das erste Blatt aus einer Klarsichthülle: »Thinbeachs einziger Einwohner dieses Namens ist hier mit der Adresse Deep House, Thinbeach aufgeführt. Thomas hat keinerlei kriminelle Vergangenheit. Er zahlt brav seine Steuern. Er ist eingetragener Eigentümer einer Firma namens Denton Landmass für Bauplanung und -entwicklung und hat mehrere Preise für vorbildlichen Landschaftsschutz beim Bauen erhalten. Ein erfolgreicher Mann.«

Die Springerin kletterte aus dem Becken, wirre Haarranken um die Schultern, und zupfte sich den Badeanzug zurecht.

Sal nahm das zweite Blatt aus der Hülle und blickte darauf: »Und hier haben wir den einzigen Peter Charter in der Grafschaft, ein Bauer, wohnhaft auf der Charter Farm an der Grenze zu Norfolk. Der Hof ist als Milchvieh-Farm eingetragen, alle Kühe wurden 2001 als Vorbeugungsmaßnahme gegen die Maul- und Klauenseuche geschlachtet. Er wurde entschädigt und machte weiter. Er ist der Polizei bekannt, aber nicht wegen eigener Gesetzesübertretungen. In den letzten Jahren wurde die Polizei immer wieder wegen Einbrüchen und Vandalismus auf den Hof gerufen, und zwar bis vor einigen Monaten. Seitdem scheint Ruhe zu herrschen.«

»Einfach so?«

»Sieht so aus, als hätten die Einbrecher aufgegeben.«

»Wir fahren erst mal zu Charter.«

»Aber der ist doch unwichtig, Fletcher. Auf dem Band haben wir gehört, dass er völlig bedeutungslos war, nur der Fahrer.«

»Das sind genau die Typen, bei denen man am besten ansetzt, um eine organisierte Gruppe aufzurollen. Die Nebenfiguren sind oft indiskret, sie zerreißen sich gern das Maul über die Bosse. Thomas Denton nehmen wir uns danach vor.« Fletcher stand auf und zog sein Jackett an. »Nach dem, was wir bisher wissen, würde ich sagen, dass die Aktivitäten von *The Wake* lange zurückliegen. Die materiellen Beweise sind möglicherweise längst verschwunden – alles hängt davon ab, dass man die Leute zum Reden bringt.«

»Und was, wenn sie nicht reden, Fletcher?«

Er blickte auf sie hinunter, und das Licht des Schwimmbeckens schimmerte in seinen Augen.

»Dann gibst du ihnen einen freundschaftlichen Klaps.«

Die Tage schlichen dahin. Am ersten Tag kreuzte Iwan den Punkt auf der Karte an, unter dem Cambridge *stand. Am zweiten Tag zog er eine Linie nach Westen und kreuzte* Warwick *an. Die Linie bewegte sich langsam nach Norden und markierte den Weg, den sein Vater von einem britischen Landmaschinenhändler zum nächsten nahm.*

Er hätte gern einen Brief oder eine Postkarte bekommen, doch sein Vater hatte ihm gesagt, dass die Post bei dieser riesigen Entfernung lange brauchte. Einmal, am fünften Tag, ging er zum Niva-Werk und fragte, ob sein Vater angerufen habe. Man führte ihn in ein Büro, wo ein Kollege seines Vaters ihm die Hand auf die Schulter legte.

»Dein Vater hat viel zu tun, Iwan Gorenski. Seine Arbeit ist sehr wichtig. Er hat keine Zeit, anzurufen.«

»Nicht einmal eine Minute?«

Der Mann zögerte, als hätte er sich diese Frage auch schon gestellt.

»Mach dir keine Sorgen, kleiner Genosse. Und richte das auch deiner Mutter aus.«

Im Korridor blickte Iwan sich um und stellte fest, dass der Mann ihm noch immer nachsah.

Mittwochmittag

Auf der topographischen Landkarte war Charter Farm ein rechteckiger Fleck am Rande der Grafschaftsgrenze auf einem Hügel einige Meilen östlich von Wittris.

Fletcher parkte seinen Wagen bei einer Tankstelle nahe Ely und stieg zu Sal in den Vectra. Sie raste über die geraden Straßen, und hinter ihnen verschwanden die blassen Türme der Kathedrale von Ely allmählich am Horizont, während die Great Ouse neben ihnen auftauchte und ein Panorama bot, das fast ans Meer erinnerte. Fletcher dachte daran, dass die Menschen hier bis zur Trockenlegung der Fens in Häusern auf Pfählen gewohnt hatten, sich auf Stelzen durch die Sümpfe bewegt und aus Feldmohn Opium gewonnen hatten, um die quälenden Malariaschübe besser zu ertragen.

Aus dem endlos weiten Himmel fiel ein leichter Nieselregen auf die Windschutzscheibe. Fletcher schloss einen Moment lang die Augen. Er dachte an sein Gespräch mit Webley zurück und stellte sich vor, wie es gewesen wäre, wirklich offen mit ihr zu reden.

Nagt vielleicht irgendetwas an Ihnen?

Ja, hätte er am liebsten gesagt: Ja, tatsächlich, da nagt etwas an mir. Meine Frau hat mich verlassen, weil sie etwas über mich herausgefunden hat.

Was denn, Fletcher?

Es gibt jemanden, von dem ich nicht lassen kann. Eine Frau aus meiner Vergangenheit.

Aus Ihrer Vergangenheit?

Es ist sehr lange her.

Aber jetzt sind Sie beide wieder zusammen?

Eigentlich nicht.

Warum können Sie denn nicht von ihr lassen?

Wegen der Art, wie es begonnen hat, wie wir uns begegnet sind.

Wieso denn? Was ist damals geschehen?

Er riss die Augen auf und betrachtete die Landschaft, die von Eisenbahngleisen durchschnittenen, intensiv bewirtschafteten Felder, die Seen, in denen sich die weißen Wolken spiegelten. Sal blickte wortlos auf die Fahrbahn, das Haar über die Schultern gebreitet und das Steuerrad nur ganz leicht mit den Fingerspitzen haltend. Er blinzelte ein paarmal, klappte dann sein Notebook auf und schaute, ob er neue Mails hatte. Die erste war von Dr. Ntele.

Obduzierter: Ron Teversham. Männlich. Europid. Alter: 62 Jahre. BMI nahezu adipös … beginnender grauer Star auf dem linken Auge … Todesursache: Schädigung des Stirnlappens durch Einwirkung eines stumpfen Gegenstands. Geschätzter Blutalkoholgehalt zum Todeszeitpunkt: 2,8 Promille.

Das Dreieinhalbfache des erlaubten Grenzwertes.

Fletcher überflog den Rest: Ron hatte Leberzirrhose. Die Fingernägel waren bis aufs Fleisch abgekaut. Keinerlei Hinweise auf Verletzungen außer dem, was durch den Unfall erwartbar war.

Dann ein Bericht des Unfallgutachters. *Verunglückter: Ron Teversham. Vorläufige Ergebnisse. Tödlicher Straßenverkehrsunfall. Fahrer vermutlich nicht verkehrstüchtig … Extreme Geschwindigkeitsüberschreitung … Reifenprofil unter 1 mm. Fahrzeug ohne Steuerplakette.*

Zuletzt eine Notiz aus der Leichenhalle: *Der Verstorbene scheint weder Verwandte noch Freunde noch Kollegen zu haben, die sich seiner sterblichen Überreste oder der Auflösung seines Haushalts annehmen wollen.*

»Armer alter Kerl«, bemerkte Sal.

»Schau auf die Straße, sonst leisten wir ihm bald Gesellschaft.«

»Keine Angst, ich brauch meine Stirnlappen noch.«

Er fing ihren Seitenblick ein.

Auf dem Bildschirm hatte er jetzt Artikel von regionalen Nachrichten-Sites und gescannte Zeitungsausschnitte der Lokalpresse: zwei tragische Unfälle in Thinbeach und Umgebung. Außenaufnahmen der Breakman-Ausstellungshalle und Fotos von Tevershams zu Schrott gefahrenem Sierra. Nichts über Olga.

»Es hat sich herumgesprochen«, sagte er. »Möglicherweise hat Peter Charter schon von den Todesfällen gehört. Meinst du, er wusste, dass Jake und Ron ihn gesucht haben?«

»Und falls ja, hat er dann Angst? Aber andererseits«, sie hielt vor einem Viehrost, »dauert es eine Weile, bis Neuigkeiten zu einem Ort wie diesem hier gelangen.«

Neben dem Viehrost hing an einem Stacheldrahtzaun ein Schild: CHARTER FARM. PRIVATGELÄNDE. ZUTRITT VERBOTEN. ZUWIDERHANDLUNG WIRD VERFOLGT.

Eine Friesische Kuh mit mächtigem Euter drehte sich nach ihnen um und sah zu, wie der Wagen über den Rost auf eine Zufahrt rollte, deren zahllose Schlaglöcher mit Ziegelbruch ausgebessert waren. Die Straße stieg leicht an, und der Wagen holperte unter Zedern hindurch, von denen ein aufgestörter Krähenschwarm emporstieg. Dann entdeckte Fletcher am Ende des Weges das Farmhaus.

Es war ein großer Kasten mit Kiesputzwänden und drei Schornsteinen. Die eine Giebelwand war mit Balken abgestützt, und hinter einer ungepflegten Hecke sah man einen Hof voller alter Geräte und Landmaschinen. Fletcher blickte sich um und stellte fest, dass man von hier einen gewissen Ausblick über das Land hatte: Die gelben Hochhausblöcke mit dem Spitznamen »Wittris-Zähne« zeichneten sich in der

Ferne vor dem westlichen Horizont ab. Der Wagen pflügte durch eine Schlammpfütze und rollte auf den Hof, zwischen zwei alten Traktoren mit hoch erhobenen Schaufeln hindurch.

Vielleicht hatte Peter Charter wirklich Angst: Fletcher fiel der zwischen den Traktorschaufeln gespannte Nato-Draht auf, und in der Hecke steckten hier und da spitze Pfähle im Boden.

Der Wagen durchquerte den matschigen Hof, zwischen Schrott und ausrangierten Landmaschinen hindurch. Eine Fliegenwolke stieg auf und senkte sich wieder herab, als Sal den Motor abstellte. In der Stille hörte man nur das Krächzen der Krähen.

Hinter dem Haus standen zwei rostige Wellblechschuppen, die Türen mit Balken von außen versperrt, und in einiger Entfernung ein stockfleckiger Wohnwagen.

Die Scheiben in der Haustür des Farmhauses waren bis auf eine durch Sperrholz ersetzt, die verbliebene Scheibe gesprungen. Als Fletcher klopfte, tauchte dahinter das Gesicht eines Mannes auf. Er betrachtete den gegen das Glas gehaltenen Polizeiausweis. Dann wurden die Riegel geöffnet und eine Sicherheitskette ausgehängt.

Später kehrte Fletcher in Gedanken an diesen Punkt zurück und stellte sich vor, was er hätte anders machen können. Er hätte nicht höflich mit Sal im Eingang stehen und die Befragung einleiten sollen. Nein, am besten hätten sie Peter Charter sofort nach draußen gezerrt und seine Farm bis auf die Grundfesten niedergebrannt.

Iwan saß im Treppenhaus des Wohnblocks dicht neben den Heißwasserrohren. Das Ächzen der Rohre vermischte sich mit den anderen Geräuschen: zuschlagende Türen, Toilettenspülungen, Gelächter und der alte Viktor, der unten ein Soldatenlied sang. Auch Gerüche wehten durchs Treppenhaus nach oben: Krautwickel, Soljanka, Zigarettenrauch, Abwassergestank und der Mief von Wäsche, die zu langsam trocknet.

Am Treppengeländer hatte Familie Michalkow in der Kälte ein paar Räucherheringe aufgehängt und den Draht mit einem Gehänge aus Blechbüchsen gesichert, die klappern sollten, falls ein Nachbar in Versuchung käme.

Iwan sah, wie jemand den Treppenabsatz unter ihm betrat und zu ihm heraufblickte. Die violetten Augen leuchteten im elektrischen Licht und waren nicht halb geschlossen wie damals im Sommer, als das Mädchen von der glitzernden Wasserfläche geblendet war.

Sie kam hoch und setzte sich zwischen den Heringen und den Wasserrohren neben ihn auf die Treppe. Ihr dicker Wollmantel roch nach Mottenpulver. Sie wirkte viel älter als dreizehn. Er fühlte sich viel jünger als elf.

»Iwan Gorenski. Hast du von deinem Vater gehört?«

»Er hat sehr viel zu tun. Er hat keine Zeit, anzurufen.«

Sie nickte.

Wie alle anderen wusste sie über die Lage Bescheid. Iwans Vater war ein hochqualifizierter Ingenieur, der am Ende jedes Tages hätte Bericht erstatten müssen. Das Schweigen aus Großbritannien hallte im Niva-Werk und schließlich im ganzen Wohnblock wider. Sie blickte die Treppe hinunter.

»Ich besuche meinen Onkel Viktor. Ich kann nicht lange bleiben.«

Er wusste, dass sie derzeit sehr viel zu tun hatte: Ein Olympiatrainer hatte sie entdeckt und sie würde in eine spezielle Trainingseinrichtung für junge sowjetische Turnerinnen kommen. Es hieß, dass der Trainer ihr jetzt schon Medikamente verabreichte, damit sie langsamer wuchs und zehn Stunden täglich trainieren konnte.

Als sie auf der Treppe saß, öffnete sie ihren Mantel. Darunter trug sie eine dicke Filzjacke, die sie ebenfalls aufknöpfte. Zitternd umschlang sie ihn mit den Armen.

Da begriff er zum ersten Mal die Macht der Frau über den Mann. Eine Anziehung, so unwiderstehlich wie die Schwerkraft, und sie erschreckte ihn zutiefst. Er schloss die Augen. Er spürte, wie sie ihm übers Haar strich, während Onkel Viktor das Lied der sowjetischen Raketenbataillone sang. Sie schmiegte das Gesicht an seinen Kopf und legte die Arme um ihn, sorgfältig darauf bedacht, nicht gegen die Blechbüchsen zu stoßen.

Von der Küche des Farmhauses blickte man auf eine rostige Doppelschaukel hinaus, die im Wind quietschte. In der Küche selbst waren noch die Überreste eines einstmals existenten Familienlebens zu besichtigen: eine Korktafel mit vergilbten Familienfotos und bunte Striche am Türpfosten, die das Wachstum der Kinder markiert hatten. Die Jahre hatten eine schmuddelige Fettschicht nach der anderen darübergebreitet, und überall lag der Plunder eines allein lebenden Mannes herum.

Der Mann war in den Fünfzigern und sein Overall hatte die gleiche schmutziggraue Farbe wie der Dreck auf dem Hof.

Fletcher hatte schon oft mit Männern wie diesem hier zu tun gehabt. Er hatte sie festgenommen, weil sie ihren Verwandten nachstellten oder ihre Freunde verprügelten, aus einem Groll heraus, der so verwickelt war, dass selbst sie den Anlass vergessen hatten. Andere Männer dieses Schlages hatte Fletcher in ähnlichen Farmhäusern gefunden – sie hingen von der Decke oder lagen ausgestreckt auf dem Boden, nachdem sie sich das Gehirn und alles, was ihnen an Zielen und Wünschen blieb, mit einem Gewehr aus dem Kopf gepustet hatten. Diese Männer waren die letzten der kleinen Farmer, und sie starben im wahrsten Sinne des Wortes aus. Es war nicht die Armut, die sie umbrachte, nicht Brüssel und nicht die Supermärkte. Sondern die Vereinsamung. In den schlimmsten Fällen war ihre Stimme leise und kindisch geworden – weil sie so selten sprachen.

Der Mann bot den Besuchern das Beste an, was er hatte: zwei Becher mit Tee und Jaffa Cakes direkt aus der Packung, die er neben das Sammelsurium von Maschinenschrott und Ersatzteilen auf den Tisch legte. Er sah Sal ein paar Sekunden zu lang an. Fletcher fragte sich, wann wohl zum letzten Mal eine Frau dieses Haus betreten hatte.

»Wohnen Sie schon Ihr ganzes Leben hier, Mr Charter?«, fragte Sal.

Charter lächelte. »Ich bin in diesem Haus zur Welt gekommen. Wie viele Menschen können das schon von sich behaupten? In meiner Kindheit war es hier wie im Paradies. Ich dachte, meine eigenen Kinder würden auch hier bleiben. Aber jetzt lebt die Tochter in Quebec und der Sohn ist in Malaga.« Er zeigte auf zwei Fotos auf dem Korkbrett: zwei Kinder mit Wuschelschöpfen draußen auf der Schaukel. »Sie erforscht Fische und er ist Tänzer.«

»Mr Charter«, fragte Fletcher, »wissen Sie, dass in Thinbeach und Umgebung kürzlich zwei Männer verstorben sind? Sie heißen Skerrit und Teversham.«

»Nein. Was sind das für Leute?«

»Sie haben beide für Breakman Machinery gearbeitet.«

»Breakman? Das hätten Sie gleich sagen sollen. Bei Breakman würde ich jederzeit kaufen.«

»Haben Sie kürzlich etwas bei ihm gekauft?«

»1986.«

»Aha. Würde die Tatsache Sie überraschen, dass diese beiden Männer sich für Sie interessierten?«

»Für mich? Warum denn?«

»Haben Sie jemals den Namen *The Wake* gehört?«

Peter Charter brach einen Jaffa Cake in der Mitte durch und betrachtete die Orangengeleefüllung. Die alte Schaukel im Hof quietschte im Wind und verstummte. Fletcher wartete ab. Charter schob die Keksschachtel mit fragend hochgezogenen Augenbrauen zu ihm hin. Fletcher ging nicht darauf ein.

Charter wich seinem Blick nicht aus, und statt der Nervosität, die Fletcher erwartet hatte, verzog sich das zerfurchte Gesicht zu einem Grinsen.

»*The Wake*? Du lieber Gott, *The Wake*.«

»Was bedeutet das?«, fragte Sal.

Charter warf den Kopf in den Nacken und lachte, was in etwa so klang wie das Lärmen der Krähen in den Zedern. In seinen entzündeten Augen schwammen Tränen.

»Was ist denn so komisch, Mr Charter?«

»*Ihr* seid komisch, ihr von der Polizei. Seit Jahren habe ich hier nichts als Ärger, Hausfriedensbruch, Einbrüche, Vandalismus. Wie oft habe ich bei euch angerufen? Und habe ich jemals Hilfe erhalten?« Er hörte auf zu lachen und warf seinen Jaffa Cake in die Spüle. »Eines Morgens tauchen Sie dann gleich zu zweit hier auf. Und was wollen Sie wissen? Sie fragen mich nach der verdammten *Wake*.«

»Sie wissen also, worum es sich handelt?«, fragte Sal.

»Guten Morgen, Mr Charter. Wie können wir Ihnen helfen, sich gegen Einbrüche zu schützen? Nein, kein Wort davon. Einfach nur: was ist *The Wake*.«

»Mr Charter«, fragte Fletcher, »kann man auf der Schaukel noch schaukeln?«

Der Rasen war inzwischen eine struppige, von Nesseln durchwucherte Wiese. Das schrille Zirpen einer Heuschrecke übertönte das Muhen von der Kuhweide. Mr Charter saß auf dem Schaukelbrett, eine selbstgedrehte Zigarette in der Hand.

»Also, ich erkläre Ihnen, warum mich das so umhaut, okay? *The Wake* war hier so ein Verein, damals in den Siebzigern, für Leute, die die Geschichte lebendig erhalten wollten.«

»Welche Geschichte?«

»Die Geschichte von Thinbeach. Die Eroberung durch die Normannen hauptsächlich. Wir zogen historische Kostüme an, führten historische Schlachten auf und hielten Vorträge über lokale Traditionen wie die Hochzeit von Thinbeach – Sie wissen schon, als der normannische Heerführer seine hübsche Frau ertränkte.«

»Es war also ein historischer Verein«, sagte Fletcher langsam. »Waren Sie ein wichtiges Mitglied?«

»Tja, jein würde ich sagen. Ich hatte einen alten Kleinbus und habe die Leute immer zu den Aufführungen bei Dorffesten und so gefahren. Das waren schöne Zeiten damals.«

»Erzählen Sie mir von den anderen Mitgliedern.«

»Es gab viele, mal machten die einen mit, mal andere. Der Vorsitzende war Billy Breakman, und dann Thomas Denton, der hat auch viel organisiert.«

»Und Sie haben die Leute einfach nur zu den Dorffesten gefahren? Sonst nichts?«

Es schien, als wollte Charter etwas sagen, doch dann zögerte er.

»Mr Charter?«, hakte Sal nach. »War da sonst noch was?«

»Nein, mehr nicht. Wo sie hinwollten, da hab ich sie hingefahren.« Er warf seine Selbstgedrehte in die Nesseln. »Jetzt verstehen Sie bestimmt, warum ich gelacht hab, oder? All diese Jahre habe ich auf die Polizei gewartet, und dann tauchen Sie beide hier auf und fragen mich ausgerechnet danach.«

»Der Grund dafür, Mr Charter, ist, dass Sie sich möglicherweise in Gefahr befinden.«

»Ich weiß, dass es hier gefährlich für mich ist. Das sagte ich doch schon. Einbrüche und Vandalismus. Das heißt, nein, es *war* gefährlich. Bis April. Aber inzwischen ist das Problem gelöst.«

»Ja, mir ist aufgefallen, dass seit April nicht mehr über Ärger bei Ihnen berichtet wurde«, sagte Sal. »Was haben Sie gemacht? Einen Sicherheitsdienst engagiert?«

»Das könnte man so sagen.« Charter lächelte vor sich hin. »Ich habe den besten Schutz, den es gibt. Russische Sicherheitsleute.«

Fletcher betrachtete die aus den Nesseln aufsteigende Rauchfahne und fragte sich, warum *The Wake* wichtig sein sollte, wenn es sich nur um einen inzwischen aufgelösten historischen Verein handelte. Dann erlosch die Rauchfahne.

»Was haben Sie gerade gesagt?«

»Russische Sicherheitsleute. Besser als ihr.«

Fletcher ließ den Blick zu den blinden Fenstern im ersten Stock hinaufwandern, dann zur Kuhweide, dem alten Wohnwagen und dem Wäldchen, das den Hang dahinter bedeckte.

»Sie könnten sich in Gefahr befinden, Mr Charter. Möglicherweise hat ein Russe es auf Sie abgesehen, wohl ein ehemaliger Soldat mit ...«

»Einer Narbe unter dem Kinn? Das ist Iwan.« Die Heuschrecke verstummte. Charter schaukelte nach hinten und stieß sich dabei mit den Füßen ab wie ein kleiner Junge. »Wie könnte Iwan eine Gefahr für mich sein?«

»Wollen Sie damit sagen, dass Sie ihn kennen?«

»Ich will damit sagen, dass er hier wohnt. Seit April, er und Berlitz. Im Moment ist er nicht da, sonst könnten Sie selbst mit ihm sprechen.« Charter stoppte die Schaukel ab und blickte von Fletcher zu Sal. »Und jetzt sagen Sie mir, was ist hier eigentlich los?«

In die Küche zurückgekehrt, musste Fletcher einen Vortrag über sich ergehen lassen. Es war die Litanei von fallenden Preisen, Rinderwahnsinn und Maul- und Klauenseuche. Von dem Druck, der auf einer kleinen, alten Milchfarm lastet, die ringsum von fünfzigmal größeren, nach modernsten Methoden anbauenden Superfarmen umgeben ist. Peter Charter fügte noch die undankbaren Kinder hinzu, die niemals schrieben, Absenkungen im Erdreich unter dem Farmgebäude, die eine Balkenabstützung der Wände erforderlich machten – und schließlich seine brennendste Sorge, die Kriminalität.

»Sie haben doch da unten im Westen diese gelben Wohnblocks gesehen, die man die Wittris-Zähne nennt? Die Jungs aus Wittris, die haben mir das Leben zur Hölle gemacht. Dieses Diebsgesindel ist immer wieder mit geklauten Geländewagen über die Felder hierhergekommen und hat in den Scheunen und manchmal auch im Haus alles mitgehen lassen, was nicht niet- und nagelfest war. Sie haben hier alles kaputtgemacht. Sie dachten, ich hätte Geld versteckt, was nicht stimmt. Sie nennen mich einen verdammten Normannen, dabei bin ich das gar nicht. Sie nennen jeden einen Normannen, auf den sie neidisch sind.«

»Hat die Polizei hier Ihnen helfen können?«

Charter lachte. »Darum bin ich ja so überrascht, *Sie* hier zu sehen. Ich rufe dort an und lande in der Warteschleife. Oder es sind gerade keine Beamten verfügbar. Oder es dauert Stunden, bis sie hier eintreffen. Dieses Jahr war es noch schlimmer als sonst. Ich dachte, ich werd noch verrückt. Genau das wollen sie, diese Jungs aus Wittris. Einen völlig kaputtmachen. Doch dann hatte ich plötzlich Glück. Eines Nachmittags kam ich mit dem Land Rover nach Hause, und was fand ich da vor? Drei von den Typen aus Wittris, die kopfüber von den Giebelbalken runterhingen. Sie drehten sich um die eigene Achse und kotzten sich die Seele aus dem Leib.«

»Wer hat das getan?«, fragte Fletcher, obgleich er die Antwort schon wusste.

»Zwei Russen. Sie schnitten die Wittris-Burschen erst runter, als einer von ihnen das Bewusstsein verlor. Schickten sie mit einem Arschtritt nach Hause. Das muss sich rumgesprochen haben. Seitdem hatte ich keinen Ärger mehr.«

Fletcher ordnete die Kette der Ereignisse im Kopf neu. Olga hatte Tevershams Kassettenaufnahme gehört und den Namen Peter Charter an Iwan weitergegeben – und Iwan war hier aufgetaucht, hatte dafür gesorgt, dass er mit offenen Armen empfangen wurde, und sich hier häuslich niedergelassen. Warum? Warum ausgerechnet hier, bei einem der ehemaligen Mitglieder dieses harmlosen Dorfvereins *The Wake*?

»Die Russen beschützen Sie also vor den Typen aus Wittris. Und was ist Ihre Gegenleistung?«

Charter war stolz auf die Abmachung.

»Sie wohnen oben und können die Küche benutzen. Sie sagen mir, was sie essen wollen, und ich kaufe es ein. Sie sollten mal die Suppe probieren, die sie kochen, die ist wirklich köstlich.« Er sah Sal an. »Es ist schön, wieder ein bisschen Leben im Haus zu haben.«

Sal nickte. »Am besten schauen wir uns jetzt an, wo die beiden schlafen.«

Charter zeigte ihnen die Zimmer der Russen, die früher offensichtlich als Kinderzimmer gedient hatten. Im einen war eine abblätternde Tapete mit Rennautos, im anderen eine mit Barbies. Charter versuchte, die abgelöste Tapete wieder anzudrücken.

Davon abgesehen erinnerte in den Zimmern überhaupt nichts an Kinder. Sie wirkten eher wie Kasernenräume: absolut ordentlich, der Linoleumboden sauber gewischt. In jedem Zimmer stand ein Bett, dessen Decken exakt gefaltet am Fußende lagen. Ein Matchbeutel mit Rasierzeug und persönlichen Habseligkeiten, Schokolade, Zigaretten und Schuhputzzeug lag jeweils zuoberst.

In dem Beutel, der nach Fletchers Vermutung Berlitz gehörte, fand sich außerdem ein alter Fremdsprachenführer, in dem einige Sätze unterstrichen waren:

Beim Obst- und Gemüsehändler:

Ich möchte bitte Zwiebeln/Möhren/einen Kohlkopf/Kartoffeln.

Geselligkeit:

Würden Sie gern mit mir zu Abend essen? Ich kenne ein ruhiges Lokal/ein nettes Lokal/ein interessantes Lokal.

Im anderen Matchsack lag eine alte englische Ausgabe von Dostojewskis *Schuld und Sühne*, die etwa in der Mitte von allein aufklappte. Auch hier waren einige Zeilen unterstrichen. *Jeder Mensch hat das Recht, gesetzliche Grenzen zu überschreiten, wenn die Vollendung seiner Lebensaufgabe (die vielleicht der ganzen Menschheit nutzen kann) es erfordert.* Fletcher fand noch ein Foto in einer Plastikhülle: eine vor einem Wohnblock stehende Frau. Der Himmel war blau mit einigen weißen Wölkchen, und darunter sah man Rauchfahnen, vielleicht von einer nahe gelegenen Fabrik. Fletcher legte das Foto zurück und blickte sich um.

Das Zimmer zeugte von einer fast mönchischen Disziplin – und abgesehen von drei Zeilen Dostojewski gab es keinerlei Hinweis auf irgendwelche kriminellen Absichten.

»Die beiden betreiben ja praktisch einen Sicherheitsdienst«, erklärte Charter, als sie wieder in der Küche waren. »Sie sind Unternehmer.«

»Haben die beiden sich jemals nach *The Wake* erkundigt? Oder nach Billy Breakman und Thomas Denton?«, fragte Fletcher.

»Nein. Warum denn?«

»Oder nach Thinbeach?«

»Nie. Warum fragen Sie?«

»Weil ich sonst keinen Grund sehe, warum sie hier sein sollten.« Fletcher blickte sich in der alten Küche um, musterte die vergilbten Fotos und das ganze Durcheinander. »Was treiben die beiden eigentlich den ganzen Tag?«

»Sie haben Interessen. Sie reparieren einen alten Traktor, den sie von irgendwoher angeschleppt haben.«

»Einen alten Traktor?«

»Er steht drüben im Schuppen. Sie verbringen viel Zeit damit.«

»Und was machen sie abends?«, fragte Sal.

»Sie haben Besprechungen.«

»Worüber sprechen sie?«

»Ich weiß nicht. Ich kann kein Russisch.«

»Geht es vielleicht um Politik?«

»Nein, eher um Planung. Sie diskutieren und schauen sich Karten an.«

»Was für Karten?«

»Landkarten. Aber ich schnüffele ihnen nicht nach. Sie sind nicht auf nähere Bekanntschaft aus, oder zumindest nicht mit mir.«

»Aber mit jemand anderem?«

Charter schaute auf die struppige Wiese hinter dem Haus. »Sie kommen doch zurück, oder? Jesus, Sie haben ja keine Ahnung, wie das hier nachts ist, wenn man allein ist. Man kann sehen, wie die Lichter in den Wittris-Zähnen angehen, bis alles hell erleuchtet ist. Ohne die Russen bringen diese Wittris-Typen mich um.«

»Ich werde einen Streifenwagen bitten, bei Ihnen vorbeizuschauen«, sagte Sal.

Er nickte, Furcht in den Augen.

»Und mit wem haben die beiden nun Bekanntschaft geschlossen?«, fragte Sal.

Er hieß Larry und wohnte in dem Wohnwagen am oberen Ende der Wiese. Schon seit drei Jahren wohnte er da und arbeitete für Peter Charter.

Warum lebt er denn in einem Wohnwagen?

Weil er ein Landarbeiter ist. Den will ich nicht bei mir im Haus haben.

Sie konnten sehen, wie er gerade Wäsche zum Trocknen aufhängte. Als sie sich näherten, nahm er die Hose wieder von der Leine.

Larry blickte von einem zum anderen.

»Polizei?«

»Woher wissen Sie das?«

»Haarschnitt. Kleidung.«

Fletcher lächelte. Larry lächelte ebenfalls. Er war ein ausgesprochen kleiner, magerer Mann um die vierzig. Seine Beine steckten in hohen Gummistiefeln, die zu groß für ihn wirkten. Er hatte zahllose geplatzte Äderchen im Gesicht und besaß noch immer einige Zähne. Wenn Peter Charter einsam war, wie musste das Leben dann erst für diesen Mann aussehen?

»Womit kann man sich hier so die Zeit vertreiben?«, fragte Fletcher.

Larry dachte nach. »Angeln.«

»Und wenn es dunkel ist?«

»Nachtangeln. Was wollen Sie?«

»Diese beiden Männer, die da im Haus wohnen.«

»Das sind meine Freunde.«

Sie waren nicht einfach irgendwelche Freunde – sie waren alles, was er an Freunden hatte.

»Reden Sie oft mit ihnen?«

»Manchmal. Sie war'n beim Militär. Machen Sachen, die man heute nicht mehr macht.«

»Wie zum Beispiel?«

»Wie zum Beispiel nachts rausgehen.«

»Wohin? Zum Angeln?«

Larry schüttelte den Kopf. Sein Blick wanderte immer wieder zu Sal hinüber. Misstrauen und der Wunsch, ihr zu imponieren, kämpften miteinander.

»Sie wandern querfeldein. Die kennen sich aus mit Nachtmärschen.«

»Waren Sie jemals mit den beiden unterwegs?«

»Einmal schon.« Larry fing Sals Blick auf. »Wir marschierten stundenlang, die ganze Nacht. Sie sangen Lieder und brachten mir russische Wörter bei. Wir tranken Wodka.«

»Wohin sind Sie gegangen?«

»Bis zu diesem Dorf da.«

»Thinbeach?«

»Keine Ahnung. Hübscher Ort. Die beiden hatten die Landkarten.«

»Was haben sie da gemacht?«

»Sie hatten Ferngläser. Haben irgendwas beobachtet. Warum?«

»Und wo sind sie jetzt?«

»Weiß ich nicht. Warum?«

»Larry«, bemerkte Sal, »Mr Charter hat etwas von einem Traktor gesagt.«

Larry spuckte aus. »Charter. Der alte Scheißkerl redet zu viel.«

»Okay. Und wo ist der Traktor?«

Es war Samstag, der elfte Tag. Als Iwan aus der Schule zurückkam, stand er eine Stunde am Küchenfenster und starrte nach draußen, und von seinem Atem taute die Eisschicht auf der Scheibe auf, bis er seinen Namen hineinschreiben konnte. Um zwei aß er einen Teller Suppe, noch immer am Fenster stehend. Gegen drei wurde es dunkel. Dann sah er ihn: einen schwarzen Schatten, der langsam über die Straße auf den Wohnblock zurollte. Es war die Sil-Limousine.

Sein Herz hämmerte und er wischte seinen Atem von der Scheibe und spähte mit gerecktem Hals nach unten.

Der Wagen hielt und jemand stieg aus. Er drehte sich um und blickte zum Fenster hinauf – und Iwan sah, dass der Mann nicht sein Vater war, sondern ein jüngerer Mann, dessen dicker Bauch sich unter dem Trenchcoat wölbte. Selbst von hier oben erkannte Iwan den roten Stern am Kragenaufschlag. Es war ein Parteifunktionär.

Iwan spürte, wie ihm die Enttäuschung in die Kehle stieg, und presste den Mund zusammen.

Er beobachtete den Funktionär, der jetzt über die schneebe-

deckte Fläche kam, die im Hufeisen der Wohnblocks lag. Die Wege waren geräumt worden und zeichneten sich im weißen Schnee schwarz ab. Der Funktionär ging am Arbeiterdenkmal und am Klettergerüst vorbei direkt auf Iwans Wohnblock zu. Iwan sah, dass er eine große lederne Aktentasche trug.

Zum Schuppen führten zwei tief ausgefahrene Fahrrinnen. Er war ein Wellblechgebäude, und die Schiebetür, die auf Laufrollen lief, war mit Brettern und Balken von außen verbarrikadiert. Larry stand da, sah Fletcher und Sal an und trat von einem Bein aufs andere.

»Das wird ihnen gar nicht gefallen. Hier geht keiner rein, nicht mal ich.«

»Machen Sie die Tür auf, Larry«, sagte Sal.

Larry biss sich auf die Lippen, räumte die Holzbarrikade beiseite und stemmte sich mit der Schulter gegen die Tür. Sie erbebte und glitt dann auf. Sal trat als Erste ein.

Ihr schlug uralter Stallgeruch entgegen, und dazu kam noch der stechende Geruch von Maschinenöl. Wo die Sonne durch die Tür und durch Ritzen in Dach und Wänden einfiel, war das Innere von Lichtbalken gestreift. Sal sah einen mit Altmetall und Schrottteilen übersäten Betonboden, auf dem es von Fußabdrücken und Reifenspuren wimmelte. Sie spähte angestrengt zur hinteren Schuppenwand.

Dort stand etwas im Dunkeln, und Fletcher bahnte sich bereits einen Weg durch das Durcheinander auf dem Boden und trat darauf zu. Als Sal ebenfalls dort ankam, erkannte sie eine ölfleckige Schutzplane, unter der etwas sehr Großes, Kantiges verborgen war. Fletcher hob die eine Ecke der Plane an, sie die andere, und gemeinsam zogen sie sie weg. Staub flog auf und trudelte in den Lichtbalken nach oben.

Was sie nun vor Augen hatten, sah aus, als entstammte es einer anderen Welt. Es war ein Fahrzeug mit einer Karosserie aus primitiv gepresstem Stahlblech, dessen Falznähte sich wie Rippen abzeichneten. Die Form war rein zweckmäßig, die Seiten flach, die Kanten nicht abgerundet. Die Räder waren mit getrocknetem Schlamm verschmiert, doch das Motorgehäuse war gereinigt worden. Vorn, wo die gewölbte Motorhaube ins Licht ragte, war der Kühlergrill von zahllosen Aufprallen eingedellt. Doch die Russen hatten ihn instand gesetzt und den Stahl auf Hochglanz poliert. Unterhalb des Kühlerverschlusses war etwas ins Metall eingestanzt. Ein Name.

Sal streckte die Hand aus und befühlte die Buchstaben, die ins kalte Metall gestanzt waren: NIVA STAVROPOL. USSR.

Darunter ertastete sie einen fünfzackigen Stern.

Sie wandte sich Fletcher zu. »Ein Traktor? Die Russen sind wegen eines Traktors hier?«

Peter Charter erzählte noch einmal, was er wusste: dass die Russen den alten Traktor irgendwo auf einem Feld entdeckt und hergeschleppt hatten. Sie behandelten ihn mehr als respektvoll, geradezu ehrfürchtig, ganze Vormittage verbrachten sie mit Feilen und Polieren.

»Von welcher Farm stammt er denn?«, fragte Fletcher.

Charter zuckte die Schultern. »Irgendwo aus der Umgebung. Es ist ein altes Modell, das vor Jahren in Gebrauch war – vielleicht vor fünfundzwanzig Jahren. Heute sieht man die Dinger nicht mehr.« Plötzlich wurde er wieder nervös. »Mein Iwan kommt doch zurück, oder?«

Sie hielten vor dem Viehrost und stellten den Motor aus. Wie die Charter Farm dort hinten ganz am Ende der Zufahrt lag, wirkte sie noch einsamer als vorher. Fletcher sah zu den Krähen auf, die die Baumwipfel umkreisten.

»Meinst du, Iwan hat die weite Reise wirklich nur gemacht, um einen Traktor zu finden?«, fragte Fletcher.

»Nein, aber ich glaube, dass Traktoren für Iwan eine Rolle

spielen. Und wo kauft man einen Traktor – heute oder vor fünfundzwanzig Jahren?«

»Bei einem Landmaschinenhändler wie Breakman Machinery«, sagte Fletcher. »Da ist tatsächlich eine Verbindung, falls Breakman jemals russische Traktoren im Sortiment hatte. Aber warum hat Iwan sich hier bei Charter eingenistet, ohne ihn nach *The Wake* zu fragen?«

»Weil er die Kassette kennt. Er weiß, dass Charter im Verein im Grunde ein Niemand war.«

Fletcher nickte. »Und warum wohnt er dann überhaupt bei ihm? Das ergibt doch keinen Sinn. Es ist, als wollte er noch irgendetwas anderes von Charter, wovon der gar nichts weiß.«

Sal ließ den Motor wieder an, fuhr vorsichtig über den Viehrost und hielt ein zweites Mal an.

»Charter hat vorhin gezögert, nicht wahr?«, bemerkte sie. »Als du ihn fragtest, ob er die Leute nur zu den Dorffesten gefahren hat.«

»Ja, da war irgendwas. Wer weiß, wo er Breakman und Denton sonst noch hinchauffiert hat. Fahren wir jetzt zu Thomas Denton.«

»Ich bin ja nur so ein Niemand, stimmt's? Bloß die Fahrerin.« Einen Moment lang war er bestürzt, doch dann sah er, dass sie lachte.

Im Wäldchen hinter der Farm setzte Iwan das Fernglas ab, und die Farnwedel schnellten vor seinem Gesicht wieder nach oben. Allmählich fand er Gefallen an dem scharfsüßen Geruch des englischen Farns.

In Tschetschenien hatte er einmal einen ganzen Tag und eine ganze Nacht so im Gestrüpp gelegen und einer Patrouille im Tal Feuerschutz gegeben. Die Farne dort hatten an der Unterseite der Wedel kleine Häkchen und rochen wie Hundeatem. Als er aufstand, hatten sich die Wedel an seinen Beinen festgeklammert und waren mit ihm nach oben gewandert.

Bei seiner Ankunft in England hätte er niemals erwartet, hier nach all diesen Jahren noch einen der Niva-Traktoren zu finden. Sie hatten die vor sich hin rostende Zugmaschine in der Nähe von Cottenham auf einem Feld stehen sehen und sie vor dem flachen, endlosen Horizont sofort an der Silhouette erkannt. Bei der ersten Berührung hatte es ihn wie ein Stromstoß durchzuckt und plötzlich war die alte Zeit wieder da gewesen. Er hatte sich an die Umarmung des Pioniermädchens in der Halle der sowjetischen Errungenschaften erinnert und daran, wie er mit Berlitz auf dem Betondamm des Staubeckens gelegen und den Traktoren nachgesehen hatte, die auf Schienen in die Ferne rollten.

Sein Traum war, den Traktor wieder in Gang zu bringen. Das würde nun eine Weile warten müssen, doch solange die Polizisten sich nicht an dem Fahrzeug vergriffen, konnte er damit leben. Es war sogar gut, dass sie den Traktor gefunden hatten, denn das brachte sie ihm näher. So würden sie ihn besser verstehen. Er wollte, dass sie ihn verstanden.

Er fragte sich manchmal, was wohl aus seinem Pioniermädchen geworden war. Was ihrer besten Freundin zugestoßen war, wusste er genau.

Man hatte sie bis zum Gehtnichtmehr gedopt und zur Spitzenturnerin gemacht, ein Vorbild für die sowjetische Jugend mit allem Drum und Dran, einschließlich der Fotos in der *Prawda*. Sie war bis zu den Ostblockmeisterschaften von 1982 gekommen und dann im Bad eines Warschauer Hotelzimmers gestorben, das sie mit ihrem vierzigjährigen Trainer geteilt hatte. Die offizielle Todesursache war Herzversagen. Sie war sechzehn.

Nach jahrelanger Suche fand Iwan 1999 einen Warschauer Polizisten, der schwor, das Mädchen sei mit einem Lampenkabel erdrosselt worden, er habe die Leiche selbst gesehen. Der Trainer hatte seinen Namen geändert und versucht, seine Spuren zu verwischen, doch Iwan fand schließlich auch ihn in der Ukraine, wo er in einer Datscha wohnte und von seiner Rente lebte. Iwan unterhielt sich lange mit ihm über die alten Zeiten. Der Trainer gestand, dass er mit dem Alter immer klaustrophobischer werde und nachts Albträume habe. Iwan nickte langsam und griff zum Telefonhörer.

Er ließ den Trainer in den Keller der Datscha sperren, das Haus über seinem Kopf plattwalzen und schließlich die Trümmer mit Beton ausgießen. Eine Woche lang ging Iwan jeden Tag dorthin, stellte sich auf die vollkommen ebene Betonfläche und dachte über die alten Zeiten nach, darüber, wie sich das damals, auf der Treppe des Niva-Wohnblocks, angefühlt hatte, die Wange des Mädchens an seinem Haar.

Der Beton war beim Trocknen rissig geworden. Von unten drangen Schreie und Klopfen herauf, doch am vierten Tag wurde es still.

Und jetzt lag Iwan im Farn und sah zu, wie das Zivilfahrzeug der Polizisten über die Landstraße davonfuhr.

Meine lieben, klugen Polizisten. Ihr habt es am richtigen Ende angefangen, nämlich bei dem Typ, der nichts zu sagen hatte. Jetzt arbeitet ihr die Liste ab und nehmt euch das nächste Mitglied von The Wake *vor. Euer Problem ist nur, dass ich ebenfalls alles über diesen Mann weiß. Ich habe nie mit ihm gesprochen und ihn nur mit dem Fernglas beobachtet, aber ich kenne ihn inzwischen besser als er sich selbst. Ihr werdet schon sehen, was ich meine.*

Gleich darauf hob er erneut das Fernglas und beobachtete Peter Charter, der aus der Tür des Farmhauses trat, auf einen der Traktoren beim Tor kletterte und die Schaufel mit dem Nato-Draht nach unten absenkte, um sich dahinter zu verbarrikadieren.

Und dir viel Glück, Peter Charter. Ja, du warst ein Niemand, genau wie sie sagten, aber du warst nun einmal dabei und hast auch mitgemacht. Jeder zahlt irgendwann für das, was er getan hat, früher oder später, und jeder auf seine

Weise. Jetzt ist deine Zeit gekommen und du wirst auf deine Weise bezahlen.

Er stand auf und klopfte sich die Farnsporen von den Beinen. Dann ging er durch das Wäldchen zurück und erfreute sich dabei an den Tümpeln von Sonnenlicht auf dem Farn, den flatternden Schmetterlingen und den nickenden Wildblumen auf den Lichtungen. Auf der anderen Seite, auf dem Farmweg, erwartete Berlitz ihn im Land Cruiser und ließ den Motor an. Als Iwan einstieg, roch er Diesel und Schweiß, genau wie in Armeetagen.

»Gehen wir?«

»*Dobro.*«

Berlitz drückte sich tief in den Sitz und legte die Finger ums Lenkrad. »Wir werden schießen, ja?«, fragte er.

»Wahrscheinlich nicht. Ich dachte nur gerade, dass es Zeit wird, diesen Polizisten noch einen kleinen Fingerzeig zu geben, warum wir eigentlich hier sind.«

Iwan drehte sich nach den Zedern um, die vorbeiglitten und hinter ihnen in der Ferne verschwanden. Kurz darauf waren sie auf der Landstraße und auf dem Weg zur nächsten Person auf der Liste.

Mr Thomas Denton. Sie haben auch mitgemacht – und an weit wichtigerer Stelle. Wenn Sie wüssten, was ich mit Ihnen im Sinn habe, Mr Denton, würden Sie die Haustür hinter sich zuschlagen und laufen.

Mittwochnachmittag

Fletcher rief an, um sich zu vergewissern, dass Thomas Denton zu Hause war. Eine Frau nahm ab und erklärte, dass sie ihn gegen Mittag von einer Besprechung zurückerwarte. Fletcher bedankte sich und erkundigte sich nach ihrem Namen.

»Judith Denton.«

Fletcher sah auf die Wiesen und Felder, die an ihnen vorbeisausten. Dann nahm er das Airwave-Gerät aus dem Handschuhfach und öffnete das Wählerverzeichnis.

Sal warf ihm einen Blick zu. »Was suchst du?«

»Ich will wissen, wer sonst noch unter dieser Adresse wohnt. Hier: Deep House, Thomas und Judith Denton, sonst keiner.«

»Dann ist sie also seine Frau. Bin ich nicht eine gute Detektivin?«

Fletcher nickte. »Brillant. Aber ihre Stimme klang sehr jung.«

Als sie sich Thinbeach näherten, war es beinahe vierzehn Uhr. In der Ferne ragte der halb zerfallene Kirchturm aus Feldern heraus, deren Ähren sich neigten, als prüften große Finger ihr Gewicht.

Sal bog, den Hinweisen des Navigationssystems folgend, in eine schmale Straße ein, die parallel zu den Foliengewächshäusern am Dorf vorbei und schließlich in ein Gebiet führte, wo Weiden und Weißdorn zu beiden Seiten ein dichtes Gestrüpp bildeten. Zwischen den Zweigen schlangen sich Heckenrosen empor, und hier und da gab eine Lücke, die ein umgestürzter

Baum gerissen hatte, den Ausblick auf ein schilfbewachsenes Ufer frei, das sich zu einer tiefdunklen Wasserfläche hinabsenkte. Auf einem Straßenschild stand »Thinbeach Fen«.

»Wir sind da.«

Sal bog in eine Abzweigung ein, die mit einem Schild gekennzeichnet war: »Deep House. *Privatgelände. Zutritt verboten.*«

Der Weg drang ins Fen vor, eine lange, gewundene Zufahrt entlang des Schilfufers. Fletcher merkte, dass er hier einen großen Grundbesitz vor sich hatte, mehr als ein Hektar mitten im Herzen der alten Fens. Dann bogen sie um eine letzte Kurve und fuhren auf eine Lichtung.

»Thomas Dentons Haus unterscheidet sich ziemlich von Peter Charters«, merkte Sal an.

Das Haus war riesig. Ein vorkragender Rumpf aus Holz und Metall, in dessen Fenstern sich die weißen Wolken spiegelten. Der Entwurf stammte unübersehbar von einem talentierten Architekten: Trotz seiner Ausmaße fügte das Haus sich vollkommen in die Landschaft ein, wie ein enormes Boot, das mit dem Bug im Uferschilf ruhte.

Der Zugang erfolgte über eine Holzrampe, die zu einer großen Glastür führte – auch das vermittelte einem das Gefühl, an Bord eines Schiffes zu gehen. Die Tür stand halb offen, und als Fletcher vorsichtig hineinspähte und »Hallo?« rief, bat eine Frauenstimme sie nach drinnen.

Sie betraten einen großzügigen Raum. Im schimmernden Marmorboden spiegelten sich das Weiß der Decke und die hellen Deckenbalken aus Eschenholz. An den Wänden standen Glastische. Sie spiegelten die aufgehängten Bilder, die bunten Keramikskulpturen in den Ecken und ein monumentales abstraktes Gemälde wider, das eine Wand komplett ausfüllte. In einem der Tische spiegelte sich außerdem eine junge Frau, die vollkommen reglos auf einer langen Ledercouch saß, die Hände im Schoß gefaltet.

Sal und Fletcher stellten sich vor.

Die Frau lächelte. Sie trat zur Treppe und rief nach oben: »Vater, die Polizei ist da.«

»Ich bin eine *schlechte* Detektivin«, flüsterte Sal.

Die Frau kam zurück und setzte sich wieder. Sie trug ein schlichtes, aber raffiniert geschnittenes Leinenkleid. Sie streckte die nackten Beine auf dem glänzenden Boden aus. »Ich heiße Judith«, sagte sie.

Nach Fletchers Schätzung musste sie etwa fünfundzwanzig sein, und irgendetwas an ihr verwirrte ihn. Das dunkle Haar ihres Pagenkopfes schmiegte sich um ein Gesicht, das einem Stummfilm entsprungen zu sein schien: hohe Wangenknochen, ein blasser Teint und Lippen, die wie nachdenklich geschürzt waren. Ihre Augen unter dem dunklen Pony waren grün, ihr Körper wirkte ausgesprochen athletisch. Ob sie viel Sport trieb, vielleicht schwamm? Dann entdeckte er einen Boxsack, der in der Zimmerecke von einem Deckenbalken herabhing. Er warf einen Blick auf ihre Hände.

Als er wieder aufsah, stand jemand am Fuß der Treppe und beobachtete ihn, ein großer Mann in den Fünfzigern, der gerade in aller Ruhe eine Zigarrenhülse aufschraubte. Er trug ein Hemd mit Monogramm, eine Rolex, Jeans und elegante Schuhe. Er zündete seine Zigarre mit einem Benzinfeuerzeug an, wobei graue Qualmwölkchen aufstiegen. Schließlich sagte er: »Ich bin Thomas Denton. Und Sie kommen gerade rechtzeitig zu einem späten Lunch.«

»Vielen Dank, aber wir sind im Dienst.«

Der Mann lachte. »Ich fordere Sie ja nicht zum Tanzen auf, mein Junge. Sondern nur zum Essen.«

Fletcher hatte gar nicht gemerkt, wie hungrig er war.

In der Küche, die sich hinter einer langen, geriffelten Glaswand befand, stand schon etwas auf dem Herd und köchelte. »Raten Sie einmal, was das ist«, sagte Denton lächelnd, als er das Essen auftrug. Fletcher kostete: irgendein Fisch mit einem erdigen Beigeschmack.

»Ein Süßwasserfisch?«

»Möglich.«

Fletcher sah, dass Judith heimlich und verhalten lächelte. Ihm fiel auf, dass sie ihren Vater niemals direkt ansah, und er bemerkte, dass auch Sal die junge Frau beobachtete. Außerdem bemerkte er, dass Dentons Zigarre in einer abgelegenen Zimmerecke vor sich hin gloste.

»Es muss um etwas Ernstes gehen, wenn Sie gleich zu zweit kommen«, sagte Denton, wieder mit einem breiten Lächeln. Er ließ die Muskeln der mächtigen Schultern unter dem Seidenhemd spielen. Nach einem Blick auf Sal sah er wieder Fletcher an.

»Es geht um *The Wake*«, erklärte Fletcher.

Denton lächelte immer noch, aber einen Moment lang wanderten seine braunen Augen zum Fenster.

»Der alte Verein?«

»Erzählen Sie mir davon.«

Denton hob die Augenbrauen. »Hereward The Wake«, erklärte er. »Deswegen hatten wir den Verein *The Wake* genannt, wussten Sie das? Nach dem Lokalhelden.« Er nickte vor sich hin und redete nun schneller, den Fisch noch immer unangetastet auf dem Teller. »Das waren schöne Zeiten. Wir hatten historische Kostüme, Normannen und Sachsen, ganz authentisch. Wir zogen über die Dörfer und führten die alten Schlachten auf. Wer noch kein Kettenhemd am Leib gehabt und noch nie ein normannisches Breitschwert geschwungen hat, der hat nicht gelebt! Das Geräusch, wenn dieses Schwert durch die Luft zischt, das kann ich gar nicht beschreiben.«

»Mr Denton ...«, begann Sal.

»Sie können mich gern Thomas nennen.«

»Thomas, wissen Sie, warum wir danach fragen?«

»Wie das Seufzen eines Mädchens«, sagte Thomas plötzlich. »Ich meine, so klingt das Zischen eines Breitschwerts. Und ja, warum fragen Sie mich eigentlich danach? *The Wake* besteht schon seit Jahren nicht mehr, wir hatten alle irgendwann zu viel zu tun.« Er wies mit einer Geste auf das Haus. »Ich hatte damit zu tun, das hier aufzubauen.«

Judith blieb stumm und betrachtete mit ihren grünen Augen die Bäume jenseits des Fensters.

»In Breakmans Verkaufshaus ist etwas vorgefallen.«

»Allerdings«, stimmte Thomas zu. »Billy hat die Firma an seinen Nichtsnutz von Sohn übergeben. Sie werden noch erleben, dass Crispin den Laden innerhalb eines einzigen Jahres vollkommen herunterwirtschaftet. Wie ich hörte, ist sein Bürogehilfe in einen Schredder geraten – wenn das kein schlechtes Omen ist, was dann?«

»Darum sind wir übrigens hier«, unterbrach ihn Fletcher. »Der Bürogehilfe interessierte sich für *The Wake*. Haben Sie eine Ahnung, warum?«

Thomas schüttelte langsam den Kopf. »Nein. Aber er soll ein recht seltsamer Bursche gewesen sein. Bei Frauen hatte er allerdings Geschmack – er liebte es international, nicht wahr?« Jetzt hatte Denton wieder sein selbstbewusstes Lächeln im Gesicht. Er stand auf, holte seine Zigarre und betrachtete die Spitze prüfend. »Haben Sie schon mit den anderen geredet? Mit meinen alten Vereinsbrüdern?«

»Mit Peter Charter, ja. Mit Billy Breakman noch nicht. Billy war der Vorsitzende, oder?«

»Billy hat alles organisiert, ja. Er ist ein großartiger Kerl, dieser Billy – allseits geachtet. Gott weiß, wieso sein Sohn so ein Jammerlappen ist. Wahrscheinlich ist das Internat schuld.« Thomas steckte seine Zigarre wieder an und hüllte sich in eine Qualmwolke.

»Wissen Sie irgendetwas über *The Wake*, Judith?«, fragte Sal.

Judith löste langsam den Blick vom Fenster und wandte sich Sal zu. »Nein«, antwortete sie.

Thomas stellte sich hinter seine Tochter und blickte auf sie hinunter, die eine Hand auf die Rückenlehne ihres Stuhls gelegt, während zwischen seinen Finger der Rauch emporquoll. Mit der anderen Hand schob er Judith das Haar aus dem Gesicht und strich es an ihren Schläfen glatt.

Fletcher fing Sals Blick auf.

»Als Judith zur Welt kam, gab es *The Wake* schon nicht mehr«, erklärte Thomas. »Judith arbeitet hier für mich.«

»Was machen Sie denn, Judith?«, fragte Sal.

»Sie ist …«

»Judith?«

Judith entzog sich der Berührung ihres Vaters mit einer winzigen Bewegung, die fast automatisch wirkte, wie längst vertraut. Thomas trat zum Fenster und blickte nach draußen, während Judith sagte: »Ich unterstütze meinen Vater bei Denton Landmass. Ich habe hier ein Büro, im Obergeschoss.« Sie stockte einen Moment. »Von *The Wake* habe ich noch nie gehört. Ich dachte, Sie wären wegen dieses Mannes hier.«

»Was meinen Sie für einen Mann?«

»Vor zwei Wochen ging hier ein Mann über die Zufahrt.« Fletcher spürte, wie sein Puls sich beschleunigte. »Und dann am Wochenende, Sonntag, war er wieder da, da drüben, auf der anderen Seite des Sees.«

»Können Sie den Mann beschreiben?«, fragte Sal. Thomas hatte sich umgedreht und starrte seine Tochter an, während seine Zigarrenasche auf den Boden fiel.

»Unter seinem Kinn, da war was, irgendwas an seiner Kehle. Wer ist das?«

Fletcher wandte sich an Thomas Denton. »Thomas, wir sind nicht die Einzigen, die sich für *The Wake* interessieren. In dieser Gegend hier halten sich derzeit zwei Männer auf, die wir suchen, vermutlich illegale Ausländer.«

Thomas sprach zum ersten Mal zu seiner Tochter. »Davon hast du mir nichts erzählt.«

»Es war einfach nur ein Mann.« Sie sah Fletcher an. »Woher kommen die Ausländer?«

»Aus Russland. Können Sie damit irgendetwas anfangen, Thomas?«

Thomas Denton blickte erneut aufmerksam auf seine Zigarre. Er schien zur Zigarrenspitze zu sprechen: »Warum sich zwei Russen hier aufhalten sollten? Keine Ahnung.«

»Haben Sie jemals von einem Niva-Traktor gehört?«

»Nein. Bedaure, dass ich Ihnen nicht behilflich sein kann.« Er hob die Augen und lächelte zum letzten Mal. »Hat Ihnen das Essen geschmeckt?«

Fletcher betrachtete seinen Teller. »Was haben wir eigentlich gegessen, Thomas?«

»Nun, wo befinden wir uns hier, Inspector Fletcher? Auf der Isle of Eels, der alten Insel der Aale. Sie haben den hiesigen Aal gegessen, den besten seiner Art – nachts gefangen. Der Geschmack der Fens, nicht wahr?«

Judith begleitete sie auf den Holzsteg hinaus. Ihr Vater blieb im Zimmer sitzen und beobachtete sie hinter Qualmwolken hervor.

»Judith, hat der Mann mit der Narbe versucht, mit Ihnen zu reden?«, fragte Sal.

»Nein. Er stand einfach nur da und schaute.«

»Hat er Sie beobachtet?«

»Vermutlich. Mich oder das Haus.«

Sal reichte ihr ihre Karte. »Falls Sie über irgendetwas reden wollen. Falls Ihnen noch etwas einfällt.«

Judith nickte.

»Judith, Ihre Mutter...«

»Ist nicht mehr hier.«

Der Wind wehte Judith das Haar ins Gesicht. Sie strich es

zur Seite, und einen Moment lang kam es Fletcher so vor, als wollte sie noch etwas sagen. Dann wanderten ihre Augen ins Zimmer zurück, wo ihr Vater saß und wartete.

»Das war irgendwie unheimlich.«

Sie hatten das Fen hinter sich gelassen, standen unter einer alten Esche auf der Straße, und Sals Gesicht war vom Licht getigert. Kleine Staubkörnchen schwebten durch die reglose Luft und eine Arbeitsbiene hatte sich hinter ihnen auf dem Stamm niedergelassen und ruhte sich aus.

»Du meinst die Beziehung zwischen Thomas Denton und seiner Tochter?«, fragte Fletcher.

»Ich meine die Art, wie er ihr Haar streichelt und dass sie ihr Büro oben im Haus hat. Wenn wir mit dieser *Wake*-Sache fertig sind, würde ich mich gern ein bisschen mit dieser Familie befassen. Und übrigens, er wusste mehr über *The Wake*, als er zugeben wollte.«

»Ja, allerdings. Er hat versucht, es zu verbergen, aber die Frage hat bei ihm was ausgelöst. Und dass der Russe hier ist, lässt ihn alles andere als kalt. Je weiter wir in dem Verein nach oben kommen, desto mehr scheinen diese Leute zu wissen.«

»Was uns wohl erst Billy Breakman sagen könnte?«

»Damit befasst Webley sich. Kannst du mich bei meinem Wagen absetzen und dann in zwanzig Minuten in Cambridge sein?«

»Klar. Warum?«

Judith stand auf der Rampe, atmete den Geruch des Fens ein und spürte die Nachmittagshitze, die hinter ihr dem Haus entwich. Sie fühlte, dass ihr Vater hinter ihr stand, noch bevor sie seine Zigarre roch.

»Das hast du mir nicht erzählt, Judith.«

»Warum ist es denn wichtig?«

»Warum? Warum es wichtig sein soll, dass ein Russe sich auf meinem Grund und Boden herumtreibt?«

Sie drehte sich um und sah ihn an. Sie waren gleich groß, und sie spürte, wie ihre Finger sich krümmten.

»Wer ist dieser Mann, Vater?«

»Wenn er der ist, für den ich ihn halte – Himmel hilf. Geh ins Haus und schließ die Tür ab. Ich fahre durchs Fen und vergewissere mich, dass keiner da ist. Es dauert vielleicht eine Weile.«

Er holte seinen Volvo-Geländewagen aus dem Carport unter dem Haus und fuhr davon. Judith stand da und blickte über den leeren Vorplatz, bis der Motor nicht mehr zu hören war. Sie strich sich das Haar aus dem Gesicht.

Iwan lauschte in seinem Schilfversteck neben dem Haus dem davonfahrenden Volvo nach. Er beobachtete, wie die Frau oben auf der Rampe ins Haus ging. Der Wind zerzauste ihr dunkles Haar und schmiegte ihr das Kleid um die Taille, genau wie vor zwei Wochen, als er dort auf der Straße an ihr vorbeigegangen war. Er erinnerte sich, dass er damals gedacht hatte: *Sie ist perfekt.*

Nur ein einziges Mal zuvor hatte er eine so schöne und kraftvolle Frau gesehen. Er erhaschte einen Blick auf ihr Profil, bevor sie die Glastür schloss.

Ja, sie ist absolut perfekt, dachte er.

Und als er sah, dass die Polizisten mit ihr redeten, war er sich seines Plans gewiss. Im Gegensatz zu ihm hatten die Polizisten das Haus nicht mit einem Nachtglas beobachtet und nicht gesehen, was er dort gesehen hatte. Er kannte den Namen der jungen Frau nicht, doch er wusste, dass sie Dentons Tochter war. Außerdem wusste er, dass sie eine Rolle bei der Vollendung seiner eigenen Lebensaufgabe spielen und ihn mühelos verstehen würde. Er freute sich schon jetzt darauf, ihr alles zu erzählen.

Iwan zog seinen Mantel an und trat ins Treppenhaus. Dort sah er, dass sich weiter unten noch andere Wohnungstüren öffneten. Die Leute beobachteten, wie der Parteifunktionär die Treppe hinaufging, ein Atemwölkchen vor dem Mund, weil es so kalt war. Der Mann sah eisern geradeaus, seine Aktentasche in der Hand.

Iwan verfolgte, wie er auf dem obersten Treppenabsatz ankam, nach den Türnummern schaute und dann an die Nachbartür klopfte – drei scharfe Schläge. Die Tür ging auf, und nach ein paar Worten trat der Parteifunktionär ein.

Iwan ging in seine Wohnung zurück und setzte sich an den Küchentisch. Seine Mutter wusch in der Spüle Wäsche, und die Fensterscheiben waren vom Wasserdampf beschlagen.

Jetzt klopfte es an ihrer eigenen Tür, drei Schläge, deren Rhythmus Iwan schon kannte. Iwans Mutter trocknete sich die Hände ab und machte auf. Wieder wurden einige Worte gewechselt, die Iwan nicht verstand.

Die Mutter kam mit dem Parteifunktionär in die Küche. Er war so dick, dass er den Türrahmen ausfüllte. Hinter ihm kam die Nachbarin herein. Sie legte Iwan die Hände auf die Schultern und zog ihn an sich, so dass der raue Stoff ihrer Schürze sich gegen sein Gesicht presste und Iwan den Geruch von Zigaretten und Zwiebeln einatmete. Der Parteifunktionär bat Iwans Mutter, sich an den Tisch zu setzen, und setzte sich dann ebenfalls. Er hatte ein freundliches Gesicht, war aber sehr blass. In seiner bleichen Miene brannten die Lippen hochrot.

Dann begann er zu sprechen.

Fletcher fuhr zur Fen Lodge, um Crispin Breakman aufzusuchen. Keiner hatte irgendetwas Gutes über Crispin zu sagen und seine Frau hatte sich gerade umgebracht, doch der junge Breakman konnte ihm als Einziger in ganz Thinbeach die Information geben, die er jetzt brauchte. Im Haus herrschte

Trauer: Die Vorhänge waren zugezogen, und als die Putzfrau ihm die Tür aufmachte, sah er auf dem Dielentisch Blumen mit Beileidskarten.

Die Putzfrau erklärte, dass Crispin im Büro sei.

»Der arme Mann hält es einfach nicht zu Hause aus. Er sagt, er muss arbeiten, um sich abzulenken.«

Fletcher ging, während sie ihm durch einen Spalt im Vorhang nachspähte.

Bei Breakman Machinery wirkte auf den ersten Blick alles normal. Die Angestellten kamen und gingen und unterhielten sich wie immer oder taten bei Fletchers Erscheinen zumindest so. Am Empfang schickte man ihn eine Stahltreppe hinauf zu Crispins Büro.

Die Jalousien vor den Fenstern waren geschlossen, doch es sickerte so viel Licht herein, dass man einen großen Raum erkennen konnte. Staubteilchen schwebten in der Luft und die Wände waren voller Fotos, auf denen Billy Breakman und seine Leute stolz vor dem Firmengebäude standen. Außerdem hingen dort mehrere Siegesurkunden, Landkarten von Ostengland und gerahmte Werbeplakate für Düngemittel und Ersatzteile. Das Fenster in der gegenüberliegenden Wand gewährte einen Blick in die Ausstellungshalle, in der Jake Skerrit gestorben war; von dort leuchteten die bunten Dächer der Traktoren herauf.

Auf Crispins Mahagonischreibtisch waren einige kleine Modell-Traktoren aufgereiht. Crispin saß dahinter und wirkte sehr mitgenommen: zerknittertes Hemd, ungekämmtes Haar und das Gesicht kaum weniger bleich als bei der letzten Begegnung mit Fletcher in der Küche von Fen Lodge. Er versuchte offensichtlich, irgendetwas zu tun, um auf andere Gedanken zu kommen: Vor ihm lagen einige Unterlagen ausgebreitet, darunter auch Landkarten.

Das ergab insoweit Sinn, als neben dem Schreibtisch Alain

de Minching saß, mit Leinenanzug, weißem Hemd und dunkler Krawatte tadellos gekleidet, und auf der Landkarte Spielmarken herumschob. Er stand auf und reichte Fletcher förmlich die Hand, ohne seine eigene Anwesenheit zu erklären. Fletcher sah, dass unten auf dem Boden einer der großartigen Hunde ruhte, mit zusammengelegten Pfoten, geschlossenen Augen und in der Hitze hechelnd.

Crispin bot Fletcher Kaffee von der Heizplatte einer Kaffeemaschine an: rabenschwarz mit regenbogenfarbenen Schlieren auf der Oberfläche, wie Maschinenöl.

»Geht es um Olga?«, fragte Crispin.

Fletcher setzte sich mit seinem Kaffeebecher. »Nicht unmittelbar. Ich muss mich entschuldigen, dass ich Sie in einer so schwierigen Zeit belästige.« Er deutete mit einer Kopfbewegung auf die Landkarten. »Sie sind noch mit den Vorbereitungen für die Thinbeach-Hochzeit beschäftigt?«

Alain de Minching antwortete.

»Als ich das über Olga hörte, dachte ich, es würde Crispin vielleicht guttun, von etwas ganz anderem zu reden. Die Organisation ist ja nicht einfach – wie Sie wissen, muss das Fest mit der ersten Ernte zusammenfallen, und die kann man nicht immer exakt vorhersagen.«

»Warum fällt das Fest denn mit der Ernte zusammen?«

Alain geriet in Fahrt. »Das Fest gab es schon, bevor Chretien de Minchin seine Frau im See ertränkte, und vermutlich war es ein Ernteritual oder diente zur Abwehr von Unglück. Der Ursprung liegt möglicherweise Jahrtausende zurück und könnte bis in die Zeit der ersten Ackerbauern reichen. Denken Sie doch nur, welch uralte Tradition wir fortführen!« Er blickte auf die Karte und strich mit dem Finger über das dunkle Oval des Sees.

Crispin räusperte sich. »Es tut tatsächlich gut, einmal über etwas anderes zu reden. Aber wenn es Ihnen nicht um Olga geht, worum dann?«

Fletcher machte eine kleine Pause. »Es geht um Niva, Stawropol.«

Alain de Minching blickte erstaunt und Crispin runzelte die Stirn. »Niva? Da gehen Sie aber ziemlich weit zurück. Das war einmal eine Traktorenmarke.«

»Würden Sie mir sagen, was Sie darüber wissen?«

Crispin lehnte sich zurück und betrachtete den Staub, der über dem Schreibtisch im Licht tanzte.

»Niva war ein Fahrzeughersteller in der Sowjetunion. In den siebziger und achtziger Jahren exportierte das Unternehmen auch in den Westen. Ich erinnere mich zum Beispiel an den Niva Cossack, eine Art Geländewagen, den man auch heute noch gelegentlich sieht. Vor allen Dingen aber wurden Traktoren exportiert. Sollen ziemlich unberechenbar gewesen sein, sagt man. Ich glaube kaum, dass es hier viele davon gab – hab seit Jahren keinen mehr gesehen.«

»Hatte Breakman Machinery diese Traktoren irgendwann im Sortiment?«

»Ob wir die verkauft haben? Das müsste nachzuprüfen sein.«

Crispin trat zu einem Schrank und ging den Inhalt durch, bis er etwas fand, was Fletcher schon einmal gesehen hatte: den Jubiläumskatalog von 1980. Als Crispin ihn aufschlug, blickte ihnen Billy Breakman entgegen. »Ja, wir hatten sie ab 1979 auf Lager. Sehen ziemlich komisch aus, die alten Kisten.«

Fletcher nahm den Katalog und blätterte ihn durch. Auf Seite sieben fand er ein Foto des Traktorentyps, den er in Peter Charters Scheune gesehen hatte, und eine Preisliste. Der Niva war der billigste erhältliche Traktor.

Alains Hund leckte sich die Lefzen und hechelte.

»Crispin, bitte denken Sie einmal gründlich nach«, sagte Fletcher. »Können Sie sich erinnern, dass Ihr Vater Niva jemals erwähnt hat? Oder diese alten Niva-Traktoren oder irgendetwas, was damit in Verbindung stand?«

»Nein, aber damals war ich noch ein Kind. Meistens war ich im Internat.«

»Haben Jake Skerrit oder Ron Teversham jemals über Niva geredet?«

»Jake war ganz allgemein ein Fan von Fahrzeugen und Maschinen. Aber Niva hat er meines Wissens nie erwähnt. Und der alte Ron ohnehin nicht. Warum?«

»Alain, können Sie mit dem Namen Niva irgendetwas anfangen?«

Alain de Minching schüttelte den Kopf und spreizte die Finger. Unter den weißen Manschetten zeichneten sich die Haare auf seinen Handgelenken schwarz ab.

»Ich bin kein Bauer, Inspector. Traktoren sehen für mich alle gleich aus.«

Fletcher stellte seine letzte Frage. »Crispin, ich muss nun leider einen schmerzlichen Punkt ansprechen. Sie halten sich sehr tapfer. Hat Olga jemals von Niva gesprochen?«

»Von Niva nicht«, antwortete Crispin. »Aber von Stawropol natürlich schon. Sie kam daher, verstehen Sie. Olga kam aus Stawropol.«

Fletcher stand auf, ging hinaus und rief Sal in der Parkside Police Station an.

»1979, Sal. Das ist das Jahr, in dem die Traktoren in Thinbeach eintrafen. Geh 1979 durch.«

Fletcher ging mit Crispin nach unten. Der hätte dringend ein Bad gebraucht und bewegte sich mit einer nervösen, ruckhaften Energie. Unten beim Empfang sagte Crispin: »Hey, schauen Sie sich das hier mal an. Ist gerade geliefert worden.«

Sie gingen in die Ausstellungshalle und betrachteten die Maschinen. Wo der Schredder gestanden hatte, war der Betonboden geschrubbt worden, doch war dort noch immer ein dunklerer Fleck zu sehen. Alles andere überragend stand nun ein riesiger Mähdrescher in der Halle: eine Maschine von den Ausmaßen eines kleinen Hauses, mit außen angebrachten Leitern zum Hochklettern und einer Videokamera auf der Einzugswalze des mächtigen Schneidwerks, die der Fahrer brauchte, um vorn überhaupt etwas sehen zu können. Crispin trat vor und legte die Hände auf die schimmernden Metallmesser.

»Ist der nicht großartig? Diese Mähdrescher sind wie Tiere, die nur für eine Woche des Jahres aufwachen. Sie erledigen ihre Aufgabe und fallen für die nächsten einundfünfzig Wochen wieder in Schlaf.«

Die Fahrerkabine war eine getönte, abgerundete Kapsel aus Plexiglas wie bei einem Kampfjet.

»Wie werden Sie damit fertig, Crispin?«, fragte Fletcher.

»Ich frage mich ständig, ob es meine Schuld ist.« Crispin betrachtete die riesige Erntemaschine und strich sich das zerzauste Haar glatt. Er legte los, offensichtlich verzweifelt um einen Themenwechsel bemüht. »Wenn Sie so ein Monstrum noch nicht in Aktion gesehen haben, wissen Sie gar nicht, was eine richtige Maschine ist. Das hier ist das neue Hochgeschwindigkeits-Schneidwerk. Es schneidet auf einer Breite von neun Metern alles bis dicht über den Boden sauber ab. Die Staubfahne, die der Mähdrescher hinter sich herzieht – die beim Drusch fein zerriebene Spreu – ist eine halbe Meile lang. Wenn Schneidwerk und Dreschtrommel arbeiten, ist der Staub so dicht, dass man in der Nähe nicht mehr atmen kann, und die statische Aufladung so groß, dass man die Funken springen sieht. Stellen Sie sich vor, Sie würden da hineintreten: Das wäre, als würden Sie auf diesen Planeten treten – welcher war es gleich noch mal, Neptun oder Saturn? Sie würden gleichzeitig ersticken, am Stromschlag sterben und zerquetscht werden.«

»Die Venus, soviel ich weiß. Gut, dass Alain sich um Sie kümmert.«

Crispin lächelte wieder, diesmal anders. »Er ist ein netter Kerl. Sie kennen natürlich seine Geschichte.«

»Er behauptet, von einem normannischen Heerführer abzustammen.«

»Von einem normannischen Heerführer?« Crispin blickte kichernd zum Bürofenster auf. »Das glaubt Alain wirklich, er glaubt, dass das ganze Dorf von Chretien de Minchin abstammt. Das glauben auch eine Menge andere Leute hier. Aber es gibt da noch eine andere Geschichte über Alain – haben Sie die auch gehört?«

»Erzählen Sie sie mir?«

»Es heißt, dass Alains Ur-Ur- und noch ein paar Ur-Großvater ein Pferdemetzger aus Antwerpen gewesen sei, der Napoleons Armee kurz vor der Schlacht von Waterloo eine Ladung verdorbenes Fleisch geliefert habe. Tatsache ist, dass ein Bataillon französischer Elitesoldaten wegen eines Ausbruchs von Ruhr nicht an der Schlacht teilnehmen konnte. Die Briten sollen sich mit einem Beutel Sovereigns bei ihm bedankt und ihm hier Unterschlupf gewährt haben. Er änderte seinen Namen zu de Minching, kaufte Blindy House und ließ sich hier nieder. Wer weiß?«

»Aber Alains Stammbaum ist doch in den Kirchenbüchern zu verfolgen, oder?«

Crispin zuckte die Schultern. »Welche Kirchenbücher? Bis zum Krieg lagerten sie in der Kirche in einer Truhe, zu der nur die de Minchings einen Schlüssel besaßen. Doch die Kirche wurde im Krieg bombardiert und alles, was sich darin befand, ging verloren.«

Fletcher blickte zum Bürofenster auf. »Womit genau verdient er eigentlich seinen Lebensunterhalt? Mir hat er gesagt, dass er investiert.«

»Ja, und zwar in alles Mögliche. Diese Foliengewächshäuser, in denen Erdbeeren angebaut werden – das ist sein Land. Er hat Rennpferde in Newmarket und ist Anteilseigner beim

Bau eines neuen Bootshafens in Cambridge. Durch dieses finanzielle Polster hat er dann genug Zeit, jedes Jahr die Hochzeit zu organisieren.« Das schien Crispin an etwas zu erinnern, denn plötzlich verstummte er und lehnte die Stirn gegen die Stahlverkleidung. »Mein Gott, ich habe Olga geliebt. Gestern Nacht habe ich überlegt, ob sie vielleicht eine Art Braut von Thinbeach war? Das Mädchen, das einen viel älteren Mann heiratet und dabei unglücklich wird?«

»Sie haben sie nicht im See ertränkt, Crispin.«

»Nein.« Crispin schloss die Augen und presste das ganze Gesicht gegen die riesige Maschine. »Ich habe ihr alles gegeben.«

Fletcher stand auf dem Damm und blickte über den Thinbeach Pool. Die hoch am Himmel ziehenden Wolken spiegelten sich im Wasser, oben flogen ein paar Schwalben vorüber, und die Binsen am Ufersaum standen reglos geneigt in der warmen Sonne.

Irgendetwas war hier vorgefallen, so viel wusste er. Es stand in Beziehung mit den russischen Niva-Traktoren, Breakman Machinery und einem harmlosen historischen Verein namens *The Wake*, dessen Mitglieder in Kettenhemd-Kostümen und Breitschwerter schwingend in den Dörfern aufgetreten waren. Jener Vorfall, was auch immer es war, hatte Iwan veranlasst, die beiden ehemaligen *Wake*-Mitglieder Charter und Denton ins Visier zu nehmen. Warum? Und warum prügelte er die Wahrheit nicht einfach aus ihnen heraus?

Oder wusste Iwan bereits, was damals geschehen war?

Fletchers Handy piepste und Webley war am Apparat. Die Verbindung brach gleich wieder ab, und Fletcher musste zweimal neu wählen, bevor das Gespräch endlich zustande kam. Er lächelte und stellte sich vor, wie Webley mit lang ausgestreckten Armen in ihrem kühlen Büro saß. Er dachte an ihr letztes Gespräch zurück, dachte daran, wie er es in der Phantasie weitergeführt hatte und dass er ihr gern mehr erzählt hätte. Doch jetzt hatte sie es eilig, und er begriff rasch, warum.

»Fletcher, hören Sie zu. Ich sehe, dass Sal Moresby mit alten Polizeiakten beschäftigt ist. Die portugiesische Polizei hat sich gemeldet – dort hat man nicht das Geringste über Billy Breakman und weiß nur, dass er in einem Golfclub namens Parque da Pinta wohnt. Klingt traumhaft. Aber andererseits haben wir gerade ein Fax aus Moskau bekommen.«

»Ein Fax.«

»Genau, ein richtiges altmodisches Fax. Briefkopf mit Adler und allem drum und dran. Ein Polizeikommissar namens Wassili Gartow hat es geschickt, von der Abteilung für Verbrechensbekämpfung. Sie sollten es sich auch noch selbst durchlesen, aber der Grundtenor ist, dass sich da drüben inzwischen zahlreiche ehemalige Angehörige der Roten Armee als Kriminelle tummeln und dass von diesen wiederum sehr viele den Namen Iwan tragen.«

»Russischer Humor?«

»Offensichtlich. Aber Kommissar Gartow hat ein Merkmal Ihrer Beschreibung erkannt: die Narbe unterm Kinn. Er hat das Foto von einem alten Armeeausweis mitgefaxt. Das Englisch ist nicht ganz leicht verständlich, aber man kann ihm entnehmen, dass es sich vermutlich um den notorischen Straftäter Iwan Gorenski handelt, ehemals Stabsfeldwebel einer Eliteeinheit der Zweiten Russischen Luftlandedivision. Es klingt so, als wäre die russische Polizei froh, dass er hier bei uns ist und nicht bei ihnen. Sie beschreiben ihn als jemanden, der systematisch und phantasievoll vorgeht.«

»Phantasievoll?«

»Soll ich Ihnen seine Spezialität nennen? Rache. Wenn er glaubt, dass jemand ihn betrogen oder auch nur beleidigt hat, sucht er die schlimmstmögliche Art, sich an dem Betreffenden zu rächen.«

»Sie meinen, er bringt ihn um?«

Das ergab noch immer keinen Sinn – Iwan hatte ja mehr als genug Gelegenheit gehabt, Charter oder Denton zu ermorden. Worauf wartete er noch?

Der Empfang wurde schlechter und Webleys Stimme klang verzerrt.

»Nein, er bringt seine Opfer nicht unbedingt um. Er studiert ihr Verhalten, nimmt ihr Leben unter die Lupe und findet die denkbar grausamste Art, sie zu quälen. Vielleicht ist das ein Zug der russischen Mentalität, was weiß ich. Also, Gorenski findet die schlimmste Angst seines Opfers heraus und peinigt es dann genau damit. Das ist richtig krank. Fletcher?«

Fletcher beobachtete zwei Schwalben, die zum See hinunterschossen. Er dachte daran, wie Charter ganz allein in seinem Farmhaus hockte und sich vor dem Einbruch der Nacht fürchtete – und wie Thomas Denton seiner Tochter übers Haar gestreichelt hatte, als wäre das eine uralte Gewohnheit.

»Fletcher?«

»Ma'am, ich begreife allmählich, was Gorenski hier macht. Er will sich für irgendetwas rächen. Ich weiß nur nicht, was es ist. Ich muss ihn verhören ...«

»Moment, Fletcher. Es gibt da einiges in dem Fax, was mich beunruhigt. Wie zum Beispiel die Wörter Stabsfeldwebel, Luftlandedivision und so weiter. Es handelt sich hier um bewaffnete Verbrecher, denen man mit Waffengewalt entgegentreten muss.«

»Sie haben hier noch kein Verbrechen begangen ...«

»Verteidigen Sie diese Leute etwa? Illegale Einreise, gefälschte Papiere, illegaler Waffenbesitz. Die alte Raketenbasis ist ein Naturschutzgebiet, oder? Haben sie dort vielleicht Fauna und Flora beschädigt? Das könnten wir auch noch auf die Liste setzen. Aber vermutlich werden sie ohnehin abgeschoben, falls sie die Festnahme überleben. Ich sage ausdrücklich, falls.«

Fletcher wusste, worauf sie anspielte. Die Tactical Firearms Unit der ostenglischen Polizei – eine Einheit, die im Gegensatz zur normalen Polizei mit Schusswaffen ausgerüstet war – bestand aus einem kleinen, aber extrem motivierten Team, das vom Militär ausgebildet wurde. In den letzten Jahren hatte es sich den Spitznamen *Glockenspiel* eingehandelt. Nicht wegen besonderer musikalischer Talente, sondern wegen der 9mm-Glock-Pistolen, mit denen die Schützen ausgerüstet waren – und weil sie ihre Leistungen ständig an die große Glocke hängten. Eine Konfrontation zwischen den bewaffneten Polizisten und den beiden Russen würde kurz und ziemlich spektakulär verlaufen.

»Nicht das Glockenspiel, bitte«, sagte er. »Iwan Gorenski ist aus einem ganz bestimmten Grund hier, offensichtlich hegt er wegen eines Ereignisses in der Vergangenheit irgendeinen Groll gegen Thinbeach. Wir müssen herausfinden, was damals vorgefallen ist. Wenn wir Iwan erschießen, verlieren wir den einzigen Punkt, an dem wir ansetzen können.«

Webley zögerte. »Ich bin einverstanden, dass Sie seinen Aufenthaltsort ermitteln. Aber danach ist das eine Aufgabe für die bewaffnete Einheit.«

»Nur im Notfall, Ma'am. Nicht als Mittel der Wahl.«

Webley verstummte. Die Verbindung rauschte und um ihn herum zirpten die Heuschrecken, doch dann hörte er trotz dieser Hintergrundgeräusche, dass sie mit irgendjemandem sprach, der mit ihr im selben Raum war. Es war eine Männerstimme, und das Ganze klang wie eine erregte Diskussion.

Dann sagte Webley: »Wir reden darüber, wenn Sie zurück sind, Fletcher.«

Im Archiv bekam Sal Moresby allmählich Kopfschmerzen. Sie wusste, dass Fletchers Überlegung ganz einfach war. Wenn der alte Niva-Traktor in Charters Schuppen vor etwa fünfundzwanzig Jahren in Cambridgeshire eingetroffen war, musste damals etwas vorgefallen sein, was ihn für Iwan bedeutsam machte. Vielleicht etwas so Gravierendes, dass es eine Spur in den Polizeiakten hinterlassen hatte.

In der Hoffnung, irgendetwas Passendes zu finden, ging Sal Jahr für Jahr alle alten Verbrechen im Umkreis von Thinbeach durch, blieb aber erfolglos. Sie ging immer weiter zurück, und schließlich war die Datenbank des Computers erschöpft und sie musste in den Raum mit dem alten Mikrofilm-Lesegerät gehen und die Microfiches von Hand einlegen. Es gab zahlreiche kleinere Vergehen und einige wenige Verbrechen, die aber nicht relevant schienen: Ein Nachbar hatte nach einem Nachbarschaftszwist einen Brand gelegt, und eine Frau war aufgrund eines Inzestvorfalls von ihrem Ehemann erwürgt worden.

Dann erhielt sie Fletchers Anruf mit der Information, dass es um das Jahr 1979 ging.

»Da war ich auch so schon fast angelangt, Fletcher.«

Sie schob die entsprechende Stelle auf der alten Datenfolie unter das Licht des Lesegeräts. Doch 1979 war enttäuschend wenig passiert – überhaupt kein Mord, nichts, was auf ein Ereignis hindeutete, das den Russen bis heute beschäftigen könnte. Doch als sie dann noch weiter zurückging, bis ins Jahr 1978, erbrachte das ein verblüffendes Ergebnis.

Auf dem Bildschirm war eine Verbrechenswelle in Thinbeach und Umgebung verzeichnet: eine Flut von Einbrüchen und Raubüberfällen, die – wie man den Berichten über die letzten Endes nicht überführten Verdächtigen entnehmen konnte – wohl überwiegend von Jugendlichen aus Wittris begangen worden waren.

Es gab anscheinend Dinge, die sich niemals änderten, dachte Sal und stellte sich vor, dass damals die Eltern jener Wittris-Kids zugange gewesen waren, die heute Peter Charter das Leben zur Hölle machten. Ein paar Namen tauchten immer wieder auf: Dieselben Jugendlichen waren mehrmals festgenommen und auch einige Male angeklagt worden, in der Regel vergebens. Offensichtlich hatte eine Gang aus Wittris in den wohlhabenderen Fen-Gemeinden des Umlandes gewütet.

Die Verbrechenswelle schien gegen Ende 1978 noch einmal anzuschwellen und legte sich dann plötzlich, denn 1979 war kaum noch etwas passiert.

Sie hörte dort auf und ging ein paar Einträge zurück.

Im Januar 1979 gab es einen gelöschten Eintrag, der mit dem Hinweis *Siehe H47* überschrieben war.

Das sagte ihr nichts. Sie nahm sich die uralten Akten vor, die im Microfiche-Raum auf einem Regal standen, und blätterte sie durch. Die Unterlagen rochen muffig und waren mit Ordnerbündelungsbügeln zusammengefasst. Im dritten dieser Packen fand sie eine Liste von Codes, mit denen Verschlusssachen klassifiziert waren. Die Liste war mit einer Typenrad-Schreibmaschine der siebziger Jahre getippt, und die Codes waren schon seit Ewigkeiten nicht mehr in Gebrauch. Sie fand H47. Was auch immer damals, am zehnten Januar 1979, vorgefallen war, es war als geheim eingestuft worden und der Vorgang befand sich im Innenministerium.

Sal dachte eine Weile nach und klappte den wuchtigen Aktenpacken zu. Dann ging sie an ihren Schreibtisch und rief einen Bekannten bei der *Cambridge Evening News* an, der ihr jedes Jahr zum Valentinstag eine Karte schickte.

»Derek? Hier ist Sal Moresby. Ja, ich freu mich auch, dich zu hören. Derek, könntest du mir einen Gefallen tun? Kannst du bei euch im Archiv was für mich nachgucken? Die *Evening News* vom zehnten Januar 1979. Alles, was in Thinbeach und Umgebung passiert ist.«

Derek hätte gern einen Stein bei ihr im Brett gehabt, mehr nicht. Sie nahm sich vor, ihm zu Weihnachten eine Karte zu schicken. Als er zurückrief, hörte sie zu und bedankte sich dann. Sie trat ans Fenster und blickte auf die Bäume des

Parker's Piece hinaus. Sie nahm einen Becher Wasser aus dem Trinkwasserspender und presste ihn ans Gesicht.

Wieder läutete das Telefon.

Judith hörte, dass jemand an die Glastür klopfte. Ein lautes, selbstbewusstes Klopfen, das in dem großen Raum widerhallte. Sie ging zur Tür und schaute hinaus.

Der Mann stand auf der Rampe. Er war groß, hatte breite Schultern und trug eine militärische Tarnuniform, die ihn fast mit den grünen Büschen auf dem Vorplatz verschmelzen ließ. Sein Gesicht allerdings zeichnete sich deutlich ab. An seine länglich-ovalen, honigbraunen Augen erinnerte sie sich noch gut von seinem letzten kurzen Auftauchen auf der Straße. Sein Haar wirkte so, als hätte er es gerade eben feucht gekämmt. Sein Kragen stand offen und ließ die Narbe unter dem Kinn erkennen.

Sie ging ins Zimmer zurück, suchte die Visitenkarte der Polizistin und rief sie an. Die Polizistin ermahnte sie, die Tür verschlossen zu lassen. Sie rief ihren Vater an und hörte, dass er mit quietschenden Reifen kehrtmachte.

Judith saß eine Weile da und dachte nach. Dann ging sie zur Tür zurück, wo der Mann mit dem ordentlich gekämmten Haar noch immer wartete. Sein Blick wanderte über ihr Kleid nach unten und wieder zurück. Sie betrachtete ihn ihrerseits in aller Ruhe von oben bis unten und stand so, die Hand an den Türriegel gelegt, da. Sie ließ ihn warten.

Fletcher, der sich auf dem Weg zur Charter Farm befand, dachte über das phantasievolle Vorgehen von Iwan nach. Der Russe hatte einen einsamen Ort gesucht, wo er sich verborgen halten konnte, und gleichzeitig eine Möglichkeit gefunden, sich an Peter Charter heranzumachen, also an jenes bedeutungslose Mitglied von *The Wake*, das auf Tevershams Kassette erwähnt worden war. Iwan hatte einen Riecher für die Albträume anderer Menschen. Charters Albtraum waren die Jugendlichen aus Wittris.

Dann kam ein Anruf von Sal.

»Fletcher, ich habe etwas gefunden. Vielleicht genau das Ereignis, das die Verbindung zwischen den Niva-Traktoren und Thinbeach herstellt.«

»In den Polizeiakten?«

»Ich habe noch andere Quellen angezapft. Ich komme jetzt nach Thinbeach, weil ich gerade einen Anruf von Judith Denton erhalten habe. Sie ist ganz allein in Deep House und sagt, dass vor der Tür ein Russe steht.«

»Was will er?«

»Das weiß sie nicht.«

Fletcher wendete den Audi in der Einfahrt eines Feldes. Wenn Charter sich vor Einbrechern fürchtete, wie sah dann Thomas Dentons Albtraum aus?

»Ist Judith verängstigt?«, fragte er.

»Sie klang eher nicht so.«

»Ich bin in zehn Minuten da. Und du?«

»Ich brauche ungefähr zwanzig. Vielleicht verpasse ich die Show.«

Fletcher fragte sich, was für eine Art Show es wohl werden würde.

Iwan erinnerte sich später niemals daran, welche Worte gefallen waren. Das war auch nicht nötig, er erinnerte sich an das, was er gesehen hatte.

Da war der Parteifunktionär: sein bleiches Gesicht und die roten Lippen, die sich tonlos bewegten wie in einem Stummfilm. Da war der schimmernde rote Stern an seinem Kragenaufschlag. Da waren der Wäschedampf und der Geruch, der aus der Schürze der Nachbarin aufstieg.

Aus den Augenwinkeln sah er, wie seine Mutter die Hände vor dem Gesicht zu Fäusten ballte. Er sah die vom Waschen geröteten Handrücken gegen das Weiß der Finger. Dann waren die Hände so verkrampft, dass sie überall weiß waren. Von den Nägeln stieg Dampf auf.

Die Lippen des Parteifunktionärs bewegten sich immer noch. Er steckte die Hand in die Aktentasche und holte etwas heraus: einen großen, braunen, vollgestopften Umschlag. Den leerte er behutsam auf dem Tisch aus.

Iwan spürte, wie die Nachbarsfrau tief Luft holte. Er sah, wie der Inhalt sich ohne den geringsten Laut auf dem Tisch ausbreitete.

Es waren die Sachen seines Vaters. Beinahe hätte Iwan gelacht, weil dieser ganze Kram ohne seinen Vater, der die Sachen benutzte, so absurd wirkte. Da waren die Brieftasche seines Vaters, seine Uhr und ein Kupferband gegen Rheuma. Zuletzt rollte der Fallminenbleistift seines Vaters auf den Tisch. Die Spitze war abgebrochen, aber in der Hand seines Vaters wäre der Stift sofort wieder ein Zeichengerät gewesen. Dort, auf dem Tisch, lag alles ausgebreitet: alles, was zu seinem Vater gehört hatte.

Der Parteifunktionär griff wieder in die Tasche und zog ein dunkles Metallkästchen heraus. Als er es auf den Tisch stellte, legte sich der Schatten dunkel auf die Tischplatte. Auf der Seite klebte ein Etikett, mit englischen Buchstaben beschriftet, die Iwan nicht lesen konnte.

Der Parteifunktionär zögerte. Er warf einen Blick auf seine Aktentasche. Etwas lag noch darin.

Mittwochabend

Dort, wo die Straße lang und gerade auf das Thinbeach Fen zulief, erblickte Fletcher, halb geblendet von der Nachmittagssonne, weiter vorn einen schnell fahrenden Wagen: einen Volvo, der, eine Staubwolke aufwirbelnd, in die Zufahrt von Deep House einbog.

Er folgte ihm über den von Weiden und Farnen gesäumten kurvigen Weg, bis er den Vorplatz unterhalb des Hauses erreichte. Der Volvo stand dort, schief geparkt und mit offener Tür. Sonst war kein Fahrzeug zu sehen. Die einzigen Geräusche waren das Rascheln des Schilfs und Vogelrufe. Die gläserne Eingangstür oben an der Rampe stand halb offen. Als Fletcher nach drinnen spähte, begriff er die Situation nicht sofort.

Dort stand Berlitz, die Margolin mit dem schwarz schimmernden Lauf in der gesenkten Hand.

»Treten Sie bitte ein, Polizist.«

Sobald Berlitz die Glastür hinter ihm geschlossen hatte, erblickte Fletcher Thomas Denton, der an der Wand gegenüber stand, mit zuckenden Händen und hektisch hin und her schießendem Blick.

Dann erst sah Fletcher, warum.

Das Haus umschloss von drei Seiten einen kleinen, nach hinten gelegenen Hof. Hohe Glaswände umgaben eine quadratische Fläche mit Marmorplatten, einem Bronzebrunnen und einem exotischen Busch, der so lebhaft leuchtete wie der sich im Glas spiegelnde Abendhimmel. Auf dem Hof, durch eine geschlossene Glastür abgeschirmt, befanden sich Judith und Iwan.

Sie saßen einander auf einer Stahlbank gegenüber. Ganz in ihr Gespräch vertieft, beachteten sie niemanden ringsum. Fletcher bemerkte, dass sie weder stritten noch einander bedrohten. Es kam ihm so vor, als erklärte Iwan Judith etwas, wobei er ihr in die Augen blickte. Judith hörte kopfnickend zu, stellte hier und da eine Frage und hob die Hand, wenn sie ihn unterbrechen wollte.

Eine Libelle schwirrte mit stahlblauen Flügeln über dem Brunnen.

Gleich darauf schien das Gespräch beendet. Iwan stand auf und schüttelte Judith die Hand. Er neigte den Kopf, blieb einen Moment lang so stehen und sagte etwas. Judith nickte, noch immer seine Hand in ihrer. Iwan drehte sich um, öffnete die Tür und trat ins Haus.

Er sah so aus, wie Fletcher ihn in Erinnerung hatte, nur dass er jetzt statt der Nadelstreifen einen Tarnanzug über den glänzend polierten Stiefeln trug. Da waren die schreckliche Narbe unter dem Kinn, das kantige Gesicht und die mandelförmigen Augen, mit denen er jetzt den Raum musterte. Falls er überrascht war, die neu Hinzugekommenen zu sehen, ließ er sich nichts anmerken. Er betrachtete Denton einen Moment lang wortlos, nickte dann Fletcher zu und bedeutete Berlitz mit einer Geste, ihm zu folgen.

Denton ging quer durch den Raum drohend auf Iwan zu. Der drehte sich um. Berlitz entsicherte seine Margolin mit einem rasselnden Geräusch, das wie das Klappern von Knochen klang. Durch die Glaswand hinter den beiden sah man, wie sich die Wolken im Abendrot verfärbten.

Denton blieb stehen und zog die erhobene Hand zurück, hielt aber den Blick weiter auf Iwan gerichtet.

»Was haben Sie eben zu meiner Tochter gesagt?«

Iwan blickte ihn mit ausdrucksloser Miene an. »Fragen Sie sie selbst. Sie ist eine gute Zuhörerin.« Er warf Fletcher einen Blick zu. »Sie wird Ihnen alles sagen.«

Dann gab er Berlitz wieder das Zeichen zum Aufbruch, und sie traten durch die Tür in die untergehende Sonne. Berlitz drehte sich auf der Schwelle noch einmal um, um einen letzten Blick auf Denton zu werfen, bevor er die Pistole unter seine Jacke steckte. Man hörte, wie hinter den Bäumen in der Nähe des Hauses ein mächtiger Motor grollend ansprang. Das Motorengeräusch verhallte langsam auf der Zufahrt.

Judith trat ins Haus und setzte sich, das gescheitelte Haar ein Vorhang zu beiden Seiten ihres Gesichts. Sie sah ihren Vater an. Fletcher sah Sonnenstäubchen trudeln. Er meinte die Bewegung der winzigen Staubteilchen fast hören zu können.

»Wer war das? Wie sind sie ins Haus gekommen?«, fragte Denton.

»Ich weiß nicht, wer sie sind. Ich habe sie hereingelassen. Der eine sagte, dass er mit mir reden wollte.«

Denton ballte die Fäuste. »Worüber?«

»Über etwas, das ich seiner Meinung nach wissen sollte. Aus seiner Kindheit.«

»Verdammt noch mal, aus seiner Kindheit?« Denton wandte sich an Fletcher. »Sein Freund hatte eine Waffe, haben Sie die nicht gesehen? Warum rufen Sie nicht die Hubschrauber und so?«

»Keine Angst, wir schnappen uns die beiden. Im Moment möchte ich allerdings wissen, was hier los ist. Was hatte er Ihnen zu sagen, Judith?«

Judith schloss einen Moment lang die Augen. Sie lehnte sich zurück, legte die Hände auf die Knie und erzählte Iwans Geschichte. Sie begann genau wie er mit dem Pioniermädchen in der Halle der Sowjetischen Errungenschaften. Als Nächstes erzählte sie von der Wohnung in Stawropol und wie Iwan seinem Vater am Küchentisch zugehört hatte, während der Schnee hinter den qualmenden Schloten der Niva-Werke auf die Osteuropäische Ebene fiel.

Während sie sprach, beobachtete Fletcher durch die riesigen Glasfenster, wie die Wolken sich noch tiefer rot färbten. Er dachte an Iwan, den Mann mit der Narbe unterm Kinn, der als Kind seinen Vater angebetet hatte. Einen Moment lang dachte er auch an die Electric Mile.

Judith ließ die Geschichte in der Küche in Stawropol enden, wo ein kommunistischer Parteifunktionär sich auf die roten Lippen biss und auf seine lederne Aktentasche blickte.

In den wenigen Sekunden, in denen der Funktionär zögerte, verstand Iwan plötzlich. Er konnte wieder hören und vernahm den Atem seiner Mutter. Dann griff der Parteifunktionär zum letzten Mal in seine Tasche.

»Und außerdem noch das hier«, sagte er. »Das war auch bei seinen Sachen.«

Er nahm den Gegenstand aus der Tasche und legte ihn auf den Tisch. Er lag dort zwischen all dem, was seinem Vater gehört hatte. Iwan hörte, wie der Küchenstuhl über den Boden schrappte, als seine Mutter aufsprang. Sie zeigte auf das Ding und sagte: »Nehmen Sie das weg.«

Der Parteifunktionär blickte verwirrt drein. Iwans Mutter wurde lauter und schrie schließlich gellend, er solle es wegnehmen. Die Nachbarin ließ Iwans Schultern los und versuchte, seine Mutter in den Arm zu nehmen, doch die schrie weiter mit weit aufgerissenen Augen, während der Speichel aus ihrem Mund sprühte.

Iwan nahm das Ding vom Tisch. Es spürte, dass etwas Böses daran haftete, an diesem Gegenstand, der aus irgendeinem Grund bei der Leiche seines Vaters gelegen hatte. Er rannte damit aus der Wohnung. Die Türen anderer Wohnungen öffneten sich, als er das Treppenhaus hinunterstürmte. Dann war er draußen und schoss über den Schnee, vorbei an dem Sputnik-Klettergerüst und dem Arbeiterdenkmal, und der Atem stach ihm hart und kalt in der Brust. Er rannte auf die Eisfläche des Staubeckens hinaus. Unter der Schneedecke war das Eis hart wie Beton. Er überquerte es rutschend und stolpernd und kletterte auf der anderen Seite die Uferböschung hinauf.

Er blickte über die Gleisanlagen und das Niva-Werk und atmete den Rauch der Fabrikschlote ein. Keuchend stand er da und betrachtete den Gegenstand, den der Parteifunktionär auf den Tisch gelegt hatte.

Und er begann darüber nachzudenken, was er einmal tun würde.

In dem Haus am Schilfufer des Sees herrschte Schweigen. Denton lehnte noch immer an der Wand, den Blick auf seine Tochter geheftet. Judith blickte auf.

»Dort endete seine Geschichte«, sagte sie.

»Was war es denn?«, fragte Fletcher. »Was war dieser letzte Gegenstand in der Tasche?«

»Das hat er mir nicht gesagt. Er nannte ihn nur *das Ding.*«

»Und wie ist sein Vater gestorben?«

»Das habe ich ihn natürlich auch gefragt. Aber mir scheint, er weiß es selbst nicht.« Dann sah Judith an Fletcher vorbei. »Hallo, Sal.«

Sal war über die Rampe eingetreten und hatte das Ende der Geschichte mit angehört. Sie wirkte besorgt.

Fletcher wollte zur Charter-Farm, bevor das letzte Tageslicht erlosch und Peter Charter ein Opfer seiner Ängste wurde. Als sie aufbrachen, stand Denton noch immer reglos an der Wand und betrachtete seine Tochter, die wieder die Augen schloss und sich im Sessel zurücklehnte. Im Abendlicht glühten die Glaswände wie ein Hochofen.

Sie nahmen Sals Wagen. Libellen zuckten durchs Dämmerlicht und Sal bog ohne jede Rücksicht auf die scharfe Kurve auf die Landstraße ein. Fletcher klammerte sich fest, dann legte der Wagen sich wieder gerade und sie fuhren in

Richtung Charter-Farm. Fletcher dachte über den letzten Gegenstand nach, der auf Iwans Küchentisch gelegt worden war.

»Du sagtest vorhin, du hättest eine Verbindung gefunden, Sal«, begann Fletcher. »Was denn für eine? Dass Iwans Vater als Ingenieur bei Niva gearbeitet hat und hier auf Dienstreise war?«

»Nein, das wusste ich noch gar nicht. Aber ich weiß vielleicht, wie er gestorben ist und wo.«

»Wie denn?«

»Also ...«

Sal bretterte über einen Bahnübergang, und der Wagen hüpfte so, dass Fletchers Zähne klapperten. Die Charter-Farm war noch immer einige Meilen entfernt, dort oben, wo der Himmel sich immer tiefer rötete.

Sal fasste den Inhalt der alten, auf Microfiche festgehaltenen Akten zusammen, berichtete von der Verbrechenswelle, mit der die Bande aus Wittris die Fens im Jahr 1978 überzog, und kam dann auf den Thinbeach-Vermerk vom 10. Januar 1979 zu sprechen – auf jenen Vorgang, der inzwischen als Verschlusssache beim Innenministerium ruhte.

Sie näherten sich den Weiden in der Nähe der Farm. Sal bremste plötzlich und hielt an, weil eine kleine Herde struppiger Kühe gemächlich zwischen den Hecken die Straße überquerte. Die Flanken der Tiere füllten die ganze Windschutzscheibe aus, schwarze und weiße Flecken, orangefarben getönt vom Abendlicht. Hinter den Kühen kam Larry, der das Tor hinter sich zumachte und dabei Sals und Fletchers Blick auswich. Sal ließ den Motor im Leerlauf und sagte: »Also habe ich aus reiner Neugier zum Hörer gegriffen und einen Bekannten bei der *Evening News* nach dem 10. Januar gefragt. Er ruft mich zurück. Er sagt, da sei was komisch – irgendwie sonderbar. In der ersten Ausgabe der *Evening News* vom 10. Januar gab es zahlreiche Artikel zum Wetter, weil gerade ein ungewöhnlicher Kälteeinbruch herrschte. Das Thermometer zeigte minus neun Grad, Straßen waren vereist und unpassierbar und bei den Backs war der Cam zugefroren. Es gab aber auch einen Bericht über Thinbeach. Ein Artikel über einen schrecklichen Fund am vereisten Seeufer. Die Leiche eines nicht identifizierten Mannes, in dem man aber einen Russen vermutete. Als Todesursache wurde Ertrinken angenommen. Das Eigenartige daran ist, dass mein Kontaktmann bei der *Evening News* auch die zweite Ausgabe desselben Tages überprüft hat. Da fehlte die Story. Und wurde nie wieder irgendwo erwähnt. Die Leiche ist einfach spurlos verschwunden.«

Vor seinem inneren Auge sah Fletcher das Metallkästchen in Iwans Küche und die englische Aufschrift.

»Das könnte Iwans Interesse an Thinbeach einigermaßen erklären. Sein Vater reist nach England, um Traktoren zu reparieren, und ertrinkt. Iwan möchte wissen, was genau geschehen ist. Erklärungsbedürftig ist dieser Tod gewiss, oder? Minus neun Grad, das erscheint uns eiskalt, aber für einen Russen sind das milde Temperaturen. Und warum war er überhaupt am Fluss unterwegs?«

»Und warum wurde der Vorgang als geheim eingestuft?« Sal fuhr an und bog auf den Zufahrtsweg der Farm ein. »Aha, Charter hat Polizeischutz bekommen.«

Ein Streifenwagen parkte neben dem Drahtverhau. Das Seitenfenster wurde heruntergelassen, und dahinter kam ein blasser junger Constable zum Vorschein. Er starrte sie an und kaute dabei auf etwas herum.

»Ich zeige hier nur kurz Präsenz, Sir«, erklärte er, als befürchtete er, dass sie ihm Probleme machen würden. »Ich bin gleich wieder weg.«

»Den Polizeischutz braucht Charter nach Einbruch der Dunkelheit«, sagte Sal. »Und so hatte ich ihn auch angefordert.«

Der blasse Junge kaute noch immer. »Wir schicken in der Nacht jede Stunde einen Streifenwagen vorbei. Mehr ist in dieser Gegend hier einfach nicht drin.«

Als sie zwischen den Hühnern parkten, öffnete sich im Obergeschoss ein Fenster und Peter Charter tauchte auf.

»Es wird bald dunkel«, rief er nach unten. »Und die Russen sind noch nicht zurück.«

Ein Automotor sprang an. Sie drehten sich um und sahen den Streifenwagen langsam in Richtung der Zedern davonschleichen.

»Wer wird mich schützen?«

Charter zündete eine Sturmlaterne an, hängte sie an einen Haken in der Decke und schaltete das elektrische Licht aus. Eine rostige Schrotflinte lag geöffnet auf dem Fensterbrett, daneben ein Patronengurt. Der Kühlschrank war vor die Hintertür gerückt worden. Eine Barrikade aus Möbeln versperrte die Diele, und die Treppe war wie eine Art letztes Bollwerk mit Stacheldraht verrammelt. Über dem Chaos lag der Geruch von Paraffinöl, und im Licht der leise pendelnden Lampe, die dunkle Schatten an die Wände warf, wirkte Charters Gesicht sogar noch ausgemergelter.

»Larry ist draußen im Wohnwagen, aber der wird keinen Finger für mich rühren. Der lacht nur, wenn sie mich ans Kreuz nageln.«

»Mr Charter«, erklärte Sal. »Wir sind hier, um Ihnen zu sagen, dass Sie sich vollkommen sicher fühlen können. Und unterstehen Sie sich, diese Flinte da auf irgendjemanden anzulegen. Sonst kriegen Sie gewaltigen Ärger.«

Charter lachte in sich hinein. »Aber ich lese Zeitung. Ich darf Einbrecher erschießen. Es gibt ein neues Gesetz.«

»Das haben Sie falsch verstanden. Sie dürfen das Gesetz nicht in die eigene Hand nehmen.«

Charter blickte auf seine Hände hinunter, die wie reine

Arbeitsgeräte wirkten, knochig und dürr. Fletcher vermutete, dass er damit schon seit Jahren keinen Menschen mehr berührt hatte. Er sagte: »Wohin haben Sie die Leute damals gefahren, Mr Charter? Die Mitglieder von *The Wake*?«

Charter schloss die Augen. »Zu Dorffesten und Veranstaltungen. Sonst nirgendwohin. Zu Festen, Veranstaltungen und der verdammten Thinbeach-Hochzeit.«

Bei dieser Version blieb er eisern. Auf dem Rückweg zum Thinbeach Fen hatten Fletcher und Sal einen guten Blick auf die tiefer gelegene Ebene im Westen. Dort gingen in den Wittris-Zähnen die ersten Lichter an.

Sie fuhren nach Deep House zurück, um Fletchers Wagen abzuholen. Das Haus wirkte leer, die Tür war verschlossen und von drinnen drang nur ein matter Lichtschimmer heraus. Sal schlug vor, zur Polizeiwache zurückzukehren, um den Sozialdienst um Unterstützung für Charter zu bitten. Fletcher war einverstanden. Für Charter waren die eigenen Ängste viel gefährlicher als irgendwelche Einbrecher aus Wittris, und weder Fletcher noch Sal wollten ihn noch tiefer in seinen psychischen Sumpf versinken sehen, auch wenn er Informationen zurückzuhalten schien.

»Ich suche jetzt Alain de Minching auf«, sagte Fletcher. »Er ist der wichtigste Mann in Thinbeach. Ich werde ihn fragen, was er über den Tod des Russen weiß. Und wahrscheinlich sollte er vorsichtshalber auch die Hochzeit von Thinbeach absagen.«

»Vorsichtshalber? Aus Vorsicht wovor?«

»Vor Iwan.«

Iwan hielt immer, was er versprach. Im Moment wartete er wie angekündigt am Flussufer bei der verlassenen amerikanischen Raketenbasis.

Er lag auf der Seite, und vom grasbewachsenen Flussufer

aus konnte er gerade noch das riesige Trümmerfeld erkennen, das sich unter dem Schleier der Pusteblumen ausbreitete. Die Kuppeln der alten Bunker ragten aus dieser Fläche heraus und zeichneten sich im letzten Tageslicht vor dem Horizont ab. Der Fluss war praktisch schwarz, und das Wasser leckte über eine flache Uferbank, die es aus der Böschung herausgegraben hatte: einige Meter Schlick und Schlamm, metallisch glänzend von den Mineralien, die aus dem Boden gewaschen worden waren. Iwan hatte einen langen Grashalm zwischen den Lippen. So hatte er das im Film gesehen: Die Briten lagen im Sommer draußen auf einer Wiese und kauten auf Grashalmen.

Er blickte wieder auf.

Sie tauchte vor dem Horizont auf und ging am Flussufer entlang, das Haar ein wenig vom Wind verweht, der jetzt auch das Wasser kräuselte. Er konnte sehen, dass sie fröstelte.

Er stand auf, und sie sah ihn und kam direkt auf ihn zu. Obgleich er ihr Gesicht kaum erkennen konnte, spürte er die Energie, die von ihr ausstrahlte, wie sie da am Rand des dunklen Wassers stand.

»Und, wie schmeckt das Gras?«, fragte sie.

»Wie alter Honig.«

»Wie finden Sie England?«

»Komisches Land«, gab er zurück. »Alle Leute wohnen in Einzelhäusern.«

Plötzlich zuckte er zusammen. Irgendetwas hatte ihn berührt, und er merkte, dass es Judith war, die mit den Fingern über seine Narbe strich.

»Wie ist das passiert?«, fragte sie.

»Du stellst sehr viele Fragen, Judith.«

Er setzte sich wieder auf die Uferböschung und spürte, dass sie sich neben ihn setzte. Sie roch sauber. Irgendetwas summte um ihre Köpfe herum.

»Weiß dein Vater, dass du hier bist?«, fragte er.

»Ich habe es ihm nicht gesagt. Wie ist es passiert?«

»Es war in Tschetschenien, mein Offizier hat versucht, mich umzubringen.«

»Warum?«

Iwan pflückte den nächsten Grashalm.

»Er schickte uns hinaus gegen eine Stellung der Partisanen. Die Ersten von uns wurden niedergemäht und nach einer Weile mussten die Männer über Leichen rennen, aber er schickte immer mehr von uns los. Der Älteste war zwanzig, der Jüngste, glaube ich, achtzehn. Als ich dem Offizier mein Gewehr ans Gesicht hielt, hat er sich anders besonnen. Beim Rückzug schlich er sich mit einem Bajonett hinter mich und versuchte, mir die Kehle durchzuschneiden. Berlitz musste ihm die Beine brechen, um ihn von mir runterzukriegen. Wir landeten im Militärgefängnis.«

Er streckte die Hand aus und strich ihr das Haar aus dem Gesicht, und plötzlich küsste sie ihn hungrig. Sie zog sich schnell wieder zurück, doch er sah sie lächeln.

Sie erzählte ihm von ihrem Leben in Deep House, von den fixen Ideen ihres Vaters und seinem Jähzorn, und dass er das Foto ihrer Mutter zur Wand gedreht habe.

»Ich weiß, was du denkst«, schloss sie. »Klingt so, als hätten wir beide Erfahrung mit dem Gefängnis gemacht.«

»Aber deines ist bequemer. Warum bleibst du bei ihm?«

Sie blickte auf den Fluss hinaus. »Er war immer da. Ich kann mich irgendwie nicht frei machen, ich weiß auch nicht, wieso. Manchmal möchte ich ihn verlassen oder denke darüber nach, wie ich ihm wehtun, ihn richtig tief verletzen könnte.«

Er nickte. Er ließ die Hand unter ihr Kleid wandern. Ihre Brustwarzen waren warm und hart.

»Es würde ihm wehtun, nicht wahr, wenn er wüsste, dass du hier bei mir bist?«

»Er wird vollkommen ausrasten.« Sie lachte. »Deine Hände sind kalt.«

»Judith, als ich dich zum ersten Mal sah, hatte ich ein merkwürdiges Gefühl. Du siehst genauso aus wie eine Frau, der ich vor Jahren in Tschetschenien begegnet bin. Eine berühmte Frau. Als hättest du eine Zwillingsschwester.«

»Wofür war sie denn berühmt?«

»Das erzähle ich dir ein anderes Mal. Sind meine Hände immer noch kalt?«

»Nein. Was war der letzte Gegenstand in der Ledertasche?«

»Die Frage kannst du deinen Freunden von der Polizei überlassen.«

Sie küsste ihn wieder. »Was machst du eigentlich wirklich hier?«

»Ich will es einmal so ausdrücken: Geh nicht zur Hochzeit von Thinbeach.«

»Was hast du vor?«

»Etwas, worüber die Leute noch in tausend Jahren reden werden.«

Weil er sie sehen wollte, bevor das letzte Tageslicht erlosch, knöpfte er ihr Kleid auf und drückte sie auf die Uferböschung hinunter. Die Erde unter ihr war noch warm, als er ihre Schenkel streichelte. Ihr Duft und der Geruch des Grases waren so intensiv, dass er eine Weile die Augen schloss. Als er sie wieder öffnete, war es fast vollständig dunkel. Ihr blasser Körper zeichnete sich nur noch als Umriss ab. Die einzigen Geräusche waren das Brummen eines Verkehrsflugzeugs über ihnen, das Plätschern der Wellen, ihr leises Keuchen. Er spürte, wie sie ihm die Beine um die Schultern schlang und ihn nach unten drückte.

Am Ende kniete er, ein wenig einsinkend, im Uferschlick, die Brust gegen die Flussböschung gepresst. Ihre für seinen Mund gespreizten Schenkel bildeten einen Pfeil im Dämmerlicht. Ein weiteres Flugzeug flog mit blinkenden Lichtern über sie hinweg.

Es klang, als lächelte sie bei ihrer Frage: »Meinst du, die

können …«, er spürte ihre Hände im Nacken, »… Iwan, meinst du, die können uns sehen?«

Ich hoffe es, dachte er.

Aus dem Garten von Blindy House blickte Fletcher auf die Shamblings. Die Fachwerkhäuser drängten sich geduckt an der Straße, Dach an Dach, aus den Fenstern fiel schimmerndes Licht auf die schwarzen Holzbalken. Die Nacht war mild und der Geruch des Flusses wehte über den Damm und vermischte sich mit dem Blütenduft der Büsche im Garten. Im Haus bellten Alains Hunde, und als Alain die Tür öffnete, wandte er sich halb nach ihnen um, so dass sein Profil sich vor der Innenbeleuchtung abzeichnete. Als er Fletcher erblickte, lächelte er, schüttelte ihm die Hand und machte die Tür weiter auf. Er trug seine makellose Freizeitkleidung: Leinenhose, Lacoste-Polohemd mit unter dem Kragen hervorlugendem krausem Brusthaar und einen Pullover, lose über die Schultern gelegt. Stammte er nun von einem normannischen Feldherrn oder einem belgischen Pferdemetzger ab? Unmöglich zu sagen.

»Noch immer im Dienst, Inspector? Kommen Sie. Gehen wir hinaus und setzen uns an den See.«

Mit diesen Worten durchquerte Alain die Eingangshalle und trat auf die Treppe, die zur Terrasse hinunterführte. An der einen Wand der Halle waren ein paar Strohpuppen ausgestellt, leuchtend bunte Seide war um ihre Hälse geschlungen. Auf der anderen Seite stand eine Tür halb offen. Fletcher warf einen Blick hinein und blieb stehen.

Alain kam von der Treppe zurück und stieß die Tür weit auf.

»Eines meiner Hobbys«, sagte er. »Schauen Sie sich nur alles in Ruhe an.«

Es war ein großer Raum, und durch das Fenster mit der Steinfassung sah man auf den schmiedeeisernen Gartenzaun.

In der Mitte stand ein langer Tisch auf Böcken, die Platte war mit Deckenstrahlern hell ausgeleuchtet. Eine Miniaturlandschaft war darauf erbaut, mit Feldern, Hügeln, Zäunen und einigen sorgfältig gefertigten Gebäuden. Hunderte winziger Figuren bevölkerten diese Landschaft – Bleisoldaten, wie Fletcher erkannte, keiner größer als sein Daumennagel, und dennoch ganz exakt bemalt und mit Tornistern und Musketen ausgerüstet. Es waren Kavallerieschwadronen, die gegen winzige Kanonen vorsprengten. In dieser Szene musste unglaublich viel Arbeit stecken.

Alain richtete einen Lanzenreiter exakter aus.

»Die Schlacht von Salamanca, 1812«, erklärte er. »Der Wendepunkt gegen Ende der napoleonischen Kriege auf der iberischen Halbinsel. Ein Junggeselle meines Alters muss sich ja irgendwie abends die Zeit vertreiben. Und ich mag diese napoleonischen Uniformen. Ich freue mich, wenn Sie mich besuchen, Inspector. Ich helfe Ihnen gern, das wissen Sie.«

»Ja.« Fletcher ließ den Blick über die Tischplatte wandern und betrachtete die glitzernden Säbel, mit denen die blau gekleideten Truppen die Soldaten in den roten Uniformen zurückdrängten und gegen einen Hinterhalt trieben. »Vermutlich wissen Sie über alles Bescheid, was in Thinbeach vor sich geht, Alain, habe ich recht?«

»Ich denke ja.«

»Aber als ich Sie heute bei Breakman fragte, ob Ihnen der Name Niva etwas sagt, haben Sie das geleugnet.«

Alain schloss einen Moment lang die Augen und nickte. »Ah ja. Sie wissen also Bescheid.«

»Über den 10. Januar 1979? Ja – und Sie offensichtlich auch. Erzählen Sie mir jetzt, was Sie über den russischen Ingenieur wissen. Und dann erklären Sie mir bitte, warum Sie mir das bisher verschwiegen haben.«

Alain holte tief Atem und hockte sich hin, so dass er auf Augenhöhe mit der Tischplatte war. Er spähte über den

Tisch, die zurückweichenden roten Soldaten im Blick, und schloss mal das rechte, mal das linke Auge, um sich zu vergewissern, dass die Gefechtslinie der Schützen gerade ausgerichtet war.

»Nun ja, all das liegt jetzt eine Generation zurück«, sagte er. »Aber ich erinnere mich an diesen Morgen, als wäre es gestern geschehen.« Er stand auf, reckte den Rücken und spannte und entspannte die Finger, bevor er weiterredete. »Es war kalt«, fuhr er dann fort. »Eiskalt. Die meisten Leute blieben schön drinnen im Warmen, und so bekamen nur die wenigsten mit, dass flussabwärts eine Leiche am Ufer gefunden wurde. Die Polizei brauchte nicht lange, um sie mit einem Leihwagen in Verbindung zu bringen, der verlassen auf der Landstraße stand. In dem Auto muss man wohl russische Papiere gefunden haben, denn noch am selben Tag bekam ich Besuch von einem hochrangigen Polizeioffizier der Cambridgeshire Constabulary – *sehr* hochrangig. Ich denke, Sie können sich denken, welchen Rang er bekleidete.«

»Was wollte er von Ihnen?«

Alain stand auf und zog den über die Schultern gelegten Kaschmirpullover zurecht. »Er hat mir ein Versprechen abgenommen. Als ein Nachfahre Chretien de Minchins habe ich ihm mein feierliches Ehrenwort gegeben, dass niemand hier im Dorf jemals mit irgendjemandem über diese Leiche sprechen wird. Die wenigen unter uns, die überhaupt etwas von dem Toten wussten, haben dieses Versprechen gehalten. Als Sie mich heute danach fragten, gebot mir die Ehre zu schweigen. Das verstehen Sie doch, oder?«

Das passte zweifellos zu dem offiziellen Stillschweigen, das über den Tod gewahrt worden war, aber Fletcher sagte dennoch: »Moment. Ihre Verschwiegenheit in Ehren, aber mir scheint, dass wir da gerade etwas ausgelassen haben. Ich will vor allem wissen, was diesem Mann zugestoßen ist. Wie ist er ums Leben gekommen?«

Alain richtete den Blick auf Fletcher, und in seinen Augen lag echte Sorge.

»Müssen Sie das denn wirklich wissen? Spielt das nach all diesen Jahren überhaupt noch eine Rolle?«

»Es wird sogar immer wichtiger. Es ist Zeit, reinen Tisch zu machen.«

Alain nickte und warf noch einen Blick auf die Schlacht von Salamanca. »Könnten wir vielleicht auf die *terrasse* gehen, Inspector? Irgendwie kommt es mir nicht richtig vor, bei dieser Schlachtenszene über dieses Thema zu reden.«

Gerade ging der Mond auf, und im Westen überzog sich der Himmel mit Wolken. Alain stand neben Fletcher auf der Terrasse und blickte auf das dunkle Oval der Wasserfläche hinaus. Irgendwo ertönte ein leises Platschen.

»Verstehen Sie«, sagte Alain zum Wasser gewandt, »es war ein furchtbares Missverständnis.« Einer der Hunde tapste zu ihm hinüber und ließ sich hechelnd am Rand der Terrasse nieder. »So wie ich es mir nach dem, was ich weiß, zusammengereimt habe, ist Folgendes geschehen: Der Niva-Ingenieur hatte am Nachmittag des Vortages, am 9. Januar, einen Termin bei Billy Breakman. Es ging um irgendwelche Traktoren, die repariert werden mussten. Aber der Russe verspätete sich hoffnungslos – vermutlich wegen des Wetters. Er erreichte Thinbeach erst abends, doch da waren die Straßen völlig vereist. Was damals geschehen ist, werden wir niemals genau erfahren, aber er hat wohl auf der Landstraße die Kontrolle über sein Fahrzeug verloren. Als der Wagen gefunden wurde, lag er halb im Graben. Möglicherweise erlitt der Ingenieur bei dem Aufprall eine Gehirnerschütterung. Aber es gelang ihm trotzdem, aus dem Wagen zu kommen, und er schaffte es auch durch das Schneetreiben bis nach Thinbeach.«

»Und was ist ihm dort zugestoßen?«

Alain schwieg einen Moment.

»Inspector, Sie dürfen die Umstände nicht vergessen. Zum

einen befand sich das Land mitten im sogenannten Winter of Discontent, dem Streikwinter 1978/79. Sind Sie überhaupt alt genug, sich daran zu erinnern?«

»Es war eine Zeit der Unruhe in den Industriebetrieben.«

Alain hob die Augenbrauen. »Mehr als das, Inspector. Es war der Versuch der Gewerkschaften, England vollkommen kaputt zu machen – wie typisch angelsächsisch dieser uralte zerstörerische Impuls doch ist. Aufruhr lag in der Luft, die Stimmung war extrem gereizt. Zum anderen aber hatte sich in dieser Gegend hier schon einige Monate früher eine ganz eigene angelsächsische Krise entwickelt. Das ganze Gebiet der Fens, auch Thinbeach, wurde von einer schrecklichen Verbrechenswelle überrollt – Kriminelle aus Wittris, die sich bereichern und zugleich möglichst viel Zerstörung anrichten wollten.«

»Ich weiß darüber Bescheid. Das war zweifellos ein ernstes Problem, aber was hat es mit dem Russen zu tun?«

»Einige dieser Verbrechen waren wirklich schockierend. Diese Gangster aus Wittris hegen seit langer Zeit einen Groll gegen unser Dorf.«

»Seit tausend Jahren?«

»Genau. Die nennen uns noch immer Normannen, nicht wahr? In meinen Ohren ist das ein Kompliment, keine Beleidigung – aber diese Typen aus Wittris schieben uns die Schuld an ihrer sozialen Schieflage in die Schuhe, obwohl sie die ganz allein ihrer eigenen Trägheit und Faulheit zuzuschreiben haben. Sie hassen uns und neiden uns unseren Wohlstand.« Alain lachte und schlug nach einem Insekt, das sein Gesicht umsurrte. Der Mond war nun über die Wipfel der Weiden gestiegen und leuchtete hell und schwer über dem Wasser, doch es ballten sich immer dichtere Wolken am Himmel. Kein Windhauch regte sich. »Manchmal frage ich mich, ob Chretien de Minchin nicht zu nachsichtig war. Er hat die Aufständischen vertrieben, aber zugelassen, dass sie sich in den

Sümpfen festsetzen. Wenn Chretien damals ganze Arbeit geleistet hätte, wären die Probleme in unserer Region heute vielleicht viel harmloser.«

»Ich kann Ihnen nicht folgen, Alain.«

»Vielleicht, ich sage ja nur vielleicht, Inspector, hätte er sie alle im See ersäufen sollen, und nicht nur seine verhurte Ehefrau.« Alain lächelte und zwinkerte ihm zu. »Aber wir waren bei der Verbrechenswelle, die damals aus Wittris herausschwappte, nicht wahr? In jenem Winter drehten die Kerle aus Wittris durch und meinten, sie müssten sich rächen. In manchen Farmhäusern rissen sie die Leute aus den Betten und stießen sie mit Tritten die Treppe hinunter. In einem der Häuser in den Shamblings fesselten sie die Bewohner, schlugen sie mit Gürteln und urinierten auf sie. Verständlicherweise hatten die Leute hier nun Angst vor Fremden. Jeder Unbekannte war ein potentieller Einbrecher, ein Eindringling …«

»Oder ein Angreifer.«

»Genau. Und darum ließen die Leute die Türen verschlossen, als der Russe nach Anbruch der Dunkelheit nach Thinbeach kam.«

»Sie meinen, er hat an die Türen geklopft und um Hilfe gebeten?«

Alain hob das Gesicht zum Mond. »Das vermute ich zumindest. Aber er war ein großer, kräftiger Mann, zerzaust, schmutzig und mitgenommen von dem Unfall, und er sprach sonderbar. Aufgrund seiner Kopfverletzung war sein Englisch vermutlich besonders schwer verständlich.«

»Wollen Sie damit sagen, dass keiner in ganz Thinbeach ihm die Tür aufgemacht hat? Einem Verletzten, der draußen in der Eiseskälte stand?«

Alain nickte. »Sie hatten Angst vor ihm. Sie hatten damals Angst vor jedem Unbekannten. Und so wird er wohl weitergewandert sein, so stelle ich es mir vor, den Damm hinauf, wo der Schneesturm am heftigsten tobte. Er war desorientiert und verwirrt. Vermutlich stolperte er und fiel die Böschung hinunter in den See, auf dem sich schon eine dünne Eisdecke gebildet hatte. Unterkühlung soll ja ein schmerzloser Tod sein. Das Gefühl weicht aus dem Körper und dann kommt der Schlaf. Das alles war ein schrecklicher Irrtum. Sehr tragisch.«

Fletcher stellte sich das Kästchen auf dem Tisch vor, so wie Judith Denton die Szene beschrieben hatte. Ein schrecklicher Irrtum, mehr nicht.

»Aber warum kam dann am nächsten Tag ein hochrangiger Polizeioffizier und bat Sie, Stillschweigen über die Sache zu bewahren?«

»Können Sie sich das nicht denken? Sie wissen doch, dass der Tote Russe war.«

Fletcher ließ sich die Sache durch den Kopf gehen. Alles passte zusammen.

»Die amerikanische Raketenbasis. Damals war sie noch in Betrieb, es war mitten im Kalten Krieg.«

»So ist es, Inspector. Die Raketenbasis. Es wird gemunkelt, der Russe hätte den Auftrag gehabt, sie auszuspionieren, doch das erscheint mir extrem unwahrscheinlich. Bis heute bezweifle ich, dass er auch nur von ihrer Existenz wusste. Aber denken Sie doch nur an die politischen Komplikationen. Ein Atomkrieg war damals eine reale Möglichkeit. Die Raketenbasen bildeten die vorderste Verteidigungslinie gegen den russischen Feind. Und plötzlich fährt einer der Feinde in einem Leihwagen hierher und bringt es fertig, nur wenige Meilen von der Absperrung entfernt zu ertrinken. Was für eine katastrophale Sicherheitspanne. Die Leiche wurde fortgeschafft, ich weiß nicht wohin. Ich denke mir, dass die sowjetische Botschaft ebenfalls alles dafür getan hat, die Sache unter der Decke zu halten. Für die russische Seite war das auch nicht gerade ein Propagandaerfolg.«

Da mochte Alain recht haben. Unliebsame Fragen wären

aufgekommen, man hätte das Devisenbeschaffungsprogramm unter die Lupe genommen, Bedenken über die mögliche Nutzung der Handelsmissionen zu Spionagezwecken wären aufgekommen und man hätte nachgeforscht, wie viel Unterstützung der unglückselige Ingenieur eigentlich von seinen eigenen Vorgesetzten erhalten hatte. Fletcher verstand gut, warum sowohl die britische als auch die sowjetische Seite den Mantel des Schweigens über den Vorfall gebreitet hatten. Als Aschehäuflein ließ Iwans Vater sich problemlos nach Stawropol zurückbefördern, dazu seine Sachen und ...

»Alain, als die Polizei die Leiche fand, ist sie da auf irgendetwas Ungewöhnliches gestoßen?«

»Etwas Ungewöhnliches?«

»Wurde bei der Leiche ein Gegenstand gefunden, der irgendwie außergewöhnlich wirkte?«

»Tut mir leid, Inspector, aber ich habe die Leiche nicht mit eigenen Augen gesehen. Allerdings ist mir nie etwas über einen ungewöhnlichen Fund zu Ohren gekommen.« Er starrte kopfschüttelnd ins Wasser. »Es ist wirklich eine furchtbare Geschichte, nicht wahr? Die wenigen unter uns, die Bescheid wissen, werden diese Sache immer bereuen. Die Schuldgefühle werden wir wahrscheinlich niemals ganz loswerden. Aber da lässt sich nun einmal nichts mehr ändern. Wir können die Zeit nicht zurückdrehen und alles noch einmal anders machen. Uns bleibt nichts anderes übrig, als das, was geschehen ist, ruhen zu lassen.«

Alain trat an den Rand der Terrasse, suchte ein Stück Holz und schwenkte es auffordernd. Im schwachen Licht des wolkenverhangenen Mondes sah es fast wie ein Knochen aus. Der Hund stellte sich hinter ihn, und Alain warf den Stock in den See. Der Hund sprang mit einem weithin hallenden Platschen hinterher und schwamm mit erhobenem Kopf durchs Wasser.

»Alain, wir können die Vergangenheit nicht einfach ruhen

lassen«, sagte Fletcher. »Ich bin einem Russen begegnet, der von sich behauptet, der Sohn des verstorbenen Ingenieurs zu sein. Das, was er hier tut, beschreibt er als die Vollendung seiner Lebensaufgabe. Ich kenne seine Pläne nicht, halte es aber für besser, wenn Sie die Hochzeit von Thinbeach diesmal ausfallen lassen.«

»Ausfallen lassen?« Alain trat erstaunt zurück. »Aber das ist unser Fest, es gehört uns. Wenn dieser Mann einen Groll hegt, soll er sich zu erkennen geben und mit uns reden. Was sollen wir denn seiner Meinung nach getan haben?«

»Er hat einen Verein namens *The Wake* ins Visier genommen.«

Alain stöhnte auf. »*The Wake*? Das war doch in den Siebzigern. Grundgütiger – meinen Sie etwa Billy Breakman und Thomas Denton und diesen andern Typen – den kleinen Bauern?«

»Der Russe scheint die drei mit dem Tod seines Vaters in Verbindung zu bringen.«

»Was sagen Sie da? Also hören Sie mal. Haben Sie schon mit diesen Leuten gesprochen? Dann wissen Sie doch, was das für Clowns sind. Ich bin ein ernstzunehmender Historiker, aber diese Typen waren einfach nur lächerlich. Die machten sich in billigen Kostümen zu Idioten und trapsten von einem Dorffest zum nächsten.« Er lachte. »Vielleicht hat Ihr Russe sich auf sie versteift, weil sie für das Dorf stehen, wie es in den siebziger Jahren war, in jener Zeit, als sein Vater ums Leben kam. Aber *The Wake*, das waren harmlose Clowns – verstehen Sie das nicht? Einfach nur harmlose, alberne Komödianten. Ich hoffe inständig, dass niemand irgendetwas anderes von ihnen annimmt.«

Dann sprang Alains Hund aus dem Wasser und lief zur Terrasse hinauf, das Fell voll metallisch glänzendem Schlick vom Ufersaum und die Ohren aufmerksam gespitzt. Auf der Terrasse angekommen, schüttelte er sich von Kopf bis Fuß, und das Wasser spritzte in alle Richtungen und besprühte die Fliesen mit einem Tropfenkranz.

»Die Hochzeit absagen, Inspector? Das ist unmöglich. Dieses Jahr haben wir eine ganz besondere Braut, schöner denn je. Die Polizei muss uns schützen. Dafür zahlen wir schließlich unsere Steuern. Unsere Sicherheit liegt in Ihrer Hand.«

Er kniete sich hin, flüsterte dem Hund etwas auf Französisch zu, streichelte ihm die Schnauze und nahm ihm sanft den Stock aus dem Maul. Er blickte zu Fletcher auf.

»Ist er nicht prachtvoll? Ein Bretonischer Wolfshund. Die Rasse ist extrem selten. Sie geht auf die Hunde der Normannen zurück, die damals gezüchtet wurden, um entlaufene Gefangene aufzuspüren. Es heißt von diesen Hunden, dass sie niemals Menschenblut riechen dürfen. Denn sonst erwachen uralte Instinkte in ihnen zum Leben.« Er kicherte. »Vielleicht ist er ein besserer Schutz als jeder Polizist, er und seine wunderschöne Schwester. Wo ist denn deine Schwester heute Nacht, *mon bébé? Où est ta jolie sœur?* Hm?«

Alain drückte sein Gesicht an die Hundeschnauze, küsste das Tier wieder und wieder, flüsterte ihm etwas ins Ohr, schloss die Augen und rieb die Wange an seinem Kopf.

Mittwochabend

Auf dem Rückweg nach Cambridge nieselte es und die Straße war nass. Am Himmel ballten sich dunkle Wolken und von Zeit zu Zeit zuckte ein Wetterleuchten über die Felder, was die Gewitterschwüle aber nicht linderte.

Fletcher öffnete das Seitenfenster einen Spalt und ließ eine Zeitlang den Sprühregen hereinwehen. Er fragte sich, ob nach de Minchings Bericht nun alles geklärt war. Ob er nun wirklich wusste, was passiert war.

Iwans Vater war durch einen Unfall ums Leben gekommen. Iwan hatte Olga nach Thinbeach geschickt, um etwas über den Tod seines Vaters herauszufinden, und zusammen mit Jake Skerrit war sie auf *The Wake,* eine Gruppe harmloser Komödianten, gestoßen, gegen die Iwan nun einen ungerechten, maßlosen Zorn hegte. Das würde einiges erklären.

Der kühle Sprühregen benetzte seine Wange, und die Scheibenwischer zogen Schlieren über die Windschutzscheibe.

Es würde sogar sehr vieles erklären. Zum Beispiel das Gespräch auf Ron Tevershams Kassette. Im ersten Moment klang es so, als wüssten die Leute über ein schlimmes Geheimnis Bescheid. Aber war das echt – oder zogen sie nur den armen alten Ron auf, indem sie auf seine neugierige Frage hin *The Wake* als etwas darstellten, das es gar nicht war? Einer hatte sogar gefragt: *Drückt dich was, Teversham?* – als hätten sie gewusst, dass er einen Recorder am Körper trug. *Schlaue Burschen, die haben das klein gehalten* – wenn man bedachte, dass es sich um einen historischen Verein handelte, klang das wirklich so, als wollten sie Teversham auf den Arm nehmen.

Unfälle gab es nun einmal. Vielleicht hatte Jake Skerrit wirklich die Überwachungskamera ausgestellt und sich einfach zu tief in den Schredder gebeugt, und vielleicht war Ron Teversham, der Alkoholiker, wirklich in Panik geraten, als er die Leiche fand, hatte das Video verschwinden lassen und später nicht den Mut gefunden, sich zu diesem Fehler zu bekennen. Hatte Thomas Denton heute bei der Erwähnung Iwans nervös gewirkt? Vielleicht nur, weil er damals, 1979, Gerüchte über die Leiche gehört hatte, aber wusste, dass er nicht darüber reden sollte. Er war verwirrt gewesen, weil zwei Polizisten in seinen sonderbaren Haushalt geplatzt waren, sich dann aber nur für zwei Russen interessiert hatten.

War all das in Wirklichkeit nur ein Missverständnis, das niemals entstanden wäre, wenn man nicht im Jahr 1979 aufgrund der politisch heiklen Situation den Tod des Ingenieurs vertuscht hätte?

Im Licht eines Blitzes entdeckte er auf einem der Felder ein riesiges, massiges Gebilde im Schatten eines offenen Unterstands. So etwas hatte er an einem anderen Ort vor kurzem schon einmal gesehen: Es war ein Mähdrescher, der für die Ernte am Samstag, dem Tag der Hochzeit von Thinbeach, bereitstand.

Und genau darum ging es im Moment, sagte sich Fletcher. Was auch immer damals, 1979, im Einzelnen geschehen war und wer auch immer daran beteiligt gewesen sein mochte, Iwan und Berlitz lagen jetzt auf der Lauer und suchten nach einer Gelegenheit zur Rache. Würden sie vor irgendetwas Halt machen? *Meine Lebensaufgabe liegt hier in Thinbeach.* Das Wichtigste war nun, Iwan Gorenski noch vor Samstag zu finden – denn falls Iwan sich wirklich an dem Dorf rächen wollte, hatte er während der Hochzeit die beste Gelegenheit dazu.

Fletcher ließ die Felder hinter sich und fuhr durch die Vororte von Cambridge. An der Kreuzung beim Science Park, dem Hightech-Industriepark Cambridges, bildete sich ein Stau. Er bremste und hielt neben einem Gebäude mit futuristischer Kuppel. Ein Blitz ließ die verspiegelten Wände einen Moment lang hell aufleuchten, bevor sie wieder im Dunkel versanken.

Er stand in der Schlange und wartete. Einmal bediente er den Heckscheibenwischer. Bei einem Blick in den Rückspiegel fiel ihm auf, dass sein Hintermann ungewöhnlich dicht aufgefahren war. Ein neuer Omega, auf Hochglanz gewienert. Der ganze Stolz eines Nachttaxi-Fahrers. In zehn Jahren würde der Wagen wahrscheinlich wie Ron Tevershams Sierra aussehen.

Er sah sich den Omega genauer an. Der Fahrer hatte den Scheibenwischer ausgeschaltet, und auf der Windschutzscheibe sammelten sich kleine Regentropfen. Die Schlange setzte sich in Bewegung, und Fletcher rollte ein paar Meter vor. Der Omega fuhr ganz dicht hinter ihm her, entweder weil er generell die Gewohnheit hatte, zu dicht aufzufahren, oder aber weil er sein Kennzeichen verbergen wollte. Wegen der Tröpfchen auf der Scheibe konnte Fletcher auch Fahrer oder Beifahrer nicht erkennen.

Folgte ihm etwa jemand? Befanden sich Iwan und Berlitz, über die er gerade nachgedacht hatte, schon die ganze Zeit unmittelbar hinter ihm? Aber wer ein Fahrzeug verfolgt, fährt doch niemals ganz dicht hinter ihm her.

Gerade als er das dachte, scherte der Omega hinter ihm aus und bog in einer scharfen, von Spritzwasser gesäumten Kurve in die gegenüberliegende Zufahrt zum Science Park ein. Als der Wagen durch die dunkle Öffnung in der begrünten Straßenböschung fuhr, machte der Fahrer die Scheinwerfer aus, damit man das hintere Kennzeichen nicht lesen konnte.

Laut Vorschrift hätte Fletcher nun einige Polizeistreifen zur Unterstützung anfordern müssen, um die Ausfahrten des Industrieviertels abzuriegeln. Stattdessen überquerte er ebenfalls die Fahrbahn und folgte dem Wagen auf das Gelände.

Der Science Park war in der Bevölkerung auch als Silicon Fen bekannt: eine Landschaft von Gebäuden aus Glas und Stahl, zwischen denen Rasenflächen mit Bänken, Springbrunnen und von exotischem Bambus gesäumten Seen Zonen der Ruhe bildeten. Jetzt, in der Nacht, saß niemand auf den Bänken, und auf die Springbrunnen fiel nur der Schein der Straßenlampen. In einigen der Bürogebäude, wo ein paar Angestellte noch an ihren Computern saßen, brannte hier und da noch Licht, doch der größte Teil der Fenster war dunkel. Fletcher fuhr vorsichtig über den schmalen, geschlängelten Weg, darauf gefasst, irgendwo im Dunkeln auf Berlitz oder Iwan zu stoßen, doch es war weit und breit nichts von ihnen oder dem Omega zu sehen. Aus dem Nieseln wurde ein steter Regen, der den Bambus zerzauste und die Gebäude glänzen ließ. Hinter der nächsten Kurve war kein Auto zu sehen und hinter der darauffolgenden ebenso wenig. Danach verlief die Straße gerade und folgte dem Ufer eines Sees, der dem größten Firmengebäude gegenüberlag – einer gläsernen Halbkugel, die sich in einem einzigen Schwung ihrer durchscheinenden Kuppel zu den Wolken emporreckte und in der vereinzelte Lichter noch von einigen emsig arbeitenden Angestellten zeugten.

Fletcher hielt an und wendete. Neben dem See lag ein Parkplatz. Jetzt, am Abend, war er weitgehend leer. Die weißen Markierungsstreifen der Stellflächen wurden vom Regen gepeitscht. Ganz hinten, unmittelbar vor der Ausfahrt, entdeckte Fletcher einen Omega mit ausgeschalteten Scheinwerfern. Fletcher bog auf den Parkplatz ein und fuhr auf den Wagen zu. Jetzt konnte er das Nummernschild erkennen – das Baujahr des Wagens war 03. Er fuhr seitlich an den Wagen heran und warf einen Blick ins Fahrzeuginnere.

Er hatte gerade genug Zeit, um das Profil des Fahrers zu erkennen. Auf dem Beifahrersitz saß ein weiterer Mann. Gleich darauf raste der Omega über die kurvenreiche Ausfahrt in Richtung Milton Road davon. Fletcher folgte ihm, bis der Wagen ein stillgelegtes Eisenbahngleis überquerte und in das Straßenlabyrinth des Stadtviertels Arbury einbog. Fletcher hielt an, und da er kein Airwave-Gerät dabeihatte, rief er per Handy auf der Polizeiwache an, um eine Überprüfung des Fahrzeugs im Polizeicomputer in Auftrag zu geben.

»Ich rufe Sie gleich zurück, Sir.«

»Nicht nötig. Ich komme selbst vorbei und hole mir das Ergebnis ab.«

Er fragte sich, ob es sich vielleicht auch hier um ein Missverständnis handelte – ob der Omega womöglich nur irgendein gestohlenes Fahrzeug war, dessen Fahrer leicht nervös wurde. Denn in diesem Wagen hatten weder Iwan noch Berlitz gesessen, das hatte er genau gesehen. Vielmehr zwei Männer mit harten, englisch wirkenden Gesichtszügen und kurz geschnittenem Haar. Er schätzte ihr Alter auf etwa fünfzig.

Detective Superintendent Webley beobachtete Tom Fletcher beim Lesen der Aktennotiz aus dem Innenministerium. Es war zehn Uhr abends, doch sein Anzug wirkte immer noch wie frisch gebügelt und die Krawatte saß korrekt und gerade unter dem Hemdkragen. Sie sah, wie er den Vermerk stirnrunzelnd ein zweites Mal las. Sal Moresby, die neben ihm am Konferenztisch saß, blickte genauso unzufrieden drein. Sie hatte die Lektüre schon hinter sich.

Fletcher reichte Webley das Blatt über den Tisch zurück und sah erst Sal und dann seine Vorgesetzte an. Seine blauen Augen blitzten auf.

»Man hat eine Leiche verschwinden lassen«, sagte er.

»Es sieht so aus.«

Der Aktenvermerk war kurz, aber sorgfältig formuliert. Dort stand, dass die Leiche eines russischen Staatsangehörigen aufgrund einer Ermessensentscheidung in einem Härtefall im Januar 1979 in die Sowjetunion überführt worden sei. Es fehlte jeder Hinweis auf die Todesursache oder die Einäscherung, und ebenso wenig wurde erwähnt, dass die Zeugen vor Ort zur Verschwiegenheit verpflichtet worden waren. Von einem Gegenstand, der bei dem Toten gefunden worden sei, war ebenfalls nicht die Rede.

»Meinen Sie, dass es damals üblich war, Vorfälle auf diese Weise zu vertuschen?«, fragte Sal.

»Üblich war es nicht, aber machbar schon«, antwortete Webley. »Damals habe ich selber gerade als Polizistin angefangen – nicht hier, sondern bei der Polizei von Essex. Es war einfach eine andere Welt.« Ob diese beiden jungen Menschen sich den Unterschied überhaupt vorstellen konnten? Damals hatte die Polizei ein reines Schwarzweißbild gehabt. Ein differenzierter Blick auf die Grauzonen war nicht möglich gewesen. Plötzlich lächelte sie. »Morgen zum Beispiel besuche ich ein zweitägiges Seminar über ganzheitliche Polizeiarbeit. Ja, Sie beide grinsen nicht einmal. Aber damals, 1979, wäre das ein echter Kracher gewesen.« Sie nahm den Aktenvermerk vom Tisch und legte ihn in eine Schreibtischschublade. »Ehrlich gesagt bin ich überrascht, dass wir immerhin das hier bekommen haben, aber der Vermerk scheint Alain de Minchings Aussage zu bestätigen. Und wie sehen Sie die Sache nun, Fletcher, in Anbetracht all dessen, was wir inzwischen wissen?«

Sie beobachtete den Inspector, der den Kopf in den Nacken gelegt hatte und an die Decke blickte. Sal beobachtete ihn ebenfalls, wie ihr auffiel.

»Möglicherweise«, sagte Fletcher, »ist das Ganze nur ein schreckliches Missverständnis. Iwans Vater stirbt, Iwan verbeißt sich in die Sache und schickt Olga los, um mehr herauszufinden. Als sie mit Jake anbandelt, läuft die Sache schief. Einiges können wir bisher noch nicht erklären, zum Beispiel, wer Ron Tevershams Haus auf den Kopf gestellt hat und woher Jake Skerrit das viele Bargeld hatte. Andererseits muss ich zugeben, dass wir keine Indizien gefunden haben, die Zweifel an den Todesumständen erhärten könnten. Darauf können wir noch einmal zurückkommen. Das Wichtigste erscheint mir im Moment, Iwan Gorenski festzunehmen, bevor er völlig durchdreht und nicht nur *The Wake*, sondern das ganze Dorf ins Visier nimmt. Was durchaus schon Samstag passieren könnte.« Er nahm das Fax der russischen Polizei zur Hand und betrachtete das Foto erneut. »Das ist er, ganz ohne Zweifel.«

Webley sah Sal an. Sal sagte: »Ganz einfach. Wir geben Alain Anweisung, die Hochzeit von Thinbeach abzusagen. Gefährdung der öffentlichen Sicherheit.«

Fletcher schüttelte den Kopf. »Das wäre möglich, aber ich habe noch einmal darüber nachgedacht. Ich glaube, das würde Iwan erst recht zum Angriff reizen. Das Dorf wird immer eine leichte Zielscheibe sein, mit oder ohne Hochzeit. Vermutlich plant er irgendeine verrückte psychologische Rache – aber im Moment geht er wenigstens recht methodisch vor. Solange er sich so verhält, ist er berechenbar und die Gefahr eingrenzbar.«

Webley nickte. »Interessant. Als ich Sie heute anrief, fand genau die gleiche Diskussion in meinem Büro statt. Es war ein Gespräch auf höchster Führungsebene. Zu Beginn des Gesprächs wurde die Option, unsere bewaffneten Kollegen hinzuzuziehen, um die Russen, nun, sagen wir einmal, zu neutralisieren, eindeutig vorgezogen. Dabei besteht allerdings das Problem, dass wir derzeit nicht wissen, wo die Russen sich aufhalten. Dann schob sich ein anderer Aspekt in den Vordergrund. Es ging dabei um Fragen des Polizeimanagements.«

Fletcher und Sal blickten beide auf.

Webley dozierte: »*Die Rolle moderner Polizeidienstleistungen besteht darin, sowohl die Kriminalität als auch die öffentliche Wahrnehmung der Kriminalität zu managen.* Ich zitiere hier jemanden, der hierarchisch noch über dem Commander steht. Sehen Sie, der Bezirk Cambridgeshire steht in der öffentlichen Wahrnehmung der Kriminalität recht positiv da. In der Meinungsumfrage des Innenministeriums zum Thema Kriminalität haben wir unter Stichpunkten wie: ›Fühlen Sie sich sicher? Empfinden Sie die Polizei als kompetent? Fühlen Sie sich von der Polizei gut beschützt?‹ und so weiter sehr gut abgeschnitten. Auf höchster Ebene sind das Ergebnisse, die zählen. *Man kann die Bedeutung des Markenimages der Polizei nicht hoch genug einschätzen* – wieder ein Zitat. Die Führungsebene ist nun der Meinung, dass ein Feuergefecht mit der russischen Mafia diese positive Wahrnehmung beeinträchtigen würde. Eine bewaffnete Auseinandersetzung mit Bankräubern, Geiselnehmern oder Terroristen wäre zum Beispiel kein Problem und würde sich positiv auf unser Image auswirken. Aber bitte nicht mit russischen Gangstern, Ex-Soldaten, die auf das Gesetz pfeifen. Wie erfolgreich auch immer eine solche Aktion verliefe, die Öffentlichkeit würde sich dennoch Fragen stellen wie: ›Wie sind diese Russen in unser Land gekommen? Wie viele von ihnen sind noch da? Bin ich persönlich bedroht?‹ Das wäre gar nicht gut für unser Markenimage.« Sie schwieg, und in der Stille hörte man das Surren des Ventilators. »Ausschlaggebend aber ist letztlich diese Geschichte aus dem Jahr 1979, von der das Innenministerium mit Sicherheit nicht will, dass sie wieder ausgegraben wird. *Und ein harmonisches Verhältnis zum Innenministerium ist für einen modernen Polizeidienst von größter Bedeutung.* Das ist für heute das letzte Zitat.«

Fletcher blickte sie unverwandt an. »Dann läuft das mit den Umfragewerten, dem Markenimage und dem Innenministerium also darauf hinaus, dass nicht geschossen wird.«

»Nun ja, wie Sie selbst es formuliert haben, nur im Notfall. Sie wollten es ja so – wenn auch vermutlich aus anderen Gründen. Aber Sie müssen die Russen finden, bevor die beiden in diesem Dorf etwas Schlimmes anrichten. Sie hatten doch schon Kontakt zu Gorenski, das sollten Sie ausnutzen. Vielleicht hört er Ihnen ja zu und lässt sich überzeugen, dass der Tod seines Vaters ein Unfall war. Sagen Sie ihm, dass das Glockenspiel schon darauf brennt, ihn sich vorzuknöpfen. Da er sich illegal hier aufhält, können Sie ihn ohne weiteres festnehmen. Und dann schicken wir ihn in aller Stille nach Hause.«

»So, wie wir seinen Vater nach Hause geschickt haben«, merkte Sal an.

Webley musste lächeln. Diese beiden hatten eine schwierige Aufgabe vor sich, und sie musste einschätzen, ob sie ihr gewachsen waren. Sie dachte an die Zeit zurück, als sie selbst in Sals Alter gewesen war – da hatte sie auch immer zu viel Druck gemacht und Männern, die ihr blöd kamen, eine verpasst. Sal war stark. Derjenige, um den sie sich Sorgen machte, war Fletcher. Denn trotz seiner überragenden Leistungen und seiner Tapferkeitsmedaille spürte sie da irgendetwas. Er hielt etwas verborgen. Sie wünschte, er würde mehr reden und ihr sagen, was es war.

Diese verdammte Tapferkeitsmedaille. Ich erinnere mich noch so gut an den Vorfall und an das, was er getan hat. Ich war so stolz auf den Jungen, dass ich ihn in die Arme nahm und fest an mich drückte. Ich war so verdammt stolz auf Tom Fletcher. War das ein Fehler?

Sie sah auf. Er begegnete ihrem Blick.

»Dann also los«, sagte sie. »Tun Sie alles, um diese Russen vor Samstag aufzutreiben.«

Fletcher wechselte noch ein paar Worte mit Sal und ging dann allein durch den Büroflur. Die meisten Räume lagen verlassen da, die Schreibtische streifig vom Licht der Straßenlaternen, das durch die Spalten der Jalousien sickerte. Die Leuchtdioden verschiedener Geräte glühten im Dunkeln. DI Franks war, eine Pizzaschachtel vor sich, am Schreibtisch eingenickt.

Fletcher ging in den Kontrollraum und spürte, wie wenig die Stadt nachts zur Ruhe kam: Über die Plasmabildschirme flackerten die Aufzeichnungen der Videokameras, ein Reigen von Vorfällen, Ereignissen und Zwischenfällen.

Ein schwitzender Police Constable reichte ihm ein Blatt, auf dem nur eine einzige Zeile ausgedruckt war: das Ergebnis seiner Anfrage nach dem dunklen Omega. Das Kennzeichen war gefälscht. Die Streifenwagen hatten Anweisung erhalten, nach Wagen und Kennzeichen Ausschau zu halten, doch bisher ohne Erfolg. Fletcher warf das Blatt in den Abfalleimer.

»Rufen Sie mich an, wenn der Wagen gefunden wird. Ich bin zu Hause.«

Fletcher parkte auf seinem Stellplatz im All Saints' College, den er zwei Jahre zuvor als Geste der Dankbarkeit zugewiesen bekommen hatte, weil es ihm gelungen war, den vermissten Sohn des Quästors aufzufinden. Fletcher war sich vollkommen bewusst, dass acht Quadratmeter freier Asphaltfläche in Cambridge die denkbar kostbarste Belohnung darstellten. Es war ein Privileg, über das er sich immer wieder freute. Er genoss es, das Vorhängeschloss der Parkplatzkette mit seinem Schlüssel abzuschließen und beim Weggehen zu hören, wie noch eine Weile Metall gegen Metall klirrte.

Der Regen hatte aufgehört, stattdessen hing jetzt ein dichter Nebel in der Luft und legte sich kühl auf sein Gesicht, als er mit dem Schlüssel in der Hand in die Green Street einbog. Über die Bürgersteige plätscherte noch das Wasser aus den Dachtraufen. Die Schaufenster waren regennass und das Licht, das durch die Scheiben auf die Straße fiel, gebrochen. Kurz darauf war er zu Hause angekommen.

Nach seiner Scheidung hatte er den Gedanken, sich wieder ein Haus zu kaufen, zumindest vorläufig aufgegeben. Seine jetzige Wohnung hatte er ganz impulsiv gemietet. Sie war ziemlich ungewöhnlich geschnitten und ursprünglich die

Hausmeisterwohnung des im selben Gebäude liegenden Kaufhauses gewesen. Er schaltete das Licht im Treppenhaus ein und stieg in den obersten Stock. Das Kaufhaus hatte zwar schon vor Jahren zugemacht, doch etwas von dem alten Hausmeister war zurückgeblieben: Die Treppe duftete noch immer nach seinem Holzwachs.

Das Licht ging aus, bevor er oben ankam, aber es war trotzdem nicht vollständig dunkel. Als er den obersten Treppenabsatz erreichte, schien der Mond rund und voll durch die regennasse Glaskuppel des Dachs. Fletcher fingerte nach seinem Wohnungsschlüssel und fragte sich, ob er diesen Wachsgeruch wohl irgendwann sattbekommen würde. Er verharrte reglos. Er roch das Wachs, doch da war noch etwas anderes.

Ein Geruch nach feuchter Kleidung und Zigarettenrauch. Er drehte sich um.

Der Junge stand in einer dunklen Ecke des Treppenabsatzes. Er trat vor, und das scheckige Licht der Kuppel fiel ihm ins Gesicht. »Hi, Tom. Ich hab dem Regen zugeschaut«, erklärte er.

Fletcher sah ihn an. Er trug Turnschuhe, weite Jeans und einen alten, regenfeuchten Parka. Sein Haar war rötlichbraun und jetzt vom Regen dunkel, die Augen waren groß und grau und das blasse Gesicht sommersprossig. Er sah gut aus.

Darunter entdeckte Fletcher etwas, das ihm niemals entging – etwas, das ihn veranlasste, einen Moment die Augen abzuwenden. »Luke, alter Kumpel. Weiß deine Mutter, dass du hier bist?«, fragte er.

»Sie arbeitet. Warum rinnen manche Regentropfen schneller als andere?«

Er schloss die Wohnungstür auf. »Ich glaube, das liegt an der Oberflächenspannung. Was ist los?«

»Ich weiß nicht genau. Lass mich rein.«

Fletcher sah zu, wie er in die Diele trat. Er war schlank und hatte die natürliche Anmut seiner Mutter. Nur, dass er manchmal so schwierige Fragen stellte. Aber vielleicht war das normal. Luke, Cathleens Sohn, war fünfzehn.

Fletchers Wohnung war unpraktisch geschnitten, der Flur war größer als irgendeines der Zimmer. Sie gingen hindurch und traten ins Wohnzimmer. Fletcher warf Luke ein Handtuch zu, und der Junge sah ihn an, als wäre es ein vollkommen abwegiger Gedanke, sich die Haare zu trocknen. Fletcher rief Cathleen an, gab ihr Bescheid, dass Luke bei ihm war, und versprach, ihn gleich nach Hause zu fahren.

»Warum er hier ist? Das weiß ich noch nicht. Aber bestimmt sagt er es mir.«

Er legte auf.

»Jemand ist mir gefolgt«, sagte Luke. »Sie sind jetzt da draußen.«

Fletcher machte das Fenster auf und sah hinaus. Auf der Straße, die grau und im Licht der Lampen gelborange schimmerte, war weit und breit kein Auto zu sehen.

»Warum glaubst du das?«

»Heute Abend stand bei uns ein Auto vor dem Haus. Jemand, der drinnen saß, hat Mom beim Rausgehen fotografiert. Sie hat nichts davon gemerkt, aber ich schon. Dann hat das Telefon zweimal geläutet, aber als ich abnahm, war keiner dran. Da dachte ich, am besten geh ich zu Tom. Unterwegs ist mir dann aufgefallen, dass mir dasselbe Auto folgte.«

»Was für ein Auto war es?«

»Ein Omega, dunkelblaumetallic. Hier ist das Kennzeichen.«

Fletcher warf einen Blick auf den Zettel. Er wusste schon, dass das Kennzeichen gefälscht war. »Hast du gesehen, wer drinsaß?«, fragte er.

»Zwei ältere Männer.«

»Älter? So um die fünfzig?«

»Ja, genau. Was ist los? Ich wollte dir Bescheid geben. War das richtig? Mum sagt, du gibst Acht auf uns.«

»Das sagt deine Mum?«

»Das sagt sie immer.«

Fletcher schloss das Fenster und ließ die Jalousie herunter.

»Und wer sind jetzt diese Leute im Auto?«, fragte Luke.

»Das weiß ich nicht. Komm, ich bring dich nach Hause.«

Fletcher behielt den Rückspiegel im Auge. Es folgte ihm niemand.

Luke hatte das Seitenfenster halb geöffnet und schaute in den Regen hinaus. »Ich glaube nicht, dass es an der Oberflächenspannung liegt«, sagte er. »Es liegt daran, wie schwer der Tropfen ist. Manche Tropfen sind ein klein bisschen größer als andere.«

»Wie läuft es in der Schule, Luke?«

Der Junge wandte Fletcher das Gesicht zu. Fletcher konnte sich die Antwort denken. Luke mochte die Schule nicht, sie lenkte ihn von den Dingen ab, die ihn wirklich interessierten. Wie zum Beispiel Regentropfen.

Fletcher stand neben Cathleen in der kleinen Küche, deren Tür zum Hof geöffnet war. Von den Oberleitungen über der Gleisanlage tropfte das Wasser, und wenn ein Zug darunter durchfuhr, stieg Dampf auf und glänzte im Scheinwerferlicht der Autos, die die Brücke passierten.

Lukes Parka hing zum Trocknen in der Türöffnung.

Fletcher hatte zweimal auf der Wache angerufen und gefragt, ob der dunkelblaue Omega inzwischen aufgetaucht sei, aber er schien sich in Luft aufgelöst zu haben.

»Und wer sind diese Männer nun?«, fragte Cathleen.

»Nicht die üblichen Verrückten. Sie sind mir heute Abend ebenfalls gefolgt. Möglicherweise sind sie mir schon mal gefolgt, als ich hierherkam. Irgendjemand interessiert sich für uns drei: für dich, Luke und mich.«

Einen weiteren Gedanken verschwieg er: Warum verhielten die Verfolger sich so, dass man gar nicht anders konnte, als sie zu bemerken? Fast als ob sie es darauf anlegten, von Fletcher und Luke gesehen zu werden.

Cathleen sah ihn schweigend an. Er erkannte Lukes Züge in ihrem Gesicht wieder, die Augen, die Wangenknochen und die blasse Haut.

»Jemand interessiert sich für uns? Wer könnte das sein?«

Er ließ die Frage unbeantwortet, weil es ihm vollkommen schleierhaft war. Fünfzehn Jahre lang hatte er sein Leben zweigeteilt. Die eine Hälfte war für alle sichtbar gewesen, die Schule, dann das College, seine Arbeit bei der Polizei und seine Ehe, bis sie zerbrach. Doch all die Jahre hatte es immer die andere, verborgene Seite gegeben: Er hatte den Kontakt mit Cathleen aufrechterhalten und bei seinen wöchentlichen oder noch häufigeren Besuchen verfolgt, wie Luke heranwuchs. Er und Cathleen waren gute Freunde, sagte er sich, mehr nicht. Doch damals war etwas geschehen, das ihn unlöslich mit Mutter und Sohn verband. Und jetzt versuchte jemand, diese beiden getrennten Seiten seines Lebens zusammenzubringen.

»Wenn sie es herausfinden, Tom«, sagte sie, »und wenn Luke es dadurch herausfindet ...« Sie beendete den Satz nicht.

»Sie werden es nicht herausfinden«, entgegnete er. »Das lasse ich nicht zu.«

Cathleen lächelte, doch ihr Blick blieb düster. »Deswegen hängt er so an dir, Tom Fletcher. Weil du immer so ein verdammter Held bist.«

Er zwang sich ein Lächeln ab, obwohl ihm eigentlich nicht danach war. »*Billy, Don't Be A Hero*«, sagte er. »Das musste ich mir gestern im Rahmen meiner dienstlichen Pflichten anhören. Und dann noch *Save Your Kisses For Me*.«

Sie schloss die Hintertür. »Das war bestimmt hart.«

»Allerdings. Was sind das bloß für Typen, die rumsitzen und Paper Lace und Brotherhood of Man hören?«

»Was für Typen? Polizisten wahrscheinlich.«

»Danke vielmals.«

»Gern geschehen.«

Sie legte den Riegel vor und ließ ihn mit einem Ruck einrasten.

Als Sal Moresby nach Hause kam, wirkte die Wohnung verlassen. Auf dem Tisch im Wohnzimmer standen ein paar Bierdosen und in der Küche stieß sie auf eine leere Weinflasche neben dem Mülleimer.

Sie schaute ins Schlafzimmer, hörte den Atem ihres Freundes und sah seine Umrisse im Dämmerlicht. Ihr fiel plötzlich auf, dass sie fast eine Woche lang kaum ein Wort mit ihm gewechselt hatte, und dann fiel ihr auf, dass ihr das gar nichts ausmachte.

Sie duschte lauwarm und wusch sich den Regen Cambridges aus dem Haar. Sie dachte über Fletcher und Webley und diese merkwürdige Beziehung zwischen den beiden nach. Die Art, wie Webley ihn heute Abend angesehen hatte. Liebevoll besorgt.

Alle sagen, dass es nach einer Weile immer so läuft. Irgendwann hast du mehr mit deinen Kollegen gemeinsam als mit irgendwem sonst auf der Welt. Die Polizei wird deine Familie.

Sie lächelte vor sich hin, das Gesicht unterm Wasserstrahl: So weit war es bei ihr noch nicht.

Sie schlüpfte nackt ins Bett. Die Bettlaken fühlten sich zerknautscht und warm an statt kühl, wie sie es sich gewünscht hätte. Sie drehte sich zur Seite, damit sie ihn möglichst nicht berührte und seinen Atem nicht spürte. Dann schloss sie die Augen.

Auf der Heimfahrt durch die Mill Road blickte Fletcher immer wieder in den Rückspiegel und spähte auf der Suche nach dem Omega in die Seitenstraßen, wurde aber nicht fündig. Es waren fast keine Autos unterwegs, und die Straßen waren noch nass, doch nach dem Regen wehte nun ein warmer, schwüler Wind.

Fletcher dachte daran, wie Cathleen ihre Hintertür verriegelt hatte. *Was sind das für Typen?*

Er bog links auf den Gonville Place ein und fuhr am Schwimmbad vorbei, dessen Sicherheitsbeleuchtung schimmerte. Parker's Piece war zu einer großen, violetten Fläche verschwommen. Vor dem Scott Polar Institute stand ein Bronzedenkmal. Mit ausgestreckten Händen schaute die Statue zur Wolkendecke hinauf, die oben am Himmel allmählich aufriss.

Fletcher sah das Denkmal nicht.

Denn vor seinem inneren Auge stand die alte, zerschrammte Kassette. Er hörte wieder das Rauschen des Mikrofons, das Gläserklirren und die alkoholisierten Stimmen. Die Aufnahme war so kurz, dass er sie beim Abbiegen in die Trumpington Street im Geist schon durchhatte und noch einmal von vorn anfing. Als er unter den Augen der Steinlöwen, die das Wasser im Rinnstein bewachten, am Fitzwilliam Museum vorbeifuhr, rastete etwas ein, und er wusste Bescheid.

Schließlich fiel Sal in einen unruhigen Schlaf, den Schlaf schwüler Sommernächte, in denen das Tageslicht kaum vergeht und irgendetwas ständig am Bewusstseinsrand lauert und allmählich näher kommt. Als sie noch vor dem Morgengrauen erwachte, war es verschwunden.

Sie drehte sich auf den Rücken und versuchte wieder einzuschlafen. Ihr Freund bewegte sich. Sie spürte seine Hand, die tastend von ihrem Brustkorb zum Bauchnabel wanderte.

Sie stieß sie leise fluchend zur Seite und stand auf. Noch immer nackt trat sie auf den Balkon und zog die Schiebetür hinter sich zu. Die Luft war warm und schwül. Sie stand in einer flachen Regenwasserlache, und als sie sich in die Dunkelheit hinausbeugte und den warmen, feuchten Wind über ihre Haut streichen ließ, spürte sie das Wasser zwischen den Zehen und den Druck der kühlen Brüstung an Händen und Oberschenkeln. Ein paar Regentropfen fielen auf ihre Brust. Am östlichen Himmel war ein lichter Saum, durch den langsam dicke Wolken zogen, während der Fluss unten wie erstarrt wirkte.

Die Brüstung kam ihr vor wie die Gitterstäbe eines Käfigs. Sie schloss die Augen und fragte sich, wie lange sie es hier noch aushalten würde.

Als ihr Handy läutete, schlüpfte sie nach drinnen und kramte es eilig aus der Handtasche, die auf dem Tisch lag. Sie hinterließ feuchte Fußabdrücke auf dem Boden.

»Fletcher? Wo bist du? Weißt du eigentlich, wie spät es ist?«

»Entschuldige, Sal. Ich wollte dir eine Nachricht auf Band sprechen. Ich bin in Parkside. Ich gehe gerade Ron Tevershams Polizeiakte durch.«

»Hör mal, die hab ich dir doch selbst gezeigt. Hast du das vergessen? Ein paar Einträge wegen Alkohol am Steuer. Und, was soll jetzt damit sein?«

»Nicht diese Polizeiakte, seine Akte bei der Polizei.«

Sie reckte sich gähnend. »Hör mal, Fletcher, es ist noch nicht einmal Morgen, und was du da sagst, ist nicht gerade ...«

»Seine Akte bei der Polizei im Sinne von: seine Personalakte. Er ist 1970 mit fünfundzwanzig Jahren in den Polizeidienst eingetreten. Erst auf Probe und dann als Constable.«

»Ron Teversham war bei uns?«

»Bis er 1981 entlassen wurde, noch immer im Rang eines Constable, und zwar unter Verlust seiner Pensionsansprüche. Irgendein Skandal um konfiszierte Drogen. Es ist schon so lange her, dass wir es hier nur auf Papier haben und nicht im Computer.«

»Wo war er eingesetzt?«

»Rate mal. Er hat bis zu seinem Tod dort gewohnt.«

»In Wittris? Aber die Polizeiwache dort …«

»Wurde 1993 geschlossen. Jetzt hat die Polizei dort nur noch stundenweise Sprechzeiten. Denkst du jetzt das Gleiche wie ich? Über diese nette Runde, zu der er seine alten Kumpels eingeladen hat?«

Plötzlich fröstelte sie. »Diese Männer auf dem Band waren Polizisten?«

»Pensionierte oder aus dem Dienst ausgeschiedene Polizisten, denke ich. Leute, die damals Constable waren. Teversham hat ihnen die Drinks bezahlt und versucht, mehr über den Vorfall herauszufinden, auf den Olga angesetzt war. Einer der Männer sagte: *Ach, dieser alte Kram.* Erinnerst du dich? Es ging um etwas, wonach Teversham sie gefragt hatte und was sie mit *The Wake* in Verbindung brachten. Sie wussten alles darüber. Und dann sagten sie noch was – weißt du, was ich meine?«

Sal nahm ihren Regenmantel vom Garderobenhaken und legte ihn sich über die Schultern. »Irgendwas von wegen, dass die schlaue Hunde waren und zusammenhielten?«

»Danach, meine ich.«

Aus dem Hörer kam plötzlich ein Klicken, und dann erwachte noch einmal das Band knisternd zum Leben. Die Stimmen übertönten Gelächter und Musik.

»Das lief wie am Schnürchen. Sie haben das Problem im Handumdrehen gelöst.«

Fletcher stellte den Recorder aus und sagte: »Welches Problem musste denn damals, 1978, gelöst werden?«

Sie strich mit ihrem feuchten Zeh über den Boden. »Die Verbrechenswelle in den Fens, die Einbrüche, die auf das Konto der Halbstarken aus Wittris gingen. Das war damals das größte Problem.«

»Und die Übergriffe hörten schlagartig auf, oder? Weißt du, was ich mir noch überlegt habe?«

»Nein, weiß ich nicht.« Durch die Tür konnte sie die eine Ecke des Betts sehen.

»Diese Bande aus Wittris. Ende 1978 war plötzlich Schluss mit dem Ganzen. Jetzt frag ich mich, warum. Und ich glaube inzwischen, dass diese alten Polizisten Teversham ganz und gar nicht verarscht haben. Sie redeten über etwas, was sie in den siebziger Jahren mitbekommen hatten, etwas, was *The Wake* mit der Wittris-Gang in Verbindung brachte.«

Sal streckte die Hand aus und machte die Schlafzimmertür zu. »Na klasse. Dann müssen wir jetzt also alle Ex-Polizisten in Cambridgeshire ausfindig machen, die 1978 im Dienst waren. Das müssen ja …«

»Es sind ungefähr sechshundert. Beschränkt man sich nur auf die männlichen Polizisten im Rang eines Constables oder Sergeants, kommt man auf dreihundertneununddreißig. Das ist bis Samstag nicht zu schaffen. Also nehmen wir uns lieber die Leute vor, die wir schon kennen, und zwar diese drei ehemaligen Mitglieder von *The Wake*. Weil ich nämlich auch da meine Meinung geändert habe. Ich glaube nicht mehr, dass die Leute in *The Wake* einfach nur harmlose Clowns waren. Ich würde sagen, Peter Charter und Thomas Denton bestellen wir gleich morgen früh zum Verhör auf die Wache …«

»Heute, meinst du. Aber wir sind doch hinter Iwan Gorenski her, oder?«

»Das hier geht jetzt vor. Ich stehe nicht gern jemandem gegenüber, der mehr weiß als ich, und schon gar nicht einem gefährlichen, rachsüchtigen Russen. Ich glaube, dass Iwan uns einen Schritt voraus ist – er hat die Verbindung schon gefunden. Er weiß mehr über den Tod seines Vaters als wir.«

Als Sal auflegte, wurde ihr plötzlich bewusst, dass sie noch immer den Regenmantel trug und sonst nichts. Hinter ihrem regenmantelfarbenen Spiegelbild färbte sich der Himmel im Osten allmählich rot. Sie hatte das Gefühl, dass sie einen sehr langen Tag vor sich hatte.

Da wusste sie noch nicht, dass sie sich bei Einbruch der Nacht an einem Ort befinden würde, der tausend Meilen entfernt lag, in einem Gebirgstal Portugals, und dass sie dort ganz allein unter eine angenehm kühle Bettdecke schlüpfen würde.

Donnerstagmorgen

Es war weit und breit kein Wagen mit falschem Nummernschild zu sehen, als Fletcher um sieben Uhr dreißig auf der Ely Road das Gaspedal seines Audis durchtrat und auf die Grenze der Grafschaft Norfolk zuschoss. Er wollte Peter Charter um neun Uhr in einem Verhörraum der Polizei sitzen haben, und angesichts des problemlos fließenden Verkehrs müsste ihm das auch gelingen. Die Straße glänzte wie sauber gewaschen unter dem blauen Himmel, der am Horizont, wo die Great Ouse in die Nordsee mündete, sogar noch blauer wirkte.

Ab und zu flitzte ein Kaninchen über die Straße und verschwand zwischen den Mohnblüten am Straßenrand, oder der Schatten eines rüttelnden Sperbers lag für Momente auf dem Asphalt.

Auf dem letzten Stück Weg, der unmittelbaren Zufahrt zur Farm, wirkte alles noch normal. Beim Näherkommen bemerkte Fletcher, dass die Traktoren beim Tor noch immer die stacheldrahtbewehrten Schaufeln gesenkt hatten und den Eingang versperrten. Er arbeitete sich zu Fuß durch den Verhau und überquerte den matschigen Hof, auf dem die Hühner in alle Richtungen davonstoben. Aus dem Stall hinter dem Haus drang verzweifeltes Muhen von Charters Kühen. Die Haustür war abgeschlossen. Durch die Scheibe sah er, dass der Eingang noch immer mit Möbeln blockiert war.

Er rief nach Charter, und seine Stimme vermischte sich mit dem Gebrüll der Kühe. Auf der Rückseite des Hauses war die Tür nach wie vor mit dem Kühlschrank verrammelt. Er schlug ein Fenster ein und kletterte hinein.

Die Küche sah beinahe so aus wie am Vorabend, nur das Chaos auf dem Tisch war verschwunden. Ein Gedeck war aufgelegt, ein einziges. Vor jedem leeren Stuhl standen Fotos von Charters Frau und Kindern.

Fletcher befreite die knarrende Holztreppe von ihrem Stacheldrahtverhau und ging hinauf. Er sah in die Zimmer der Russen: Alles war unberührt. Dann schaute er in Charters Schlafzimmer, in das durch ein offenes Fenster die Sonne schien.

Die alte Schrotflinte lag auf dem Boden, und Fletcher ließ sie unberührt liegen. Der Hahn war noch gespannt. Das verrostete Schloss hatte offensichtlich im entscheidenden Moment den Dienst verweigert: die letzte der vielen Enttäuschungen in Peter Charters Leben.

Stattdessen hatte Charter zu einem Nylonseil gegriffen. Er baumelte von einem Deckenbalken herab, und in dem morgendlichen Lüftchen, das durchs Fenster hereinwehte, drehte er sich langsam im Kreis. Er hatte offensichtlich gewusst, wie man es machte: Der Knoten im Strick hatte ihm den Hals gebrochen.

Auf der Kommode fand Fletcher neben dem Hochzeitsfoto einen zugeklebten Briefumschlag. Er nahm an, dass der Brief darin für Charters Kinder, seine Frau oder vielleicht auch einen Anwalt bestimmt war. Doch als er ihn umdrehte, stand dort in einer zittrigen, mit Kugelschreiber geschriebenen Schrift ein unerwarteter Adressat: *An Iwan Gorenski, Geschäftsmann.*

Er öffnete den Brief.

Lieber Iwan,
ich weiß nicht, warum Sie mich jetzt im Stich lassen. Ich verfluche Sie dafür, aber ich verzeihe Ihnen auch, denn Sie haben mir in den letzten Monaten Frieden gebracht, und Frieden ist ein unschätzbares Gut. Ich wünsche Ihnen noch

immer das Beste für Ihr Leben. Ich wünschte, ich würde Ihre Eltern kennen und könnte ihnen sagen, was für eine Hilfe Sie mir waren. Einen Freund könnte ich Sie nicht nennen, denn wir hatten ja kaum Kontakt. Aber ich habe heute an Barclays in Ely geschrieben und 7.654 Pfund für Sie bereitlegen lassen. Sie müssen sich ausweisen. Zählen Sie das Geld nach, lassen Sie sich nicht von diesen Arschlöchern übers Ohr hauen. Für Berlitz liegt ein Wörterbuch bei Smith, das dickste, das sie hatten. Wittris wird in der Hölle brennen, und ebenso die Polizei von Cambridge.

Ihr Hauswirt,
Peter Charter

7.654 Pfund. Anders hatte Peter Charter seine Liebe nicht ausdrücken können.

Fletcher faltete den Brief wieder zusammen.

Iwan war ein psychisch gestörter Mensch, der Schreckliches erlebt und Schreckliches getan hatte. Doch er war auch eine ungewöhnlich einfühlsame Persönlichkeit, die ihre späteren Opfer genau ausforschte, bevor sie Rache an ihnen nahm.

Und was hatte er nun für Thomas Denton geplant?

Judith erwachte mit einem Ruck. Von ihrem Schlafzimmer in Deep House aus sah sie die Uferbinsen, die, vom nächtlichen Regen noch nass, jetzt im Sonnenlicht funkelten und sich im Wind wiegten. Außerdem warf die Fensterscheibe Judiths eigenes Spiegelbild zurück, ihre wohlgeformten Beine schienen in der Landschaft zu ruhen.

Sie lag eine Weile da, betrachtete die Binsen und dachte über Iwan nach. Iwan hatte nach Motoröl gerochen, aber absolut saubere Hände gehabt. Auf den Oberschenkeln hatte sie blaue Flecken, weil er sie so kräftig gepackt hatte. Sie wusste, dass er vor Gewalt nicht zurückscheute, denn in der Armee hatte er genug Schreckliches gesehen und getan, doch gestern Abend am Flussufer hatte er ihre Brüste mit seinen sauberen Händen umfasst, die Lippen auf ihre Brust gedrückt und sie über dem Herzen geküsst, bis es wieder langsamer schlug.

Sie fragte sich, wer diese berühmte Frau in Tschetschenien sein mochte, der sie ähnelte.

Sie zog Sportkleidung an, legte das Ohr an die Tür und lauschte, hörte aber nichts. Da schloss sie die Tür auf und trat in den Flur, wo es ziemlich schlimm aussah. Sie musste sich vorsichtig einen Weg durch Scherben und Holzsplitter bahnen, um zu der offenen Galerie zu gelangen, von der aus man aufs Wohnzimmer hinuntersah. Da unten war die Verwüstung noch größer.

Die abstrakten Gemälde waren von der Wand gerissen, die Glastische zerschmettert und die Trümmer lagen überall auf dem Steinboden verstreut. Die Lampen aus Biskuitporzellan, die primitiven Tonfiguren und das Ledersofa – alles war von einer furchtbaren Energie verwüstet worden.

Gestern Nacht hatte sie hinter verschlossener Tür wach im Bett gelegen und darauf gelauscht, wie eine Woge der Zerstörung durchs Haus brandete. Ihr Vater war vollkommen ausgerastet, weil er erraten hatte, wo sie gewesen war.

Der Lärm hatte erst unten getobt, und dann war die Verwüstung auch nach oben geschwappt. Doch vor ihrer Tür, die er mühelos hätte eintreten können, hatte ihr Vater Halt gemacht und war in verzweifeltes Schluchzen ausgebrochen. Da war sie lächelnd eingeschlafen.

War er jetzt im Haus? Sie schnupperte nach seinem Zigarrenrauch, roch aber nur den Blütenstaub der Fens. Auf dem Vorplatz standen reglos die Weiden. Der Volvo war weg.

Sie zog ihre Boxhandschuhe an und schlug auf den Boxsack ein, der in der Ecke hing. Jeder Schlag bereitete ihr Vergnügen, und sie genoss es, wie der Schweiß ihr kühl den Rücken hinunterlief.

Wieder dachte sie an Iwan. Sie hatte keine Ahnung, wo er sich heute aufhielt. Aber er hatte ihr seine Handynummer gegeben. Die hatte sie auswendig lernen müssen, weil er nicht wollte, dass sie sie irgendwo notierte. Sie wusste, dass ihr Vater jetzt auf den holprigen alten Straßen kreuz und quer durch die Fens fuhr und nach Iwan suchte. Bei jedem Boxhieb fragte sie sich, ob er ihn wohl finden würde.

Aus der Wiese stiegen winzige geflügelte Insekten auf, als Fletcher den Hang hinter der Farm hinaufstieg. Die Kühe ächzten so laut und gequält, dass es durch die ganze Gegend hallte. Oben beim Wohnwagen, wo die Erde unter der Wäscheleine im Sonnenschein trocknete, fand er Larry, der mit lang ausgestreckten Beinen, die Hände hinter dem Kopf verschränkt und eine Kappe über die Augen gezogen, im Liegestuhl ruhte. In einem Eimer mit Flusswasser kühlte ein Viererpack Bier, Special Brew. Zwei Dosen waren schon leer. Es war ein warmer Vormittag.

»Aufstehen, Larry. Kühe melken.«

Larry schob die Kappe hoch und schaute blinzelnd zu Fletcher auf, das rötliche Gesicht mit den geplatzten Äderchen zu einem breiten Grinsen verzogen, das alle Zahnstümpfe zeigte. »Schon wieder so ein hübscher Anzug.«

Fletcher kippte den Eimer über ihm aus, und das Wasser platschte über Larrys Kopf auf die schlammige Erde. Ein schlickglänzendes Krabbeltier, das auf dem Boden des Eimers gesessen hatte, klammerte sich mit den Scheren an Larrys Haar fest, rutschte dann aber ab.

Larry sprang hastig auf und wischte sich mit der Kappe übers Gesicht.

»Peter Charter ist tot«, sagte Fletcher. »Was haben Sie gestern Nacht gehört? Waren die Jungs aus Wittris wieder hier?«

»Aus Wittris? Die haben noch zu viel Schiss vor den Russen.« Larry ging zum Wohnwagen, trocknete sich Hände und

Gesicht ab und schaute in seine Tabakdose. Er steckte sich eine Selbstgedrehte an und sah lächelnd auf das Haus hinunter. Lange, wirre Strähnen hingen ihm um den Kopf. Das Krabbeltier aus dem Eimer verendete langsam in der Sonne. »Dann ist er also wirklich tot?«

»Wenn Sie in der Nacht hier auf dem Grundstück waren, müssen Sie eine Aussage machen.«

»Eine Aussage wollen Sie? Für sechs Tage Arbeit die Woche hat er mir zweihundert Pfund gezahlt, bar auf die Hand. Zehn Pfund hat er abgezogen, für den Wohnwagen. Hat nicht mal erlaubt, dass ich im Haus Badezimmer oder Waschmaschine benutze. Aber manchmal kam er nachts hierher, nur in Hosen. In solchen Wochen hat er dann nichts für den Wohnwagen abgezogen.« Larry trank einen ordentlichen Schluck und betrachtete das Haus. »Gestern Nacht stehn die Fenster im ersten Stock offen. Ich hör ihn kreischen wie ein Mädel. Dann wird es still, und ich hör einen Knacks und ein Knarren. Da sag ich mir: Larry, alter Junge, das war was Schweres.«

»Sie sind nicht ins Haus gegangen und haben nachgeschaut?«

»Warum denn?« Larry grinste wieder. »Ich seh, dass pünktlich jede volle Stunde ein Polizeiwagen vorbeikommt. Hält vor dem Hof, steht 'ne Minute da und verpisst sich wieder. Das sind doch die Profis, oder? Wenn die sich keine Sorgen machen, mach ich mir auch keine.«

Eine der Kühe brüllte, ein langgezogenes Muhen, dem sich die ganze Herde anschloss. Fletcher wusste nicht recht, ob er den Kerl festnehmen oder an die Arbeit schicken sollte. »Vielleicht irre ich mich auch, Larry«, sagte er. »Vielleicht war es gar kein Selbstmord. Charter besaß Informationen, die Ihre russischen Freunde geheim halten wollen. Und Sie selbst hegten auch einen Groll gegen ihn. Vielleicht haben Sie ja Charters Schrift gefälscht und den Abschiedsbrief selbst verfasst.«

Larry nickte. »Schlau ausgedacht, Bulle. Gibt da nur 'n

winziges Problemchen.« Er entdeckte das zappelnde Krebstier und zertrat es mit dem Absatz. »Ich kann nicht schreiben, und lesen auch nicht.«

Als Letzter traf auf dem Hof ein junger Typ ein, der einen VW-Käfer fuhr, einen Oldtimer aus den Sechzigern. Er warf einen Blick auf den matschigen Hof, zog es dann vor, draußen zu parken, und näherte sich vorsichtig zu Fuß, wobei er den Wagen des Fotografen, den Leichenwagen, die Forensiker, die gerade ihre Sachen zusammenpackten, und den Streifenwagen, in dem Larry nach dem Melken friedlich vor sich hin schnarchte, erstaunt beäugte.

Der Junge trat zu Fletcher und zückte eine Ausweiskarte des Sozialdienstes. Cambridgeshire Social Services stand darauf. »Soviel ich weiß, braucht hier jemand Unterstützung.«

Der Fotograf stand in der Tür und sah sich seine Aufnahmen an. Er wirkte noch immer müde. Ohne aufzublicken, sagte er: »Ich denke, der hat jetzt genug Unterstützung gehabt, Junge.«

»Milchkühe *und* noch ein Erhängter. Die glamourösen Fälle landen immer bei dir.«

»Nächstes Mal, wenn es wieder um einen von den Reichen und Schönen geht, bist du dran, Sal. Versprochen. Ich weiß nicht mal, wofür ich Larry anzeigen soll. Wegen Ignorieren eines Selbstmords?«

»Ich wünschte, wir hätten Zeit für solche juristischen Spitzfindigkeiten.«

Sie standen vor dem Viehrost auf der Zufahrt zu Charters Farm, und die geöffnete Heckklappe von Sals Wagen schützte sie vor der Sonne. Oben in den Ästen der Zedern hockten die Krähen reglos in der Hitze. Sal holte einen Stapel Unterlagen aus einer Kunststoffmappe und legte die Seiten auf der Kofferraumablage des Wagens aus. Sie fuhr fort: »Bei der Suche nach Iwan läuft uns allmählich die Zeit weg, nicht wahr? Die Computer-Forensiker haben in den Sachen aus Olgas Zimmer übrigens auch keine heiße Spur gefunden.«

»Es könnte vielleicht noch eine andere junge Frau geben, die Kontakt zu ihm hat. Erinnerst du dich, wie Iwan mit Judith Denton geredet hat? Wie vertraut die beiden da wirkten? Wir müssen noch mal mit ihr sprechen. Und was ist das hier?«

Sal trat zurück und band sich das Haar hinten zu einem Pferdeschwanz zusammen. Sie trug Baumwollhosen mit Bügelfalte und ein ärmelloses Top. Sein Blick fiel auf die kleine Impfnarbe zwischen den Sommersprossen ihres Oberarms. Sie sah ihn an und sagte: »Das Ergebnis einer zweistündigen Recherche über die Verbrechenswelle, die 1978 von Wittris ausging. Ein Ausbruch gewalttätiger krimineller Energie schockierte das Land. Erinnerst du dich nicht mehr daran?«

»Ich war damals drei. Und du?«

»Ich wurde gerade gezeugt.« Sie zeigte auf einige der vor ihnen ausgebreiteten Seiten. Es waren Kopien alter Zeitungsausschnitte.

»Dein Freund bei den *Evening News?*«

»Genau, mein Freund Derek. Fletcher, die Polizeidatenbank vermittelt einem nicht, was für eine Angst die Leute damals hatten. Oder vielmehr: gewisse Leute. Denn die Kriminellen schlugen nicht zufällig zu. Ihre Opfer hatten alle eines gemeinsam: Sie waren wohlhabend.«

Die Ausschnitte zeigten grobgerasterte alte Zeitungsfotos, auf denen schöne, große Häuser zu sehen waren. Den darunter prangenden Schlagzeilen konnte man entnehmen, was dort vorgefallen war: HAUS UND STALLUNGEN GEPLÜNDERT. LUXUSLIMOUSINE VERBRANNT. ANTIQUITÄTEN GESTOHLEN. EHEPAAR MIT TOTSCHLÄGER GEPRÜGELT. *Sie verrammeln die Türen und beten – wir berichten aus den Dörfern im Belagerungszustand.*

»Ziemlich übel«, stimmte Fletcher zu. »Aber Thinbeach oder *The Wake* ist hier nirgendwo erwähnt.«

»Wir wissen, dass ähnliche Verbrechen in Thinbeach begangen wurden. Das hier soll dir etwas von der Panik vermitteln, die damals herrschte. Und was *The Wake* anbelangt – ja, der Name wird hier tatsächlich nicht erwähnt. Aber warum auch? Es war doch nur ein historischer Verein. Es gibt allerdings eine andere Gruppe, von der hier sehr häufig die Rede ist.«

»Nämlich?« Er sah sie an und stellte fest, dass sie eine graue Sonnenbrille aufgesetzt hatte, was es schwierig machte, in ihren Augen zu lesen. Er setzte seinerseits die Sonnenbrille auf, denn trotz der geöffneten Heckklappe wurde das Licht immer greller.

Sal legte drei Fotos auf die Kofferraumablage. Es waren Kopfbilder, die man früher wohl Verbrecherfotos genannt hätte. Eine Bremse setzte sich kurz auf eines der Bilder, flog aber gleich zu den Kühen weiter, die jetzt friedlich grasend auf der Weide standen. Es waren Aufnahmen von drei weißen Jugendlichen, vermutlich alle noch Teenager. Alle drei hatten das für die Fens typische kantige Kinn, fettiges Haar, das ihnen tief in die Stirn fiel, Ohrringe und einen finsteren Gesichtsausdruck. Sal legte einen weiteren Zeitungsausschnitt darunter:

Sie nennen sich die Lovely Brigade
Obszöne Wandschmiererei

Gerüchten zufolge hat die Bande von Kriminellen, die seit Wochen Hausbesitzer in den Fens terrorisiert, sich den Namen *The Lovely Brigade* gegeben, eine Anspielung auf die italienische Terrorgruppe »Rote Brigaden«. Auf einer Wandschmiererei nahe dem letzten Tatort stand zu lesen: »*Lovely Brigade* – wir reißen den Reichen den A**** auf.«

»Die ›Roten Brigaden‹?«, fragte Fletcher. »Das war doch diese marxistische Terrorgruppe in Italien. Aber die *Lovely Brigade*?« Er betrachtete die Gesichter. »Hübsch sehen die ja nicht gerade aus.«

Wenn man einmal davon absah, dass es sich um ein Foto handelte, hätten die Burschen, schmuddelig, finster und leicht unterernährt, wie sie wirkten, auch einem viel früheren Jahrhundert entsprungen sein können.

Sal rieb sich nachdenklich über die alte Impfnarbe an der Schulter. »In den Polizeiakten«, erklärte sie, »tauchen ein paar Namen immer wieder auf. Das waren Jungs, die zwar verhaftet wurden, dann aber nicht oder nur wegen Bagatellen angeklagt werden konnten, obwohl die Polizei und die Leute in den Fens überzeugt waren, dass sie viel schlimmere Dinge auf dem Kerbholz hatten.«

»Meinst du diese drei?« Fletcher betrachtete die Bildunterschriften der Fotos: *Terry Swilter, 19 Jahre; Shane »Flame« Gaffy, 17 Jahre; Paddy Legsey, 16 Jahre.*

»Ja, das waren die Anführer.«

»Und warum *Lovely?*«

»Weil sie alle aus derselben Straße kamen. Die einen hübschen Namen hatte: Lovely Street. Und jetzt rate mal, wo die Lovely Street liegt.«

Er blickte sie über den Rand seiner Sonnenbrille an. »In Wittris?«

»In demselben netten Ort, in dem Ron Teversham bis zu seiner Entlassung als Constable Dienst tat. Er wird wohl auch 1978 dort gewesen sein.«

Ein paar Krähen stiegen krächzend von den Zedern auf und ganz in der Nähe zirpte eine Heuschrecke los. Dann ging über ihnen ein Verkehrsflugzeug mit heulenden Triebwerken in die Kurve.

»Das heißt, dass die *Lovely Brigade* etwa zur selben Zeit ihre Umtriebe eingestellt hat, als Iwans Vater im Fluss ertrank. Das ist interessant. Diese Jungs müssten inzwischen um die vierzig sein. Falls sie nicht einsitzen, sind sie ja vielleicht noch hier in der Gegend.«

Sal legte die Unterlagen zusammen und schlug die Heckklappe krachend zu.

»Ja, sie dürften immer noch hier sein. Sie sind nämlich tot.«

»Tot?«

»Weißt du, wieso die Verbrechenswelle in den Fens Ende des Jahres 1978 so plötzlich endete? Weil die *Lovely Brigade* unvorsichtig wurde. Willst du dir anschauen, was passiert ist?«

»Ja, aber im Auto, wenn die Klimaanlage läuft.«

Alle, die von Amts wegen zu dem Erhängten geeilt waren, rumpelten nun in ihren Fahrzeugen über den Viehrost zurück und bogen auf die Landstraße ein. Dort lag schon eine flimmernde Luftschicht über dem Asphalt und die Temperaturanzeige von Sals Wagen zeigte eine Außentemperatur von zweiunddreißig Grad an.

Im kühlen Luftstrom der Klimaanlage reichte Sal Fletcher die alten Berichte des Coroners, des Beamten, der sich mit ungeklärten Todesfällen befasst. Sie hatte einiges an Überredungskunst aufwenden müssen, um sich die Unterlagen so schnell zu verschaffen. Wie die alten Polizeiakten waren auch diese Berichte inzwischen auf Mikrofilm archiviert, und sie hatte den Verantwortlichen im Bezirksarchiv ziemlich bezirzen müssen, damit er sie so schnell einscannte und ihr dann per E-Mail zuschickte. Fletcher sagte gar nichts dazu, und daran merkte sie, dass er beeindruckt war.

Sie warf ihm einen Seitenblick zu und war sicher, dass er gerade seinerseits sie angeblickt hatte. Vielleicht hatte er den Effekt beobachtet, den der kühle Luftstrom der Klimaanlage auf sie hatte. Jetzt hatte er den Blick auf die Dokumente geheftet und las die jeweils eine Seite umfassende Zusammenfassung jedes Todesfalls.

Terry Swilter fand am 30. November 1978 den Tod. Swilter hatte mehrere Vorstrafen wegen Einbruch, Hausfriedensbruch und Körperverletzung, hatte aber mit der Zeit gelernt, sich Alibis zu verschaffen. Verbrechensopfer berichteten häufig von einem Mann seiner Statur, doch der Angreifer war immer mit Gesichtsmaske und Handschuhen vermummt gewesen, und so hatte man Swilter niemals eines der Verbrechen der *Lovely Brigade* nachweisen können. In der Nacht des 30. November war er auf das Dach der Stallungen eines Herrenhauses im Grenzgebiet der Grafschaften Cambridgeshire und Suffolk geklettert. Es war allgemein bekannt, dass es in dem Haus eine schöne Silbersammlung gab, die Terry wohl angelockt haben musste. Er wusste allerdings nicht, dass sich hinter den Stallungen eine kleine elektrische Umspannstation befand, wo zwei Hochspannungsleitungen zu einem Transformator führten. Terry Swilter fiel vom Dach, landete auf den Leitungen und löste einen Kurzschluss aus, von dem in drei umliegenden Dörfern die Lichter ausgingen.

Die Schwarzweißaufnahme des tödlich Verunglückten zeigte, was von ihm übrig geblieben war: eine verkohlte Leiche mit verbrannten Kleidern und schwarzer, in Fetzen herabhängender Haut, Finger wie schwarze Äste, sie schienen ins Leere zu greifen, als kämpfe der Tote noch immer verzweifelt um sein Gleichgewicht.

Sein Freund Shane »Flame« Gaffy hatte die Schule mit fünfzehn geschmissen und eine Karriere als Autodieb begonnen. Er hatte den Spitznamen »Flame«, weil er die Wagen, deren Reifen er auf den holprigen Straßen der Fens zuschanden gefahren hatte, danach mit Vorliebe wieder ihren Besitzern vor die Haustür stellte und sie dort abfackelte. Eine Woche nach Terry Swilters Ableben stahl er einen Jaguar, der vor einem Wochenendcottage in der Nähe von Ely stand, und steckte ihn in einem Drainage-Kanal in Brand. Doch diesmal vermasselte er es. Die Stichflamme aus dem Benzintank erwischte ihn im Gesicht, und er wurde zwar lebend aufgefunden, doch mit so schlimmen Verbrennungen der Haut und der Lunge, dass er das Bewusstsein nicht mehr wiedererlangte und bald darauf im Addenbrooke's Hospital starb. Auf der Aufnahme des Polizeifotografen war nur die von den Flammen blank geleckte Karosserie zu sehen, nicht aber der Körper des zu dem Zeitpunkt noch lebenden Autodiebs.

»Und der Dritte, was ist mit Paddy Legsey?«, fragte Fletcher.

»Er hat wie Terry Swilter mehrere Jugendstrafen wegen Einbruchdiebstählen, aber in den Akten ist nichts über seinen Tod zu finden. Doch auch sein Name taucht ab Ende 1978 nicht mehr in den Polizeiakten auf. Vielleicht hat er ja Vernunft angenommen.«

»Oder er ist weggezogen. Wie steht es mit Zeitungsausschnitten – oder hat dein Freund dich da im Stich gelassen?«

»Derek lässt mich niemals im Stich.«

Sie reichte ihm die letzten Kopien. Die Klimaanlage summte vor sich hin, ansonsten war es still im Wagen. Sie beobachtete, wie sein Blick über die verwaschenen Zeitungsfotos glitt. Es waren zwei. Das erste war am Morgen nach Terry Swilters Tod aufgenommen worden und zeigte eine Traube von Neugierigen vor den Toren des Herrenhauses.

JUGENDLICHER EINBRECHER AN TÖDLICHEM STROMSCHLAG GESTORBEN.

Das zweite Zeitungsfoto zeigte das ausgebrannte Wrack des von Shane Gaffy gestohlenen Jaguars. Wieder standen ein paar Neugierige herum, diesmal hinter dem Absperrband der Polizei.

JUGENDLICHER STIRBT BEI AUTOBRAND.

Sein Blick wanderte zu Sal und kehrte dann zu den Fotos zurück.

»Du hast es schon gesehen, oder?«

»Wovon sprichst du, Fletcher?«

»Du stellst mich nur auf die Probe.«

»Was meinst du denn?« Sie nahm sich die Fotos noch einmal vor und studierte sie genau. Sie brauchte ein paar Sekunden, bis der Groschen fiel.

»Heiliger Strohsack«, sagte sie. »*Er* ist das.«

»Wir fahren zu den Dentons«, sagte Fletcher. »Und anschließend – du wolltest doch auch mal etwas Glamour, oder? Also, anschließend buchst du den nächsten Flug nach Lissabon.«

Sie nickte, die Augen noch immer auf das Foto geheftet. Auf beiden Bildern waren die Schaulustigen dick gegen die Dezemberkälte eingemummt. Mit grimmiger Neugierde starrten sie auf das schmiedeeiserne Tor und das Autowrack. Ein einzelner Mann in der Menge sah jedoch auf beiden Fotos ganz anders drein: Sein breites Gesicht war vollkommen ausdruckslos. Es war das Gesicht eines harten und fähigen Mannes. Dieser Mann stand in der Blüte seiner Jahre und hatte gerade sein Foto in die für das Jahr 1979 bestimmte Jubiläumsbroschüre seines Landmaschinen-Verkaufshauses setzen lassen. Er hatte außerdem gerade eine Ladung problematischer russischer Traktoren geliefert bekommen. Es war Billy Breakman.

Donnerstagnachmittag

Judith Denton sah, wie der Detective Inspector zwischen den Schilfhalmen auf sie zukam und sich der Stelle näherte, wo sie ihren Boxsack an den Ast einer Weide gehängt hatte. Sie trainierte gern um diese Tageszeit, wenn der Himmel sich im Licht des Nachmittags tiefblau färbte. Sie versetzte dem Sack einen letzten Hieb und ließ ihn ausschaukeln. Dann wandte sie sich dem Polizisten zu.

Dieser wirkte geistesabwesend. Er hatte ein sympathisches Gesicht, doch sein Blick war düster. Vielleicht wusste er schon, warum das Haus derart verwüstet war. Er betrachtete nachdenklich den pendelnden Sack. Es gefiel ihr, dass er nicht ihren Körper beäugte.

»Judith, wir nehmen Ihren Vater nicht fest, doch er muss auf die Polizeiwache mitkommen, um einige Fragen zu beantworten«, sagte er.

Plötzlich hämmerte ihr Herz. Sie streckte die Hand aus und hielt den Boxsack an.

»Fragen wozu?«

»Was glauben Sie denn, wozu?«

Sie schloss die Augen und sah Formen und Muster, die sich vor ihren Lidern bewegten. Als sie wieder aufblickte, betrachtete der Inspector sie aufmerksam.

»Was ist, Judith? Es geht um 1978. Sollten wir ihm noch andere Fragen stellen?«

»Nein«, log sie.

»Judith, möglicherweise wissen Sie ja, wo Iwan sich aufhält.«

»Nein.« Das war keine Lüge.

»Aber Sie können Kontakt zu ihm aufnehmen?«

Sie schüttelte den Kopf, obwohl sie die Ziffern von Iwans Handynummer vor Augen hatte. Mehr als alles sehnte sie sich danach, ihm wieder die Fingernägel in den Rücken zu graben.

»Ich könnte *Sie* festnehmen, Judith, wegen Behinderung polizeilicher Nachforschungen. Sie könnten in der Zelle neben Ihrem Vater landen.«

»Unsere Zimmer liegen sowieso Wand an Wand.«

Sie fühlte, wie der feste Blick seiner blauen Augen auf ihr ruhte.

»Sagen wir einmal, dass ich Ihnen glaube. Sagen wir außerdem, dass ich etwas mit Iwan besprechen möchte. Es gibt da etwas, was er wissen muss. Wir könnten uns irgendwo treffen, wo es sicher für ihn wäre, zum Beispiel auf dem Gelände der alten Raketenbasis. Er soll mir eine Uhrzeit nennen.« Sie erwiderte nichts, versetzte aber dem Boxsack einen Schlag, der so laut knallte, dass ein paar Moorhühner, die am Ufer schwammen, erschreckt aufflogen. »Iwan nutzt Sie aus, Judith. Er benutzt Sie, um Ihren Vater zu quälen.«

Sie ging nicht auf diese Bemerkung ein, doch der Stachel blieb stecken. *Ist das wahr?* Fletcher wandte sich zum Gehen, drehte sich aber noch einmal um.

»Sie müssen sich darüber klar sein, dass er ein sehr gefährlicher Mann ist. Er ist gewalttätig und besitzt die Begabung, Menschen in seiner Umgebung zu manipulieren.«

Judith schaute zum Haus hinüber.

»Von wem reden Sie jetzt eigentlich?«

»Sie können meinem Mandanten jetzt Ihre Fragen stellen.«

Fletcher sagte nichts, so wie auch Thomas Denton nichts gesagt hatte, als sie ihn abholten. Er hatte sich schweigend nach Judith umgeschaut, die ihnen nachsah, und auf der ganzen Fahrt nach Cambridge kein Wort gesprochen, abgesehen von der kurzen Bitte, seinen Anwalt zu informieren.

»Inspector? Ich sagte, dass mein Mandant Ihre Fragen erwartet.«

Der Rechtsbeistand war aus Newmarket und mit Sicherheit sehr teuer, Sonnenbräune und Siegelring inklusive. Denton saß neben ihm, die Augen stumpf im Neonlicht des Verhörraums.

Der Anwalt sah von Fletcher zu Sal Moresby. Sal blickte nicht einmal auf und widmete sich weiter einem Dokument, das, wie Fletcher wusste, die Buchungsbestätigung für ihren Flug um 18.30 Uhr von London-Stansted nach Lissabon war. Daneben lag das Blatt mit Billy Breakmans Adresse im Golfparadies. Der Anwalt schaute finster.

»Wenn Sie keine Fragen haben, Inspector, gehen wir jetzt.«

»Sie können jederzeit gehen, Thomas. Da vorn ist die Tür.«

Dentons Augen verzogen sich zu Schlitzen. Obwohl es im Verhörraum warm war, hatte er die Lederjacke anbehalten, und seine großen Hände lagen zu Fäusten geballt auf dem Tisch.

»Das reicht, Inspector. Mein Mandant und ich gehen. Wir werden offiziell Beschwerde gegen Sie einlegen.« Der Anwalt wollte aufstehen. Thomas hinderte ihn mit einer Geste daran. Dann rückte er die Rolex unter seiner Manschette zurecht.

»Dann schießen Sie mal los«, sagte er tonlos.

»Okay, Thomas«, antwortete Fletcher. »Es geht hier um etwas, das vor langer Zeit geschehen ist.«

Denton sah zu seinem Anwalt, der die Augen auf seinen Notizblock richtete.

»Es geht um Vorfälle, die bis heute nicht richtig geklärt zu sein scheinen. Aber niemand kann seiner Vergangenheit entrinnen.«

»Das ist alles sehr tiefsinnig, aber ich warte immer noch auf die Frage für meinen Mandanten.«

»Gewiss.«

Denton sah Fletcher in die Augen, und der bemerkte zum ersten Mal Nervosität bei dem Befragten.

»*The Wake*.«

Der Anwalt runzelte die Stirn, doch Fletcher behielt Denton fest im Blick. Was er da sah, gefiel ihm nicht. Denton reckte das Kinn, und der Schimmer von Furcht wich aus seinen Augen. Zu seiner eigenen Überraschung befand er sich plötzlich auf sicherem Boden. Dieser Gedanke lag Fletcher schwerer im Magen als eine offizielle Beschwerde.

»*The Wake*?«, gab Denton zurück. »Davon hatte ich Ihnen doch schon erzählt, als Sie zum Essen bei mir waren. Wir waren ein historischer Verein und verkleideten uns mit Kostümen. Sie haben mich hierhergeschleppt, nur um mich schon wieder dasselbe zu fragen?«

»Sie haben meinen Mandanten schon befragt? Das ist bedenklich.«

»Er war zum Essen bei mir, verdammt noch mal.«

»Bedenklich ist vielmehr«, sagte Fletcher, »dass hier ein russischer Psychopath herumläuft, der *The Wake* mit dem Tod seines Vaters im Januar 1979 in Verbindung bringt. Nun sind russische Psychopathen im Allgemeinen recht unberechenbare Menschen, Thomas. Sie saufen Frostschutzmittel, werden von Stimmungsschwankungen heimgesucht und all so was. Dieser spezielle russische Psychopath dagegen ist ein Mensch, der ausgesprochen planvoll vorgeht. Er hegt keinerlei Zweifel, dass *The Wake* beim Tod seines Vaters eine Rolle gespielt hat. Wie kommt er auf diesen Gedanken?«

»Wie soll man das bei einem Wahnsinnigen wissen? Sein Freund war bewaffnet, und Sie sind nicht eingeschritten. Die beiden sind einfach Geistesgestörte.«

»Tatsächlich? Oder können Sie mir etwas über *The Wake* erzählen, was ich nicht weiß?«

Denton sah ihn unverwandt an, und noch immer war die

Furcht nicht in seine Augen zurückgekehrt. Doch allmählich trat etwas anderes in seinen Blick, das schwer vorzutäuschen oder zu kaschieren war: Verwirrung. »Warum sind Sie eigentlich so dahinter her?«

»Warum? Ich muss Ihnen sagen, Thomas, dass Iwan sich in der Hierarchie des Vereins nach oben arbeitet. Peter Charter hat gerade Selbstmord begangen, wussten Sie das?« Denton zuckte mit keiner Wimper, sein Gesicht war vollkommen reglos. »Der nächste auf der Liste sind Sie, Thomas.«

»Inspector, das klingt so, als bräuchte mein Mandant Polizeischutz und keine Polizeischikane.«

Sal blickte zum ersten Mal auf. »Das könnte durchaus zutreffen. Was weiß er von der *Lovely Brigade*?«

Der Anwalt blickte verwirrt drein, doch Denton zupfte seine Manschetten zurecht und setzte sich breitbeinig hin. »Dasselbe wie jeder in meinem Alter. Das war eine Bande jugendlicher Einbrecher, die sich für Helden hielten.«

»Sie waren ein Problem, nicht wahr?«

»Das kann man wohl sagen.«

»Und dann wurde das Problem gelöst. Hatte *The Wake* mit dieser Problemlösung irgendetwas zu tun?«

»Ich weiß nicht, wovon Sie reden.«

Sal legte die Zeitungsfotos auf den Tisch, die die um das Tor und den ausgebrannten Jaguar stehenden Schaulustigen zeigten, und erklärte für das mitlaufende Aufnahmegerät, was sie gerade tat. Denton betrachtete die Fotos.

»Und?«

»Billy Breakman war ein Freund von Ihnen, nicht wahr? In *The Wake*?«

»Was hat denn Billy mit dieser Sache zu tun?«

»Was macht er auf diesen Bildern, Thomas? Warum taucht er hier beide Male auf, sowohl bei Terry Swilters als auch bei Shane Gaffys Tod?«, fragte Sal.

Thomas betrachtete die Fotos erneut, diesmal aufmerksamer. Er geriet nicht unter Druck und wirkte kein bisschen beunruhigt. »Ich habe keine Ahnung«, antwortete er. »Warum fragen Sie ihn das nicht selbst?«

»Vielleicht tue ich das. Ich würde sagen, das Gespräch ist beendet.«

Ein bisschen unvermittelt, aber Fletcher fand es gut, dass Sal das Heft bis zum Schluss in der Hand behalten hatte. Dennoch war das Verhör anders verlaufen als erwartet. Thomas Denton hatte das Polizeigebäude beunruhigt betreten und es weniger beunruhigt verlassen. So war das nicht vorgesehen gewesen.

Sal Moresby begleitete Thomas Denton zum Ausgang. Der Anwalt ging schon los, um sein Auto zu holen, während Thomas stehen blieb und sich eine Zigarre anzündete.

»Wollen Sie mit mir reden, Thomas? Einen anderen Grund, hier stehen zu bleiben, gibt es nicht.«

»Mein Anwalt hat Asthma. Bei ihm im Auto kann ich nicht rauchen.«

»Soso.«

In den zwischen den Betonpfeilern des Parkhauses schräg einfallenden Sonnenstrahlen schwebten Insekten, Staub und Dentons Zigarrenrauch.

»Was glaubt denn der Russe, was er mir antun kann?«

»Was wäre denn das Schlimmste, was er tun könnte?«

Thomas antwortete nicht und sah seinen Qualmwolken nach.

»In der Familie lebt man gefährlich, Thomas. Die Hälfte aller Mordopfer wird von Verwandten umgebracht. Das ist die Statistik für ganz England. In Cambridgeshire dürften es eher zwei Drittel sein. Sie dachten, es ginge um Judith, nicht wahr?«

»Was meinen Sie damit?«

»Sie dachten, wir hätten Sie wegen Judith hierhergebracht,

und da haben Sie Schiss gekriegt und Ihren Rechtsverdreher geholt.« Auf dem obersten Parkhausdeck tauchte ein Mercedes auf und fuhr auf die Rampe abwärts. »Sie dachten, wir wären hinter Ihrer merkwürdigen Vater-Tochter-Beziehung her, was auch immer da all diese Jahre bei Ihnen in Deep House so gelaufen sein mag. Als Sie dann merkten, dass es nur um *The Wake* und die *Lovely Brigade* ging, waren Sie wieder ganz ruhig. Warum kümmert Sie das so wenig?«

»Dort im Wagen sitzt mein Anwalt.«

Der Mercedes kam auf dem mittleren Deck an und fuhr weiter nach unten.

»Da wird Ihnen auch Ihr Anwalt nicht helfen können, Thomas. Wissen Sie, was ich mache, sobald ich mit Ihrem Kumpel Billy fertig bin? Dann nehme ich Ihr ganzes Leben auseinander, und zwar ab der Zeit, als Judith noch ein kleines Mädchen war.«

»Judith –«

Er unterbrach sich, weil der Mercedes jetzt unten angekommen war und auf sie zurollte, während der Anwalt die Scheibe herunterließ.

»Was denn, Thomas? Sie meinen, Judith wird Sie nicht anzeigen? Ich werde sie dazu ermutigen. Im Gefängnis wird es Ihnen richtig dreckig gehen, Thomas. Sie werden dort schlimme Sachen erleben.«

Der Anwalt lehnte sich aus dem Wagen. »Bitte reden Sie nicht mit meinem Klienten, wenn ich nicht anwesend bin.«

Sal schlug sich gegen die Stirn und beugte sich ganz dicht an Dentons Ohr: »Ach, wie dumm von mir. Sie werden ja gar nicht im Gefängnis sitzen.« Denton wich mit dem Oberkörper zurück und betrachtete sie blinzelnd durch den Rauch hindurch. »Sie werden gar nicht im Gefängnis sitzen, Thomas«, flüsterte Sal. »Der Russe wird Sie nämlich schon vorher erwischen.«

Fletcher, der am Fenster seines Büros stand, sah den Wagen losfahren. Was auch immer Sal gerade gesagt hatte, es hatte Thomas veranlasst, seine Funken sprühende Zigarre gegen die Wand zu schleudern und die Tür des Mercedes krachend hinter sich zuzuschlagen.

Fletcher nahm an, dass Sal ihn auf Judith angesprochen hatte, doch er selbst grübelte noch immer über den unerwarteten Verlauf des Verhörs nach. Er dachte an den Moment, als Thomas' Selbstbewusstsein ganz plötzlich zurückgekehrt war. Und wie er gesagt hatte: *Warum sind Sie eigentlich so dahinter her?*

Interessante Bemerkung. Nicht etwa: *Worum geht es überhaupt?* oder *Warum fragen Sie* mich *das?* Sondern: *Warum sind Sie eigentlich so dahinter her?* Als wäre er zwar erstaunt, dass Fletcher nicht lockerließ, aber unbesorgt, weil es im Grunde ohnehin keine Rolle spielte.

Fletcher füllte ein Verhörformular des Innenministeriums aus, wie es nach jeder Befragung in den Räumen der Polizei Pflicht war. Er machte Angaben zu Thomas Dentons ethnischem Hintergrund und kreuzte an, ob dieser vorher Medikamente genommen hatte, ob er darum nachgesucht hatte, beten oder meditieren zu dürfen, und ob ihm die Hilfe eines Rechtsbeistands angeboten worden war.

Dann hielt Fletcher plötzlich inne. Er griff zum Hörer und rief im Bezirksarchiv an. Der Beamte dort erklärte mit näselnder Stimme, er müsse vor Büroschluss um siebzehn Uhr noch mehr als genug Akten herauskramen. Einen ganzen Berg von Akten sogar. Fletcher schloss die Augen. Dann sagte er, dass Sal Moresby für die Hilfe *sehr* dankbar wäre.

Sal fuhr nach Hause, um ihren Reisepass zu holen. Es war niemand in der Wohnung und es herrschte eine Gluthitze, obwohl die Vorhänge vor dem Balkonfenster zugezogen waren. Im Halbdunkel des Zimmers stopfte sie Wäsche zum Wechseln in einen Rollkoffer und war nach fünf Minuten wieder draußen. Es war ein gutes Gefühl, nur mit ihrem eigenen Kram im Koffer allein aufzubrechen.

Sie traf Fletcher in der Zuschauergalerie des Hallenbades. Dort war es schwül und laut. Ein Springertrio stand auf dem Sprungbrett. Der erste Springer nahm Anlauf, sprang ab und drehte sich mehrmals, bevor er ins Wasser schoss.

Die Hände im Nacken verschränkt, starrte Fletcher zur Hallendecke hinauf. Auf dem Sitz neben ihm lagen mehrere Seiten mit Computerausdrucken.

»Du bist dem Typ im Archiv einen Drink schuldig. Tut mir leid.«

»Ein Glas Apfelwein kostet nicht viel.« Sie setzte sich. »Du hast ihn um die kompletten Unterlagen gebeten?«

»Jede einzelne Seite aus den Berichten des Coroners.«

»Sauer wegen Thomas Denton?«

»Eher verwirrt, aber Denton ist letztlich nicht wirklich wichtig. Wichtig ist Billy Breakman. Er war das einzige Mitglied von *The Wake,* dessen Gesicht und Namen Jake Skerrit kannte. Auf Jake Skerrits verrücktem Wandbild war nur Billys Gesicht erkennbar, erinnerst du dich? Und auf den Zeitungsfotos ist ganz deutlich Billy unter den Schaulustigen zu sehen. Dein Gespräch mit Billy ist entscheidend.«

Sie sah ebenso wie er zu der vor Feuchtigkeit glänzenden Hallendecke auf.

»Warum kommst du nicht mit, Fletcher?«

Sie nahm den Zettel entgegen, den er ihr reichte. Es war eine Nachricht auf einem Vordruck der Telefonzentrale: Eingang heute, 15.23 Uhr, Anrufer anonym, weibliche Stimme, Rufnummerübermittlung blockiert. Die Nachricht lautete: *SONNENUNTERGANG.*

»Weil ich mich heute Abend mit Iwan treffe.«

Als Sal weg war, blieb Fletcher noch eine Weile sitzen.

Warum sind Sie eigentlich so dahinter her?

Er vergewisserte sich, dass niemand in der Nähe saß, und nahm dann das Material zur Hand, das er per Mail aus dem Archiv erhalten hatte: die kompletten Akten von 1978 über die tödlichen Unfälle von Terry Swilter und Shane »Flame« Gaffy. Swilters Akte nahm er sich als Erste vor.

Das Foto vom Unfallort: Terrys verkohlte Leiche auf den Hochspannungsleitungen. Der rückwärtige Teil des Herrenhauses war im Hintergrund zu sehen, eine eindrucksvolle Dachsilhouette aus dem achtzehnten Jahrhundert. Wie hieß das Haus noch mal? Fletcher schaute in den Unterlagen nach.

Ulsingham Hall.

Der Name kam ihm bekannt vor.

Er überflog die Seiten mit dem Bericht des Gerichtsmediziners. Beim Sturz auf die Leitungen hatte Terry Swilter sich das linke Bein und den rechten Arm sowie drei Rückenwirbel gebrochen, weshalb er sich (wie der Coroner vermutete) nicht hatte wegwälzen können, als der Strom für drei Dörfer durch seinen Körper zuckte. Als Todesursache waren großflächige Verbrennungen angegeben. Fletcher schloss die Unterlagen. Der Junge war bei vollem Bewusstsein verschmort.

Er öffnete die andere Akte: Shane Gaffy. Bei der Explosion des Jaguars hatte Shane brennendes Benzin eingeatmet und schwere Verbrennungen der Haut und der Atemwege erlitten. Er hatte innerhalb von Sekunden das Bewusstsein verloren und war (wie der Coroner endete) vor seinem Tod nicht mehr aus dem Koma erwacht.

Das Fazit lautete bei beiden Jungen gleich: tödlich verunglückt. Und nicht nur dieses abschließende Urteil war dasselbe. Fletcher fiel auf, dass die gerichtliche Untersuchung der Todesfälle beide Male vom selben Coroner abgezeichnet war.

Fletcher kannte den Namen. Gerichtliche Untersuchungen führte dieser Mann nicht mehr durch, denn er war inzwischen

Vizekanzler des prestigeträchtigsten Colleges von Cambridge. Erst kürzlich hatte Fletcher ihn in den Nachrichten gesehen, als er die Forderung der Universität nach einem neuen Tierversuchslabor propagierte.

Ja, die beiden Dossiers hatten große Ähnlichkeit. Sie fühlten sich sogar ähnlich an. Sie hatten die gleiche Länge, zwölf Seiten. Die Originale waren auf einer Schreibmaschine aus den siebziger Jahren getippt worden und voller Eselsohren.

Fletcher blätterte den Stapel noch einmal durch. Noch eine Gemeinsamkeit fiel ihm auf. Beide Male hatte derselbe Polizeibeamte die Untersuchung durchgeführt. Es war ein Detective Sergeant. Auch diesen Namen kannte Fletcher: So hieß der stellvertretende Polizeichef in einer benachbarten Grafschaft. Falls es sich wirklich um denselben Mann handelte, hatte sich seine Gründlichkeit beim Aufstieg in die obersten hierarchischen Regionen offensichtlich ausgezahlt.

Und noch ein letzter Punkt war beiden Akten gemeinsam. Dem Bericht eines Coroners lagen normalerweise mindestens sechs Fotos vom Schauplatz des Todes bei, aus verschiedenen Blickwinkeln geschossene Aufnahmen, die den Kontext des Todesfalls dokumentierten. Die Unterlagen hier enthielten dagegen nur jeweils ein Foto.

Fletcher beobachtete, wie das tropfnasse Trio wieder die Leiter zum obersten Sprungbrett hinaufstieg, immer dicht hintereinander.

Er betrachtete noch einmal Terry Swilters Akte. Ulsingham Hall, so hieß das Herrenhaus. Ihm war ein bisschen flau im Magen. Vielleicht lag das an den tropischen Temperaturen in der Zuschauergalerie. Vielleicht aber auch daran, dass er über Coroner und ehrgeizige Detective Sergeants und die Art von Leuten nachdachte, die in noblen Häusern wie Ulsingham Hall wohnten. Solche Leute klettern die Karriereleiter hinauf, bis sie ganz oben sind. Und wenn sie es geschafft haben, bleiben sie oben und lassen sich bewundern.

Webleys Fortbildungsseminar endete kurz nach siebzehn Uhr. Da reichte es ihr auch allmählich. Der Saal in der Guildhall, dem Rathaus von Cambridge, war erstickend heiß, und das lauwarme Trinkwasser in den Karaffen war auch nicht gerade erfrischend. Sie schaffte es, unauffällig zu verschwinden, als der gesellige Teil begann und die Teilnehmer sich untereinander mischten, um Kontakte zu knüpfen. Das kam ihr immer so vor, wie wenn Köter sich gegenseitig beschnüffeln. Trotz der Hitze freute sie sich darauf, zu Fuß und in Zivil durch das nachmittägliche Treiben im Zentrum von Cambridge zu ihrem Büro zu gehen. Danach würde sie im Fitnessraum eine Weile trainieren. Und nachdenken.

Sie trat aus dem Foyer auf die sonnenüberflutete Vortreppe der Guildhall. Als sie unten auf dem Bürgersteig Tom Fletcher erblickte, der dort offensichtlich auf sie wartete, blieb sie kurz stehen. Dann ging sie zu ihm. Abgesehen davon, dass er keine Krawatte trug, wirkte er so gelassen wie immer, aber es hatte auch den Anschein, als müsse er unbedingt mit jemandem reden.

»Polizeieskorte?«, fragte sie.

»Wie war das Seminar?«

Sie schaute sich um und genoss die Sonne.

»Die Rolle der Polizei in einem ganzheitlichen Approach der Kriminalitätsprävention. Verstehen Sie, wir gehören zu einem Geflecht von Organisationen, die gemeinsam sowohl reaktiv als auch vorbeugend Verbrechen bekämpfen. Wir arbeiten Hand in Hand mit den Sozialdiensten, dem Gesundheitswesen, den Einwanderungsbehörden, privaten Sicherheitsfirmen und sogar den Kriminellen selbst.«

»Klingt bewundernswert. Wir müssen übrigens wirklich über diese Thinbeach-Geschichte reden.«

»Ganzheitliche Polizeiarbeit, Fletcher, impliziert vorbehaltlosen Respekt vor allen Segmenten der Gesellschaft – ungeachtet der Rasse, des Geschlechts, der Religion, der sexuellen

Orientierung oder irgendwelcher physischer oder mentaler Handicaps. Nebenbei bemerkt, ich hoffe, euer durchgeknallter russischer Drecksack sitzt inzwischen im Loch?«

Er sah sie an, und sie spürte, dass da etwas war, was ihm wirklich Sorgen machte. Einen Moment lang fragte sie sich wieder, ob er der Richtige für die Aufgabe war. »Ihnen liegt tatsächlich was auf der Seele, oder?«

In der King's College Chapel hörte man das Gemurmel der letzten Touristen. Es klang wie das Geplätscher von Wellen auf Kies. Die Orgelmelodien stiegen davon unberührt in die Höhe – nur weil man das Gesicht des Organisten im Spiegel auf der Empore sah, wusste man überhaupt, dass diese Töne von menschlicher Hand hervorgebracht wurden.

Webley hörte Fletcher zu, während das Vorspiel zu *Parsifal* und dann Bachs *Komm, Heiliger Geist* ertönte.

Sie saßen dicht bei der Orgel, konnten aber die bunten Kirchenfenster sehen, die im Licht der Abendsonne zu glühen begannen. Es befand sich niemand in Hörweite.

Webley hörte zu, während Fletcher ihr knapp und präzise seine Sorgen schilderte. Er erklärte, wer das Bindeglied zwischen den Todesfällen in der *Lovely Brigade* und dem Tod des russischen Ingenieurs darstellte: Billy Breakman, und deshalb sei Sal Moresby nun unterwegs nach Portugal. Er berichtete, dass ihm in den Akten über die verunglückten Mitglieder der *Lovely Brigade* einige ungewöhnliche Punkte aufgefallen seien. Er wies darauf hin, dass sowohl der damalige Coroner als auch der damals mit der Untersuchung betraute Polizeisergeant inzwischen eine hohe Stellung innehätten. Und er wies auf das Fehlen der Fotos hin.

»Sind Sie sicher, dass der Archivar Ihnen alle Fotos geschickt hat?«, fragte Webley.

»Ich habe nochmals nachgefragt. Er hat mir versichert, dass die Akten keine weiteren Fotos enthalten.«

»Das ist wirklich äußerst eigenartig.«

»Und da ist noch etwas. Einer der Wittris-Jungs ist bei einem Einbruch in Ulsingham Hall ums Leben gekommen. Sagt Ihnen der Name etwas?«

Sie nickte.

Ulsingham Hall war der Wohnsitz der Ruddick-Spencers. Diese Familie hatte einige nicht weiter erwähnenswerte Anwälte hervorgebracht und war auch sonst unauffällig geblieben, bis Jonathan Ruddick-Spencer, der gegenwärtige Besitzer des Hauses, 1997 seinen Namen zu Jon Ruddick änderte und sich zu einem einflussreichen Berater des Innenministeriums mauserte, der neue Ideen zur Strafrechtspolitik vertrat. Inzwischen hatte er seine Karriere mit einem Adelstitel abgerundet: Er war nun Lord Ruddick, ein nicht gewählter, aber einflussreicher Berater des Innenministeriums zu Verbrechensbekämpfungsstrategien.

Der Organist brach plötzlich ab und begann von vorn.

»Okay, da muss man mit Fingerspitzengefühl vorgehen«, sagte Webley. »Aber ich dachte, wir hätten uns darauf geeinigt, dass es jetzt erst einmal das Wichtigste ist, diesen russischen Kriminellen zu stoppen.«

»Ich treffe mich heute Abend mit ihm. Aber ich glaube, dass er uns einen Schritt voraus ist. Er ist sehr scharfsinnig.«

Das Licht im Raum zerfiel in Spektralfarben aus Blau und Rot. Sie seufzte und legte Fletcher die Hand auf den Arm. Sie spürte seine Haut und die warme Muskulatur. So hatte sie es von damals in Erinnerung, als sie ihn an sich gezogen und umarmt hatte – nur dass er damals eiskalt gewesen war und jemanden gebraucht hatte, der ihm Wärme spendete. Und Wärme hatte sie ihm gegeben, ein paar Minuten lang. Von allen unbeobachtet. Jetzt sagte sie: »Fletcher, hören Sie mir zu. Die ganze Zeit hatte ich das Gefühl, dass noch irgendetwas anderes an Ihnen nagt. Da war etwas Eigentümliches an der Art, wie Sie kürzlich über Jake Skerrits Eltern sprachen. Und

Sie haben auch eine eigentümliche Sicht auf Iwan Gorenski entwickelt. Sie sagten, dass Sie über etwas reden wollen. Irgendwie glaube ich nicht, dass es sich dabei nur um Lord Ruddick handelt, oder?«

Er sah sie an. Einen Moment lang war ihre Sorge um ihn so groß, dass sie die Hand ausstreckte und sein Gesicht berührte. Ihr kam der Gedanke, dass er so jung war, dass er ihr Sohn sein könnte.

»Es ist schwer zu erklären«, sagte er.

»Versuchen Sie es.«

Ein paar Stäubchen schwebten zwischen ihnen in der Luft, vom Licht blau und rot gefärbt.

»Ich würde es gern. Aber ich kann nicht. Ma'am.«

Webley ließ die Hand noch einen Moment auf seiner Wange ruhen. »Ich vertraue Ihnen«, sagte sie. Sie nahm die Hand von seiner Wange und rückte seinen Kragen gerade. »Bringen Sie diese Sache hier zu einem guten Ende.«

Sie sah ihm nach, als er die Chapel verließ, während das Leitmotiv von Bachs Orgelchoral erklang. Kopfschüttelnd ließ sie ihre Gedanken zurückwandern.

Ich habe ihn in meinen Armen gehalten. Ich hatte Angst, dass er stirbt. Dann habe ich dafür gesorgt, dass er diese verdammte Tapferkeitsmedaille bekam. Ihm meinen Stempel aufgedrückt.

Jetzt aber fragte sie sich, was zum Teufel wohl wirklich in Tom Fletchers Kopf vor sich ging. Sie blickte auf und sah die Augen des Organisten, der sie im Spiegel beobachtete.

Tom Fletcher hörte, dass sie wegging, bevor er es sah. Er hörte, dass die Tür geöffnet wurde, und wartete darauf, dass sie ins Schloss fiel, aber das Geräusch blieb aus. Er stieg die Treppe hinunter und sah, wie sie, einen Rollkoffer hinter sich herziehend, über die Alpha Road davonging. Er lief ihr nach und holte sie ein.

Sie blickte sich nach ihm um, blieb aber nicht stehen. Es war früh am Tag und kalt, und über dem Cam, der am Ende der Straße vorüberfloss, lag Nebel. Er ging neben ihr her, als sie die Chesterton Road überquerte und dann dem Fluss zur Fußgängerbrücke folgte, die übers Wehr führte. Sie sagte nichts. Das Rattern des Rollkoffers war lauter als der Verkehrslärm und das Rauschen des Wassers im Wehr.

»Wann kommst du zurück?«

Sie antwortete nicht.

Bei der Fußgängerbrücke sagte sie: »Bleib hier zurück.« Hinter ihr rauschte der Cam durch die Schleusentore, und das grüne Wasser verwandelte sich beim Herabfallen in weiße Gischt. Sie nahm sein Gesicht zwischen die Hände und lächelte ihn an. Er war fünfzehn und so groß wie sie. Dann drehte sie sich um, schleppte den Koffer auf die Brücke und ging davon. Bald schon übertönte der Fluss das Rattern der Räder.

Er kehrte ins Haus zurück, ging in die Küche und setzte sich zu seinem Vater an den Tisch. Die Fenster waren beschlagen und Tropfen sammelten sich auf der Scheibe und rollten nach unten. Sein Vater hatte eine geöffnete Bierflasche vor sich stehen, der Kronkorken lag daneben.

»Sie kommt bald zurück«, sagte sein Vater. »Sie macht einfach mal Urlaub. Sie ist nur in Urlaub gefahren.«

Dann zwinkerte er ihm zu, und die Falten um seine Augen herum waren so scharf wie die Kanten des Kronkorkens.

Tom Fletcher sah sie nie wieder. Seine Mutter ging übers Wehr und verschwand aus seinem Leben.

Donnerstagabend

Hinter den Feldern schimmerte der Fluss im letzten Licht des Sonnenuntergangs. Fletcher fand die Lücke in der Hecke, und der Audi rumpelte auf die Geröllhalde am Rande der alten amerikanischen Raketenbasis.

Er stellte den Motor ab, nahm die Stabtaschenlampe aus dem Handschuhfach und stieg aus. Vor ihm erstreckte sich das verblühte Löwenzahnfeld. Der bröckelnde Beton knirschte unter seinen Füßen, und Wolken von Pusteblumensamen stiegen in die Luft. Weiter vorn zeichneten sich die hohen Kuppeln dunkel ab. Als er die erste erreicht hatte, seinen damaligen Treffpunkt mit Iwan, stieg er hinauf und blickte von oben in den Spalt. Abgesehen von einer verkohlten Feuerstelle war nichts darin. Von dort oben konnte er die anderen Kuppeln sehen, die sich über die ganze Basis verteilten, alle in Ost-West-Richtung ausgerichtet. Außer einem Zug Gänse, der tief am Himmel flog, war nichts Lebendiges zu sehen. Er wartete eine Weile. Der Sonnenuntergang wich der Abenddämmerung, und oben am Himmel leuchtete ein einzelner Stern auf.

Er stieg hinunter und kam auf eine rissige Asphaltstraße, die zu den anderen Kuppelgebilden führte. Einige davon waren riesig, offensichtlich keine einfachen Luftschutzbunker, sondern die Raketensilos, in denen die amerikanischen Missiles gestanden hatten. Er zählte etwa ein Dutzend dieser Giganten, die in einer unregelmäßigen Linie auf dem Plateau saßen.

Einen Moment lang zögerte er. Dann dachte er an das Vertrauen, das man in ihn setzte. Noch einmal spürte er, wie Webley seinen Arm berührt und seine Wange mit der Hand gestreift hatte.

Er roch den sauberen Duft von Gras, das aus Beton herauswächst.

Donnerstagnacht

Iwan setzte das Nachtsichtglas ab und schaute zu dem ersten Stern auf, der am Himmel erschienen war. Er wollte, dass auch die anderen Sterne herauskamen, jene Sterne, die er am Vorabend über Judith hatte leuchten sehen, als er vor ihr im Schlick kniete. Er hatte ihren metallischen Geschmack noch auf der Zunge.

Als er das Fernglas wieder ansetzte, entdeckte er den Polizisten, der vorsichtig auf der Straße näher kam und nun das erste der alten Raketensilos erreicht hatte, das, wie Iwan wusste, aus vier Meter Beton unter einer zwei Meter tiefen Erdaufschüttung bestand. Er sah, wie der Polizist mit einer Taschenlampe in den Eingang leuchtete.

So etwas hatte er schon oft gesehen. Männer, die auf eigene Faust in einen verlassen wirkenden Unterschlupf von Partisanen vordrangen, statt ihre Kameraden zu Hilfe zu rufen. Achtzehnjährige waren das gewesen, die nach gerade einmal neun Wochen Grundausbildung direkt nach Tschetschenien geschickt worden waren.

Der Polizist hatte Judith aufgetragen, Iwan auszurichten, dass er ihm etwas sagen musste. Er hatte keine Ahnung, was ihn hier erwartete.

Fletcher trat ins Innere. Es war wie ein riesiges Maul: ein haushoher, dunkler, höhlenartiger Raum zwischen zwei Betonlippen, die im Licht der Taschenlampe schimmerten.

Oben wölbte sich eine Decke aus breiten Betonrippen. Der Raum war vollkommen leer: keinerlei bewegliche oder fest installierte Gegenstände, nichts von Menschenhand Gemachtes, mit Ausnahme des Betons. Es waren auch keine Menschen da.

Iwan beobachtete, wie der Polizist aus dem ersten Silo kam und über dem Asphalt auf das zweite zuging. Im rötlichen Infrarotlicht des Nachtsichtgeräts erkannte man den dünnen Schatten, den die Gestalt im Mondlicht warf.

Der Polizist ließ das zweite Silo hinter sich und näherte sich dem dritten. Dieses Silo war das größte, das Leittier einer Herde von Betonkolossen. Iwan sah, wie die Taschenlampe des Besuchers über die Außenfläche zuckte, als dieser sich ein Bild von den riesigen Ausmaßen verschaffte. Dann trat er ein.

Iwan packte das Nachtglas ein, bedeutete Berlitz, ihm zu folgen, und stand auf. Berlitz reckte sich, streckte die Arme, ballte die Fäuste und lockerte den Nacken.

»*Gotowyj?*«

»*Prestupaj.*«

Sie hatten auf einer der Kuppeln gelegen und stiegen jetzt hinunter. Dann gingen sie über die Straße auf das riesige Silo zu.

Gleich war es so weit.

Das Silo war mit einer Wellblechwand verschlossen, in der eine einzige Tür den Weg in einen stockfinsteren Innenraum freigab. Fletcher trat ein und leuchtete mit der Taschenlampe in alle Richtungen. Wieder ein Gewölbe aus Betonrippen, diesmal so hoch wie drei Stockwerke. Auf dem Boden Staub, und Feuchtigkeit an den Wänden. Trotz der Wärme draußen sah er hier drinnen seinen Atem im Licht der Taschenlampe.

»Diese Yankees liebten Beton, mein Freund.«

Fletcher drehte sich um. Hinter ihm stand Berlitz und blickte zum massiven Deckengewölbe hinauf. Fletcher richtete den Strahl der Taschenlampe auf ihn: dieselben knöchelhohen Sportschuhe, dieselbe Segeltuchhose, nur war die Brust unter der Lederjacke diesmal nackt. Er wirkte gut in Form, war leicht gebräunt, und die Augen glitzerten im Schein der Taschenlampe.

»Wo ist Iwan?«, fragte Fletcher.

»Draußen. Und ich glaube, er hat einen Vorschlag für Sie.«

Als Sal im Gewühl von Stansted Airport eincheckte, läutete ihr Handy. Sie nahm ab und kramte dabei weiter nach ihrem Reisepass.

»Ja?«

Ein Geräusch wie das Kreischen einer Seemöwe. Nein, es war tatsächlich das Kreischen einer Seemöwe.

»Miss Moresby?«

»Tony Olland, sind Sie das?« Sie stellte sich vor, wie der kürzlich geschorene Stoppelbart des Informanten hässlich über die Sprechmuschel kratzte. »Wo sind Sie denn, verdammt noch mal?«

»In Lowestoft.«

»Aha.« Sie nahm ihre Bordkarte entgegen und ging zum Gate. »Und was ist das für ein Gefühl?«

»Ein bisschen langweilig. Es riecht überall nach Fisch.«

»Ich meine, was ist das für ein Gefühl, mich hängen zu lassen? Wie eine Ratte ins Loch zu huschen ...«

»Tut mir leid ...«

»... nur aus Angst vor zwei blöden Russen.«

Tony Olland überschrie nun die Möwen, leicht lallend. »Es ging nicht um die Russen. Sondern um die anderen. Ich hab mir Sorgen um Sie gemacht, Miss Moresby.«

»Sie sind ja blau, Tony.«

»Man redet, Miss Moresby. Man redet in den Fens.«

»Worüber denn?« Das Flugzeug nach Lissabon tauchte vor der Glaswand der Abflughalle auf und die ersten Passagiere gingen an Bord. »Worüber redet man, Tony?«

»Über dieses Dorf, Miss Moresby. Lauter Geschichten über dieses verrückte Dorf. Seien Sie unbedingt vorsichtig, ja?«

Und dann verschwand Tony Olland wieder in der Einsamkeit der Küste von Suffolk.

Über dem Raketensilo war der Mond aufgegangen und das Asphaltband der Straße schlängelte sich blauviolett zwischen den anderen Kuppeln hindurch. Berlitz zeigte auf das Monstrum, aus dem sie gerade herausgetreten waren.

»Dort hinauf, mein Freund.«

Fletcher kletterte den grasbewachsenen Hang hoch und spürte, wie der nächtliche Wind den Schweiß auf seiner Stirn trocknete. Auf halbem Wege blickte er sich um, doch Berlitz schien spurlos verschwunden. Oben klaffte plötzlich der Raketenschacht vor ihm auf, eine Öffnung, die in dunkle Tiefen führte.

Zur Rechten sah man die dunkle Marschlandschaft der Fens, dahinter die Lichter von Thinbeach und noch weiter hinten den hellen Umriss der vom Mond beschienenen Kathedrale. Ganz in der Nähe aber hoben die anderen Silos sich als dunkle Kolosse vor der grauen Oberfläche des Plateaus ab, und in den Schatten, die die über den Himmel ziehenden Wolken immer wieder vor das Mondlicht legten, sah es so aus, als bewegten sich die Ungetüme.

Iwan stand am Rand der Öffnung und blickte auf die Landschaft hinaus, und wie diese war er abwechselnd vom Mondlicht übergossen oder in den Schatten der dahinziehenden Wolken getaucht. Er trug diesmal wieder Nadelstreifen, und die Narbe an seiner Kehle schimmerte im Mondlicht, als er Fletcher lächelnd begrüßte.

»Ein Polizist bittet mich um ein Treffen, da muss ich wohl wichtig sein.«

»Peter Charter ist tot. Judith Denton ist eine verwirrte, verletzliche junge Frau. Sie machen uns Ärger, Iwan.«

»Habe ich irgendwelche Gesetze übertreten? Einmal von der Waffe und der Einreise abgesehen?«

»Das hängt von Ihren Plänen für Thinbeach ab.«

Iwan nickte. »Pläne, das ist das richtige Wort. Seit meiner Kindheit habe ich eine Karte von Thinbeach im Kopf und studiere sie immer wieder. Ich habe Ihnen erzählt, dass ich im Zylinder war, nicht wahr? Aber nicht einmal im Zylinder habe ich mich an die Regeln gehalten, und ich wurde bestraft. Man steckte mich in eine Strafzelle, die nur so groß wie ein Schrank und bis auf ein wenig Licht, das in drei Metern Höhe durch einen Schlitz einfiel, vollkommen dunkel war. So etwas überleben nur wenige. Ich überlebte es, weil ich die ganze Zeit die Landkarte von Thinbeach vor Augen hatte. Ich ging im Geist durch die Straßen des Dorfes und stellte mir vor, wie dieser Ort riechen und wie die Menschen dort sein würden. Ich hatte alle Zeit der Welt, mir zu überlegen, was ich hier tun würde, wenn ich endlich selbst herkommen könnte.«

»Hören Sie mir zu, Iwan. Sie müssen verstehen, was ich Ihnen jetzt sage, und lernen, es zu akzeptieren. Sie sind besessen von *The Wake* und Thinbeach, doch Ihr Groll entbehrt jeder realen Grundlage. Ich weiß, wie Ihr Vater gestorben ist: Er kletterte nach einem Autounfall aus dem Wagen und suchte Hilfe, stürzte aber unterwegs in den Thinbeach Pool und erfror. Es war ein tragischer Unfall.«

»Er soll ins Wasser gefallen sein? Mein Vater? Das glaube ich nicht, und im Grunde glauben Sie es ebenso wenig. Das sehe ich Ihnen an.«

Fletcher dachte an Alain de Minchings Bericht über jene Nacht, daran, dass man den Verletzten aufgrund eines schrecklichen Missverständnisses vor verschlossenen Türen hatte stehen lassen. Er dachte an die knappe, nichtssagende Aktennotiz aus dem Innenministerium. Doch er sagte: »Es ist vorbei, Iwan. In einer Stunde wimmelt es hier von Polizisten.«

»Das wäre ein Fehler. Falls Sie mich festnehmen oder falls Sie die Hochzeit abblasen oder polizeilich sichern lassen, geht es erst richtig los, das kann ich Ihnen versprechen. Denken Sie etwa, Berlitz wäre mein einziger Helfer? Dafür habe ich diese Sache hier zu gründlich geplant. Jeden Tag rufe ich eine bestimmte Telefonnummer an, eine Nummer hier in England. Jeden Tag sage ich, nein, jetzt noch nicht, wartet noch. Aber wenn dieser Anruf eines Tages ausbleiben sollte, werden andere Russen kommen und schreckliche Dinge mit den Leuten von Thinbeach anstellen. Außerdem – habe ich Ihnen einen Vorschlag zu machen.«

Iwan sah einen Moment lang zu den Wolken auf, deren Schatten über sein Gesicht zogen. Dann streckte er die Hand aus, und als Fletcher sah, was sich dort im Mondlicht abzeichnete, überlief es ihn eiskalt.

Iwan hielt ein kleines Figürchen in der Hand. Es lag schwarz und verkrümmt auf seiner Handfläche, zerfranst und mit gebrochenen Gliedmaßen, und Fletcher brauchte einen Moment, um das Ding zu erkennen. Dann fiel ihm ein, wo er so etwas schon einmal gesehen hatte. Im Pub in Thinbeach und in Alain de Minchings Eingangshalle. Die Püppchen, die er bisher kannte, waren allerdings liebevoll gebastelt, sahen hübsch aus und trugen feine Seidentüchlein. Dies hier war eine bösartige Verwandte. Es war ein Thinbeach-Strohpüppchen, eine winzige Braut von Thinbeach, nackt und mit scharfkantigen, ausgefransten Strohhalmen. Arme und Beine waren geknickt und krumm, die zerfaserten Finger griffen wie Klauen in die Luft und im augenlosen Gesicht grinste ein gestickter Mund zum Mond hinauf.

Fletcher blickte auf die Strohpuppe, dann auf Iwan, und in diesem Moment gaben die Wolken den Mond frei. Jetzt badete die Fläche unter dem Raketensilo im hellen Mondschein.

»Was ist das, Iwan?«

»Das wissen Sie genau. Es ist eine Strohpuppe. Der Mann

mit dem roten Stern am Kragen hat sie neben der Asche meines Vaters auf den Küchentisch gelegt.«

»Wollen Sie damit sagen, dass bei der Leiche Ihres Vaters eine Strohpuppe gefunden wurde?«

»Die englische Polizei dachte, dass die Puppe meinem Vater gehörte. Aber meine Mutter und ich, wir spürten sofort, dass etwas Böses von ihr ausging. Wir wussten, dass jemand aus irgendeinem Grund die Puppe auf die Leiche gelegt hatte. Als ich damit zum Stausee gerannt war, blieb ich lange dort stehen, so lange, dass man mich suchen kam. Ich schwor mir, dass ich herausfinden würde, was geschehen war. Das schwor ich mir wieder und wieder. Wissen Sie, welcher Gedanke mir am unerträglichsten ist? Dass ich es nicht wusste. Dass ich Tag für Tag auf die Karte schaute und die Orte ankreuzte, die mein Vater, wie ich glaubte, gerade besuchte. Dabei hat er es nur bis zum ersten Ort geschafft, bis Cambridge. Danach war er tot. Und jemand von hier hat dieses Ding auf seine Leiche gelegt.«

Fletcher merkte, dass Iwan nicht mehr mit ihm sprach, sondern eigentlich mit sich selbst. Iwan gab sich noch einmal das Versprechen, das er seit 1979 immer wieder erneuert hatte, sogar in der Strafzelle einer Militärstrafanstalt, und das nun so felsenfest in seinem Kopf saß, dass nichts mehr daran zu ändern war.

»Iwan«, sagte Fletcher, »das mit der Strohpuppe kann ich auch nicht erklären. Ich weiß nicht, warum sie bei der Leiche Ihres Vaters gefunden wurde, aber Sie haben keinen Beweis dafür, dass irgendjemand aus Thinbeach für seinen Tod verantwortlich war.«

Iwan stand da und blickte auf die Fens hinaus. Das Revers seines Anzugs flatterte ganz leicht im Wind. Der Mond glitt langsam nach Westen, wo ein Verkehrsjet, dessen Lichter heller strahlten als die Sterne, den Himmel überquerte. »Ich dachte, den Beweis würde Olga finden, aber sie hat versagt.«

Fletcher dachte an die Stimmen auf Teversham's Band zurück. Tevershams Frage: *Und was bedeutet das?* Und die Antwort des alten Polizisten: *Ach, dieser uralte Kram … Das lief wie am Schnürchen.* Nach *diesem* uralten Kram hatte Teversham sich erkundigt, denn das war die Frage, hinter der Jake hergewesen war: Was bedeutete eine Strohpuppe in Thinbeach eigentlich? Warum kam jemand auf die Idee, sie auf eine Leiche zu legen?

»Olga hat mich bei meiner Lebensaufgabe im Stich gelassen. Nun können Sie mir helfen, sie zu vollenden.«

Fletcher verstand, worauf Iwans Vorschlag hinauslief.

»Sie wollen, dass ich die Umstände aufkläre, die zum Tod Ihres Vaters geführt haben.«

»Sie sind der Einzige, der das kann. Im Gegenzug bleibt bei der Hochzeit von Thinbeach dann alles ruhig.«

»Wie kommen Sie auf die Idee, dass ich dem zustimmen könnte?«

»Nun, erstens natürlich, weil Sie bei der Hochzeit kein Desaster erleben wollen. Sie wissen, dass ich den Leuten etwas Schreckliches antun kann, ohne sie auch nur anzurühren. Ich werde genau das tun, wovor sie die größte Angst haben. Denken Sie an Charter oder Denton, und zwar mal hundert. Der zweite Grund ist ganz simpel – Sie wollen selbst herausfinden, was die Strohpuppen bedeuten.«

Iwan sah ihn aufmerksam an, und Fletcher dachte an alles, was diese mandelförmigen Augen schon gesehen hatten – Leichen, die Wände der Strafzelle, Iwans eigene Opfer bei ihren letzten Atemzügen.

»Und der dritte Grund, was ist der dritte Grund?«, fuhr Iwan fort. »Ich glaube, da ist noch ein Grund in Ihrem eigenen Inneren, denn ohne den wären Sie niemals so weit gekommen.« Er steckte die Strohpuppe in seine Jacketttasche, knöpfte diese vorsichtig zu und strich den Stoff glatt. »Ich bin ein moralischer Mensch, Polizist. Manchmal denke ich sogar, ich bin eine Art Heiliger.«

»Falls Ihr Vater Opfer eines Verbrechens wurde, werde ich das herausfinden.«

»Sie sind einverstanden? Danke.«

»Aber wir befinden uns immer noch in England, Iwan, selbst hier in dieser Einsamkeit. Ich werde herausfinden, was Ihrem Vater zugestoßen ist, und dann sorge ich dafür, dass Sie abgeschoben werden. Lassen Sie unterdessen die Finger von Judith Denton.«

»Judith.« Iwan rieb sich wieder das Kinn und lächelte. »Sie erinnert mich an eine sehr berühmte Frau in Tschetschenien. Haben Sie jemals vom Engel von Izny gehört?«

»Was ist Izny?«

»Ein Gebiet, in dem sehr viele unserer Männer gefallen sind. Der Engel war eine wunderschöne Frau, eine Kämpferin der Partisanen. Sie tauchte immer ganz unerwartet auf, mitten in einer Menschenmenge oder in der Krone eines Baums zum Beispiel, tötete einen von unseren Soldaten und verschwand. Keiner bekam je wirklich ihr Gesicht zu sehen. Sie wurde fast eine Legende. Manche von unseren Jungs ließen sich Tätowierungen machen, mit der Inschrift *Verschone mich, Engel.* Dann befand sich meine Einheit eines Tages am Rande eines Maisfeldes. Ich sah, wie etwas sich im Mais auf meinen Kampfnachbarn zubewegte. Plötzlich trat sie aus dem Mais heraus, eine wunderschöne Frau in Schwarz, in einem dieser langen Kleider, die die Frauen dort tragen, und das Gesicht war wirklich wie von einem Engel. Mein Kamerad konnte sich nicht rühren, er kniete einfach da und blickte zu ihr auf. Er war praktisch noch ein Kind, direkt nach der Schule eingezogen. Er wusste, dass der Engel ihn gefunden hatte. Sie schoss ihm mitten ins Gesicht. So haben wir sie erwischt.«

»Was ist mit ihr geschehen?

»Die Jungs haben ihr ein anständiges Begräbnis gegeben. Haben ihre Einzelteile hübsch ordentlich eingesammelt. Es war ein gutes Begräbnis. Und Judith ist genauso schön wie der

Engel. Sie ist wundervoll, finden Sie nicht?« Iwan lächelte. »Sie sind geschickt, Sie haben mich dazu gebracht, zu viel zu reden. Das ist eine Verhörtechnik, nicht wahr? Ihnen bleibt nur noch ein einziger Tag. Verschwenden Sie Ihre Zeit nicht. Ich weiß, dass *The Wake* beteiligt war, aber ich glaube, dass noch mehr an der Sache dran ist. Das waren nicht nur die drei Männer, von denen wir bereits wissen. Sagen Sie mir, wer sonst noch beteiligt war, was sie getan haben und warum sie die Strohpuppe auf die Leiche meines Vaters gelegt haben. Sonst zahlt ganz Thinbeach den Preis, jeder einzelne Einwohner.«

Iwan wandte sich zum Gehen. Fletcher sah ihm nach, wie er von der Silokuppel herunterstieg und durch das verblühte Löwenzahnfeld davonging, wobei er eine Spur fliegender Samenschirmchen hinter sich herzog, bis er in der Dunkelheit verschwand.

Fletcher wartete so lange, bis er Iwan auch dann nicht mehr hätte einholen können, wenn er seine Meinung geändert und es gewollt hätte. Das Risiko war gering, denn er änderte seine Meinung fast nie.

Im Flugzeug nach Lissabon saß Sal Moresby neben einem Mann, der nach Kouros duftete und Ferienwohnrechte in Luxus-Wohnanlagen verkaufte. »Ich kann Ihnen ein paar Objekte zeigen. Ohne jeden Kaufzwang. Wir sind Profis.«

Sie schloss die Augen, ließ das Brummen des Flugzeugs, die Stimmen der Passagiere und das gelegentliche Weinen eines Kindes einfach an sich vorbeistrudeln. Ihre Verärgerung über Tony Ollands idiotisches Gebrabbel verging auf Höhe des Ärmelkanals. Irgendwo über dem Golf von Biskaya nickte sie ein paar Minuten ein und begriff im Halbschlaf etwas, das ihrem Bewusstsein entgangen war.

Als sie aufwachte, war es wieder weg. Sie bestellte eine Bloody Mary und sah zu, wie die portugiesische Küste im dunklen Meer unter dem Flugzeug wie ein anschwellender Bluterguss immer größer wurde. Der Ferienwohnrechteverkäufer wollte ihr seine Karte geben. »Sehen Sie nicht, dass ich nachdenke«, fuhr sie ihn an.

Spätnachts stand sie an der Rezeption der Leihwagenfirma. Sie fragte den Angestellten, ob er ein Hotel empfehlen könne.

»Eine Frau wie Sie braucht ein schönes Zimmer«, erwiderte der.

»Ein ruhiges Zimmer reicht mir völlig.«

Fletcher hielt auf dem Rückweg an der Electric Mile. Als er ins Haus ging, hockte Cathleen im Wohnzimmer mit angezogenen Beinen auf dem Sofa und sah ihn mit geweiteten Augen über ihre Knie hinweg an. Auf dem Hof hörte man Luke, der mit einem Basketball trainierte, doch gleich darauf fuhr ein Zug vorbei und übertönte alles.

»Macht Luke sich Sorgen?«, fragte er.

»Er vertraut darauf, dass du diese Männer von uns fernhältst.« Sie schloss die Augen. »Wenn er es herausfindet, Tom. Ich weiß nicht, was dann mit ihm passiert. Das bringt ihn um.«

»Ich hab dir doch gesagt, dass er es nicht herausfinden wird.«

»Und dich auch, Tom. Dich bringt es auch um, oder?«

Es war eine schwüle Nacht. Die Leute huschten wie Schatten durch die Straßen der Altstadt, die Collegegebäude lagen verlassen da. Fletcher fuhr zu seinem Parkplatz bei All Saints', hielt dann aber vor der Kette und sah gedankenverloren auf das herabbaumelnde Vorhängeschloss. Er dachte über Iwan und dessen Vater nach. Wenn Iwan die Chance bekäme, noch einmal mit seinem Vater zu sprechen, was würde er tun, wie weit würde er dafür gehen?

Er ließ den Motor wieder an und fuhr über die Sidney Street davon.

Durch das offene Wagenfenster atmete er die Luft von Cambridge ein. Es roch nach altem Gemäuer, Parfüm, Essen und Kanal, ein brackiger Geruch, den der Fluss unter der Magdalene Bridge verströmte. Als er auf der Madingley Road nach Westen fuhr, wichen diese Gerüche dem Duft von Gras. Er überquerte die M11 und nahm die Scheinwerfer der Autos unten auf der Autobahn nur als rasch vorbeihuschende Streifen wahr.

Er bog in einen Wald ein und ließ das Dröhnen der Autobahn hinter sich zurück. Hier wuchsen überwiegend Nadelbäume, die im Licht seiner Scheinwerfer frisch und grün wirkten, während der Boden von abgestorbenen, braunen Nadeln übersät war.

Er kam an einem Schild vorbei: Wilber Court, Seniorenzentrum.

Das Gebäude war ein rechteckiger Backsteinbau mit Blumenkästen vor den Fenstern. Hier und da sickerte Licht durch zugezogene Vorhänge nach draußen. Fletcher parkte, blieb noch eine Weile im Auto sitzen und sah zu den Fenstern hinauf. In einigen standen die Vorhänge ein wenig offen und man konnte die Lampen dahinter sehen. Dann ging er zur Eingangstür und drückte die Nachtglocke.

Drinnen am Empfang las eine Pflegerin in einer tschechischen Zeitung. Mit Augen wie Scherben von grünem Glas sah sie ihn an.

»Ich möchte zu Mr Fletcher.«

Sie zögerte.

»Er ist mein Vater«, sagte er.

Tom Fletcher hörte, wie die Haustür aufging, aber nicht wieder geschlossen wurde. Es war spät am Abend. Das Licht der Straßenlaternen drang als orangegelber Schein ins dunkle Wohnzimmer, Lichtfinger von Autoscheinwerfern kamen durch die Vorhänge und strichen über die Wände. Im Fern-

sehen, wo gerade Nachrichten liefen, rollten Panzer zwischen Sanddünen hindurch.

Er ging in den Flur, von wo er den Hauseingang sehen konnte. Das Licht der Straßenlampen und kalte Luft, die nach Flusswasser roch, strömten durch die geöffnete Haustür herein.

Tom ging hin und fand dort seinen Vater, der mit dem Rücken gegen die offene Haustür gelehnt auf der Vortreppe saß und auf die Straße hinaussah. Sein Schlüsselbund baumelte vom Türschloss herab. Ein Auto fuhr vorbei und tauchte ihn für Sekunden ins Licht der Scheinwerfer. Ein Schnitt im Gesicht war verschorft, während unter der Lippe frischeres Blut klebte. Er stank nach Bier, nach der Gosse und nach allem Möglichen, wo auch immer er sich in den letzten achtundvierzig Stunden herumgetrieben hatte. »Ich habe meinen Wintermantel verloren«, sagte er zur Straße gewandt. »Da kommt man sich doch vor wie ein Lump, oder? Den Wintermantel verlieren.«

»Sie kommen morgen«, sagte Tom.

»Wer kommt?«

»Sorgerechtsentzug.«

»Ich brauch keinen Entzug. Wer kommt?«

»Du kannst mich besuchen.«

»Wo besuchen?«

Tom Fletcher brachte seinen Vater nach oben und zog ihm die Schuhe aus. Der Betrunkene streckte sich im Licht der Straßenlaterne auf dem Bett aus und murmelte etwas vor sich hin. Tom Fletcher betrachtete ihn minutenlang, während die Heizung knackte und gluckerte und das Wasser in den Rohren rauschte.

Das war die letzte Nacht, die Tom Fletcher mit seinem Vater unter einem Dach verbrachte.

Fletcher stand da und sah in den Nadelwald. Ein Pfad voll festgetretener brauner Nadeln führte hindurch.

Er betrat ihn und roch beim Gehen den Duft der Nadeln, hörte das Knacken der Zweige unter seinen Sohlen und das durch die Bäume gedämpfte Rauschen der Autobahn. Die Bäume standen in exakt ausgerichteten Reihen, und am Ende des Pfades leuchtete ein Licht, auf das er geradeaus zuging. Nach wenigen Minuten erreichte er den Rand des Wäldchens. Auf dem freien Feld dahinter flackerte ein kleines Feuer in einem Ring nackter Erde. Vermutlich brannten dort Kiefern- oder Fichtenäste, denn der in der reglosen Luft hängende Rauch roch harzig.

Er blieb in ein paar Metern Entfernung stehen, noch immer im Schatten der Bäume. Im Feuerschein sah er einen Mann, der, die Hände in den Hosentaschen, dastand, leicht gebeugt und den Kopf vorgestreckt. Die Flammen brannten nun ruhiger und zeigten ihn im Profil, ein verfilzter Haarschopf, unter dem kaum etwas vom Gesicht zu erkennen war. Plötzlich drehte der Mann sich zum Pfad um, und die Flammen beleuchteten ihn von vorn.

Das Gesicht war von Falten durchzogen, die im Licht des Feuers noch tiefer wirkten. Zwischen den Augenbrauen war eine Furche eingegraben, und die Augen funkelten in einem Lichtreflex grün auf.

Fletcher blieb im Dunkel des Waldrandes stehen, er wusste nicht, ob der Mann ihn sehen konnte. Ein kalter Windstoß fuhr zwischen den Bäumen hindurch und ließ das Feuer aufflackern. Der Mann warf ein weiteres Stück Kiefernholz hinein.

Fletcher zog sich langsam zurück, vorsichtig, um nicht bemerkt zu werden. Dann drehte er sich um und ging über den Pfad zurück, bis ihm die Lichter von Wilber Court durch die Baumreihen entgegenleuchteten. Er stieg in seinen Wagen, saß eine Minute lang einfach da und sah zu den Fenstern hinauf. Der Rauch der brennenden Zweige hatte sich in seinen Kleidern festgesetzt. Er ließ den Motor an und suchte einen Radiosender. Er wollte irgendetwas, das ihm half, irgendetwas, das nicht aus ihm selbst kam. Schließlich schloss er sein MP3-Gerät an und wählte das erste Stück.

Seit er fünfzehn war, hatte Fletcher bei seinem Onkel gelebt, einem Berufssoldaten. Wenn sein Onkel im Ausland zu tun hatte, brachte er ihm oft etwas mit. Eines Tages war er aus Belize zurückgekehrt, der ehemaligen britischen Enklave in den Regenwäldern Mittelamerikas, und hatte ihm die Schallplatte eines jugendlichen Saxophonspielers mitgebracht, der nur diese eine Aufnahme gemacht hatte, bevor er bei einer Auseinandersetzung mit der Polizei ums Leben gekommen war. Fletcher hatte sie digitalisiert, das Knistern und Rauschen der alten Vinylplatte lag unter dem Tenor-Solo, als wäre es das Rauschen des Urwalds selbst.

Er drehte auf volle Lautstärke. Er wusste, dass er nun drei Meilen nach Cambridge fahren und in seiner Mietwohnung schlafen würde. Drei Meilen Abstand zu seinem Vater. Er ließ sich minutenlang von der Musik umspülen. Die Straße vor ihm war leer, und hinter sich sah er nur ein einziges Paar Scheinwerfer, das nicht näher kam.

Fletcher bog in die Northampton Street ein und dann in die Magdalene Street, das Seitenfenster weit offen, so dass die Klage des toten Saxophonisten in die heißen, menschenleeren Straßen Cambridges hinaushallte.

Die Scheinwerfer in seinem Rückspiegel kamen jetzt näher, und als er auf der Brücke langsamer fuhr, erkannte er die Silhouette eines Omega neueren Baujahrs. Er trat auf die Bremse und blieb mit quietschenden Reifen mitten auf der Fahrbahn stehen. Die Augen auf den Rückspiegel geheftet, roch er den verbrannten Gummigeruch der Reifen. Zwanzig Meter weiter hinten hatte der Omega ebenfalls scharf gebremst, und zwar so, dass er außerhalb des Lichtkreises der Straßenlaterne blieb. Heute Abend war die Windschutzscheibe nicht regennass und bot keinen Sichtschutz. Der Wagen hatte noch immer dasselbe gefälschte Nummernschild. Fletcher stellte die Musik aus, und in der Stille hörte er den laufenden Motor des Omega. Motten umschwirrten den Wagen und prallten gegen die Scheinwerfer.

Er stieg aus, ließ die Tür des Audis offen und ging auf den anderen Wagen zu, wobei er in der Manteltasche nach seinem Polizeiausweis griff und, obwohl er keinen Blickkontakt hatte, den ausgestreckten Zeigefinger der anderen Hand auf den Fahrer richtete.

»Wer sind Sie?«, rief er.

Als er näher kam, erkannte er den Umriss zweier Männer durch die Windschutzscheibe. Waren es dieselben wie zuvor? Er ging auf den Bürgersteig und trat dicht an den Wagen heran. Durchs Seitenfenster erkannte er den Beifahrer mit dem kurz geschnittenen grauen Haar, das Gesicht gefleckt vom orangefarbenen und grünen Licht der Armaturenleuchten. Der Mann sah ihn durch die Scheibe hindurch an, grinste dann plötzlich und brach in lautloses Gelächter aus. Der Fahrer beugte sich vor und blickte zu Fletcher hinüber. Auch er lächelte und sagte ein paar für Fletcher nicht hörbare Worte, bevor er plötzlich so rasant anfuhr, dass sein Beifahrer in den Sitz gepresst wurde. Fletcher fühlte einen Schwall heißer Luft und roch Auspuffgase, und dann krachte der Omega gegen die geöffnete Tür des Audis.

Glas zersprang klirrend und Fletcher sah, wie die abgerissene Tür des Audis über die Motorhaube des Omegas katapultiert wurde und auf der Straße landete, wobei Fetzen der Türverkleidung in alle Richtungen spritzten. Abgerissene Kabelenden hinter sich herziehend, trudelte die Tür noch ein kleines Stück weiter. Da war der Omega schon verschwunden, nicht einmal seine Schlussleuchten waren noch hinter der Brücke zu sehen.

Fletcher stürmte über das Scherbenfeld, stieg in den Audi und drehte den Zündschlüssel im Schloss, doch nichts rührte sich. Die Sicherungen waren herausgesprungen.

Einige Schaulustige versammelten sich auf dem Bürgersteig und zeigten auf den Wagen, dem nun die Tür fehlte. Ein Student stand schwankend da und schüttelte langsam den Kopf.

»So ein Glück, dass Sie nicht da gestanden haben. Ich mein, so ein Glück.«

Fletcher stieg aus. Er versetzte der kaputten Tür einen so heftigen Fußtritt, dass sie quer über die Straße rutschte.

Mit Glück hatte das nichts zu tun. Diese Männer waren nur aus einem einzigen Grund nicht noch weiter gegangen. Sie wollten ihn wissen lassen, dass sie ihm auf den Fersen waren. Sie wussten, wo Cathleen und Luke wohnten, und jetzt wussten sie auch, wo sein Vater lebte. Je mehr er über Thinbeach herausbekam, desto mehr erfuhren sie über ihn.

Und der Fahrer hatte etwas zu ihm gesagt. Fletcher war sich nicht sicher, meinte aber, es seien die Worte *Wir wissen Bescheid* gewesen.

Irgendetwas lag in der Luft, ein Geruch, den er nicht loswurde. Fletcher schnüffelte an seinem Hemd. Der Rauch von Kiefernholz.

Freitagmorgen

Das Hotel, das der Mann von der Leihwagenfirma Sal empfohlen hatte, war, wie sich herausstellte, sowohl ruhig als auch schön. Es war ein kleiner Hotelbetrieb in einem Tal nördlich von Lissabon. Steinboden, Geranien und Fensterläden. Ein großes Bett. Auf dem Handy hatte sie eine Nachricht von Fletcher, der ihr mitteilte, dass der Gegenstand, den man damals bei der Leiche des Russen gefunden hatte, eine Thinbeach-Strohpuppe sei. Sie streckte sich auf der sauberen Bettwäsche aus, schloss die Augen und drückte das Gesicht ins Kissen. Die Stille war berauschend.

Eine Strohpuppe? Großer Gott. Hatte Tony Olland auf so etwas angespielt? Die Geschichten über das verrückte Dorf. Die alten Sagen von der Braut von Thinbeach.

Sie schlief rasch ein.

Gegen Morgen war die Zeit um tausend Jahre zurückgedreht. Sie lag in einem anderen Bett auf einem Laken aus Flachs, und neben ihr lag ihr Mann. Er war doppelt so alt wie sie. Sein geschorener normannischer Schädel war schweißnass, sein nach Wein stinkender Mund stand offen und er brabbelte im Schlaf in seiner idiotischen Muttersprache vor sich hin.

Sie stand auf und merkte, dass sie nackt war. Nach dem verschwitzten Bett war es kühl im Zimmer. Sie ging zur Haustür von Blindy House und spürte den Steinboden unter den nackten Füßen. Die Tür stand offen, und statt der Shamblings lag da draußen ein Obstgarten, der über die halbe Insel fast bis zu der neuen normannischen Kirche reichte, wo ihre Hochzeit stattgefunden hatte, aber nur, weil die Dorfweiber sie vorher mit Mohn ruhiggestellt hatten.

Die Bäume, graublau vor dem Morgenhimmel, hingen voller Äpfel. Das Gras schmiegte sich feucht zwischen ihre Zehen und die Rinde der Apfelbäume kratzte über ihre Haut, als sie sich zwischen ihnen hindurchschob.

An einem Baum stand, mit Holzkeilen befestigt, eine Leiter. Sie stieg hinauf und spürte, wie die Äpfel ihr Platz machten, der Tau sich feucht und üppig in ihr Haar legte und glänzend über ihre Brüste streifte. Ihre Brustwarzen troffen von Apfelsaft. Einige Äpfel fielen herab und landeten rund und voll in ihrem Schoß. Von dort plumpsten sie auf den Boden und rollten Tau versprühend davon.

Sie stieg bis ganz nach oben in den Baumwipfel.

Dort erwartete sie schon, gegen einen Ast gelehnt, ihr geliebter Dorfbursche, ein Leuchten in den blauen Augen. Sie sagte seinen Namen in ihrer eigenen Sprache und klammerte sich mit den Füßen an den Ästen fest. Das Haar des Jungen war nass und besprühte sie mit kühlen Tropfen, als er ihre Handgelenke ergriff und ihre Hände um den Baumstamm legte. Sie spürte ihren Pulsschlag unter seinen Daumen, während er sie so festhielt, dass sie nicht abrutschen konnte.

Dann ein Krachen. Sie wurde vom Baum heruntergezerrt, die Holzkeile rissen ihr tiefe Schrammen in die Haut, und ihr Mann warf sie sich über die Schulter, schleppte sie, gegen die Äpfel an den Zweigen stoßend, durch den Obstgarten zurück und sang dabei etwas auf Normannisch.

Gleich darauf war er mit ihr am Seeufer und sie flog durch die Luft. Tau tropfte von ihren Fingernägeln. Die Welt kippte, Weizenfelder und Obstgarten stürzten, das Unterste zuoberst, und dann schlug ihr das schwarze, glänzende Wasser ins Gesicht.

Es war kalt, und als sie unterging, drang ihr der Schlamm in die Augen. Die Ohren gingen zu und sie hörte nur noch das Hämmern ihres eigenen Pulses. Sie spürte Wasserpflanzen und die Aale, die gegen ihre Augenlider stießen und sich zwischen ihren Armen und Beinen hindurchschlängelten.

Nur einmal noch schaffte sie es ans Licht. Sie schüttelte keuchend den Kopf und sah ihren Mann, der schweiß- und tauüberströmt am Ufer stand und ihr beim Ertrinken zusah, die Hände in die behaarten Hüften gestemmt. Sie spie einen Fluch gegen ihn und all seine Hurensöhne hervor: einen langen, komplizierten Fluch, der ihr den letzten Atem raubte. Ein letztes Mal sah sie das Dorf, das schräg zum Himmel kippte, und dann schlangen sich die Aale um ihre Schenkel und zogen sie wieder in die Dunkelheit hinunter.

Sal Moresby erwachte im Licht der portugiesischen Sonne, die schräg durch die Lamellen einfiel. Sie blieb eine Weile liegen, bis ihr Atem ruhiger ging, und sah zu, wie feine Stäubchen langsam durchs Licht trudelten. Als sie aufstand, fühlte sie die kühlen Kacheln unter den nackten Füßen.

Sie duschte ausgiebig und betrachtete ihre Zehen im warmen Wasser.

Beim Auschecken erkundigte sie sich nach dem Weg zu der Golfanlage namens Parque da Pinta. Der Mann am Empfang erklärte ihr den Weg und gab ihr eine kleine Übersichtskarte mit. Dann sagte er: *Möge es ein guter Tag für Sie werden.*

Sie mochte Portugal. Die Fahrbahn war gut und der Straßenrand mit Eukalyptus und Pinien bewachsen, hinter Steinmäuerchen lagen Felder und Weiden, an den Zäunen verwehtes Eschenlaub und oben in den Bergen ein paar Häuser, deren Dächer rot aus der Landschaft herausleuchteten. Sie fuhr langsam – für ihre Verhältnisse – und legte sich zurecht, wie sie ihr Gespräch mit Billy Breakman führen wollte. Sie stellte sich das durchsetzungsfähige, selbstbewusste Gesicht aus dem

Landmaschinenkatalog vor, und dann dasselbe Gesicht, wie Jake Skerrit es vor einer Hintergrundstruktur aus Strohhalmen auf seine Zimmerwand gemalt hatte; und nochmals dieses Gesicht, wie es ausdruckslos aus den Zeitungsfotos herausschaute.

Sie hielt kurz, um die Karte zu studieren. Am Straßenrand stand ein Schrein, eine Madonna hinter einem Glasfenster. Eine alte Frau, die Blumen dort hinstellte, sagte: *Möge es ein guter Tag für Sie werden.*

Sie nahm eine Straße, die aus dem Tal heraus in eine bergige Waldgegend führte. Nach zwanzig Kilometern fand sie das erste Hinweisschild zum Parque da Pinta, und kurz vor neun Uhr kam sie an.

Die Golfanlage prunkte mit einem eindrucksvollen Eingang. Vor dem Tor überquerte man ein halbkreisförmiges Fliesenmosaik, in dem das Wort *Pinta,* in Buntglas eingelegt, in der Sonne funkelte. Mit demselben Schriftzug war auch die Jacketttasche eines gelangweilten Wächters bestickt, der sich, von Zigarettenmief umwabert, in Sals Auto beugte und sie fragte, zu wem sie wolle. Als er ihre Antwort hörte, zog er erstaunt die Augenbrauen hoch; nach einem Blick auf ihren Polizeiausweis sah er sie anders an. Er öffnete das schmiedeeiserne Tor und winkte sie durch.

Sie sah im Rückspiegel, wie das Tor sich wieder schloss. Die Straße wurde zu einer Eukalyptusallee und führte zwischen Rasenflächen hindurch, auf denen Rasensprenger Regenbogen ins Sonnenlicht malten. Weiter unten ging dieser Rasen in einen hügeligen Golfplatz über. Bunt gekleidete Menschen zeichneten sich vor dem Green und dem hellen Sand der Bunker ab. Dann kam die Hotelanlage selbst in Sicht: Apartmenthäuser mit Kuppeldächern, halbkreisförmig angeordnet vor dem Blau des Himmels.

In der Empfangshalle konnte sie nach der blendenden Helligkeit draußen zunächst kaum etwas sehen, doch dann stellte sie fest, dass der Empfangstisch aus Mahagoni nicht besetzt war. Sie fragte zwei vorbeikommende Männer in Golfkleidung nach Billy Breakmans Apartment. Die beiden tauschten einen Blick und sahen sie misstrauisch an. Sie musste ihre Frage in schärferem Tonfall wiederholen, bevor sie eine Antwort bekam.

Das Apartment lag im obersten Geschoss am Ende eines angenehm kühlen Korridors. Der Marmorboden wurde gerade von einer Frau gewischt, die Sal nachstarrte, als sie sich Breakmans Tür näherte. Anscheinend hatten hier alle ein bisschen Angst vor Billy Breakman.

Sal läutete, wartete ab und läutete noch einmal. Sie hörte die Türglocke und hatte das Gefühl, dass jemand sie beobachtete – nicht die Putzfrau, sondern jemand, den sie hinter der mit einem Spion ausgerüsteten Tür zu hören meinte. Dann ging die Tür ein paar Zentimeter auf, wurde aber noch von einer Sicherheitskette gehalten.

»Was wollen Sie?«

Die Stimme war tief und feindselig. Sie konnte den Sprecher nicht richtig erkennen, weil sie gegen das Licht blickte.

»Ich suche Mr Breakman.«

Sie hielt ihm ihren Polizeiausweis hin. Gleich darauf ging die Tür ein Stück weit zu, die Kette wurde entfernt und danach musste sie die Tür selbst aufschieben. Beim Eintreten stellte sie fest, dass alles ganz anders war, als sie erwartet hatte.

Das Apartment sah aus, als lebte dort jemand im Belagerungszustand. Überall lagen Zeitungen, Unterlagen und Bücher herum, alles war total verstaubt, und neben der Tür türmten sich leere Versandtaschen und -kartons. Aus der Küche drang ein ekliger Geruch, sie sah, dass sich dort Töpfe und Pfannen in der Spüle stapelten, während ein überquellender Mülleimer die Fliegen anlockte.

Billy Breakman hatte ihr den Rücken zugekehrt. Er schloss

eine Jalousie, durch deren Lamellen noch Lichtschäfte schossen und das Chaos beleuchteten. Als er sich umdrehte und seine Frage, was sie wolle, wiederholte, brauchte sie ein paar Sekunden für eine Antwort. Das Apartment war nicht so, wie sie es erwartet hatte, und sein Bewohner war es ebenso wenig. Er war zweifellos derselbe Mann, den sie von den Fotos kannte. Er war noch immer groß, und auch ein Vierteljahrhundert später waren die ausgeprägten, energischen Gesichtszüge deutlich zu erkennen. Doch etwas an diesem Mann hatte sich verändert: Er stand mit krummen Schultern da und betrachtete sie aus tief in den Höhlen liegenden Augen. Der Stoppelbart war grau durchsetzt. Er trug zerknitterte Golfkleidung und schmuddelige Pantoffeln.

Sie fragte ihn, wann er nach Thinbeach zurückkehren wolle.

»Gar nicht. Ich lebe jetzt hier.«

»Sie wissen über Olga, die Frau Ihres Sohnes, Bescheid?«

Billy Breakman nickte. »Ich wusste, dass sie ihn unglücklich machen würde. Warum sollte ein Mädchen einen Mann heiraten, der doppelt so alt ist wie sie selbst?« Einen Moment lang hatte Sal den Apfelbaum vor Augen, und eine Leiter, die von Holzkeilen gehalten wurde. Billy stand am Fenster und sah sie an. »Nein, ich bleibe hier. Hier bin ich sicher.«

»Fürchten Sie sich vor irgendetwas Bestimmtem, Mr Breakman?«

»Sie haben mir immer noch nicht gesagt, was Sie von mir wollen.«

»Mr Breakman, in Thinbeach geht etwas vor sich. Die Ereignisse vom Januar 1979 sind plötzlich für viele Menschen sehr bedeutsam geworden, und zu diesen Menschen gehöre auch ich.«

Breakman schlang sich die Jalousienkordel um die Finger wie ein Fadenspiel. Dann schüttelte er die Schnur von den Händen und begann von vorn, ohne hinzusehen. Das musste er ziemlich oft geübt haben.

»Hören Sie«, sagte er plötzlich. »Sie könnten doch nach Lissabon fahren. Ich besorge Ihnen einen Tisch im Verdi, dem besten Restaurant am Platz. Ich habe noch immer Kontakte.«

»Ich möchte, dass Sie mir von *The Wake* erzählen. Soviel ich weiß, waren Sie der Vorsitzende.«

Billys tiefliegende Augen schlossen sich. Er sagte: »War ich das? Kann schon sein, ja.«

»Warum haben Sie die Orte besichtigt, an denen die Mitglieder der *Lovely Brigade* ums Leben gekommen waren? Ich besitze Fotos, die Sie dort zeigen.«

Billy riss die Augen auf. »Die *Lovely Brigade*. Das waren doch Kinder.«

»Es waren Jugendliche. Warum waren Sie damals da?«

Billy schüttelte den Kopf. »Das weiß ich nicht. Ich kann es nicht erklären.«

»Sie müssen doch einen Grund gehabt haben.«

»Ich bin einfach hin und habe geschaut.«

»Aha. 1979 ist ein russischer Ingenieur, der eigentlich einen Termin bei Ihnen hatte, im Fluss ertrunken. Können Sie mir die Umstände näher erläutern?«

Von draußen drang das Zischen und Prasseln der Rasensprenger herein. Breakman spähte durch die Lamellen, Lichtbalken im Gesicht, noch immer schlang er sich gedankenverloren die Jalousienkordel um die Finger.

»Wie viel?«

»Wie bitte?«

»Wie viel wollen Sie?«

Breakman klappte die Lamellen plötzlich zu. Im Zimmer wurde es dunkler. Sie wusste, dass er Angst hatte – nicht vor ihr, sondern vor dem, was ihn dazu veranlasste, ganz allein in diesem Loch zu hocken.

»Wenn ich jetzt zahle, höre ich dann nie wieder etwas von Ihnen? Aber das sagen Leute wie Sie ja immer, oder? Es hört niemals auf.«

»Hat jemand Sie erpresst?«

Im selben Moment wusste sie, dass es so war. Sie dachte an das Bündel Geldscheine in Jake Skerrits Zimmer und an das Tiffany-Armband für Olga.

Die Rasensprenger zischten.

»Die Anlage ist herrlich, nicht wahr«, sagte Breakman. »Und wunderbar ruhig. Man sollte hier das Leben genießen können, aber die anderen Bewohner starren mich im Korridor an. Und die Putzfrauen nennen mich *porcalhao*, weil sie glauben, dass ich kein Portugiesisch kann.«

»Bleiben wir beim Thema. Wer hat Sie erpresst? War es Jake Skerrit?«

»Sie wollen also kein Geld von mir?«

»Wohl kaum. Was auch immer 1979 geschehen ist, es muss ans Tageslicht. Wenn es einmal bekannt ist, kann auch niemand Sie mehr bedrohen.«

»Sind Sie sich da sicher?«

»Erzählen Sie mir, was geschehen ist. Ist es etwas, was Ihr Gewissen belastet? Etwas, das Ihnen auf der Seele liegt?«

Breakman schloss die Augen und machte eine Bewegung, die sich vielleicht als Nicken deuten ließ.

»Wollen Sie deswegen nicht nach Thinbeach zurück?«

Breakman schlug die Augen auf, sie waren gerötet und feucht. Er wischte sich mit dem Handrücken über den Mund, erwiderte aber nichts.

»Mr Breakman. Man hat damals etwas bei der Leiche des Russen gefunden. Einen Gegenstand. Wissen Sie, was das war?«

Breakman schüttelte den Kopf. Von den Rasensprengern abgesehen war es vollkommen still im Apartment.

»Es war eine kleine Strohpuppe, Mr Breakman. Warum lag sie da? Was bedeutet diese Puppe in Thinbeach? Ist sie ein Symbol für etwas?« Breakman schwieg weiter, die Finger unaufhörlich mit der Kordel beschäftigt und das Gesicht finster verzogen. Sal legte nach. »Sie müssen verstehen, dass der Tod des Russen eine enorme Bedeutung gewonnen hat. Sein Sohn ist nach Thinbeach gekommen.«

»Sein Sohn?«

»Ja, und er hegt einen Groll. Er versteht sich darauf, Menschen an den Rand des psychischen Abgrunds zu bringen. Peter Charter ist schon tot und Thomas Denton wird vielleicht der Nächste sein. Dazu kommt noch, dass am Samstag die Hochzeit von Thinbeach stattfindet.«

»Die Hochzeit?« Breakman lachte los, ein Speichelfaden rann ihm übers Kinn. Von der Jalousie rieselte Staub, als er, die Arme vor der Brust verschränkt, staunend den Kopf schüttelte, als wäre das ein unglaublicher Gag. Plötzlich hörte er auf zu lachen, wischte sich den Mund ab und sah Sal an. »Sie wird sich wehren. Sie wehrt sich immer.«

»Wer?«

»Die Braut natürlich. Die verdammte Braut von Thinbeach.«

»Aber die ist doch nur ein Figürchen, eine kleine Strohpuppe.«

»Eine kleine Strohpuppe? Haben Sie die Braut jemals gesehen? Sie ist so groß und stark, dass sie spielend mit jedem Mann fertig werden könnte. Mit nur einer Hand könnte sie Ihre Taille umfassen, Sergeant.«

»Sie ist doch nicht real, Mr Breakman.«

»Oh doch, und ob sie real ist. Die Braut ist real. Sie ist an allem schuld.«

»Woran ist sie schuld?«

»Die Braut war es, die mich anfangs dazu überredet hat. Sie hat mir so lange ins Ohr geflüstert und mich verführt, bis ich mitgemacht habe.«

Breakman brach ab. Sal wartete, dass er mehr erzählte, doch er schwieg.

»Das ist interessant. Wobei haben Sie mitgemacht?«

Breakman stand einfach nur da und wippte auf den Zehen.

Sal blickte sich im Apartment um. In den Ecken und Winkeln hatte sich Müll angesammelt: leere Packungen von Fertiggerichten, Wein- und Ginflaschen. Sie fragte sich, ob Breakman wirklich etwas wusste – ob er wirklich bei etwas mitgemacht hatte, das nun sein Gewissen belastete – oder ob dieses Gerede nur daher kam, dass ein paar von diesen Flaschen vor kurzem noch voll gewesen waren.

»Mr Breakman, haben Sie jemals überlegt, ob Sie Hilfe benötigen?«

»Die Putzfrauen weigern sich, hier hereinzukommen.«

»Ich meine einen Therapeuten. Ich glaube, eine Therapie würde Ihnen guttun. Mir scheint, dass Ihr Gewissen seit einem Vierteljahrhundert mit etwas Schrecklichem belastet ist, das Sie nun, nachdem Jake Skerrit Ihnen auf die Schliche gekommen ist, maßlos quält. Heraus damit, wobei haben Sie mitgemacht? War es ein Verbrechen? Und hat es mit *The Wake* zu tun?«

»Ach so. Jetzt verstehe ich.« Breakman nickte. »Sie wissen gar nichts, stimmt's? Sie haben überhaupt keine Ahnung. Allmächtiger, nicht die allergeringste Ahnung. Ich habe meine Meinung geändert, Sergeant Moresby. Fahren Sie nicht nach Lissabon – das Verdi würde Ihnen sowieso nicht gefallen. Fliegen Sie nach Thinbeach zurück und reden Sie mit ihr, mit der Braut von Thinbeach.«

»Strohpuppen reden nicht, Mr Breakman.«

Sal stand auf, klopfte sich den Staub von der Hose und wandte sich zur Tür. Vielleicht gab es ja eine karitative Organisation, die sich um solche Leute kümmerte: im Ausland lebende alkoholkranke Landmaschinenhändler.

»Ich frage Sie ein letztes Mal, Mr Breakman. Entlasten Sie Ihr Gewissen und machen Sie reinen Tisch. Was ist damals geschehen?«

Billy Breakman griff nach der Ginflasche und schüttelte

sie. Er hatte die Lippen zusammengepresst. Das Gespräch war beendet.

»Leben Sie wohl, Mr Breakman. Schließen Sie Frieden mit den Putzfrauen. Möge es ein guter Tag für Sie werden.«

Als sie sich umdrehte, rief Breakman ihr mit lauter, deutlicher Stimme nach: »Wenn Sie wissen wollen, was damals passiert ist, Sergeant, kann Ihnen nur die Braut weiterhelfen. Mit der Braut müssen Sie reden. Die Braut verkörpert Thinbeach, verstehen Sie? Die Braut, das sind all die Frauen, die bei einem Mann festsitzen, den sie verabscheuen, und nicht loskommen können. Chretien de Minchins junge Frau, Olga, die an Crispin gekettet ist, und Judith Denton, die mit Thomas in diesem verdammten Haus in den Fens hockt. Irgendwann werden diese Frauen sonderbar. Sie werden grausam und sind zu allem fähig. Genau das steckt in der Braut. Die Braut ist blind und taub, und jedes Jahr versuchen die Männer, sie zu ertränken. Sie geht auch tatsächlich unter, aber dort unten, im Wasser, *lebt sie weiter.* Sie lebt da unten, und sie streckt die Hände nach mir aus, ich sehe ihr Gesicht, wenn ich ins Waschbecken schaue. Sie wird ewig leben. Sie stirbt einfach nicht. Sie stirbt verdammt noch mal einfach nicht.«

Sal machte die Tür hinter sich zu.

Sal klopfte an eine Bürotür, die hinter dem Empfangsbereich lag. Der Clubmanager war ein gelangweilt wirkender Mann in den Dreißigern. Um den Hals hatte er ein Kruzifix, sein Schnauzbart war gepflegt. Er sprach ausgezeichnet Englisch und war Kettenraucher.

Mit einer Handbewegung wischte er etwas Asche vom Schreibtisch, warf einen Blick auf ihren Polizeiausweis und schüttelte mitfühlend den Kopf, als sie auf Breakman zu sprechen kam. Billy sei früher ein feiner Mann gewesen, ein richtiger Gentleman, sagte er. Jetzt dagegen breche er viele Regeln – sowohl die von Parque da Pinta als auch die Konventionen englischer Höflichkeit.

»Wann hat das angefangen?«

»Das ist noch gar nicht so lange her, im April oder so. Es kam ganz unerwartet.« Mit einem Fingerschnippen demonstrierte der Clubmanager die Plötzlichkeit des Zusammenbruchs. »Kurz zuvor hatte er Besuch.«

»Können Sie den Besucher beschreiben?«

»Ein junger Engländer, Anfang zwanzig. Sehr bescheiden gekleidet. Er war eine Stunde oben bei Breakman, und als er runterkam, wirkte er sehr zufrieden. Danach war Breakman nie wieder derselbe.«

Es stimmte also. Jake war nach Lissabon geflogen, um Billy mit seinem Wissen über die Braut von Thinbeach zu konfrontieren. Er war mit den Taschen voller Banknoten weggegangen, oder vielleicht auch mit einer Zahlungsanweisung für Breakmans Bank in Ely.

Sal lehnte die angebotene Marlboro ab. Der Clubmanager verstreute neue Asche auf der Tischplatte. Bis auf die Bedienungsanleitung eines Rasensprengers war der Schreibtisch leer.

»Falls Sie ein wenig Zeit haben«, sagte sie, »wollen Sie dann nicht vielleicht der britischen Polizei helfen?«

Der Clubmanager ließ den Blick über Sal und dann über die Rasensprenger-Bedienungsanleitung wandern.

»Wie denn?«

Fletcher ging zur fahrbaren Frühstücksbude auf dem Marktplatz und stellte sich in die Qualmwolke, die aus Stans Bratpfannen aufstieg. Es war früh am Morgen, noch vor sieben, aber es war jetzt schon warm. Stan schob ihm einen Becher mit Tee hin und wendete Speck in der Pfanne. »Sie hatten ein Problem mit dem Wagen, wie man hört?«, fragte er.

»Ohne Tür ist es besser. So bleibt es kühler.«

Stan nickte. »Und wie geht es Ihrem Freund?«

»Meinem Freund?«

»Dem Mann, der aus einem anderen Land hierherkommt, dem Mann, der Frieden sucht.«

»Er ist nicht mein Freund, Stan.«

Stan sah Fletcher aufmerksam an und schaute dann weg.

»Dann muss ich mich wohl geirrt haben. Ich dachte nur, wegen der Art, wie Sie über ihn geredet haben.«

Sie brachten ihn im Taxi hin. Ein Granada, dessen Stoffsitze nach Fastfood und Rauch stanken. Der Fahrer warf ihm einen einzigen Blick im Rückspiegel zu und sah dann immer geradeaus auf die Fahrbahn. Die Sozialarbeiterin, die neben ihm auf dem Rücksitz saß, schaute aus dem Fenster.

»Es ist nur für eine Woche, okay?«, sagte sie. »Danach kommt die Familie deines Onkels aus Deutschland zurück, und du kannst zu ihnen. Okay?«

Sie bogen in eine Wohnstraße ein. Blissey Avenue. Nadelbaumhecken um die Gärten, ein roter Briefkasten und Eis auf den Pfützen. Die letzte Vorstadt vor der Endlosigkeit der grauen Felder.

»Du kommst zu einer erfahrenen Pflegefamilie. Edmund und Maria Hartnell. Sie werden dich herzlich aufnehmen.«

Der Fahrer hielt vor Nummer vierunddreißig.

»Es sind noch andere Kinder da. Jugendliche, meine ich. Jugendliche, um die die Hartnells sich kümmern. Genau wie um dich. Ihr werdet euch gut verstehen.«

Aus dem Zimmerfenster sah Tom Fletcher dem Taxi nach, das am Ende der Straße abbog und verschwand. Dann schaute er sich im Zimmer um. Ein Bett und ein paar Poster an den Wänden. Eine zerkratzte Kiefernholzkommode. Der Heizkörper knackte vor Hitze. Langsam öffnete sich die Tür.

Ein Mann mit Kordhose und Strickjacke über einem T-Shirt. In den Vierzigern, beginnende Glatze. Die Brille baumelte an einer Holzperlen-Brillenkette. Beim Hereintreten fingerte er an den Holzperlen herum. Die Fingernägel waren zu lang.

»Hallo, Tom. Ich bin Edmund. Herzlich willkommen.«

Fletcher duschte und zog sich um, ein leichter Anzug, Leinenhemd und Krawatte. In der Parkside-Wache fragte er nach, ob man den wegen Fahrerflucht gesuchten Omega inzwischen gefunden habe. Fehlanzeige. Er ließ sich ein Airwave-Gerät aushändigen, trug sich für ein Zivilfahrzeug der Polizei ein und spielte mit dem Schlüssel, während er Webley auf ihrem Handy anrief. Er erwischte sie auf dem Weg zum Seminar.

»Die ganzheitliche Polizeiarbeit kann warten, Fletcher. Schießen Sie los.«

Es wurde ein langer Bericht: die Strohpuppe auf der Leiche des Russen und die Drohung, die Iwan gegen die Einwohner von Thinbeach ausgesprochen hatte, falls die Todesumstände seines Vaters nicht geklärt würden. Als er endete, schwieg Webley eine Weile. Er meinte in der Stille ihren Atem zu hören. Dann fragte sie: »Was will er den Leuten von Thinbeach denn antun?«

»Ich weiß es nicht, Ma'am. Irgendetwas Abartiges, was sie vollkommen verstören wird. Bedenken Sie, was er mit Peter Charter angestellt hat und welche Gefahr er für Judith Denton darstellt. Die Sache ist tückisch. Das Problem ist nämlich, dass es die Situation langfristig nur verschlimmert, wenn wir jetzt die Hochzeit absagen oder eine Polizeitruppe dort aufmarschieren lassen. Wir können nicht ein ganzes Dorf dauerhaft evakuieren.«

Wieder Schweigen.

»Die Polizeiführung steht hinter Ihnen, Fletcher. Das wissen Sie. Aber Sie haben nur noch vierundzwanzig Stunden. Wie wollen Sie ihn aufhalten?«

»Es gibt eine sichere Methode. Ich werde herausfinden, wie sein Vater gestorben ist.«

Fletcher telefonierte von seinem Schreibtisch aus mit Sal und betrachtete dabei die Bäume des Parker's Piece vor dem Fenster. Sal befand sich Hunderte von Meilen entfernt auf den Rasenflächen von Parque da Pinta und sprach in ihr Handy.

»Also, zwei Sachen muss ich dir sagen. Zunächst einmal ist Breakman entweder ein hervorragender Schauspieler oder er ist tatsächlich seelisch zusammengebrochen«, berichtete sie. »Er konnte nicht erklären, warum er die Unfallorte aufgesucht hat. Zur *Lovely Brigade* sagte er nur: *Das waren doch Kinder.* Als ob sie ihm leidgetan hätten. Aber dann erzählte er mir, er habe bei etwas mitgemacht, wobei eine Strohpuppe wie die Braut von Thinbeach eine Rolle gespielt hat.«

»Bei was hat er mitgemacht?«

»Ich konnte ihm nur schwer folgen – er war betrunken. Aber er hat entsetzliche Angst vor der Braut. Ich weiß nicht, ob er damit wirklich die Strohpuppe meint oder etwas anderes. Tatsache ist, dass Jake Skerrit hier in Parque da Pinta war und Billy mit irgendeiner alten Sache erpresst hat. Vielleicht ging es um den russischen Ingenieur. Irgendetwas wirklich Schreckliches liegt Billy Breakman auf der Seele.«

»War das schon das Zweite?«

»Nein, das kommt jetzt. Also, es ist so, die Bewohner werden hier mehr oder weniger von der Geschäftsführung überwacht. Briefe werden geöffnet und Telefongespräche mit angehört. Über Billy Breakman gibt es eine ganze Akte, weil sie versuchen, ihn wegen Verstößen gegen die Hausordnung rauszuschmeißen. Der Clubmanager hat mir ein Verzeichnis seiner Telefonate gezeigt. Eine Nummer tauchte immer wieder auf, Breakman hat sie zwei- oder dreimal täglich angerufen – und zwar auch heute, kaum dass ich weg war. Eine englische Nummer mit der Vorwahl von Cambridge.«

»Wie lautet die Nummer?«

»Moment noch. Er war mitten im Gespräch, als der Clubmanager mich von der Zentrale aus reinhören ließ. Breakman faselte vor sich hin, bis jemand ihn unterbrach und abwürgte. Diese andere Stimme kannte ich.«

»Ach ja?«

»Ein hilfsbereiter, netter Mann, starke Körperbehaarung. Stammt in direkter Linie von den Normannen ab.«

Fletcher betrachtete die Bäume. Kein Zweiglein regte sich.

»Fletcher?«

»Alain de Minching? Bist du dir sicher?«

»Alain mit *ai*. Es war seine Stimme und seine Telefonnummer.«

»Und was hat er gesagt?«

»Also, jetzt halt dich fest. Alain sagte: *Mit denen wird sie sich auch noch befassen*. Dann hat er aufgelegt. Vielleicht hat er irgendein Knacken in der Leitung gehört.«

»*Mit denen wird sie sich auch noch befassen?* Wer ist *sie?*«

»Die Braut, Fletcher. Die Strohpuppe. Und wer ist wohl mit *denen* gemeint?«

»Die Russen«, sagte er.

»Oder wir.«

Fletcher hielt den Hörer noch eine Weile in der Hand. Im Büro herrschte inzwischen Betrieb, Telefone klingelten, Polizisten unterhielten sich oder frühstückten etwas Mitgebrachtes vom Schnellimbiss, aber Fletcher bekam nichts davon mit.

Er dachte daran, wie Jake und Teversham sich in den langen Winternächten gegenseitig von ihren Geldnöten vorgejammert haben mussten. Dann war Olga gekommen und hatte Jake gegenüber durchsickern lassen, dass sie hier war, um herauszufinden, was eine Strohpuppe auf der Leiche eines Ertrunkenen zu bedeuten habe. Teversham hatte seine alten Kumpel von der Polizei eingeladen und die Frage an sie weitergereicht. Und Jake war nach Lissabon geflogen und hatte Billy Breakman gesagt, dass er Bescheid wusste.

Dann hatte Jake die Überwachungskamera ausgeschaltet –

warum? Nicht, weil er mit den Maschinen herumspielen wollte, sondern weil er verabredet war. Jake geriet in den Schredder, und von seinem Kopf blieb nur die Hälfte übrig. Teversham geriet in Panik und schnappte sich das Videoband. Dann besuchte er Alain de Minching, fuhr mit seinen abgefahrenen Reifen nach Hause und wurde zu einer weiteren Ziffer in der Unfallstatistik.

Mit denen wird sie sich auch noch befassen.

Was ja wohl bedeutete, dass die Braut sich schon mit jemandem oder sogar mit mehreren Menschen befasst hatte. Sie hatte sich schon mit Jake und mit Teversham befasst.

Draußen auf dem Piece fuhr ein plötzlicher Windstoß durch die Zweige. Doch Fletcher saß schon in seinem Wagen und fuhr über die lange, gerade Straße nach Thinbeach.

Fletcher stand auf der Schwelle von Blindy House und lauschte auf das Läuten der Glocke. Keiner machte auf und auch Hundegebell war nicht zu hören. Er spähte durch das nächstgelegene Fenster, doch in der Eingangshalle war niemand zu sehen.

Hinter der Hausecke war die Giebelseite halb in den Erdwall eingelassen. Hier lag ein weiteres Fenster, von dem aus man in Alain de Minchings Zimmer mit den Schlachtenminiaturen sehen konnte. Auf der riesigen Tischplatte war eine neue Schlacht aufgebaut worden, und dort kämpften nun noch mehr bunt bemalte Zinnsoldaten. Fletcher wollte schon in den Vorgarten zurückkehren, drehte sich dann aber noch einmal um.

Es war eine mittelalterliche Schlachtenszene: Ritter sprengten über eine Ebene und ritten eine Bogenschützenreihe nieder. Es sah aus wie die Schlacht von Agincourt. Aber in Agincourt war es doch genau andersherum gelaufen – die Bogenschützen hatten die Ritter besiegt, oder? Welche Schlacht hatte Alain das Mal davor eigentlich aufgestellt – die Schlacht von Salamanca? Fletcher hatte plötzlich den Verdacht, dass da die Geschichtsbücher den Sieg der Rotjacken verzeichneten – die Roten waren gar nicht von den Blauen versprengt worden.

Als er zum Gartentor zurückkehrte, stellte er fest, dass Debbie, die Kellnerin, ihn vom Garten der Bride aus beobachtete. Sie kam lächelnd auf ihn zu.

»Alain ist nicht da«, sagte sie. »Hätten Sie gern Frühstück, Tom? Etwas Warmes?«

»Nein, vielen Dank, Debbie. Wissen Sie, wo er im Moment ist?«

»Heute ist der Tag vor der Hochzeit, Tom, da macht Alain immer eine Wanderung mit den Hunden, den Fluss entlang bis nach Ely. Er sagt, so hätten die de Minchings sich seit jeher auf den großen Tag vorbereitet. Und das ist noch nicht alles. Wenn das unter uns bleibt ...«, sie kam noch ein bisschen näher, »... er rasiert sich auch die Brust.«

»*Was* macht er?«

»Das ist noch so eine Tradition. Damals, als Chretiens Frau ertrank, soll sie die Familie der Minchins mit einem Fluch belegt haben. Ein Fluch, dass alle männlichen Nachfahren so haarig sein sollten wie Hunde.« Sie zwinkerte. »Normannische Soldaten mussten sich den Körper rasieren, wussten Sie das? Damit die Haare sich nicht im Kettenpanzer verfingen. Und am Tag vor der Hochzeit hält Alain es bis heute so. Na, prost Mahlzeit!«

»Sie wissen aber auch wirklich alles, Debbie. Besitzt Alain eigentlich ein Auto?«

»Mhm, einen großen alten Citroën, sieht aus wie 'n Fisch. Wollen Sie wirklich kein Frühstück, Tom? Es wäre in null Komma nichts fertig.«

»Das ist sehr nett von Ihnen, Debbie. Aber leider habe ich keine Zeit. Wo hat er den Citroën stehen?«

Die Garage lag am anderen Ende der Shamblings in einer Garagenreihe hinter den Steinhäusern. Das Tor war abgeschlossen, doch als Fletcher ein wenig nachhalf, ging es auf und das Sonnenlicht strömte in die Garage. Der Citroën war eine alte DS aus den Sechzigern, schwarz und in perfektem Zustand. Der Wagen stand vorwärts eingeparkt, und Fletcher musste sich zwischen Kotflügel und Wand hindurchquetschen, um zur Kühlerhaube zu gelangen. Debbie hatte recht: Das Auto sah tatsächlich aus wie ein riesiger metallener Fisch. Vorn am Stoßdämpfer war eine Delle, die jemand gesäubert hatte, vielleicht um Lackspuren des Aufpralls zu beseitigen.

War Ron Teversham auf diese Weise ums Leben gekommen? Hatte Alain ihn noch betrunkener gemacht, als er ohnehin schon war, und dann in der berechtigten Annahme, dass ohnehin keiner kommen würde, die Polizei angerufen? Angesichts der bekannt dünnen Personaldecke der Polizei in den Fens war er da kein großes Risiko eingegangen. War er in seinen Citroën gestiegen, Teversham nachgefahren und hatte dessen Ford gerammt? Da Teversham ohnehin kaum fahrtüchtig war, musste ein leichter Stoß genügt haben.

Fletcher schloss die Garagentür.

Ein mitgehörtes Telefongespräch aus Portugal und eine Beule im Stoßdämpfer würden vor Gericht niemals als Beweis ausreichen, aber nun bekam er allmählich eine Vorstellung davon, wie die Braut sich mit Menschen befasste, die ihr gefährlich wurden. Solche Leute hatten plötzlich einen Unfall – einen sorgfältig inszenierten und manipulierten Unfall, so wie man eine Schlachtenszene manipulieren und damit den Ausgang der Schlacht verfälschen konnte.

Warum das alles?

Was war das Geheimnis?

Was wusste Alain über *The Wake*, über jene Männer, die er als lächerliche Clowns hingestellt hatte? Warum rief Billy Alain an, wenn er sich Sorgen machte und beruhigt werden musste? Und was hatte all das mit der Frage zu tun, die noch heute beantwortet werden musste? Der Frage nämlich, warum auf der Leiche eines harmlosen russischen Ingenieurs, der unerwartet verstorben war, eine Strohpuppe gelegen hatte.

Fletcher ging zu seinem Wagen zurück. Es war ein kleiner Nissan-Geländewagen, grünmetallic, ohne Klimaanlage. Er holte die Unterlagen zu Terry Swilters und Shane Gaffys Tod heraus, lockerte seine Krawatte und las die Akten mit den mitkopierten Eselsohren Seite für Seite noch einmal durch.

Als er fertig war, saß er da und sah zu, wie ein Mähdrescher vor dem Hintergrund der Foliengewächshäuser in der flimmernden Hitze auf ein Getreidefeld fuhr und dann einsatzbereit stehen blieb. Diesmal lockerte Fletcher seine Krawatte nicht, er nahm sie ganz ab.

Es gab eine weitere Gemeinsamkeit zwischen den beiden Dossiers, die nicht auf den ersten Blick auffiel. Jedem Bericht des Coroners lag das übliche Verzeichnis der von Amts wegen mit dem Todesfall befassten Personen bei. Traditionell wurden die Beteiligten nach einer bestimmten Hierarchie aufgelistet. Ganz oben stand der Coroner selbst, ihm folgte der Arzt, der Terry Swilters Leiche am Unfallort Ulsingham Hall untersucht hatte. In Shane Gaffys Dossier fanden sich an dieser Stelle das ärztliche Personal der Intensivstation des Addenbrooke's und der Pathologe, der die Leiche nach dem Tod untersucht hatte. Weiter unten standen der leitende Polizeibeamte, der mit der Untersuchung betraut gewesen war, der Fotograf, dessen Fotos später zum größten Teil verschwunden waren, und schließlich die Feuerwehrleute. Ganz unten auf der Seite kam der Name des Polizeibeamten, der als Erster am Unfallort erschienen war und damit die Verantwortung trug, dass alles bis zur Untersuchung unangetastet blieb. In beiden Berichten war der Name entfernt worden, so dass dort jeweils rechts unten am Rand ein schwarzes Dreieck klaffte. Die Seiten hatten keine Eselsohren – nein, die Ecken waren absichtlich abgerissen worden.

Natürlich. Der erste Polizist, der vor Ort gewesen war, hatte nicht gewollt, dass seine Anwesenheit bekannt wurde. Es war der korrupte Bulle aus Wittris.

Ron Teversham.

In der Blissey Avenue aßen sie in einem Zimmer, dessen großes Fenster auf den Garten hinausging. Das Gras war von Reif überzogen, die Bäume kahl. Eine Rutsche stand dort und eine Schaukel, deren Schaukelbrett aber am Pfosten festgezurrt war. Der Mond stand wie ein großer Daumenabdruck am dämmrigen Winterhimmel.

Edmund Hartnell und seine Frau Maria saßen einander an den Kopfenden des Tisches gegenüber. Zwischen ihnen saßen Tom und noch zwei jüngere Kinder, Brüder. Ein weiterer Platz war gedeckt, doch dort saß niemand.

Maria und die Jungen aßen Suppe, Brot und Schinken aus der Packung. Edmund Hartnell rührte in seinem Suppenteller und seine Augen wanderten immer wieder über den Tisch zu dem leeren Platz.

Als Tom Fletcher sie zum ersten Mal sah, stand sie in der halb geöffneten Tür. Kupferrotes Haar fiel ihr über die Schultern. Ihr Wollkleid hatte die gleiche Farbe wie ihre Augen. Sie schlüpfte ins Zimmer, glitt auf ihren Stuhl, warf Tom einen kurzen Blick zu und sah dann auf den Suppenteller hinunter, den Maria ihr hinstellte.

Edmund beobachtete das Mädchen, wobei er noch immer in der Suppe rührte. Nach einer Weile sagte er: »Cathleen.«

Sie hob den Kopf.

»Cathleen, das hier ist Tom.«

Sie sah Tom wieder an.

Das Dachgeschoss war ausgebaut worden, und dort ging eine Tür nach draußen zur Feuertreppe. Der Schlüssel steckte immer von innen. Tom Fletcher stand im Dunkeln auf der

Treppe, betrachtete den Mond, der über den Dächern der Nachbarhäuser stand, und spürte den kalten Wind im Gesicht. Er lauschte auf die Geräusche, die von unten heraufdrangen: Es rauschte in den Rohren und man hörte Wasser schwappen.

Hinter ihm ging die Tür auf und Licht fiel auf die Feuertreppe. Das Mädchen stellte sich neben ihn und ihr Profil zeichnete sich deutlich vor dem Hintergrund der Dächer ab. Sie trug einen alten Regenmantel, der ihr zu groß war.

»Was ist das für ein Lärm da unten?«, fragte er.

»Das ist Edmund. Er badet gerade.«

»Wie lange bist du schon hier?«

»Ein Jahr«, antwortete sie. Der Wind wehte ihr durchs Haar und zog an den übergroßen Mantelärmeln.

»Ich bin nur für eine Woche hier. Dann geh ich wieder zu meinem Onkel.«

Sie nickte.

»Wie lange bleibst du noch?«, fragte er.

»Ich weiß nicht.«

Sie legte die Hand auf ihren Bauch.

Freitagmittag

Diesmal wartete Iwan nicht.

Er folgte der Uferböschung des Flüsschens, das den Thinbeach Pool speiste. Vor ihm lag eine typische englische Landschaft: Über Weiden und Felder zogen sich Hochspannungsmasten, in der Ferne verlief eine Landstraße, der Himmel war von Kondensstreifen durchkreuzt, und halb in der Uferböschung versteckt lag ein alter Kriegsbunker. Er kletterte auf den Bunker, um nach ihr Ausschau zu halten.

Neben dem Fluss befanden sich mehrere abgeschnittene Altarme: Mäanderschleifen des ursprünglichen Flussbettes, die bei der Flussbegradigung zurückgeblieben waren. Eine dieser Schleifen war vollständig ausgetrocknet und bildete vor einem mit Mohnblumen durchsetzten Weizenfeld eine Vertiefung, auf deren Boden der einst schlammige Grund zu metallisch glitzerndem Staub zerfallen war. Er sprang hinunter und ging über den federnden Boden.

Sie lag an der tiefsten Stelle, über sich die Getreidehalme, perfekt vor Blicken geschützt. Sie hätte das Zeug zu einem guten Soldaten, dachte er. Und er wollte es ihr sagen, als er nach unten sprang und mit ausgebreiteten Armen vor ihr landete.

Sie schoss hoch. Sie trug wieder eins ihrer Kleider, die Blick auf viel Oberschenkel, viel Ausschnitt und viel weizengoldene Haut gewährten.

Sie schlug ihn mit der geballten Faust kräftig ins Gesicht, und er war einen Moment lang benommen. Er schmeckte Blut auf der Zunge. Er stieß einen langen Rotarmistenfluch aus und spuckte kopfschüttelnd in den Staub. Dann spürte er, wie sie in sein Haar griff und sein Gesicht zu sich riss, und dachte: *Sie ist wirklich genau richtig.*

Ihre Stimme war ein Zischen.

»Du benutzt mich nur. Das hat mir der Polizist gesagt. Du nutzt mich aus, um meinem Vater etwas heimzuzahlen.«

Er musste den Kopf zur Seite drehen, weil sie ihm fast die Kopfhaut abriss.

»Judith, wer benutzt hier wen?«

Sie ließ sein Haar los, und er setzte sich nach Luft schnappend auf und schaute sie an, wobei er sich das Blut vom Kinn wischte. Sie sah einen Moment lang weg.

Er lachte und warf sie auf den Rücken. Als sie auf dem Boden auftraf, spritzte der Staub in alle Richtungen, doch er merkte, dass sie das Fallen gelernt hatte, genau wie ein echter Kämpfer. Sie sprang auf die Beine. Sie atmete heftig und das Haar fiel ihr wild ins Gesicht.

»Ich habe hier eine wichtige Aufgabe vor mir«, sagte er. »Du könntest daran mitarbeiten.«

Sie packte ihn und stieß ihn auf das metallisch glitzernde, ausgetrocknete Bachbett nieder. Er wehrte sich nicht. Sie setzte sich auf ihn, die Augen vom Haar verdeckt. Er ließ die Hände unter ihr Kleid gleiten. Sie knöpfte seine Uniformjacke auf und hielt inne, als sie seine Tätowierungen bemerkte. Dann machte sie weiter und strich mit den Fingern über die Tattoos.

»Was bedeutet das?«

»Das, das du gerade berührst, steht für die Rote Armee, Division Petrow. Das darunter bedeutet, dass wir 1994 in Tschetschenien waren.«

Sie ließ die Fingerspitzen über seine Brust wandern und schob die Jacke fasziniert zurück, um auch die Tätowierungen auf seinen Schultern zu betrachten.

»Was ist das?«

»Der Zylinder. Mit Kugelschreiber und Rote-Bete-Saft eingeritzt.« Sie nahm eine Handvoll des glitzernden Staubs aus dem Bachbett und rieb ihn über die Tätowierung. Er hielt ihre Hand fest. »Das kann man nicht auslöschen.«

Mit dem glänzenden Staub an den Fingern malte sie ihm und sich selbst Streifen ins Gesicht. Sie schüttelte lachend ihr Haar, und die Kriegsbemalung blitzte in der Sonne.

Sie zog ihm den Rest der Uniform aus und lächelte, als sie zu den schweren Stiefeln kam. Er knöpfte ihr Kleid auf und streifte es herunter. Sie presste ihn gegen die Böschung, setzte sich rittlings auf ihn und hielt sich an den Pflanzen über seinem Kopf fest. Sie raschelten, als führe ein Windstoß hindurch, und verstreuten feinen Blütenstaub. Er wusste, dass sie die ganze Zeit seine Tätowierungen ansah. Er schloss die Augen, und Weizen und Mohn waren verschwunden. Als er die Augen wieder aufschlug, war nur ihr Lächeln zu sehen. Er griff in ihr Haar und wollte sie etwas fragen.

Sie schlug ihn ein letztes Mal, ein kräftiger Schlag ins Gesicht, während er noch immer in ihr war.

Er lachte, wälzte sie auf den Bauch und rieb sie mit dem Staub aus dem Bachbett ein, obgleich sie protestierend quietschte. Er hielt sie mit dem Knie fest, reckte sich, riss eine Mohnblüte ab und steckte sie ihr hinters Ohr. Die rote Blume in ihrem glänzend dunklen Haar sah großartig aus, und der Staub auf ihren Schultern glitzerte in der Sonne. Er beugte sich vor, küsste sie auf den Nacken und stellte seine Frage.

»Willst mir helfen, Judith? Willst du mit mir zusammenarbeiten?«

Sie machte sich von ihm frei. »Und was soll ich tun?«

Er erklärte es ihr. Sie lag lang ausgestreckt im alten Bachbett und hörte zu, sah zum Himmel hinauf und flocht einen Weizenhalm zwischen ihre Finger.

Schließlich sagte sie: »Ja. Das würde ich gern machen.«

Fletcher fuhr nach Cambridge zurück, beide Fenster geöffnet, um den Fahrtwind hereinzulassen. Er schaute auf die Straße, doch in Gedanken war er anderswo. Er dachte über Ron Teversham nach.

Teversham war als Erster am Unfallort erschienen, wollte aber nicht, dass diese Tatsache in den Berichten auftauchte. Er musste einen Angestellten im Archiv bestochen haben, von jeder Seite die entsprechende Ecke abzureißen. Warum hatte er sich diese Mühe gemacht?

Weil er am Unfallort etwas *gesehen* hatte. Etwas, was sich in seinem Kopf festgesetzt hatte. Selbst als er aus dem Dienst entlassen wurde, hatte er es nicht vergessen. Und als Jake Skerrit Anfang des Jahres mit Olgas Geschichte zu ihm kam, erinnerte Teversham sich wieder daran und fand die Sache so vielversprechend, dass er seinen alten Kumpels von der Polizei ein paar Runden ausgab.

Doch mit Teversham erlosch auch die Erinnerung, als sein Sierra gegen den Baum krachte. Die Insekten hatten sich an seiner Gehirnflüssigkeit gelabt, als wollten sie sein Wissen aufsaugen.

Aber was war es, was er gesehen hatte? Ob es wohl auf den fehlenden Fotos zu sehen wäre, auf jenen Aufnahmen, die aus dem Bezirksarchiv verschwunden waren?

Als er Cambridge erreichte, kam Fletcher ein neuer Gedanke. Er brauchte jemanden, der schon damals bei der Polizei gewesen war und Teversham vielleicht sogar gekannt hatte, jemanden, der gerüchteweise gehört haben könnte, um welche Szenen es da ging und was auf den Fotos zu sehen sein mochte. Er brauchte jemanden, dem er vertrauen konnte.

So fuhr er also nicht zur Parkside-Wache, sondern bog westwärts auf die Ringstraße ab und erkundigte sich bei der Telefonauskunft nach einer Nummer. Die Ansage knisterte und rauschte so stark, als schwebte der Satellit gerade über Indien. Fletcher wählte.

Er hörte das Klingelzeichen und dachte dabei an etwas, das sich in seiner Wohnung befand. Unter einem Fenster mit Blick auf die Dächer Cambridges stand ein Schreibtisch mit einer Schublade, in der er Verschiedenes aufbewahrte, Briefumschläge, einen Brieföffner und Briefmarken zum Beispiel. Ganz hinten in der Schublade lag eine schmale Lederschatulle, etwa so groß wie ein Zigarettenpäckchen. Rotes Leder mit eingeprägtem königlichem Siegel. Dieses Kästchen hatte Fletcher jahrelang nicht geöffnet, seit damals nicht, als der Chief Constable es ihm in einer etwas peinlichen Zeremonie überreicht hatte. Drinnen lag eine dünne runde Scheibe mit einem Band daran: der Polizeiorden für außerordentliche Leistungen im Dienst. Es bedeutete, dass es in Cambridge zumindest einen alten Polizisten gab, dem er vertrauen konnte. Nämlich einen, der ihm etwas schuldig war.

Er wählte noch einmal.

Nachdem er es lange hatte läuten lassen, nahm eine junge Frau ab und säuselte: »The Washpit in Girton. Möchten Sie einen Tisch reservieren?«

»Ich möchte mit Stephen sprechen.«

»Stephen hat gerade seine kreative Phase. Ab zwölf Uhr dreißig ist die Küche geöffnet.«

»Richten Sie Stephen einfach aus, dass Tom Fletcher am Apparat ist. Sagen Sie ihm, dass ich über die alten Zeiten reden möchte.«

Der Mann hieß Stephen Jenks. Damals war er ein drahtiger Detective Sergeant mit stahlgrauem Haar gewesen, der seit zwanzig Jahren denselben Rang innehatte und der den jungen Detective Constable Fletcher in der Parkside-Wache auf seine raue Art unter die Fittiche genommen hatte. Fletcher hatte seine barsche Herzlichkeit gemocht, und auch den nie endenden Strom von Geschichten aus Jenks' Polizeilaufbahn.

Die Kollegen hatten Jenks bemitleidet, der es bis zu seiner

Pensionierung nie weiter als bis zum Sergeant bringen würde – aber Jenks hatte Glück gehabt. Nämlich das Glück, im Dienst in eiskaltes Wasser zu fallen und davon ein Herzleiden zurückzubehalten. Die Entschädigungszahlung und die Frühpensionierung ermöglichten es ihm, seinen Traum zu verwirklichen und einen Anteil an einer heruntergekommenen Kneipe in dem kleinen Dorf Girton zu erwerben. Nach drei Jahren hatte er das Washpit in ein angesagtes Lokal verwandelt, es lag nah genug an der M11, um für Wochenendgäste attraktiv zu sein, und so dicht bei Cambridge, dass Professoren und Manager mit Spesenkonten gern dort speisten.

Das Lokal lief so gut, dass es sich hinter einem vollkommen unauffälligen Schild versteckte und Fletcher es fast übersehen hätte. Er musste im Dorf wenden und parkte dann im Hof.

Ein katzenhaftes, schwarz gekleidetes Mädchen öffnete die Eichentür und führte ihn durch die menschenleere Gaststube zu Stephens Büro. Als sie eintraten, streifte sie ihn und er fing einen Blick ihrer grauen Augen auf.

»Ich dachte, es ginge um die alten Zeiten, Fletcher.«

Stephens Stimme hatte sich nicht verändert, doch als Fletcher eintrat, sah er, dass sein alter Mentor zugenommen hatte.

Er trug eine weiße Kochjacke und Krawatte. In dem geraden, unverwandten Blick war der alte Stephen noch immer zu erkennen, doch der Erfolg hatte ihm ein Bäuchlein beschert, das nun gegen den Schreibtisch drückte, auf dem er Kostproben verschiedener Gerichte stehen hatte.

Fletcher setzte sich. »Dir geht es richtig gut, wie es aussieht.«

»Kalbsleber«, antwortete Stephen und schluckte. »Was zu trinken?«

»Nur etwas Wasser, bitte.«

»Das ist schon mal nichts Neues.« Er warf Fletcher eine kleine Mineralwasserflasche zu. »Vermutlich schaust du nicht einfach nur so mal vorbei?«

»Was hast du gehört?«

»Ich hab gehört, dass Fletcher noch mal in den Kalten Krieg zieht, und zwar ganz allein. Stimmt das?«

Fletcher trank einen Schluck Wasser und betrachtete die Teller auf dem Schreibtisch. »Ich weiß nicht, ob der Kalte Krieg überhaupt vorbei ist, Stephen. Da hat man vielleicht zu früh gefeiert. Was ist denn das da?«

»Mozzarella aus Büffelmilch«, antwortete Stephen. »Fünfzig Jahre lang hab ich von Spiegeleiern und Fritten gelebt. Und jetzt das hier.« Er kostete, schob das Gericht zurück und sah Fletcher aufmerksam an. Ein paar Sekunden lang herrschte Schweigen. »Genug probiert. Du hast Probleme, oder?«

»Ja, Stephen. Erinnerst du dich an den Stausee?«

»Darum geht es? Himmel hilf.«

Fletcher wusste, woran Stephen jetzt dachte. Es war Fletchers erstes Jahr in Zivil. Stephen Jenks hatte ihn mitgenommen, um einen illegalen Hundekampf am Ufer des Stausees zu Beweiszwecken zu filmen, nur ein kleines Stück östlich des Dorfes, in dem sie sich jetzt befanden. Beide hatten mit gezückten Camcordern flach auf dem vereisten Gras der Uferböschung gelegen. Stephen, der einen besseren Blickwinkel gesucht hatte, hatte das Eis am Seeufer getestet und war plötzlich untergegangen, ein kurzes Jaulen ausstoßend wie ein Hund, der einen Kampf verliert. Fletcher war ihm nachgesprungen und musste zweimal tauchen, bevor er Stephen fand und ihn an der Hand packen und ans Ufer zerren konnte. Alle Anzeichen des Hundekampfs waren verschwunden wie ein Funkenregen.

Und dann war das geschehen, was keiner gesehen hatte. Webley war im Auto von der Parkside-Wache gekommen und hatte Angst, dass zwei ihrer Leute an Unterkühlung sterben würden. Sie hatte Tom Fletcher allein auf dem Rücksitz eines Polizeiwagens gefunden, während die Sanitäter sich nur um

Jenks im Krankenwagen kümmerten. Webley hatte die Arme um Fletcher gelegt und ihn fest an sich gedrückt.

Ich bin so stolz auf Sie.

Sie hatte den Zitternden in den Armen gehalten und erst Minuten später wieder losgelassen. Er erinnerte sich daran, wie ihre Umarmung sich angefühlt hatte. Wie ihre warmen Finger sein vereistes Haar aufgetaut hatten.

Er blinzelte. Jenks' Augen waren eisig grau.

»Was willst du, Fletcher?«

»Wann bist du zur Polizei von Cambridge gekommen?«

»1976.« Plötzlich grinste Stephen. »Also, das waren noch Zeiten. Aber ich schätze, du bist nicht gekommen, um meine alten Geschichten zu hören?«

»Heute nicht. Hast du jemals von Ron Teversham gehört? Ein Police Constable aus Wittris?«

»Gehört hab ich von Teversham, getroffen hab ich ihn nie. So wie dem hätte es mir auch ergehen können, meine Güte.«

Fletcher zog die beiden Fotos der Unfallorte heraus, die dem Bericht des Coroners beigelegen hatten. Jenks nahm die Bilder zur Hand, betrachtete sie aufmerksam und las die Namen der Verunglückten und das Datum. Dann schob er die Fotos beiseite. Er wischte sich die Finger ab.

»Du wühlst die Vergangenheit auf, Junge? Warum?«

»Weißt du, wer die Opfer waren?«

»Opfer?« Jenks warf seine Serviette zur Seite. »Soviel ich weiß, sind sie an ihrem Tod selbst schuld. Die ruhmreiche *Lovely Brigade*, nicht wahr? Keiner hat ihnen eine Träne nachgeweint, Fletcher. Willst du jetzt etwa damit anfangen?«

»Ich möchte einfach nur eins wissen. Bei den Akten lagen bloß diese beiden Fotos, sonst keine. Ich möchte wissen, was mit den anderen Aufnahmen passiert ist.«

Jenks blickte sich in seinem Büro um und betrachtete die Symbole seines Erfolgs: Fotos, die ihn beim Händedruck mit

Fernsehprominenz zeigten, oder von zweitrangigen Politikern signierte Tischuntersetzer.

»Da kann ich dir nicht helfen, Fletcher. Ich weiß es nicht. Weißt du, was ich nächstes Jahr um diese Zeit mache, wenn alles gut läuft? Dann hab ich meine eigene Kochserie im Fernsehen.«

Fletcher beugte sich vor und legte die Hand auf Stephens fleischige Brust. »Nicht schlecht. Stephen Jenks, der Fernsehkoch. Jetzt schau ich ein paar Sekunden aus dem Fenster. Unterdessen denkst du über den Stephen Jenks im Stausee nach, der sich damals an meine Hand gekrallt hat. Und dann sagst du mir, was du weißt.«

Durchs Fenster konnte man den Himmel sehen, Bäume, in denen sich kein Lufthauch regte, und den glänzenden Lack geparkter Autos. Als Fletcher den Kopf wieder drehte, starrte Jenks auf die Tischplatte hinunter.

»Ich weiß nicht, wo die Fotos sind, Fletcher. Wie denn auch? Ich war ja nicht dabei.«

»Aber?«

»Es gibt da so eine Art Sammlung, Doomsday Book wird sie genannt.«

»Um Himmels willen. Und was ist das für ein Buch?«

Jenks rückte die weiße Jacke und die Krawatte zurecht, hob aber nicht den Blick. »Ich habe es niemals selbst gesehen, okay? Aber es gibt dieses Buch.« Er hob den Kopf und sah Fletcher an. »Es gibt Leute, verstehst du, die mögen Bilder von Mord- und Unfallopfern. Leichen. Das kann man Neugier nennen oder wie auch immer. Heutzutage gibt es Websites mit solchem Zeug. Viele der Fotos dort werden von Polizisten gemacht. Und damals, in den alten Zeiten, gab es Polizisten, die Schnappschüsse machten und sie in einem Buch herumgehen ließen. Ich meine, es war wirklich ein Buch, ein großes, ledergebundenes Album. Die Fotos, die du suchst, könnten vielleicht in diesem Buch gelandet sein.«

»Und wo ist das Buch jetzt?«

»Als ich zum letzten Mal davon hörte, und das ist jetzt schon Jahre her, hat jemand es bei sich aufbewahrt.« Er warf noch einen Blick auf die Fotos. »Soll ich ihn anrufen?«

»Wer ist es denn?«

»Ich glaube, dass du den Mann kennst.«

»Dann ruf an, Stephen.«

Draußen im Restaurant bereitete sich das Personal auf den mittäglichen Ansturm der Gäste vor. Es war beinahe halb eins, und der Tod des russischen Ingenieurs war noch immer völlig ungeklärt. Fletcher spürte den Blick aus grauen Augen, der ihm folgte.

Er ließ den Motor an.

Freitagnachmittag

Aus dem Flugzeug beobachtete Sal, wie wieder einmal Wiesen und Felder unter ihr dahinglitten. Anderthalb Stunden Verspätung beim Abflug und jetzt eine halbe Stunde Kreisen vor der Landeerlaubnis. Die Zeit zerrann ihr zwischen den Fingern. Diesmal saß kein Verkäufer von Ferienwohnrechten neben ihr, sondern eine portugiesische Nonne, die jedes Mal, wenn das Flugzeug sich schräg legte, nach ihrem Kruzifix griff.

Die Landschaft da unten konnte aber auch jeden das Fürchten lehren: neongelbe Rapsfelder, dann Äcker in der Farbe geronnenen Bluts, und dazwischen die Drainagegräben, die rasiermesserscharf in der Sonne blitzten. Willkommen daheim.

Zum letzten Mal kippte die Landschaft in Schieflage, und dann begann endlich der Landeanflug. Der Schatten des Flugzeugs schoss über die Felder dahin. Sie schloss die Augen. Da war jenes Unbestimmte plötzlich erneut zum Greifen nah: das, was ihr sofort wieder entfallen war, nachdem es gestern Abend vor der Landung in Lissabon fast in ihr Bewusstsein vorgedrungen wäre. Irgendetwas, das nicht stimmte. Sie schlug die Augen auf, als das Flugzeug immer schneller nach unten glitt. Sie hörte die Nonne etwas vor sich hin murmeln, immer wieder denselben Satz.

Da wurde Sal plötzlich etwas klar. Das, was sie suchte, war nicht etwas, was sie gesehen hatte, sondern etwas, was sie *gehört* hatte. Ein Satz, eine bestimmte Wortfolge.

Das Flugzeug setzte rumpelnd auf.

Was war es nur? Und wer hatte es gesagt?

An manchen Sommernachmittagen in Cambridge ist es ganz heiß und still. Es riecht nach gemähtem Gras und man hört nichts als das Klicken von Kameras.

Fletcher fuhr über die Magdalene Bridge. Im Rinnstein glitzerten noch immer Glasscherben von seiner zertrümmerten Autotür. Sein Audi war inzwischen schon in der Werkstatt. Er wusste, dass Cathleen recht hatte. Wenn seine Vergangenheit bekannt würde, würde das sowohl für ihn als auch für Luke irreparable Schäden hinterlassen.

Er zeigte seinen Polizeiausweis und parkte auf dem Besucherparkplatz von Shire Hall, wo die Bezirkspolizeibehörde untergebracht war. Statt das Gebäude zu betreten, überquerte er jedoch den Parkplatz und stieg zum höchsten Punkt der Stadt hinauf, einem kleinen Hügel, der sich aus dem Flusstal erhob. Castle Mound war der einzige Überrest der Festung, die einst von den Normannen nach der Besetzung der Sumpfgebiete entlang des alten Flusses Granta errichtet worden war. Damals hatten sie etwas gebaut, wie es die Einheimischen noch nie gesehen oder sich vorgestellt hatten: eine aus Stein gemauerte Burg.

Beim Hinaufsteigen hing Fletcher einem Gedanken nach, der ihm so noch nie gekommen war. Die Leute aus Wittris haderten noch immer wegen Ereignissen, die längst Geschichte waren – aber war das hier nicht das Gleiche? Tausend Jahre lang war Castle Mound von einer Herrschergeneration zur nächsten weitergegeben worden, und heute konnten sich die Mitglieder der Bezirksregierung aus den Fenstern lehnen und die normannische Festung berühren. Tausend Jahre lang hatte die Botschaft sich nicht verändert: Hier oben sitzen wir.

Er stieg die Treppe hinauf und stand dann verschwitzt oben, blickte über Cambridge hinweg und wartete. In der diesigen Luft sah er die Colleges auf ihren gemähten Rasenflächen, den Cam in seinem gepflegten Kanal und in der Ferne den hohen Schornstein des Addenbrooke's Hospital vor den Hängen der Gog Magog Hills. Er wartete, und der Nachmittag schritt voran. Als er hörte, dass jemand keuchend den Hügel hinaufstapfte, drehte er sich um.

»Sie?«, sagte er.

»Warum überrascht Sie das?«

»Weil Sie so professionell wirken.«

Der Fotograf lächelte und hockte sich nach Luft schnappend ins Gras. Bei ihrer letzten Begegnung hatte Fletcher ihn in der Tür der Charter-Farm stehen sehen. Jetzt hatte er ein in eine Plastiktüte verpacktes großes Paket auf dem Schoß liegen.

»Ich wirke nicht nur so, Fletcher.« Der Fotograf wischte sich das Gesicht mit einem Taschentuch ab. »Ich hatte immer große Hochachtung vor Ihnen. Und seit einer Woche frage ich mich nun, was da eigentlich los ist. Ich habe gesehen, wie Sie sich immer tiefer verbissen haben. Jetzt sind Sie ganz tief drin, oder?«

»Sieht so aus. Haben *Sie* damals die Leichen der verunglückten *Lovely-Brigade*-Mitglieder fotografiert?«

»Nein. Aber die Fotos sind in diesem Buch hier.«

»Wie sind Sie darangekommen?«

»Nach allem, was es seit den achtziger Jahren an Neuem gibt, hatte keiner mehr Lust auf dieses alte Zeug hier. Damals habe ich das Buch einem Sergeant abgekauft, recht günstig übrigens. Ich wusste, dass die Fotos irgendwann einmal wichtig werden würden. Könnten Sie mir einen Gefallen tun? Wenn Sie gefunden haben, was Sie suchen, behalten Sie das Buch oder vernichten Sie es, was Ihnen lieber ist. Ich will es jedenfalls nicht zurück.«

Fletcher legte das Doomsday Book in den Kofferraum des Nissan. Es war erstaunlich schwer. Er überlegte, wo er es sich anschauen sollte. Nicht hier. Er wollte irgendwo damit allein sein, an einem kühlen, schattigen Ort. Irgendwo, wo ein Lüftchen wehte.

Er blickte sich um und sah, dass der Fotograf immer noch auf dem Hügel stand und ihn beobachtete.

Tom Fletcher lag um Mitternacht angezogen auf dem Bett. Es war still im Haus, nur die Rohre knackten beim Abkühlen. Er dachte an das Rauschen des Stauwehrs und daran, wie der Koffer seiner Mutter über den Fußgängersteg gerattert war.

Er schloss die Augen.

Im Treppenhaus ein Stockwerk tiefer hörte er ein Geräusch. Eine Bodendiele knarrte, dann war es wieder still. Tom schwang die Beine aus dem Bett und stellte sich hin: Bei ihm knackte und knarrte nichts. Er ging zur Tür, trat ins Treppenhaus und blickte nach unten. Das orangegelbe Licht einer Straßenlaterne fiel herein und beleuchtete den Flur. Mit einem schwarzen Morgenmantel bekleidet stand Edmund Hartnell in diesem Licht, das schüttere Haar aus der Stirn gekämmt. Die Brille baumelte am Brillenband, dessen Holzperlen nun orangerot wirkten. Er hob die Hand und spielte eine Weile mit einer der Perlen. Dann ging er über den Treppenabsatz, öffnete eine Tür auf der gegenüberliegenden Seite und schloss sie hinter sich.

Fletcher fuhr mit dem Doomsday Book nach Grantchester. Er parkte am Rand einer Wiese und ging zum Fluss hinunter, der sich dort unter Weidenbäumen vorbeischlängelte. Ein paar Rinder grasten auf den Weiden, und abgesehen von einigen Stakkähnen in der Ferne war niemand auf dem Fluss. Das Wasser war dunkel und klar.

Er setzte sich auf den Stamm einer umgestürzten Weide und lehnte sich, von den anderen Bäumen beschattet, mit dem Rücken gegen einen senkrecht stehenden Ast. Vom Fluss her wehte ein leichter Wind, in dem die Blattspitzen zitterten. Er machte die Tüte auf.

Das Doomsday Book war ein richtiger Wälzer. Ein Fotoalbum, in dessen roten Ledereinband das Wort *Erinnerungen* in Kursivschrift eingraviert war. Die Kanten waren vom häufigen Gebrauch angeschmuddelt: Dieses Buch war einst sehr geschätzt worden. Fletcher schlug es auf.

Die Fotos waren ungeschickt aufgenommene Polaroids. Sie steckten in Folientaschen, die beim Umwenden der Seiten knisterten. Er sah Männer und Frauen, Selbstmörder, Unfallopfer, einen erstochenen Ladenbesitzer, der zwischen heruntergefallenen Konservendosen lag, eine Studentin nach einem Säureunfall und einen von einem Stier aufgespießten Farmarbeiter. Die von Hand hingekritzelten Untertitel der Fotos waren eine Sammlung makabren Humors: *Die Spitze hat gesessen. – Sie fand das wirklich ätzend.*

Es ging immer so weiter, bis die Leichen und ihre grausigen Titel zu einem einzigen grotesken Witz verschmolzen.

Die Fotos von Terry Swilter und Shane Gaffy waren anders. Es waren professionelle Aufnahmen mit durchdachtem Blickwinkel und perfekter Belichtung.

Da war zunächst einmal das schon bekannte Foto von Terry Swilters Leiche hinter Ulsingham Hall, die verschmorten Finger um die Stromleitung gekrallt. Doch als Fletcher umblätterte, stieß er auf die Bilder, die im Bericht des Coroners gefehlt hatten: Aufnahmen des Unfallortes, auf denen auch verschiedene Bestattungsleute und das noch zum Warten gezwungene Reparaturteam des Elektrizitätswerks sowie ein Polizeibeamter mit dem Rücken zur Kamera zu sehen waren. Die meisten Fotos zeigten das Stallgebäude, von dem Swilter heruntergefallen war. Vom Dach ging es etwa fünf Meter nach unten, was hieß, dass er nach dem Sturz zwar bewegungsunfähig, aber wahrscheinlich noch bei Bewusstsein gewesen war. Fletcher hielt inne und blätterte eine Seite zurück.

Ein Foto des Stallgebäudes war aus einem hoch gelegenen Fenster des Haupthauses aufgenommen worden und zeigte das Dach, von dem Terry Swilter gefallen war. Dieses Dach war ziemlich flach und lag vermutlich nach Norden, weil es vom First bis zur Traufe mit einer dichten Moosschicht bewachsen war. Das Moos wirkte feucht und rutschig. Wer darübergeklettert wäre, hätte unweigerlich die Moosdecke beschädigt und Fußabdrücke und Narben hinterlassen. Das Moos war jedoch vollkommen unversehrt.

Fletcher nahm das Foto aus seiner Folientasche und betrachtete es genau. Wie auch immer der Junge auf die zur Trafostation führende Leitung geraten war, vom Dach war er jedenfalls nicht gefallen. Dieser unübersehbare und entscheidende Punkt hätte in der Beweisaufnahme einen wichtigen Platz einnehmen müssen. Und selbst wenn der Polizeibeamte, der die Untersuchung leitete, ihn übersehen hatte, hätte der Coroner an dieser Stelle nachhaken müssen.

Er wandte sich wieder dem Foto von Swilters Leiche zu und nahm auch dieses heraus. Es schien dem Foto im offiziellen Bericht haargenau zu gleichen. Er hielt es ins Sonnenlicht, dann wieder dicht vor seine Augen. Es gab tatsächlich nur einen einzigen Unterschied, doch der änderte alles. Auf diesem Foto war etwas zu sehen, das auf dem Foto in den Akten gefehlt hatte.

Fletcher blätterte zu den Fotos von Shane Gaffy. Wieder lag das bekannte Foto aus dem Bericht des Coroners bei, und wieder gab es ein zusätzliches Foto, das den Unfallort aus größerer Entfernung zeigte. Hier sah man, dass der Jaguar in einem trockenen Drainagekanal abgefackelt worden war, der von allen Seiten mit Weißdorn überwuchert war. Was man auf dem Foto des offiziellen Berichts nicht hatte erkennen können, war hier unübersehbar: Bei der Explosion des Tanks war das brennende Benzin auf das Gestrüpp gespritzt und hatte dieses in einen Flammentunnel verwandelt. Nur ein Volltrottel hätte einen Wagen an einer solchen Stelle in Brand gesteckt – und Gaffy war ein erfahrener Feuerteufel gewesen.

Auf der nächsten Seite war ein weiteres unbekanntes Foto zu sehen. Diesmal handelte es sich nicht um eine Aufnahme des Polizeifotografen, denn dieser war erst eingetroffen, als der bewusstlose Gaffy schon auf dem Weg ins Krankenhaus war. Das Foto wirkte wie ein hastiger Schnappschuss, den Police Constable Ron Teversham vielleicht selbst gemacht hatte, weil er ein saftiges Bild für das Sammelalbum wollte.

Es zeigte Shane Gaffy, der bewusstlos auf dem Boden lag, nachdem er dem Flammenmeer entkommen war: Das Gesicht war eine einzige Brandwunde, das Haar weggesengt, der Mund noch immer aufgerissen und die Zähne gefletscht wie in dem Moment, als er das brennende Gas eingeatmet hatte.

Er legte das Foto neben das von Terry Swilter. Sie hatten eines gemeinsam.

Auf jeder Leiche lag ein Gegenstand, den jemand sorgfältig dort hingelegt hatte. Etwas Kleines, das zunächst gar nicht auffiel und sich einem dann doch ins Bewusstsein drängte. Ein groteskes Figürchen mit langen Armen und Beinen und krallenförmig ausgestreckten Händen: die albtraumhafte Schwester der hübschen Püppchen, die in Thinbeach in ihren Holzkästen zur Schau standen. Eine kleine Strohpuppe, eine kleine Braut von Thinbeach. Genau das, was auch auf der Leiche von Iwan Gorenskis Vater gelegen hatte.

Ein Ausflugsboot aus Cambridge tuckerte vorbei und seine Bugwelle schwappte ans Ufer. Eine Frau an Deck drehte sich neugierig nach Fletcher um: Was war das für ein Mann im Anzug, der mit einem großen, ledergebundenen Buch im Schoß auf einem umgestürzten Baumstamm saß? Fletcher beachtete sie nicht.

Die kleine Strohpuppe hatte mit Sicherheit etwas zu bedeuten. Sie bedeutete Tod. Sie bedeutete, dass die Bandenmitglieder der *Lovely Brigade* auf die Stromleitung geworfen beziehungsweise mit Benzin überschüttet und angezündet worden waren. Man hatte Strohpuppen auf die verkohlten Leichen gelegt, die dann von der Polizei entfernt worden waren und auf den offiziellen Fotos fehlten. Die Unfälle waren von jemandem, der ein Faible für Fälschungen hatte, sorgfältig arrangiert, die Fälle nur ganz oberflächlich untersucht und dann sofort abgeschlossen und zu den Akten gelegt worden.

Aber warum nicht nur die Jugendlichen, sondern auch der russische Ingenieur?

Fletcher blätterte im Doomsday Book, ob vielleicht auch noch andere Leichen mit Strohpuppen zu finden waren. Ohne Erfolg. Die anderen Ermordeten oder Verunglückten hatten anscheinend nichts mit der Braut von Thinbeach zu tun.

Mit einer einzigen Ausnahme.

Auf der hinteren Umschlaginnenseite fand er ein weiteres unscharfes Foto, wohl wieder mit der Sofortbildkamera eines Polizisten geschossen.

Es zeigte die auf dem Boden ausgestreckte Leiche eines Jugendlichen, der jünger als Gaffy und Swilter war, fast noch ein Kind. Er hatte keine Brandwunden, war aber ganz offensichtlich tot und lag mit dem Gesicht nach oben auf einem vereisten Untergrund aus Steinplatten. Es war ein gutaussehender Bursche mit dem typischen kantigen Kinn der Fenleute und einem Ring in jedem Ohr. Jemand, der Handschuhe trug, untersuchte gerade seinen Kopf. Der Tote trug einen Overall, in dessen Brusttasche etwas steckte.

Noch eine Thinbeach-Braut. Die gleichen überlangen Arme, die gleichen zu Klauen verkrümmten Strohhände, aber irgendetwas an dieser Puppe war anders. Fletcher bemerkte, dass sie mit dem Gesicht nach unten lag, als lauschte sie an der Brust des Jungen, ob das Herz auch wirklich nicht mehr schlug. Ihr Gesicht war halb zur Kamera gedreht, und sie hatte natürlich keine Augen, doch der ausgefranste kleine Mund lächelte, als läge sie am Hals ihres Liebsten.

Die von Hand gekritzelte Bildunterschrift lautete: *Nun hat sie ihn, die Maid der Isle of Eels.*

Fletcher steckte alle drei Fotos in seine Jacketttasche. Dann blickte er zum Himmel auf, der über dem Blätterdach strahlend blau leuchtete. Vor ihm schwankten die Zweige leise raschelnd im Wind, eigentlich ein beruhigendes Geräusch. Jetzt aber klang es, als würde Asche in den Wind gestreut. Eine Fliege summte an ihm vorbei, dann noch eine, und ...

»Hey, Mann, willste noch den ganzen Tag da hocken?«

Fletcher schaute nach unten. Dort stand ein etwa dreizehnjähriger Junge, die Gummistiefel tief im Schlick, eine Angelrute in der Hand und einen Joint zwischen den Lippen. Neben ihm stand, von Fliegen umschwirrt, ein Eimer mit Maden, die er als Köder benutzte.

»Hier angle ich nämlich, wenn ich nicht dauernd gestört werd.«

Fletcher steckte das Lederalbum wieder in die Plastiktüte zurück und strich diese glatt.

Die Maden im Eimer waren wie ein einziges Lebewesen, ihr Gewimmel und Gekrabbel wie das Atmen eines Organismus.

»Hast du keine Schule?«

Er hielt dem Jungen seinen Polizeiausweis unter die Nase. Der Junge blinzelte und schnipste die Asche seines Joints ins Wasser. Wie viele Jugendliche hatte er nicht die geringste Angst vor den staatlichen Kontrollorganen. Er wusste, dass man in einem Land, das seiner Probleme ohnehin kaum Herr wurde, weder Zeit noch Geld für Lappalien wie ihn hatte.

Die Zeiten haben sich geändert, dachte Fletcher, seit 1978, als Terry Swilter über den Zaun einer Trafostation geworfen oder Shane Gaffy mit Benzin übergossen und angezündet wurde. Oder als man sich den dritten Jungen vorknöpfte, der lang ausgestreckt auf den eiskalten Steinplatten lag und vielleicht vor seinem Tod noch gespürt hatte, wie ihm die kleine Puppe in den Overall geschoben wurde.

»Fängst du hier viel?«, fragte Fletcher.

»Manchmal schon. Schön ruhig isses hier.« Der Junge zwinkerte ihm grinsend zu. »Triffste dich mit wem? Mit 'm Mädel?«

Fletcher klemmte das Album unter den Arm.

»Ja, gerade eben.«

Der Nissan tuckerte leise in der Hitze des Spätnachmittags. Fünfunddreißig Grad und der Ventilator quirlte nur die glühende Luft um. In Fletchers Kopf gingen Vermutungen und Verdächtigungen wie Windräder im Kreis.

In den offiziellen Akten stand eine Geschichte voller Auslassungen und Ungereimtheiten. Das sogenannte Doomsday Book hatte ihm etwas mehr verraten und die kleine Strohpuppe mit dem Tod der jungen Bandenmitglieder in Verbindung gebracht, ohne aber zu erklären, wer die Püppchen auf die Leichen gelegt hatte und was dieses Symbol bedeutete. Wenn er das wüsste, würde er vielleicht bei der entscheidenden Frage, wie der russische Ingenieur ums Leben gekommen war, klarer sehen.

Wo konnte er noch nach der Wahrheit suchen?

Einen Ort gab es, einen einzigen. Einen Ort, wo man die *Lovely Brigade* gewiss noch nicht vergessen hatte und vielleicht eigene Zweifel an den Todesumständen hegte.

Er konnte in die Lovely Street gehen.

Er nahm das Airwave-Gerät aus dem Handschuhfach. Nur eine halbe Minute, und er war mit dem Netz von Sendemasten verbunden, das jedem Polizisten Zugang zu den internen Datenbanken ermöglichte: Wer wo wie lange schon wohnte und was er mit welchen Behörden zu tun gehabt hatte. Die normannischen Eroberer, die damals ein Verzeichnis der Ländereien Englands angelegt und es Domesday Book genannt hatten, hätten an diesen Möglichkeiten ihre wahre Freude gehabt. Das Problem war nur, dass die Nachnamen Swilter und

Gaffy in der ganzen Grafschaft nicht zu finden waren. Weder im Wählerverzeichnis noch im Register des Finanzamtes, noch in der Polizeidatenbank, einfach nirgends. Waren die Familien weggezogen? Aus Trauer oder aus Angst?

Er betrachtete das Foto des dritten Jungen, dieses gutaussehenden Burschen mit den Ohrringen, der tot auf den Steinplatten lag. Dann schaltete er in den Telefon-Modus um.

»Ich bin noch am Flughafen, Fletcher. Ich suche nach meinem Wagen.« Der Rest wurde von einem startenden Jet übertönt. »Ich hätte schwören können, dass er in Reihe D steht.«

»Sal, als wir über die *Lovely Brigade* redeten, hattest du drei Jungs erwähnt, die drei Anführer. Da waren Swilter und Gaffy, und da war noch jemand, ein dritter Bursche.«

»Ich verstehe kein einziges Wort. Da ist er, Reihe E. Was hast du gefragt?«

»Da war noch ein dritter Junge in den Microfiche-Akten. Neben Swilter und Gaffy gab es noch jemanden in der *Lovely Brigade*. Der hatte so einen irischen Namen.«

»Hier ist es heißer als in Portugal.« Die Hintergrundgeräusche verstummten plötzlich, als hätte Sal sich in den Wagen gesetzt und die Tür zugeschlagen. »Das war Paddy Legsey. Legsey mit nur einem g.«

Fletcher ging die Datenbanken noch einmal durch. Diesmal fand er den Nachnamen genau da, wo er es erhofft hatte.

Gleich darauf fuhr er los, während die Spätnachmittagssonne auf die Dächer von Grantchester niederbrannte und dünne Wolkenbänder das Licht am Horizont zu schmutzigen Strömen bündelten.

Am frühen Abend traf er sie auf einem Rastplatz bei Ely. Moderne Familien fütterten ihre schwitzenden, aber braven Kinder im Burger King oder Little Chef ab, während sie bleifrei oder Diesel tankten.

Sal trug das Haar offen und ihre Haut wirkte ein wenig

feucht. Sie saß mit einer Flasche Wasser an einem Picknick-Tisch und betrachtete die Kathedrale, die weithin sichtbar aus der Stadt und ihren Vorstädten herausragte. Sie hob fragend die Augenbrauen.

»Hungrig?«

»Mein Körper schreit: *Nahrung!* Aber erst nach der Lovely Street.«

Dort würden sich vielleicht die Theorien bestätigen, die er in Bezug auf zwei ganz einfache Fragen entwickelt hatte.

Die erste Frage war, warum die Strohpuppe sowohl auf den Leichen der jugendlichen Einbrecher als auch auf der eines russischen Ingenieurs gelegen hatte.

Und die zweite Frage lautete, wer sie dort hingelegt hatte.

Freitagabend

»Da sind sie ja. Die Wittris-Zähne.« Sal saß am Steuer, und der Vectra schoss auf die gelben Wohnblocks zu, die hinter den Feldern aufragten. In den Fenstern spiegelte sich die untergehende Sonne. In der Polizeidatenbank war nur ein einziger Legsey zu finden gewesen. Ein gewisser Daniel »Dad« Legsey, Lovely Street, Wittris. Er war in den fünfziger, sechziger und siebziger Jahren mehrfach wegen Körperverletzung und dem Besitz von Diebesgut verurteilt worden. Mit siebenundsechzig hatte er auch genau das richtige Alter, um als Paddy Legseys Vater in Frage zu kommen.

Legseys Telefon war ständig besetzt – aber Fletcher hatte keinen anderen Anhaltspunkt. Violette Abendschatten legten sich von beiden Seiten über die Felder und die Drainagegräben am Straßenrand, als würde ein Buch zugeklappt. Sal schaltete die Scheinwerfer ein.

Fletchers letzter Besuch in Wittris hatte ihn auf die wohlhabendere Seite der Stadt geführt, wo Teversham lebte. Heute Abend fuhren sie am Stadtrand entlang in die entgegengesetzte Richtung, und die Scheinwerfer beleuchteten halb zerbröckelte Straßenränder. Es war noch immer warm, und durchs offene Fenster drang der Geruch von Pflanzen und Rauch, der Körpergeruch einer Stadt in den Fens.

Sie fuhren an der Hereward Pool Hall vorbei, das Licht des Giebelfensters war vom Dunst, der aus den Feldern aufstieg, halb verschleiert. Dann ragten unmittelbar vor ihnen die Wittris-Zähne auf, und Sals Navi-Gerät forderte sie auf, nach rechts abzubiegen. Sie fuhren in ein kleines Sozialwohnungsgebiet. Niedrige Häuschen aus den sechziger Jahren hinter Maschendrahtzäunen. Einige Türen waren mit Sperrholz verrammelt, andere waren mit Kutscherlampen und Steinfigürchen verschönert. Eine Gruppe von Jugendlichen mit dem typischen kantigen Kinn stand an aufgemotzte und getunte Autos gelehnt am Straßenrand und sah ihnen nach. Dann bremste Sal und das Navigerät sagte, sie hätten ihr Ziel erreicht. Die Lovely Street war eine Lücke in der Häuserreihe, durch die eine asphaltierte Gasse in die Dunkelheit führte. Sie hielten und fanden tatsächlich ein an einem Maschendrahtzaun befestigtes Straßenschild.

Es war eine Sackgasse mit acht quadratischen, mit schmalen Fensterchen versehenen Häusern. Da war ein Architekt mit der Phantasie der Nachkriegszeit am Werk gewesen. Die Straße, aus der 1978 ein solches Chaos über die umliegenden Gemeinden hereingebrochen war, wirkte heute Abend völlig unauffällig. Auf der einen Straßenseite sah überhaupt nur eins der Häuser bewohnt aus – davor brannte, von Mücken umschwirrt, eine Türleuchte, und im Erdgeschoss sickerte Licht hinter Vorhängen hervor. Dies war die gesuchte Adresse.

Sie öffneten ein Gartentor in einer verstaubten Hecke und gingen über einen Trampelpfad. Die Haustür wirkte jedoch frisch gestrichen und war mit einem Messingklopfer versehen. Der Klang hallte über die Straße und die Felder.

Sie warteten. Fletcher spürte, wie die Mücken sein Gesicht umschwirrten, und hörte in der Ferne ein Tier jaulen.

Die Tür ging auf, so weit es eine Sicherheitskette zuließ. Jemand sagte: »Wer da?«

Der Mann wirkte noch immer bedrohlich. Stiernackig und mit finsterer Miene studierte er mit sichtbaren Lippenbewegungen die Polizeiausweise, die sie ihm durch den Türspalt entgegenstreckten.

»Sind Sie Mr Daniel Legsey?«, fragte Fletcher.

Er hob den Kopf und die Augen schillerten im Licht der Türleuchte. »Was wolln Sie?«

»Mit Daniel Legsey reden, denn ich denke, der ist der Vater von Paddy Legsey.«

»Was wolln Sie über Paddy wissen?«

Sal ging ganz dicht an den Türspalt heran, das Haar fiel ihr ins Gesicht: »Wir wollen wissen, was mit ihm passiert ist. Und zwar bevor diese verdammten Mücken uns hier auffressen.«

Der Mann dachte eine Weile nach und rieb sich dabei mit dem Daumen, auf den eine Blaudrossel tätowiert war, über die Lippen. Dann traf er eine Entscheidung. Die Tür fiel erst zu und ging dann weit auf.

»Na gut«, sagte er, »ich bin Dad Legsey.«

Er lächelte: Wittris-Zähne.

Dad Legsey führte sie in ein düsteres Zimmer im Erdgeschoss, von dem ein großes Fenster auf einen mit Flutlicht angestrahlten Garten hinausging. Er zeigte auf ein paar Sessel.

»Ich hab's mit Anrufen versucht«, sagte Fletcher. »Besetzt.«

»Millionär. Seit Jahren will ich da rein.«

»Dad Legsey, es geht um früher.«

Es folgte ein Schweigen, während Dad Legsey sich setzte.

Sessel und Fernseher waren die einzige Möblierung des Zimmers. Dad Legsey zog eine Tabakdose hervor und drehte sich mit zwei Fingern eine Zigarette, worauf er ein Feuerzeug aus der Hosentasche zog.

»Was is mit früher, worum geht's, Junge?«

»Um 1978, Dad Legsey.«

Dad Legsey erstarrte mitten in der Bewegung, das Feuerzeug gezückt, dessen Flamme scharfe Schatten in sein Gesicht warf, und sah erst Fletcher, dann Sal an. Dann steckte er die Selbstgedrehte an, und Tabakfasern kräuselten sich knisternd.

»Wollt ihr Tee?«, fragte er.

»Nein, danke ...«

»Doch keinen Beuteltee, Junge. *Blauer Tee.* In der guten alten Zeit, damals vor der Trockenlegung, da haben wir den aus Mohn gebraut, der vertreibt die Schmerzen. Das alte Rezept da, das geht immer noch rum. Gibt kein Gesetz dagegen, heißt es. Ich hab da einen in der Küche am Kochen, ist gut für den Schlaf. Ihr seht so aus, als ob ihr das brauchen könnt.«

»Polizeibeamte haben es nicht so mit Opiaten, Dad Legsey. Aber ich habe nicht die Zeit, mir Ihre Küche anzuschauen.«

Dad Legsey zuckte die Schultern. »Wie's beliebt. Also was ...«

»... wir wollen? 1978. Das war ein kalter Winter damals.«

»Da bin ich fein im Warmen geblieben. Nich rausgegangen.«

»In dem Jahr gab es eine Verbrechenswelle.«

»Ach ja?«

»Menschen wurden verletzt. Leute, bei denen eingebrochen wurde, und auch einige Kriminelle. Ich rede von der *Lovely Brigade*.«

Dad Legsey klopfte Zigarettenasche ab und ließ die Augen durchs Zimmer wandern. Es schimmerte ein Licht in ihnen, das zum Teil vom Gartenfluter kam und wahrscheinlich zum Teil auch dem blauen Tee zu verdanken war. Das Licht wurde heller, und plötzlich kullerten ihm zwei große Tränen über die Wangen.

»Das warn Kinder«, sagte er. »Die *Brigade*, das warn Kinder, mehr nich. Das konnte nich gutgehn.«

»Ihr Sohn war auch dabei, Dad Legsey. Ihr Sohn Paddy Legsey.«

Der Alte erwiderte nichts.

»Paddy Legsey«, wiederholte Sal. Die Worte hallten leise durch den Raum.

»Sie haben 'ne schöne Stimme«, sagte Dad Legsey. »Sagen Sie's noch mal.«

»Was …?«

»Sagen Sie meinem Sohn seinen Namen.«

»Paddy. Paddy Legsey.«

Dad Legsey schloss eine Weile die Augen.

»Nur einmal hab ich gehört, wie ein Mädel seinen Namen gesagt hat. Er war fünfzehn, und da steht sie vor der Tür. Das Haar hängt ihr in der Stirn, nass. *Zu Paddy will ich,* sagt sie. Ich dachte, das werd ich noch oft hören.« Mit glühenden Augen betrachtete Dad Legsey seine Zigarette. »Was wisst ihr von meinem Paddy?«

»Er war erst sechzehn, aber er hat bei der Brigade mitgemacht«, sagte Fletcher. »In den Akten steht, dass er so schlimm war wie Swilter und Gaffy.«

Dad Legsey blickte auf. »Swilter und Gaffy, die warn bekloppt, das konnte nich gutgehn. Von Kind an warn die bekloppt. Wir alle wussten, wie so was ausgeht.«

»War Paddy denn anders? Ich habe seine Unterlagen gesehen. Er hat Einbrüche verübt und besaß einen Totschläger.«

»Das ist gelogen.«

»Wirklich? Im Herbst 1978 ging es zwischen Thinbeach und hier ziemlich heftig zu. Die Familien aus der Lovely Street haben ganze Dörfer geplündert, Farmen ausgeraubt …«

»Auf den Farmen, da hocken die Normannen. Die kriegen ihr Fett.«

»… und dann wurde das Raubgut an Hehler in Wittris verscherbelt. Ihr Sohn Paddy Legsey hat mitgemacht und seinen Totschläger benutzt …«

»Er hat nie einen Totschläger benutzt.«

»Dad Legsey, wie war Paddy denn?«, fragte Sal.

»Paddy? Mein Paddy war ein richtiger Prinz. Sah gut aus, und klug war er noch dazu. Mit vierzehn hat er sich in der Bücherei eingeschrieben. Ich hab gesehn, wie er mit der kleinen Mitgliedskarte Schiebefenster aufgemacht hat, und dabei hat er mit sich selbst geredet, so Zeugs aus den Büchern, wo er gelesen hat. Der war kein Gauner. Ein junger Prinz war der.«

»Aber was ist ihm zugestoßen? Den Akten war nichts zu entnehmen. Ist es nach Gaffys und Swilters Tod passiert?«

Dad Legsey nickte. »Er hat weitergemacht. Im Dezember damals, kurz vor Weihnachten, ist er von 'nem Fenster runtergefallen, das er aufknacken wollte.«

»Wo denn?«

Dad Legseys Stimme nahm einen anderen Tonfall an. »Normannenhaus. In Thinbeach.«

Natürlich Thinbeach, dachte Fletcher.

»Welches Haus denn?«

»Großes Haus am Ende von der Straße.«

»Sie meinen Blindy House?«

»Genau. Da gleich beim Damm, wo der See ist. Ich bin da oft langgegangen, nachdem er runtergefalln ist, und hab's mir mit Paddys Augen angeschaut. Ich konnt schon sehn, warum er da reinwollte, mein Paddy. 's ist verführerisch. Von vorn sieht's aus wie 'ne kleine Burg, aber wenn man hintenrum geht, ist da so 'n Anbau für die verdammten Diener. Da muss man nur rauf und man hat's geschafft. Oben sind große Fenster.« Dad Legsey sah es geradezu vor sich und zeigte mit den Händen, wie groß die Fenster waren. »Bloß die Karte durchschieben und fertig, da ist kein schickes Schloss, wo 'nem Jungen das Leben schwermacht.«

»Das haben Sie alles im Vorbeigehen gesehen?«

»Danach. Mein Paddy muss da oben gewesen sein und hatte die Hand schon unterm Schiebefenster. Vollmond war's in der Nacht damals, da konnt er alles sehn.«

Fletcher meinte den jungen Fassadenkletterer vor sich zu sehen, wie er mit beiden Beinen, für immer erstarrt, auf dem Dach des Anbaus stand, vor sich die Fensterscheibe, die von seinem im Mondlicht schimmernden Atem beschlagen war.

»Und dann?« Sals Stimme war sanft.

»Paddy fiel runter. Prallte von dem Dach drunter ab und ist nach hinten gekippt und auf 'n Rücken gefallen. Er ist auf 'm Kopf gelandet, mein Paddy.«

»Und die Verbrechenswelle ging endgültig zu Ende«, sagte Fletcher. »Terry Swilter, Shane Gaffy und dann Paddy Legsey. Ruhe und Ordnung waren wiederhergestellt.«

Wieder blitzten Dad Legseys Augen auf. »Zufrieden? Die Scheißbullen damals, die kamen und sagten mir, er ist runtergefallen, und grinsten sich dabei einen ab.«

»Sagten sie irgendetwas zu den Umständen des Sturzes?«

»Drei Meter auf Steinboden.«

»Ich meine, sagten sie irgendetwas über den Besitzer von Blindy House? Haben Sie jemals von einem Mann namens Alain de Minching gehört?«

»Normanne? Klingt so. Aber nein, da war keiner im Haus, als Paddy da hochgeklettert ist. Der war klug, hab ich doch gesagt.«

»Glauben Sie, dass er durch einen Unfall ums Leben gekommen ist?«

Dad Legsey drehte das Gesicht zur Wand.

»Ist er nich«, sagte er.

»Es war kein Unfall, wollen Sie sagen?«

»Nein. Es *war* 'n Unfall. Aber er ist nich gestorben.«

»Aber er ist doch mit dem Kopf aufgeschlagen.«

»Die Legseys haben Dickschädel. Mein Paddy ist noch da.«

Dad Legsey fuhr mit dem Finger über die nackte Wand, als zeichnete er dort irgendetwas nach.

»Wo?«, fragte Fletcher.

»Was meinen Sie wohl wo? Er ist mein Sohn.«

»Wollen Sie sagen, dass er hier ist, *hier in diesem Haus*?«

»Wo soll er denn sonst sein? Er ist mein Sohn.«

»Er steht nicht im Wählerverzeichnis.«

»Er wählt nich, verdammt noch mal.«

Fletcher betrachtete die Muster, die Dad Legseys Finger auf die Wand malten.

Aufgrund der Bildunterschrift im Doomsday Book – *Nun hat sie ihn, die Maid der Isle of Eels* – hatte er geglaubt, dass Paddy Legsey beim Sturz auf die geflieste Terrasse des Blindy House ums Leben gekommen war. Aber offensichtlich hatte der alte Bulle keinen Toten fotografiert, sondern nur einen Bewusstlosen. Vielleicht hatten die Leute von *The Wake* angenommen, dass der Schwerverletzte genau wie Shane Gaffy sterben würde, und ihm eine Strohpuppe in die Brusttasche geschoben. Aber die Legseys hatten kräftige Schädel. Paddy hatte den Sturz überlebt und trotzdem nie wieder eine Straftat begangen. Er lebte, aber …

»Ist er behindert?«, fragte Sal.

Dad Legsey nahm die Hand von der Wand. Dann streckte er die Finger, stand auf und hakte die Daumen in den Gürtel. Der alte Raufbold aus den Fens, der vor nichts und niemandem Angst hat.

»Ist das wichtig?«

»Es ist absolut entscheidend«, sagte Sal. »Glauben Sie mir.«

Er dachte eine Weile nach. »Kann schon sein, dass Besuch ihm guttut.« Er sah Sal an. »Aber er wird euch nix sagen. Er redet nie.«

Der vierundvierzigjährige Paddy Legsey hörte das Knarren der Treppe und dann ein weiteres Knarren vor der Tür. Es knarrte ungewöhnlich laut und lange. Er hielt die Augen auf die Wand geheftet.

Das musste er so machen, weil er nämlich in der Tapete lebte. Das war die Tapete, die er seit seinem achten Geburtstag im Zimmer hatte und die seit damals immer dieselbe geblieben war. Sie hatte ein Muster. Sieben verschiedene Bootstypen. Er verbrachte Stunden und manchmal ganze Tage damit, die Boote zu betrachten und im Geiste mit ihnen davonzusegeln.

So war es immer gewesen. Da waren nur er, die Boote und das Fenster mit dem Blick auf die Felder. Manchmal Kopfschmerzen, die machten, dass er zitterte, und hin und wieder wurde alles schwarz, und er erwachte mit Blut auf den Lippen und einem Plastiklöffel im Mund, von dem Dad sagte, der sei nötig, damit er seine Zunge nicht verschluckte.

Wenn er an solchen Tagen zitternd auf dem Boden lag, brachte Dad ihm immer einen Krug Tee. Der war sauer, beruhigte ihn aber, und in den Nächten danach machte er immer die weitesten Fahrten mit seinen Booten.

Doch Paddys Welt wandelte sich. Die Tapete verblasste allmählich, und in Brusthöhe waren die Boote schon vollständig abgerieben. An anderen Stellen hatten seine Finger Spuren hinterlassen, die wie Gewitterwolken aussahen.

Die Tür öffnete sich und drei Leute traten ein – das hörte er am Geräusch der Füße. So viele Besucher hatte er noch nie gehabt, aber er hielt die Augen trotzdem auf die Boote geheftet.

Und dann veränderte sich sein Leben.

Er spürte, dass jemand seine Wange berührte – nicht die rauen Finger seines Vaters, wenn er ihn wusch, sondern andere, unbekannte Finger, und sie dufteten so gut, dass er den Kopf drehte und hinsah.

Sie war wunderschön und sah ihn mit braunen Augen und leicht gerunzelter Stirn an. Vielleicht machte sie sich auch Sorgen wegen der Boote. Er dachte eine Weile nach, welches Boot ihr wohl am besten gefallen würde, und entschied sich dann für die Yacht mit den Bullaugen. Die gefiel ihr tatsächlich.

»Du warst in Blindy House, Paddy«, hörte er sie sagen. »Es war eine kalte Nacht vor sehr langer Zeit. Was ist damals passiert?«

Paddy schauderte. Er dachte nicht gern an das andere Zimmer in seinem Leben. Die drei Männer, die ihn gepackt und zum Fenster zurückgeschleppt hatten. Sein Schrei, der durch die kalte Nacht hallte.

»Paddy? Kannst du uns das sagen?«

Paddy blickte in ihr Gesicht und spürte die ersten Krämpfe. Er öffnete den Mund, um etwas zu sagen, doch er hatte keine Stimme. Wieder durchlief es ihn wie ein Stoß, und er presste die Augen zusammen. Er spürte, dass ihm Speichel übers Kinn lief. Er drehte sich zur Yacht um und lächelte trotz der Zuckungen, weil er nicht mehr allein war.

Sie kletterten zusammen über die Leiter an Bord und standen auf dem Deck, wo das rote Segel im Wind flatterte. Sie zeigte auf Delphine und fliegende Fische. Er setzte die Segel und fing ihren Blick ein, als das Tuch sich im Wind straffte. Er wusste, dass ein Anfall bevorstand, aber danach würde der Himmel sich lichten – und von da an würde sie ihn immer auf den Booten begleiten, und er würde mit ihr überall hinsegeln. Überall, wohin sie nur wollte.

»Die Bullen hören einem nie zu. Ich hab doch gesagt, dass er nich redet. Jetzt hat er einen Anfall bekommen, für nix und wieder nix.«

Sie waren wieder unten. Fletcher war noch immer damit beschäftigt, alles, was er wusste, auf einen Nenner zu bringen. War er gerade ein Stück weitergekommen? Er hatte nicht das Gefühl.

»Tut mir leid«, sagte Sal. »Wir hatten wirklich geglaubt, dass er uns etwas Wichtiges erzählen könnte. Ist er in Behandlung?«

Dad Legsey rührte in einem Topf mit seinem ganz legal aus Mohn gebrauten Tee. »Ärzte helfen nich. Nur das hier hilft. Das hat hier schon immer geholfen.«

Das Zeug roch wie frisch umgegrabene Erde. Fletcher sah eine bläuliche Flüssigkeit voller winziger Samenkörner, ohne sie wirklich wahrzunehmen.

Ihm blieben noch etwa zwölf Stunden. Das Problem war nur, dass er den entscheidenden Punkt noch immer nicht gefunden hatte. Er verstand noch immer nicht, was die Fälle verband. Gut, er begriff, wie und warum die Jungs aus Wittris *The Wake* zum Opfer gefallen waren. Aber der letzte Mord war ihm noch immer ein Rätsel: Warum hatte *The Wake* einen russischen Landmaschinen-Ingenieur ins Jenseits befördert? Warum nur? Das ergab überhaupt keinen Sinn.

»Dad Legsey, wurde nach dem Sturz irgendetwas bei Paddy gefunden?«

»Wie zum Beispiel?«

»Wie zum Beispiel eine kleine Puppe aus Stroh.«

Dad Legsey hörte auf zu rühren. »Nur seine Kleider, seine Ohrringe und 'n Ring, den ich ihm mal geschenkt hab. Aber später war da was.«

»Was denn?«

Dad Legsey sah sich plötzlich um und richtete die glänzenden Augen auf Fletcher und gleich darauf auf Sal. »Ich war der Einzige. Der Einzige von uns dreien.«

»Der Einzige, der …?«

»Geblieben ist. Die Swilters und die Gaffys, die sind rauf in den Norden. Sind kurz nach dem Tod von den Jungs weggezogen. Die einen sagen, sie hatten Angst vor was, die andern sagen, sie haben Geld gekriegt, man hat ihnen geholfen. Ich sag nur, was ich weiß. Kurz nach dem Sturz von Paddy, grad an Neujahr, da kommt 'n Mann hier an die Tür. Sagt, er ist von 'nem Verein für Epileptiker. Er könnte meine Bürde erleichtern, so sagt er. Wollte mir Paddy wegnehmen und ihn in 'n Heim stecken. Wo man für ihn sorgen wird, so sagt er. *Für ihn sorgen.* Für meinen Paddy.«

Fletcher konnte sich vorstellen, wie man für Paddy gesorgt hätte – für diesen Zeugen, der überlebt hatte und von dem man nicht wusste, ob er nicht irgendwann Erinnerung und Sprache wiederfinden würde.

»Was haben Sie ihm geantwortet?«

»Nix. Ich hatte Tee hier auf'm Herd, 'nen großen Topf für die ganze Straße, kochend heiß. Den hat er abgekriegt.«

»Sie haben ihn verbrüht?«

Dad Legsey lachte. »Es war der Streikwinter. Der Krankenwagen kam erst nach zwei Stunden. Der Kerl hat sich im Garten rumgewälzt und das Gesicht in den Schnee gesteckt. Aber paar Tage später, da kam was mit der Post. Da drin war so was, was Sie gesagt haben: 'n Püppchen aus Stroh. Wie so'n Quatsch aus 'm Heimatmuseum. Hat mich beim Auspacken gekratzt. Ich hab's im Garten verbrannt.«

Fletcher starrte in das dampfende Gebräu. Allmählich sah er es vor sich, jenes Puzzlestück, das ihm noch gefehlt hatte. Es war schlimmer, als er es sich vorgestellt hatte. Weit schlimmer.

»Und wann war das? In der ersten Januarwoche?«

»Genau. Januar 79.«

Fletcher fing Sals Blick auf. Er fragte: »Wie alt waren Sie damals, Dad Legsey?«

»Ich? Vierzig war ich damals. Jünger als Paddy jetzt.«

Fletcher nickte und betrachtete den Alten von Kopf bis Fuß. »Vielen Dank, Dad Legsey. Sie haben meine letzte Frage beantwortet. Und das war zugleich die wichtigste Frage.«

Sie fuhren aus Wittris heraus und die Felder sausten an ihnen vorbei. Die Lovely Street mit ihren Maschendrahtzäunen lag bald weit hinter ihnen.

Sal fuhr. Fletcher schwieg und schaute nach vorn auf den Horizont. Er sah die Lichter einiger entgegenkommender Wagen und das Flutlicht eines Mähdreschers, der, eine im Mondlicht schimmernde Spelzenwolke hinter sich herziehend, bei Nacht arbeitete. Ein Fuchs rannte über die Straße, ein Kaninchen im Fang. Nach einer Weile tauchte am Horizont die Kathedrale von Ely auf. Fletcher wandte sich Sal zu.

»Jetzt verstehe ich die ganze Sache. Was die Puppe bedeutet. Und die Verbindung zwischen der *Lovely Brigade* und dem Russen.«

»Ich glaube, ich auch.«

»Hungrig?«

Sie warf ihm einen Blick zu und nickte.

»Ich koche für dich«, sagte er.

Sie dachte eine Weile darüber nach und nickte wieder.

»Aber keinen Aal, Fletcher.«

Eine langbeinige Mücke klatschte gegen die Windschutzscheibe. Die Uhr zeigte 22.28 Uhr.

Tom Fletcher trat auf die Feuertreppe. Es war dunkel und kalt, und hinter den Dächern stachen Fernsehantennen und die Wipfel der Gartenfichten Löcher in den Mond. Die Stahlstufen der Feuertreppe waren vereist und glatt.

»Da könnte man leicht runterfallen.«

Er drehte sich erschrocken um. Sie hatte sich an die Wand gelehnt und schaute ihn an. Im Licht, das aus dem Fenster eines anderen Hauses fiel, sah er, wie bleich sie war. Das kupferrote Haar war auf der einen Seite des Gesichts zusammengebunden, die andere Seite lag im Dunkeln. Sie trug wieder den alten Regenmantel und einen Schal.

»Wo geht Edmund hin, wenn er nachts durchs Haus läuft?«, fragte er.

Bei jedem Wort wehte ein Atemwölkchen aus seinem Mund. Sie sah ihn an.

»Warum gehst du nicht weg?«, fragte er.

Sie schloss einen Moment lang die Augen. »Es ist zu spät.«

Die geöffneten Fenster von Fletchers Wohnung gingen auf das Zentrum Cambridges hinaus, wo die Zinnen der Colleges im Licht der Straßenlaternen und des Mondes bernsteingelb leuchteten. Der Himmel war bewölkt und die Luft windstill.

Die Mauern von Green Street bewahrten die Tageshitze wie einen alten Groll.

Fletcher hatte im Kühlschrank gewühlt und in Limettensaft gedämpften, mit Thymian gewürzten Seebarsch mit zerstampften Süßkartoffeln aufgetischt. Sal wirkte beeindruckt.

Jetzt saßen sie einander auf der breiten Fensterbank gegenüber und blickten auf die letzten Lichter, die draußen noch brannten. Es roch nach dem halb vertrockneten Moos der Dächer. Zwischen ihnen stand eine Flasche eiskaltes Wasser. Auf einem alten Plattenspieler lief das Saxophonstück aus Belize, unterlegt vom Knacken und Knistern der Vinylplatte. Sal hatte die Beine ausgestreckt. Im Licht der Straße schimmerten ihre glatten Waden, die vom Fuß herabbaumelnde Sandale wippte im Takt.

Es war schon weit nach Mitternacht – der Tag der Hochzeit war angebrochen – und Fletcher merkte, dass sie nun schon eine Weile schwiegen und es keinen von beiden drängte, die Stille zu brechen. Aber schließlich fragte er: »Also, was wissen wir eigentlich?«

Sal blickte noch immer auf die Straße hinaus, das Haar fiel ihr in die Augen. »Fangen wir lieber mit dem an, was wir nicht wissen. Wir haben zum Beispiel keine Ahnung, wie das mit *The Wake* damals angefangen hat.«

Fletcher füllte beide Gläser mit Wasser auf. Er beobachtete, wie Sals Kehle sanfte Schluckbewegungen machte, während sie langsam und ausgiebig trank.

»Ich glaube, dass sie wirklich irgendwann Mitte der Siebziger einen historischen Verein gegründet haben. Billy Breakman und Thomas Denton dürften wohl wirklich im Kettenhemd bei Dorffesten aufgetreten sein – und Peter Charter war tatsächlich der Fahrer und hat die Leute in seinem Kleinbus transportiert. Aber dann, gegen Ende der Siebziger, wurde alles anders.«

Sal nickte. »Die ersten Kinder, die in den frisch hochgezogenen Sozialsiedlungen von Wittris zur Welt gekommen waren, wurden allmählich erwachsen, und als sie genauer hinsahen, wie es um sie selbst und ihre Zukunft bestellt war, waren sie alles andere als begeistert. Sie begannen, sich als Enteignete zu sehen, als Opfer einer uralten Rivalität, und verliehen ihrem Leben damit ein wenig Sinn und Glanz. Sie waren nicht einfach nur Einbrecher, nein, sie kämpften gegen den alten Erzfeind. Wahrscheinlich machten sie anfangs die Erfahrung, dass die kleinen normannischen Dörfer leichte Beute waren. Die Anführer der Banden hörten in den Fernsehnachrichten von den Roten Brigaden – da hatten sie also eine bewaffnete Gruppe, die sich zum Kampf gegen die Privilegierten zusammengeschlossen hatte. Das gefiel den Jungs aus Wittris, und so kamen sie auf die Idee mit der *Lovely Brigade*. Der Name sprach sich herum, und als sie ihn immer öfter in den Schlagzeilen lasen, fanden sie das toll. In den alten Polizeiakten sieht man, dass sich die Überfälle im Herbst häuften und schließlich zwei oder drei Häuser pro Woche ausgeraubt wurden. Die Polizei war hilflos, und selbst wenn Shane Gaffy, Terry Swilter oder Paddy Legsey einmal festgenommen wurden, hatten sie immer ein Alibi parat. Die Bewohner von Thinbeach müssen diese Welle angelsächsischer Gewalt auf sich zurollen gesehen und sich gefragt haben, wie sie sich davor schützen sollten. Wer wird wohl auf die entscheidende Idee gekommen sein, was meinst du?«

Unten auf der Straße erlosch die Außenbeleuchtung eines Restaurants, und Fletcher beobachtete, wie sich dadurch das Licht in Sals Gesicht veränderte. Die eine Seite, über die noch immer das Haar fiel, lag jetzt im Dunkeln.

»Fletcher?«

»Alain de Minching. Er muss damals so um die dreißig gewesen sein und sah die Situation als die letzte Phase eines alten Krieges und sich selbst als den normannischen Lord, der seine Gemeinde verteidigt. Er wusste, dass bei der Polizei angesichts der Streiks und Unruhen in jenem Winter alle Kräfte gebunden waren, was das Dorf umso verwundbarer machte. Es gab einige Überfälle in Thinbeach selbst. Einwohner waren gefesselt und bepinkelt worden, wie er mir erzählt hat. Das war eine Kriegserklärung. Vielleicht hat er da in Blindy House eine ganze Nacht lang allein bei seinen Strohpuppen gesessen und vor sich hin gegrübelt. Schließlich beschloss er, von Hereward the Wake zu lernen und die Feinde in die Falle zu locken. Er unterbreitete seine Idee Billy Breakman und Thomas Denton, zwei Männern, die er verachtete, die aber genug Geschick, Kraft und Disziplin besaßen, um so einen Plan durchzuführen. Die beiden schlugen ein.«

»Und Peter Charter?«

Fletcher zuckte die Schultern. »Das werden wir niemals erfahren. Mit Sicherheit haben sie ihn auch da noch als Fahrer verwendet. Er wird sich gefragt haben, warum er sie immer spätnachts in der Gegend herumkutschieren musste, doch wird in seinem Fall eine Art überkommene Lehnstreue den Ausschlag gegeben haben, das Bedürfnis des Vasallen, den Herren zu dienen. Als Erstes fuhr er sie nach Ulsingham Hall, oder?«

»Ulsingham Hall mit der kleinen Trafostation. Sie fanden Mittel und Wege, die Jungs an solche Orte zu locken. Vielleicht ließen sie durchsickern, dass das Haus unbewacht sei. Terry Swilter konnte der Versuchung nicht widerstehen, da man über die Stallgebäude so mühelos zum ersten Stock hochklettern konnte. Ob er es wohl jemals bis dahin geschafft hat?«

Fletcher versuchte, sich den Kampf vorzustellen: Denton, Breakman und Alain de Minching, die plötzlich aus der Dunkelheit auftauchten, Swilter Arme und Beine brachen und ihn über die Mauer der Trafostation auf die Hochspannungsleitungen warfen. Eine explodierende Stichflamme, sprühende Funken und die Stromstöße, die Swilters Körper durchzuckten. Bestimmt hatten die Männer gewartet und seinen Schreien gelauscht, bis die Flammen erloschen waren. Dann hatten sie die kleine Strohpuppe über die Mauer auf die Leiche geworfen und waren zu Charters Kleinbus zurückgeschlichen, der sie auf der Straße erwartete.

»Die Strohpuppe war Alain wichtig«, sagte Fletcher. »Für ihn geschah dort etwas Historisches, der Geist Thinbeachs besiegte die Plünderer. Vermutlich war die Strohpuppe aber auch ein mit der Polizei abgesprochenes Zeichen, dass man hier die Untersuchung nicht zu gründlich betreiben solle. Verstehst du, Alains besondere Begabung ist das Inszenieren von Szenen. Nein – nicht das Inszenieren, sondern das *Fälschen*, der Versuch nämlich, das, was in Wirklichkeit geschehen ist, umzukehren. In seiner Version der Schlacht von Agincourt reiten die französischen Ritter die englischen Bogenschützen nieder. Die Szene, die er für Ulsingham Hall entworfen hat, war nahezu perfekt, abgesehen von dem Moos auf dem Stallgebäude, das unversehrt geblieben war. Aber letzten Endes spielte das keine Rolle, nicht?«

»Nein«, antwortete Sal. »Denn Alain hatte nicht nur die Schauplätze manipuliert. Die Fotos, die Strohpuppe und Stalldach zeigten, verschwanden aus den Akten. Allerdings fanden sie ihren Weg ins Doomsday Book, an dem die Jungpolizisten ihren Spaß hatten.« Sie blickte zu Fletcher auf. »Für wie stark involviert halten wir eigentlich die Polizei?«

»Wir gehen davon aus, dass Teversham als Erster auf dem Schauplatz erschien. Wir wissen außerdem, dass der Fall ungewöhnlich nachlässig verfolgt wurde und dass sowohl die Begutachtung des Schauplatzes als auch die gerichtliche Untersuchung zu wünschen übrig ließen. *The Wake* hatte Freunde in der Polizei und auch noch an anderer Stelle.«

»Wie zum Beispiel Lord Ruddick? Damals hieß er noch Jonathan Ruddick-Spencer und wohnte in Ulsingham Hall, das zu seinem Familienerbe gehörte. Meinst du, er *wusste* von der Falle?«

»Damit müssen wir uns nach der Hochzeit befassen.«

Fletcher spürte jedoch, dass dieser Punkt tatsächlich näher beleuchtet werden musste. Menschen verändern sich und machen Karriere. Ein ehrgeiziger Anwalt wird Lord Ruddick. Ein Detective Sergeant steigt zum stellvertretenden Polizeichef auf. Ein Coroner wird zum Vizekanzler eines Colleges. Aber im November 1978 hatten der Sergeant und der Coroner noch mit einem anderen Fall zu tun gehabt: mit Shane Gaffy.

»Gaffy war vielleicht schon schwerer zu erwischen«, sagte Fletcher. »Terry Swilters Tod war ein schwerer Schlag für die *Lovely Brigade*, aber die Wittris-Jungs machten weiter. Da stellte *The Wake* die nächste Falle. Alain, Billy und Thomas schafften Gaffy in den trockenen Drainagekanal, überschütteten ihn mit Benzin, warfen ein Streichholz auf ihn und zogen sich in sichere Entfernung zurück. Sie warteten das Erlöschen des Feuers ab, bevor sie die Strohpuppe auf Gaffys Körper warfen. Was bedeutet, dass sie *zusahen*. Billy Breakman vertrug das nicht und spürte zunehmend Gewissensbisse. Er kehrte jeweils zum Schauplatz des Verbrechens zurück und sah sich noch einmal an, was er getan hatte. Was hat er dir gestern gesagt? *Das waren Kinder?* Aber Police Constable Teversham war wieder rechtzeitig zur Stelle und räumte auf. Als Nächster stand Paddy Legsey auf der Liste, doch diesmal lief es anders. Sie dachten, sie hätten auch ihn umgebracht, aber er überlebte, und Dad Legsey weigerte sich, ihn aufzugeben. Als letzten, bösen Abschiedsgruß schickte *The Wake* ihm eine Strohpuppe mit der Post. Und das bringt uns zu dem Russen.«

Sal blickte Fletcher plötzlich an und presste sich das kühle Wasserglas an die Kehle. »Morgen wird es schwül und drückend, spürst du das?«

Fletcher spürte es tatsächlich: Drinnen wie draußen regte sich kein Hauch. In der Altstadt brüllte irgendjemand los, dann verhallte der Lärm in der Ferne. Sals Fuß und seiner standen nebeneinander auf dem Fensterbrett, berührten sich aber nicht.

»Vielleicht ist an Alain de Minchings Version etwas Wahres. Kälte, Glätte und Schnee, die Verspätung des russischen Ingenieurs und der Wagen, der auf der Landstraße in den Graben fährt. Während der Abend hereinbricht, geht dieser große, kräftige Mann von Haus zu Haus und brüllt etwas, was die Leute nicht verstehen. Die Leute denken, da kommt jemand, ein Fremder, der uns übelwill. Die Türen bleiben verschlossen.«

Fletcher sah, dass Sal trotz der schwülen Nacht die Arme um die Knie schlang, während sie auf Cambridge hinuntersah.

»So weit mag das zutreffen, aber das Ende war ganz anders, als de Minching uns weismachen wollte. Er behauptete, der Russe sei auf den Damm gestiegen und von dort in den See gestürzt. Doch es wird wohl damit begonnen haben, dass die Leute Alain anriefen und ihm von diesem Fremden berichteten, der die Shamblings entlangkam. Inzwischen war der Russe vermutlich völlig verzweifelt, schrie und hämmerte gegen die Türen, während die Leute in den Häusern hinter zugezogenen Vorhängen nur einen verstohlenen Blick auf ihn riskierten. Der Unbekannte war kein Teenager wie die anderen Einbrecher aus Wittris, sondern ein kräftiger Mann mittleren Alters. Alain meinte Bescheid zu wissen. Ein Unbekannter mittleren Alters, der wütend brüllend durch Thinbeach zog, konnte aus seiner Sicht nur ein einziger Mensch sein.«

Fletcher leerte die Flasche und holte die nächste aus dem Kühlschrank. Als er zurückkam, saß Sal noch immer so da wie zuvor, der Blick gedankenverloren.

»Dad Legsey«, sagte sie. »Alain dachte, es sei Dad Legsey. Er dachte, Legsey hätte sich seinen Reim auf alles gemacht und sei nun Paddys wegen hinter ihm her. Alain kam zu einer schnellen Entscheidung. Er rief Billy Breakman und Thomas Denton an. Aber nicht Charter – Charter hat nie etwas von dieser Sache gewusst und auch hinterher nichts davon erfahren. Sie trafen sich im Dunkeln und beobachteten den Fremden, der über die Straße taumelte. Vielleicht warfen sie ihm einen Sack über den Kopf und rissen ihm die Arme hinter den Rücken. Sie müssen ihn mit Gewalt den Damm hinaufgeschleppt haben.«

»Egal, wie angeschlagen er auch gewesen sein mag, er hat mit Sicherheit um sein Leben gekämpft«, fügte Fletcher hinzu. »Sie müssen ihn in einiger Entfernung vom Dorf zum Wasser geschleppt und sein Gesicht dort untergetaucht haben. Bestimmt hat er sich gewehrt und versucht, seinen Kopf zu befreien. Bei einer solchen Kälte ist es, als ob einem die Kehle zugedrückt wird. Vielleicht hat er einen Schrei ausgestoßen, doch der verlor sich im Wind. Irgendwann rührte er sich schließlich nicht mehr. Vermutlich warfen sie ihn in den See, doch die Leiche trieb nicht vom Ufer weg, sondern blieb am Rand liegen und vereiste. Wer wird dem Toten wohl die Strohpuppe in die Tasche gesteckt haben?«

»Alain«, antwortete sie. »Alain, der bestimmt einen schicken Wintermantel trug, irgendwas mit Schulterklappen. Vielleicht waren seine Ärmel nass geworden. Dann stand er da, während die anderen beiden ihn ansahen und darauf warteten, dass er ihnen sagte, wie es weitergehen sollte. Alle mit großen Atemwolken vor dem Mund. Ich könnte mir vorstellen, dass Alain mit seinen Leuten ins Blindy House ging, das Feuer im Kamin schürte und zum Aufwärmen etwas Gutes aus dem Weinkeller holte. Sie dachten, sie hätten es geschafft und die letzte Gefahr, die ihnen aus Wittris drohte, beseitigt. Bestimmt glaubten sie, dass nun endlich Ruhe herrschen würde. Und in gewisser Weise hatten sie recht: Es gab keinen Ärger mehr. Selbst als ihnen ihr Fehler klar wurde, spielte das eigentlich keine Rolle, weil die Behörden die Leiche des Russen inzwischen aus politischen Gründen hatten verschwinden lassen. Die Einbrüche und Überfälle hörten auf, und mit der

Lovely Brigade war endgültig Schluss. Der Streikwinter ging zu Ende und die achtziger Jahre begannen. Sie blieben ungeschoren.«

Draußen auf der Straße gingen die letzten Restaurantlichter aus, bis auf eines, das kaputt war und noch eine Weile stroboskopartig flackerte. Fletcher beobachtete, wie es einen Wechsel von Licht und Schatten auf Sals Gesicht zeichnete, bis es schließlich endgültig erlosch und er ihre Züge nur noch im Schimmern des Nachthimmels erahnte.

»Es ist schon spät«, sagte er.

Sie nickte und trank etwas Wasser, wobei eine Spur von Lippenstift auf ihrem Glas zurückblieb. Fletcher spürte, wie warm die Luft war, die er einatmete. Er versuchte sich vorzustellen, wie es mit den Mitgliedern von *The Wake* nach 1979 weitergegangen war. Alain de Minching wohnte als Junggeselle in Blindy House, investierte geschickt und züchtete seine Wolfshunde. Billy Breakman baute seinen Landmaschinenhandel aus – er war kein zartbesaiteter Typ, doch die Morde ließen ihn nicht mehr los und er litt unter immer stärkeren Gewissensbissen. Thomas Denton herrschte über sein eigenartiges kleines Reich und pflegte die Beziehung zu seiner Tochter, wie auch immer die ausgesehen haben mochte. Peter Charter auf seiner Farm wusste nichts vom Tod des Russen, wurde von den anderen fallen gelassen und geriet immer tiefer in seine Paranoia. Alle vier hielten *The Wake* für eine abgeschlossene Episode in ihrem Leben. Keiner ahnte etwas von Iwan.

»Ich glaube, Iwan als Kind hätte ich gemocht«, sagte Fletcher. »Als diese Strohpuppe auf seinem Küchentisch landete, spürte er sofort, dass irgendetwas am Tod seines Vaters nicht stimmte. Im Laufe der Jahre wurde ihm das zur Obsession, und seine Erfahrungen in der Armee und im Gefängnis machten es nur noch schlimmer. Als er aus dem Militär entlassen wurde, schloss er sich einer der Mafiagruppen an, die unter

Jelzin überall emporschossen, nutzte seine Berufserfahrung als Soldat und steigerte sich zunehmend in seine Rachephantasien hinein. Er wurde ein einflussreicher Mann, ein Businessman im russischen Sinne des Wortes. Schließlich hatte er die Mittel, diese Operation hier in die Wege zu leiten und Olga bei Crispin einzuschleusen.«

»Aber Olga verliebte sich in Jake«, sagte Sal.

»Und Alain de Minching versuchte, alles unter der Decke zu halten, als Billy Breakman ihn anrief und um Hilfe bat. Alain verabredete sich mit Jake im Depot – vielleicht für eine weitere Geldübergabe. Jake stellte die Überwachungskameras aus. Alain ließ sich die Sache durch den Kopf gehen – dann schlug er Jake bewusstlos und steckte ihn in den Schredder, damit die Stahlmesser die Verletzung kaschierten. Auch wenn Jake ein Erpresser war, hoffe ich sehr, dass er bewusstlos war, als das Ding losging.«

»Und das mit Teversham und dem Video hatte ich eigentlich schon längst deutlich ausgesprochen, erinnerst du dich?«, frage Sal und lehnte sich gegen den Fensterrahmen. »Nur war uns das damals nicht klar. Als Teversham Jakes Leiche fand, sackte er das Video ein, weil er sehen wollte, was zum Teufel da vorgefallen war. Als er merkte, dass die Aufzeichnung an der entscheidenden Stelle abbrach, war er verwirrt, doch er wusste, dass Jake an jenem Abend mit Alain verabredet gewesen war. Also ging er zu Alain, behauptete, eine Videoaufzeichnung des Mordes zu haben, und versuchte, ihn zu erpressen. Alain fasste rasch einen Plan, beruhigte Teversham und machte ihn besoffen. Er folgte ihm im Citroën und rammte ihn in der Kurve so, dass er gegen den Baum krachte. Es lief wie geschmiert, aber Alain machte sich immer noch Sorgen wegen des Videos. Er musste TeIvershams Wohnung durchsuchen, um auf Nummer sicher zu gehen. Erinnerst du dich, was ich damals sagte? Teversham hat die Videokassette vor jemandem versteckt, dem am Toilettenspülkasten nichts

Merkwürdiges auffallen würde. Das beschreibt Alain doch genau – wenn es einen Mann gibt, der noch nie ins Innere eines Toilettenspülkastens geschaut hat, dann ihn. Natürlich würde diese Argumentation niemals für eine Anklage ausreichen. Alain ist schließlich der erste Mann im Dorf und sorgt weiter dafür, dass alles unter der Decke bleibt. Und er wird auch die Hochzeit durchführen.«

Die Hochzeit. Sie hatten bereits Webley angerufen und ihr skizziert, wie sie am Samstag in Thinbeach vorgehen wollten. Webley hatten diese Pläne nicht recht gefallen, doch schließlich hatte sie zugestimmt. Das hatte Fletcher nicht anders erwartet.

»Mal sehen, ob sich die Decke nicht wegziehen lässt«, sagte er.

Eine Weile herrschte Schweigen. Die Platte endete und die Nadel hüpfte in der Rille. Es war ein beruhigendes Geräusch: Es maß die Zeit und gab der Nacht einen Takt, während Fletcher über den bevorstehenden Tag nachdachte. Er blickte auf. Sal beobachtete ihn mit schiefgelegtem Kopf. Die eine Sandale glitt ihr vom Fuß und fiel auf den Boden. Sie streckte das Bein und stupste mit den Zehen gegen seinen Oberschenkel. Er spürte, wie sie langsam die Zehen krümmte. Dann zog sie den Fuß zurück.

»Davon geht die Nadel kaputt, Fletcher.«

Er reckte sich zur Wand und schaltete den Plattenspieler aus. Die Lautsprecher knisterten leise und waren plötzlich stumm.

Es roch nach altem Wachs. Die Wohnungstür stand offen und aus dem Flur fiel Licht auf den Treppenabsatz. Er sah, dass Sal ins Treppenhaus hinunterschaute. Da unten war es dunkel, so dunkel, wie es um ein Uhr nachts im Sommer eben sein kann. Sie drehte sich um, das Gesicht vom Licht aus dem Flur beleuchtet. Plötzlich streckte sie die Hand aus und berührte seine Wange. Er spürte, wie ihre Finger mit einem raschelnden Geräusch über seine Bartstoppeln streiften.

»Was ist eigentlich deine wirkliche Sorge, Fletcher? Von Iwan einmal abgesehen?«

»Seit diese Thinbeach-Sache in Gang ist, folgt mir jemand.«

»Und warum?«

»Um etwas über mich herauszufinden.«

»Was denn?«

Die Tür stand noch immer offen.

Tom Fletcher hörte, wie ein Stockwerk tiefer die Zimmertür aufging. Er wartete darauf, dass das Dielenbrett knarrte. Dann trat er ins Treppenhaus und schaute hinunter. Edmund stand in einem alten Jogginganzug im orangegelben Licht, fingerte an den Perlen seiner Brillenkette und lauschte. »Hallo, Edmund«, sagte Tom.

Edmund fuhr zusammen und versuchte ein Lächeln.

Sie gingen auf die Feuertreppe. Der Mond stand höher als die Fernsehantennen, halb verdeckt von weißen Wolkenschleiern. Das Stahlgeländer war vereist und das Scheinwerferlicht der unten vorbeifahrenden Autos brachte die Luft zum Schimmern. Tom war angezogen, spürte aber die Kälte unter den Fußsohlen.

Edmund hatte ihm die Hand auf die Schulter gelegt. Tom Fletcher sah, wie Edmunds Atem beim Sprechen in der Luft kondensierte.

»Du brauchst dir keine Sorgen zu machen, Tom. Hier sind alle glücklich und zufrieden. Meine Frau ist glücklich und Cathleen ist glücklich. Das sagt sie mir zumindest, und ich glaube es ihr. Es ist eine seltene Gabe, nicht wahr? Menschen glücklich zu machen? Wirklich glücklich. Zufrieden. Es ist eine Gabe, andere Menschen so glücklich zu machen, dass sie einen nicht mehr verlassen wollen und können.« Tom spürte,

dass Edmunds Hand auf seiner Schulter zitterte. So kalt war es. Die Luft war dünn und von den Feldern jenseits der Vorstadt kamen Geräusche, die man normalerweise gar nicht hören konnte. Ein Tier bellte, dann ertönten die Stimmen von Menschen und das Rattern irgendeiner Maschine. Edmund atmete eine lange Nebelfahne aus. »Die Sache ist die, Tom, dass du hier bei uns bleiben könntest. Du musst nicht zu deinem Onkel. Du kannst beantragen, dass du weiter bei uns in der Blissey Avenue wohnen darfst, und wir nehmen dich bei uns auf. Nur zu gern. Du wirst eine wöchentliche Geldanweisung bekommen. Wir stellen dir einen Fernseher aufs Zimmer. Und denk nur, wie glücklich wir alle machen werden. Nicht Cathleen, die muss bald fort. Sie war unachtsam. Aber bald kommt ein anderes Mädchen in ihr Zimmer. Vielleicht sogar zwei. Die Mädels schauen dir nach, Tom, sie mögen dich, das sehe ich genau. Wir könnten zusammenarbeiten. Du musst das nicht sofort entscheiden. Denk noch ein bisschen darüber nach. Und dann sag mir, was du willst.«

Wieder bellte das Tier, weit draußen auf den Feldern.

Superintendent Webley machte sich zum Gehen fertig. Sie lauschte. So spät in der Nacht war es still auf der Polizeiwache, man hörte nur das Summen der Ventilatoren und das Brummen der Leuchtstoffröhren. Sie lächelte in sich hinein. Irgendjemand hatte einmal gesagt, die Polizeiwache sei ein Schiff und die Bäume draußen die Wellen. Das Singen der Betrunkenen unten im Zellentrakt mochte dann als das Rufen der Delphine durchgehen.

Sie wollte die Schreibtischlampe ausschalten, hielt aber noch einmal inne. Sie überflog die Notizen, die sie am Abend bei dem Telefonat mit Fletcher und Sal Moresby aufs Papier geworfen hatte.

Thinbeach-Hochzeit: 11.00 Uhr, Samstag.

W: Was plant Iwan Gorenski?

F: Das lässt sich unmöglich vorhersagen.

Absagen unmöglich. Falls polizeiliche Absicherung der Veranstaltung, dürfen die Leute nicht zu sehen sein. DI Fletcher fühlt sich der Herausforderung durch Gorenski allein gewachsen. DS Moresby stimmt ihm zu.

W: Wie wollen Sie mit ihm fertig werden?

F: Wir wissen, wie sein Vater ums Leben gekommen ist. Er nicht. Wir sind im Vorteil.

Waren sie das wirklich? Oder hatte Fletcher es auf eine zweite Tapferkeitsmedaille angelegt?

Eine weitere Seite mit Notizen befasste sich mit der praktischen Seite, den Auflagen, die sie den beiden zum Schutz der Öffentlichkeit gemacht hatte.

Doch das Wichtigste hatte sie Fletcher zugestanden.

Okay: kein Glockenspiel.

Und dann:

Komplette Übersicht: Ereignisse 78/79. Evtl. umfassende Untersuchung. Mehr Leute abstellen? Überprüfung Alain de Minching. Sehr wichtig.

Schließlich legte sie die Notizen weg. Sie streckte die Arme, die sich müde anfühlten. Sie sahen aus wie die Arme einer Fünfunddreißigjährigen, da war sie sich sicher – aber vielleicht wurde es allmählich Zeit, sich einen Fitnesscoach zuzulegen, jemanden, der zu ihr nach Hause kam. Ihre Augen waren ebenfalls müde.

Nun lag nur noch ein einziger Gegenstand auf ihrem Schreibtisch: ein brauner Umschlag. Den hatte sie bei der Rückkehr von dem verdammten Seminar heute in der Büropost gefunden. Der Brief hatte keinen Absender und die Adresse war mit einem Drucker ausgedruckt. Der Poststempel war vom Vortag, und zwar vom Briefzentrum in Cambridge.

Keine Erklärungen, kein Brief, nichts dergleichen. Nur zwei Fotokopien.

Darüber dachte sie nun schon eine ganze Weile nach.

Es waren Fotokopien eines vertraulichen Berichts, den der Sozialdienst 1991 über eine Pflegefamilie abgegeben hatte. Sie nahm die Seiten zur Hand und las den letzten Abschnitt noch einmal durch.

18. Februar 1991: Edmund Hartnell fiel von der Feuertreppe im Haus Blissey Avenue 34. Er erlitt zahlreiche Verletzungen, darunter einen Schädelbruch, und starb am 19. Februar im Addenbrooke's Hospital. In Anbetracht des unsicheren Zustands der Feuertreppe wurde bei der gerichtlichen Untersuchung auf Tod durch Unfall befunden. Im Lichte dieser Umstände wurde den verschiedenen Vorwürfen gegen die Familie Hartnell nicht mehr nachgegangen.

Webley hatte noch nie von den Hartnells gehört, und auch die Blissey Avenue war ihr vollkommen unbekannt. Sie schloss den Brief in ihrem Aktenschrank ein, schaltete die Schreibtischlampe aus und schloss die Bürotür hinter sich zu. Das hatte Zeit bis morgen.

Thomas Denton erwachte keuchend und schweißgebadet auf einem der Ledersofas in Deep House. Er schüttelte den Kopf und blinzelte. Dann griff er nach seiner Zigarre, konnte sie aber nicht finden.

Er hatte wieder geträumt, irgendwas von früher. Er hatte geträumt, er sei mit Billy Breakman unten am See und drücke den Kopf eines Mannes unter Wasser, wobei seine eigenen Hände vor Kälte fast erstarrten. Der Mann war ein riesiger Kerl und wehrte sich. Einmal, ein einziges Mal, schaffte er es, den Kopf aus dem Wasser zu heben und etwas zu schreien. Die Worte hatten so klar und deutlich geklungen, dass Thomas sie niemals vergaß, obwohl er sie damals für einen alten Fluch aus den Fens gehalten hatte, denn da war er noch der Überzeugung gewesen, Dad Legseys Kopf unter Wasser zu drücken. *U menja jest syn,* hatte der sich Wehrende geschrien.

Später, als ihnen ihr katastrophaler Fehler klar geworden war, hatte Billy Breakman die Worte aufgeschrieben und sich irgendwoher die Übersetzung besorgt. Danach war Billy nie mehr ganz der Alte gewesen und hatte zu grübeln begonnen. Thomas dagegen hörte die Worte nur manchmal im Traum, begleitet vom Pfeifen des eisigen Windes, der über den See strich: *Ich habe einen Sohn.*

Thomas stand auf. Der Schweiß rieselte ihm den Rücken hinunter. Er fand seine Zigarre kalt im Aschenbecher, daneben ein leeres Glas. Außerdem lag dort die Geschenkschachtel eines Juweliers: Darin war das Halsband, das er Judith als Friedensangebot schenken wollte. Sie hatte die Schachtel noch nicht geöffnet.

Dieser Traum. Es war noch etwas anderes darin vorgekommen, aber daran wollte er jetzt nicht denken, nicht heute Nacht.

Er rief nach seiner Tochter. Ihr Name hallte leer durchs Wohnzimmer. Auf dem Weg die Treppe hinauf spiegelte seine Gestalt sich im blanken Marmor, und auf dem Rückweg ebenso, doch diesmal ballte er immer wieder krampfartig die Fäuste.

Er trat aus dem Haus und stellte sich auf die Zugangsrampe. Die Luft war schwül und beengend, und im Licht über der Tür schwirrten Motten. Er hörte etwas draußen im alten Fen: ein hämmerndes Motorengeräusch, mal deutlich vernehmbar, mal so leise, dass es praktisch verschwand.

Er ging auf das Geräusch zu. Am Rande des Schilfufers meinte er einen Hauch von Judiths Parfüm zu erhaschen – und obgleich er wusste, dass das eigentlich unmöglich war, lief er schneller und schob sich energisch durch den Farn, bis er auf einen Pfad stolperte. Der Motorenlärm kam von vorn – und dort erblickte er jetzt einen Scheinwerferstrahl, der immer wieder an- und ausging.

Er rief laut Judiths Namen, ließ ihn weit übers Wasser schallen. Er spürte, dass etwas dicht über ihn hinwegstrich: eine Fledermaus, die ihr Territorium verteidigte. Im selben Moment wusste er plötzlich, was hier geschah – doch er konnte es einfach nicht glauben, konnte nicht fassen, dass sie ihm das antun wollte. Er rannte den Pfad entlang – es war einer der alten, erhöhten Dammwege entlang der Zuflüsse des Thinbeach Pool. Er rannte immer schneller und spürte, wie Zweige ihm die Arme zerkratzten, doch plötzlich stolperte er über eine Wurzel, fiel der Länge nach hin und beschmierte sich das Gesicht im Moos.

Als er aufstand, leuchtete der Scheinwerfer unmittelbar vor ihm. Das Licht kam von einem Boot, einem Motorboot, das langsam den Zulauf hinunterfuhr und dabei Binsenbüscheln im Wasser und überhängenden Zweigen auswich. Der Motor tuckerte leise vor sich hin, von Abgasschleiern umwabert. Der Scheinwerfer ging wieder aus. Laut nach Judith rufend rannte Denton blindlings auf das Boot zu und stieß und drängte sich durch das Ufergestrüpp, bis er das Heck des Bootes erblickte – Qualmwolken ausstoßend fuhr es von ihm weg.

»Judith«, schrie er. »Es tut mir leid.«

Er dachte, das Boot führe langsamer, doch es umschiffte nur eine Stelle mit ins Wasser hängendem Gezweig, und dann kam der Motor wieder auf Touren. Denton rannte am Ufer entlang auf das Boot zu, noch immer nach seiner Tochter rufend. Und plötzlich fiel ihm der andere Teil seines Traums wieder ein, in dem er noch einmal die Stimme der Polizistin und ihre Frage gehört hatte: *Was wäre denn das Schlimmste, was der Russe Ihnen antun könnte?*

Iwan brauchte den Scheinwerfer, wenn die Zweige zu weit ins Fahrwasser ragten. Er hörte noch immer das Rufen und Schreien des Mannes, doch vor ihnen lag jetzt schon offenes

Wasser – der dunkle, breiter dahinströmende Fluss. Er blickte sich um und sah, dass Judith, die Hände fest um die Reling geklammert, übers Heck zurückschaute. Einen Moment lang glaubte er, dass sie vom Boot springen würde. Dann hielt sie sich die Ohren zu, und er legte den Arm um sie, während er mit der anderen Hand steuerte.

»Hörst du es nicht? Er ruft mich«, sagte sie.

Hinter sich hörte er ein lautes Platschen und sah, dass Denton ins Wasser gesprungen war und dort, noch immer nach Judith rufend, wild spritzend mit den Armen ruderte. Plötzlich ging der Scheinwerfer an. Judith hatte ihn eingeschaltet und auf das Wasser hinter dem Boot gerichtet. Iwan blickte sich noch einmal um und sah, dass sie Denton anleuchtete. Ihr Vater versuchte zu schwimmen und gleichzeitig die Arme nach ihr auszustrecken, die Hände weiß im harten Licht des Scheinwerfers. Sein Kopf tauchte unter, kam wieder hoch, und er schrie weiter nach seiner Tochter.

Iwan gab Gas, und unter seinen Füßen dröhnte der Motor laut auf, als das Boot auf den Fluss hinausschoss. Er blickte sich ein letztes Mal um und sah Denton, der vom Kielwasser des Bootes überspült wurde und immer wieder Judiths Namen rief. Erst als sie den Seitenarm hinter sich gelassen hatten, auf dem sauberen, offenen Fluss waren, verschwand er hinter der Biegung.

Judith schaltete den Scheinwerfer aus. Iwan drosselte den Motor.

Eine Weile schwiegen sie, und es war nur das Tuckern des Motors und das Plätschern der Wellen zu hören, während Iwan sich die Ereignisse durch den Kopf gehen ließ.

»Judith, ich erzähle dir jetzt von dieser Frau, an die du mich erinnerst.« Er wischte sich mit dem Ärmel übers Gesicht. »Nur scheint mir, dass sie von dir noch lernen könnte.«

Fletcher beobachtete einen Zug, der hinter dem Stahltor am Ende der Sackgasse irgendwohin in die Ferne fuhr. Die Luft war bewegungslos. Er verfolgte die kleinen Blitze an der Oberleitung, die den Weg dieses letzten Zuges nach Norden in der Dunkelheit nachzeichneten. Dann ließ er den Vorhang wieder vors Fenster fallen.

Er streckte sich auf dem Sofa in Cathleens Wohnzimmer aus. Sie schlief oben und Luke ebenso. Er schloss die Augen. Schweiß sickerte über seine Lider. »Cathleen«, sagte er.

Er wusste, dass sie ihn nicht hören konnte.

Samstagvormittag

Fletcher schlief fünf Stunden, bis die Sonne zwischen bronzegoldenen und roten Wolken so hoch stand, dass sie auf die Gleisanlage fiel. Er zog das Laken über Cathleens Schultern und stand dann eine Weile da und betrachtete sie, weckte sie aber nicht auf. In seine Wohnung zurückgekehrt, duschte er und zog ein blaues Baumwollhemd mit dunkelblauer Krawatte, seinen besten Anzug und Schuhe mit Gummisohlen an. Er hatte vor, auf direktem Wege zur Hochzeit von Thinbeach zu fahren.

Das Telefon läutete.

Um acht Uhr dreißig fuhr Fletcher an Breakmans Firma vorbei durch die riesigen Getreidefelder, die sich links und rechts der Straße erstreckten. Bei der zerfallenen Kirche sah er einen der Mähdrescher bei der Arbeit. Dort, wo die Weizenfelder den Foliengewächshäusern wichen, stieg von der im Sonnenlicht schimmernden weißen Folie ein leichter Dunst auf.

Er bog von der Landstraße auf den Seitenweg ins Thinbeach Fen ein, wo Weiden- und Eschenzweige die Windschutzscheibe beschatteten. Am Ende des Schotterweges trat ihm ein Polizeibeamter mit erhobener Hand entgegen und winkte ihn durch, als er ihn erkannte.

Sals Wagen war schon da, und dann entdeckte er auch Sal, die am Flussufer stand. Sportschuhe, Cargo-Hose, ein dünner Pullover, das Haar zusammengebunden. Sie blickte zu Fletcher herüber und dann wieder auf den Fluss.

Zwei Polizeitaucher zogen gerade ihre Anzüge an, um sich in das schwarze Wasser hinabzulassen. Eine Herausforderung war das nicht für die Taucher, eher so etwas wie eine Trainingsstunde am realen Objekt. Thomas Denton befand sich beinahe in Reichweite. Er hatte sich am Fuß einer Weide verfangen, die tief in den Kanal hinauswuchs. Die Baumwurzeln ragten wie riesige, verkrümmte Insektenbeine ins Wasser und drückten Denton unter der ausgewaschenen Uferböschung in den Schlick. Das große, selbstbewusste Gesicht war nach oben gekehrt und in den Augen hatte sich Fen-Wasser gesammelt.

»Judith ist nicht zu erreichen«, sagte Sal. »In Deep House meldet sich niemand.«

Fletcher sah zu, wie die Froschmänner ins Wasser glitten. »Hier war Iwan am Werk. Wir müssen ihn aufhalten, bevor er sich auch in Thinbeach ans Werk macht.«

Er warf einen letzten Blick auf Thomas Denton, den die Taucher gerade erreicht hatten. Thomas' Kopf rollte zur Seite, und das Wasser in seinen Augenhöhlen rann hinunter, um sich mit der Nordsee zu vereinigen.

Sie fuhren ein Stück über die Straße mit den Folientunneln und dann durch die Wiesen und Felder nach Thinbeach. Auf der gemähten Wiese, die mit dem Schild »Hochzeitsbesucher« als Parkplatz ausgewiesen war, trafen schon die ersten Fahrzeuge ein, darunter auch ein Wohnwagen, aus dem gerade eine Tänzergruppe kletterte – Moriskentänzer, und zwar die Sorte mit bemalten Gesichtern, die für die Fens typisch und hier unter dem Namen Molly Dancers bekannt waren.

Weiter hinten, weit von den anderen Wagen entfernt, stand ein weißer Transit, dessen Dachventilator in der Hitze eifrig surrte. Fletcher parkte neben Sal und klopfte dann einmal gegen die Hecktür des Transporters. Die Tür ging auf und entließ den Geruch von Schweiß, das Knarren von Schutzwesten, Helmen und Schutzbrillen und den Anblick zerknitterter Uniformen. Zehn Augenpaare, zehn Männer, die nur darauf warteten, dass es endlich losging. Fletcher hoffte inständig, dass sie umsonst warten mussten. Diese uniformierten Beamten waren der Mindestschutz, auf dem Webley bestanden hatte, falls es nötig werden sollte, Iwan Gorenski und Berlitz mit Gewalt zu begegnen. Ein einziges Codewort von Sal oder Fletcher über das Airwave-Gerät genügte, und diese Männer würden innerhalb von dreißig Sekunden über die Shamblings stürmen. Fletcher war überzeugt, dass diese Sicherheitsmaßnahme überflüssig war. Er wusste jetzt genug, um Iwan im Zaum zu halten und die Lage zu entschärfen. Anschließend würde er sich mit Alain de Minching befassen.

»Geben wir ihnen eins aufs Dach?«, fragte ein Constable.

»Ihr kriegt eins aufs Dach, wenn ihr trödelt«, antwortete Sal. Die Männer wechselten genervte Blicke. Sal machte die Tür zu. Neben dem Transit stand der Wagen eines Hundeführers, sabbernde Lefzen und scharfe Zähne lugten hinter einem Gitter hervor.

Inzwischen war es nach neun Uhr. Fletcher und Sal überprüften ihre Airwave-Geräte und verstauten sie in ihrer Kleidung: Fletcher in seinem Jackett, Sal in einer Tasche ihrer Cargo-Hose. Sie gingen nach Thinbeach hinein.

»Weißt du, mir ist gerade erst etwas aufgefallen«, sagte Sal.

»Was denn?«

»Wo ist eigentlich der Mast? Hier muss doch irgendwo ein Digitalfunkmast für die Airwaves stehen. Und er müsste einem in dieser flachen Landschaft hier sofort ins Auge fallen.«

»Können wir uns darüber vielleicht später Gedanken machen?«

Sie gingen die Shamblings entlang und passierten das Schild, das auf die Partnerstadt in der Normandie hinwies. Dann kamen sie an der Verkehrsinsel und den allmählich zusammenströmenden Zuschauern vorbei. Im Fen Deli herrschte Hochbetrieb, und davor wimmelte es von Kunden, die draußen herumstanden und ihren Kaffee tranken. Am Straßenrand waren Verkehrskegel aufgestellt, damit dort keiner sein Auto parkte, und die wenigen Seitenstraßen waren mit gelbem Band abgesperrt.

Weder in der Menschenmenge auf den schmalen Bürgersteigen noch unter den Leuten, die aus den Fenstern auf die Straße schauten, war Alain de Minchings Gesicht zu entdecken. Auch von Iwan war nichts zu sehen – der Mann, der kommen würde, um die entscheidende Frage seines Lebens zu stellen, und eine Antwort darauf erwartete, war noch nicht aufgetaucht. Die über die Straße gespannten Wimpel regten sich kaum, und die frühe, klare Morgensonne wich allmählich einer unangenehmen Schwüle, in der die Luft einen graublauen Ton annahm.

Fletcher blickte sich um. Einige Zuschauer wirkten wie Besucher aus Cambridge – Folklore-Fans und ein paar neugierige Studenten –, aber die meisten waren Einheimische aus Thinbeach: gestandene Leute mit verschwitzten Gesichtern, deren erwartungsvolle Blicke zeigten, dass dies ihr ganz besonderer Festtag war. Diese unschuldigen Menschen waren Iwans finsteren Plänen hilflos ausgeliefert – und doch musste Fletcher immer wieder an die verzweifelte Wanderung des russischen Ingenieurs denken, der sich in jener eiskalten Nacht damals von Haus zu Haus geschleppt hatte. Wie viele der Leute, die jetzt hier feierten, hatten damals die Tür vor ihm verschlossen gehalten?

Man hörte eine Geige die ersten Töne einer Melodie spielen, zu der die Leute im Takt klatschten und mit den Füßen klopften. Eine Frau sang die alte Ballade aus Alain de Minchings Buch:

Sie war schön,
Doch sie war treulos,
Die Maid von der Isle of Eels.
Mit jedem Dorfburschen
Lag sie im Obstgarten.

Sie warteten und sahen zu, wie die Menschenmenge größer wurde. Während die Zeit verstrich, überzog der Himmel sich von Westen her mit einem harten Glanz. Fletchers Hemd klebte ihm am Rücken.

Um zwanzig nach zehn beschlossen sie, sich zu trennen, und Fletcher ging über die Shamblings zum Blindy House. Dort, wo die Fachwerkhäuser dicht aneinanderstanden und die Straße enger wurde, drängten die Leute sich unter den vorspringenden Dächern und spähten den vor ihnen Stehenden über die Schultern.

Wieder ertönte das Lied und verklang dann hinter ihm:

Aber sie wird wieder auferstehn,
Die treulose Maid von der Isle of Eels.
Die Maid von der Isle of Eels.

Im Garten von The Bride standen die Leute auf Bänken, um besser sehen zu können. Debbie lehnte im Eingang, den gleichen erwartungsvollen Blick im Gesicht wie alle anderen. Sie erblickte Fletcher und winkte ihm zu.

Hatte Iwan vielleicht an dieser Stelle einen Anschlag geplant? Würde er hier seine krankhaften Rachephantasien ausleben? Doch die Straßenränder waren ja mit Kegeln abgesperrt, weit und breit war kein Auto zu sehen und auch die schmalen Seitenstraßen waren leer.

Fletcher drehte sich um und blickte über die Straße zum Blindy House. Wenn er den kosmetischen Glyzinienschleier hinter dem schmiedeeisernen Gartentor ansah, konnte er sich die kleine Burg, die hier vor tausend Jahren einmal gestanden haben musste, recht gut vorstellen. Doch die Jalousien vor den schmalen Fenstern waren heruntergelassen, die Haustür war geschlossen und von Alain war weit und breit nichts zu sehen.

Fletcher wartete und sah zu, wie noch mehr Menschen eintrafen. In der Gasse zwischen den Fachwerkhäusern begannen ein paar Molly Dancers unter den Fähnchenketten zu tanzen, das bemalte Gesicht von Schweiß verschmiert. Sie sangen dabei guttural und schüttelten ihre Stöcke. Die Klänge hallten über das Gemurmel der Zuschauermenge hinweg.

Fletcher ging weiter, die Böschung des Damms hinauf, und der aus dem Gras aufwirbelnde Blütenstaub kitzelte ihn in der Nase. Über allem lag der Geruch von gegrilltem Fleisch, und oben angelangt stieß er auf zwei Männer aus dem Dorf, die eine in die Erde gegrabene und mit glühender Kohle gefüllte langgezogene Feuerstelle betreuten. An Bratspießen brutzelten von Fett tropfende Fleischstücke. Die Männer waren in den Sechzigern, doch ihre Gesichter leuchteten wie die von Kindern vor einem Fest, und sie schauten ständig zum Dorf hinunter. Dicke Rauchschwaden stiegen von Fleisch und Feuerstelle auf, und Fletcher ging ein Stück weiter, um wieder frische Luft zu bekommen. Unter ihm lag der glänzende See, dessen stille Oberfläche sich nur gelegentlich kräuselte, wenn ein Fisch sprang. Am gegenüberliegenden Ufer war niemand zu sehen. In der Ferne schimmerte die Kathedrale im Dunst.

Hinter ihm ertönte ein Schrei. Fletcher drehte sich um und sah, dass einer der Männer beim Grillfeuer aufgeregt zu den Shamblings zeigte.

»Ich sehe sie. Ich sehe die Braut!« Der Mann schlug seinem Freund auf den Rücken und zwinkerte Fletcher zu. »Und sie ist eine Augenweide. Eine wahre Schönheit.«

Fletcher blickte zum Dorf hinunter. Er erwartete, jemanden mit einer der kleinen Strohpuppen zu erblicken, die für den Festtag vielleicht ein besonders hübsches Seidenkleidchen tragen würde. Seine Augen waren müde und er schloss sie einen Moment lang, bevor er wieder hinschaute. Über die Köpfe der Menschenmenge hinweg sah er, dass etwas sich dem engen Teil der Shamblings näherte.

Am anderen Ende der Shamblings erwartete auch Sal, nun eines der Strohpüppchen zu sehen. Stattdessen erschienen sechs Männer, die einen Traktoranhänger zogen. Schwitzend manövrierten sie den Wagen in die Straßenmitte. Irgendetwas wurde darauf transportiert: Es war unregelmäßig geformt, etwa drei Meter lang, und wurde von einer Schutzplane verhüllt. Die Menge trat zurück, um dem Wagen Platz zu machen, und das Gemurmel verstummte. Auch die Fiedel spielte nun nicht mehr.

Eine Weile standen die Männer keuchend da und blickten sich lächelnd um. Dann trat einer vor und ergriff den Rand der Schutzplane. Aufregung ergriff die Menge und alle starrten gebannt auf die verhüllte Form. Alle, mit einer einzigen Ausnahme: ein junger Mann, der …

Sal verlor ihn aus den Augen, weil in diesem Moment die Plane weggezogen wurde und die Menge nach vorn drängte und den Blick auf den Wagen versperrte. Dort gab es jetzt ein großes Hin und Her und die sechs Männer bückten sich schnaufend, als müssten sie die Schultern unter etwas Schweres schieben. Dann brachen die Zuschauer in Applaus aus, und Sal erblickte ein riesiges Ding, das schwankend über die Köpfe der Zuschauer emporstieg und fast bis zur Höhe der Dachtraufen reichte. Einen Moment lang blieb Sal trotz des Gedränges stocksteif stehen. Sie wollte ihren Augen nicht trauen.

Das war die Braut von Thinbeach, daran bestand kein Zweifel. Aber sie war gigantisch, als wäre eines der Püppchen über Nacht mutiert. Diese Braut war drei Meter groß, und die sechs Männer konnten sie nur mit vereinten Kräften oben halten und den bewundernden Blicken zur Schau stellen. Sie hatte die Figur einer sinnlichen, gutgebauten Frau mit langen Armen und Beinen und vollen Brüsten. Die eine Hand in die Hüfte gestemmt und die andere hinter den Kopf gelegt, lehnte sie sich herausfordernd zurück. Ihre Hände hatten je drei gebogene Finger, die in Fingernägeln aus Gerstenähren ausliefen. Ihr Kopf war leicht zur Seite geneigt, und man hatte ihr weit geöffnete, breit lächelnde Lippen aufgenäht. Sie hatte zwar keine Augen, aber dennoch schien die Braut über die Shamblings zu blicken, als die sechs Männer sie gemessenen Schrittes zum See trugen. Die Zuschauer schlossen sich an, wobei ein ziemliches Gedränge entstand.

Nun entdeckte Sal auch den jungen Mann wieder, der nicht so recht hierherzupassen schien und der Braut auch weniger Aufmerksamkeit schenkte als die anderen Leute. Er grinste in sich hinein, was man unter seiner dunklen Schirmmütze deutlich sah, und trotz der Hitze trug er eine wattierte Jacke, deren Reißverschluss zugezogen war. Dieser Mann war weder Berlitz noch Iwan, so viel war klar. Als er den Kopf hob, bemerkte sie, dass er blitzschnell zur anderen Straßenseite sah. Sie drehte sich um. Auf dem gegenüberliegenden Bürgersteig erblickte sie einen weiteren Mann mit dunkler Schirmmütze und wattierter Jacke, der ebenfalls die vorbeiziehende Braut beobachtete.

Sal musste kräftig schlucken. Sie spürte, dass ihr Herz loshämmerte und ihre Handflächen feucht wurden. Sie drängte sich hinter der Menschenmenge, die im Gefolge der Braut auf die Straße strömte, die Shamblings entlang. Und tatsächlich, im Tor des ersten Fachwerkhauses unmittelbar vor ihr stand ein weiterer Mann mit Schirmmütze und wattierter Jacke – allerdings diesmal mit geöffnetem Reißverschluss – und blickte sich nach rechts und links um. Das Kabel eines Ohrhörers verschwand in seinem Kragen.

Sal spürte, wie ihr der Schweiß den Hals hinunterrann. Das entsprach nicht der Abmachung – es war sogar das genaue *Gegenteil.* Sie war wütend, weil keiner sie informiert hatte. Was sollte sie jetzt tun? Sie nahm das Airwave-Gerät zur Hand und wählte Fletchers Nummer. Na großartig – ein garantiert störungssicheres Netz, und sie kam nicht einmal zu ihm durch.

Jemand in der Menge schrie: »Was für ein tolles Weib.«

Von seinem Aussichtspunkt auf dem Damm beobachtete Fletcher, wie die Braut auftauchte und langsam über die Shamblings zog. Er dachte an etwas, was Alain de Minching gesagt hatte – *dieses Jahr ist sie schöner denn je.* Als er das gigantische Gebilde zwischen den Fachwerkhäusern sah, deren Bewohner sich oben aus den Fenstern lehnten und ihr nachschauten, fragte er sich, warum Alain sich diesmal für eine besonders große Puppe entschieden hatte. War es Trotz gegen die Außenseiter, die Fremden, die anfingen, in der Vergangenheit zu wühlen?

Die Braut mit ihrem grinsenden Gesicht näherte sich dem Ende der Straße, schwankend, aber immer so gut wie möglich zum Damm ausgerichtet. Einige Leute kletterten bereits den Damm hinauf, um besser sehen zu können, und ein paar versammelten sich um die Grillstelle und schwelgten im Fleischduft. Alle sahen zu, wie die Braut unter den bunten Wimpelketten hindurchzog, die zwischen den letzten Fachwerkhäusern gespannt waren, dann auch das Pub hinter sich ließ und auf der Höhe von Blindy House ankam. Die sechs Männer machten Halt, und auch die Menge kam zum Stehen, das Gemurmel verstummte. Die Träger keuchten hörbar, doch dies war mehr als eine Verschnaufpause. Die Haustür von Blindy House schwang auf.

Die Zuschauer reckten die Hälse, aber drinnen war es zu dunkel, um irgendetwas zu erkennen. Gleich darauf tauchten die beiden Wolfshunde auf, verharrten einen Moment und witterten, bevor sie zum Gartentor trabten. Man sah unter ihrem Fell die Muskeln spielen. Dann trat Alain de Minching selbst aus dem Haus, in einen hellen Baumwollanzug mit aufgesetzten Taschenklappen gekleidet. Unter dem geöffneten Kragen schimmerte die frisch rasierte, glatte weiße Haut.

Er blinzelte einen Moment lang ins Licht und lächelte dann, der Menge das Profil zuwendend. Selbstbewusst schritt er über den Gartenpfad. Nachdem er das Gartentor geöffnet hatte, blieb er stehen und ließ die Augen über die Straße wandern, die hechelnden Hunde links und rechts neben sich. Er sah zur Braut auf. Dann blickte er sich mit erhobenen Augenbrauen in der Menschenmenge um, als wäge er etwas ab. Schließlich legte er die Finger an die Lippen und blies der Braut einen Luftkuss zu.

Auf dieses Zeichen hin setzten sich die Träger wieder in Bewegung und wankten bis zur Böschung des Damms. Die Menge folgte dichtauf – Alain voran, den Blick auf die Puppe geheftet.

Fletcher fürchtete, dass es nun so weit war. Falls Iwan wirklich einen Anschlag geplant hatte, wäre dies der richtige Moment. Die Zuschauer drängten sich in den engen Shamblings, und Dutzende von Menschen wurden gegen die Fachwerkwände und die bleiverglasten Fenster gedrückt, während die Leute weiter vorn sich am schmiedeeisernen Zaun von Blindy House vorbeizwängten. Der schmale Durchgang war von Menschen verstopft.

Fletcher ließ den Blick über die Menschenmenge wandern und versuchte, in die Seitenstraßen zu spähen – aus denen jeden Moment Iwan oder Berlitz auftauchen konnten. Er spürte Schweiß auf den Schläfen.

Die Braut wurde ein paar Schritte die Böschung hinaufgetragen, und dann führte Alain die Leute aus der engen Gasse ins Freie, und die Menge strömte hinter ihm her und verteilte sich erleichtert auf der grasbewachsenen Böschung. Kurz darauf waren nur noch einige Nachzügler auf der Straße zu sehen: ein paar Molly Dancers und ein Mann mit Schirmmütze und wattierter Jacke, der, wie Fletcher plötzlich bemerkte, mit Sal Moresby redete.

Er versuchte, Sal über Airwave zu erreichen – aber das verdammte Ding bekam keine Verbindung. Er sah, dass die Unterredung zwischen dem Typen und Sal immer hitziger wurde und dass dieser Sal offensichtlich aufforderte, zu verschwinden.

Dann verlor Fletcher die beiden aus den Augen, weil inzwischen die Braut auf die höchste Stelle des Damms zuschwankte, von einer Zuschauermenge umringt, die ebenfalls auf den Dammrücken drängte, mindestens hundert Menschen, die leise murmelnd darauf warteten, dass die Puppe ins Wasser geworfen wurde. Das Fleisch brutzelte laut zischend über dem Feuer, dessen Glut unter dem drückenden Himmel vor sich hin gloste.

Gleich darauf war die Braut selbst ganz oben auf dem Damm angelangt. Sie zeichnete sich deutlich vor den grauen und schwarzen Wolkengebilden, die sich am Horizont ballten, ab. Die Träger blieben stehen, um Luft zu schöpfen, bevor sie den Abstieg auf der anderen Seite in Angriff nahmen, und auch Alain de Minching blieb stehen und wischte sich mit einem Taschentuch den Schweiß vom Gesicht, während der Rest der Menge einen gewissen respektvollen Abstand hielt, so dass die Hunde Platz genug hatten, sich links und rechts von ihrem Herrn niederzulassen. De Minching stand etwa dreißig Meter von Fletcher entfernt.

»Wer sonst noch?«

Fletcher fuhr herum.

Iwan stand unmittelbar hinter ihm. Er trug seinen Nadelstreifenanzug über den Armeestiefeln, und ein Hemd mit offenem Kragen ließ die Narbe am Hals erkennen. Interessiert musterte er mit seinen mandelförmigen Augen die Szene: die glühende Feuerstelle, die Braut, die sich nun schwankend die Böschung hinunterbewegte, ihre Träger, die sich gegenseitig Warnungen zuriefen, damit keiner ausrutschte, die Zuschauer, die die Träger anfeuerten, und Alain in seinem maßgeschneiderten Safari-Anzug, der der Menge nach unten voranging.

»Wer war außerdem noch an der Ermordung meines Vaters beteiligt?«

»Ich weiß genau, was geschehen ist. Wir werden den Mord

aufklären, aber die Sache ist kompliziert. Beruhigen Sie sich erst einmal. So etwas braucht eine gewisse Zeit.«

»Wir haben keine Zeit.«

Hinter Iwan, in dem hohen Schilf, das die Zuflüsse und das Seeufer säumte, entdeckte Fletcher eine Bewegung. Es sah fast so aus, als rauschte der Wind durchs Schilf, dabei war die Luft immer noch drückend schwül und völlig reglos.

»Was geht hier vor, Iwan?«

»Sie müssen mir sagen, wer beteiligt war, Polizist. Und zwar jetzt sofort.«

Wieder bemerkte Fletcher die gleiche Bewegung. Irgendetwas drang im Schutz des Schilfs rasch vor und näherte sich dem See. Bei der Mündung des Zuflusses gab es eine schmale Lücke im Bewuchs, und in dieser Lücke entdeckte Fletcher nun das Gesicht eines Mannes, der in verbissener Konzentration nach vorn starrte. Der Reißverschluss seiner Lederjacke war geschlossen und der weiße Kragen seines Polohemds hochgeklappt.

Berlitz.

Fletcher schaute wieder zum Abhang des Damms. Die Braut näherte sich dem Ufer, und die Träger gaben ihr Letztes, um sie noch einmal so hoch wie möglich in die Luft zu heben. Es waren nur noch ein paar Schritte, und gleich würden sie Anlauf nehmen, um die Puppe mit Schwung ins Wasser zu schleudern.

Draußen auf dem Zufluss ertönte das Grollen eines mächtigen Motors, der gleich darauf wieder gedrosselt wurde. Fletcher erblickte einen schlanken, weißen Bootskörper, der Gischt versprühend einen engen Bogen fuhr.

»Was hat er mit dem Boot vor?«

Iwan schaute gar nicht hin. Er beobachtete die Szene am Ufer, wo die Träger sich noch immer damit abmühten, die Braut höher zu heben. »Sie lieben sie, nicht wahr?«, fragte Iwan. »Sie bedeutet ihnen alles. Tausend Jahre Geschichte. Jetzt aber nehme ich sie ihnen weg.«

»Wie denn?«

»Ich töte die Braut.«

»Die Braut töten? Sie ist eine Strohpuppe.«

Iwan hob einfach nur die Hand und gab ein Zeichen. Am anderen Seeufer donnerte der Motor plötzlich so laut los, dass alle auf dem Damm sich umdrehten und hinüberstarrten. Gleich darauf schoss das Boot auf den See hinaus. Es war nicht irgendein Durchschnittskahn, sondern ein Profi-Rennboot – vermutlich aus einem Bootshafen von Cambridge gestohlen. Mit seinem tiefgezogenen Rumpf und dem langen, schmalen Bug hob das Boot sich schon jetzt vorn aus dem Wasser. Berlitz stand im offenen Cockpit am Steuer und lehnte sich seitlich hinaus, um unverstellte Sicht auf die Menschengruppe am Ufer zu haben.

Fletcher spürte, wie sich in seiner Kehlgrube der Schweiß sammelte. Er verstand sofort, worauf das Ganze hinauslief. Das Boot raste genau auf die Braut zu, und da es schneller und immer schneller fuhr, musste der Bug schließlich so hoch aus dem Wasser ragen, dass das Boot beim Aufprall aufs Ufer aufreiten würde. Die Rennmaschine würde aus dem Wasser heraus mitten in die Menschenmenge hineinschießen. Ein fünfzehn Meter langes Boot mit einem Gewicht von … vielleicht zwei Tonnen.

»Was ist damals geschehen, Polizist?«

»Tun Sie das nicht. Es ist unnötig.«

»Den Leuten passiert nichts. Sie müssen nur weglaufen.«

Unten am Ufer standen alle wie erstarrt und beobachteten das Boot, das, eine weiße Gischtfahne hinter sich herziehend, röhrend über den stillen See auf die Braut zuschoss. Der Bug stieg noch höher aus dem Wasser und verspritzte schäumende Wasserspiralen. In den wenigen Sekunden, die noch blieben, brach Panik aus, die Leute rannten schreiend, einander schubsend und über Gefallene wegstolpernd los. Fletcher entdeckte zwischen den Flüchtenden auch Alains Hunde, nicht aber Alain selbst.

Die Träger hielten noch einen Moment länger stand, ergriffen dann aber ebenfalls die Flucht. Die Braut fiel mit einem dumpfen Schlag auf den Boden, das riesige Gesicht mit dem starren Lächeln nach oben gerichtet und die Hände mit den Gerstenährenfingern gespreizt. Im letzten Moment vor dem Aufprall des Bootes sah Fletcher, dass Berlitz sich hinkauerte und an der Reling des Cockpits festklammerte. Dann rammte der Bug des Rennbootes das Ufer.

Das Krachen des Aufpralls hallte über den ganzen See. Die Unterseite des Bootes bäumte sich steil auf, Wasser und Pflanzenteile versprühend, der scharfe Kiel war mit metallischem Schlamm überzogen. Für den Bruchteil einer Sekunde wirkte das Bild wie eingefroren, dann kippte der Rumpf nach unten und knallte aufs Gras nieder. Er begrub die Braut von Thinbeach unter sich, deren einer Arm abgerissen wurde und, Strohhalme verstreuend, durch die Luft wirbelte. Das Heck des Bootes tauchte in einem Wirbel zerfetzter Wasserpflanzen aus dem Wasser, die Schraube heulte laut, bis sie sich, Metallsplitter und Torfklumpen in alle Richtungen schleudernd, in den Boden fraß. Fletcher sah, dass einige der Flüchtenden von den herumfliegenden Trümmern getroffen wurden und zu Boden fielen. Das Boot wurde vom eigenen Schwung noch etwa zwanzig Meter weit die Böschung hinaufgetragen, bis es sich schließlich in den Hang bohrte und mit halb in die Erde gegrabenem Kiel liegen blieb. Was von der Schraube übrig geblieben war, rotierte noch eine Weile wie rasend und blieb dann schließlich stehen. Aus den Lüftungsschlitzen stieg öliger Qualm auf und sammelte sich zu einer dicken Wolke.

Berlitz setzte in einem sauberen Sprung über die Reling, stieg die Dammböschung hinauf und ging auf das Dorf zu – so schnell und gelassen, dass es ihm gelang, sich unauffällig unter die verwirrte Menge zu mischen.

Iwan wandte sich Fletcher zu. Seine Augen waren vor Begeisterung geweitet. »Haben Sie das gesehen? Ich habe sie getötet, Polizist. Ich habe ihr den verdammten Hals durchgeschnitten. Sie ist tot – und alle hier wissen es.«

Fletcher versuchte, den vereinbarten Code über das Airwave-Gerät abzusetzen, obwohl er annahm, dass Sal das schon getan hatte. Die Menschen um ihn herum standen unter Schock. Man half den von Trümmerteilen Getroffenen auf die Beine. Einige Verletzte mussten liegen blieben und am Boden versorgt werden. Ein paar Dorfbewohner scharten sich um das Boot und betrachteten das, was von der Braut darunter hervorschaute: eine Hand mit abgerissenen Fingern und eine Brust, um die sich ein Gewirr von Wasserpflanzen aus der Schraube geschlungen hatte. Der Kopf war nicht zu sehen.

Alain de Minching tauchte wieder auf, völlig ruhig, und betrachtete das Boot, während seine Hunde ihm mit gespitzten Ohren folgten. Er blieb stehen, hob einen Strohhalm auf und rieb ihn zwischen den Handflächen. Dann schlug er den Rückweg zum Dorf ein und stieg den Damm hinauf, von den Hunden gefolgt. Auf halber Höhe blickte er sich nach dem Russen um und ging dann weiter. Oben auf dem Dammrücken blieb er stehen und sah sich noch einmal nach Iwan um. Irgendetwas ging zwischen den beiden hin und her, das war selbst in dem Chaos und trotz des Qualms, der aus dem Rennboot aufstieg, nicht zu übersehen. Der Russe zeigte auf de Minching.

»Er war es. Das weiß ich genau.«

»Woher?«

»Sein Gesichtsausdruck gerade. Er hat mich erkannt.«

»Er hat Sie doch nie zuvor gesehen.«

»Nein. Aber ich sehe aus wie mein Vater. Verstehen Sie? Genau wie mein Vater.« Iwan trat einen Schritt vor.

»Stopp, Gorenski.« Iwan blieb stehen und blickte sich nach Fletcher um. Sein Gesicht war ausdruckslos. Weiter hinten stand Alain, in die Qualmwolke des Bootswracks gehüllt.

»Wir sind hier in England. Ich habe zehn Männer im Einsatz, die gleich hier sind.«

Das hier war ein übles Schlamassel, sagte sich Fletcher. Aber es hätte viel schlimmer kommen können.

Er wartete auf die uniformierten Polizisten und die Polizeihunde, die jeden Moment auftauchen mussten. Iwan und Alain warteten ebenfalls. Sie standen vollkommen bewegungslos da, von Rauchschleiern umnebelt. Fletcher wusste, dass es richtig gelaufen war. Chaotisch, aber richtig, mit einem Quäntchen Glück, wie man es fast immer bei der Polizeiarbeit brauchte. Gott sei Dank war es vorbei. Gerade, als er das dachte, hallte ein Schuss von der Gasse her den Damm hinauf.

Als er sich umdrehte, sah er Berlitz unten wie erstarrt vor Blindy House stehen, die leeren Hände ausgebreitet. Zwei Männer standen ihm geduckt gegenüber. Beide trugen wattierte Jacken und dunkle Schirmmützen und richteten eine Pistole auf ihn. Es war, wie Fletcher wusste, eine 9mm Glock. Auf diese Entfernung waren die Feuerwaffen nur als dunkle Flecken in den Händen der Männer zu erkennen.

Kein Glockenspiel.

Fletcher war nicht besonders überrascht, dass Webley noch einen Plan in der Hinterhand gehabt hatte. Verwundert war er allerdings darüber, dass er nichts davon erfahren hatte.

In Sal Moresbys Ohren hallte der erste Schuss wider, den der Beamte in die Luft gefeuert hatte, als Berlitz seinen Befehl, stehen zu bleiben, ignorierte. Sie befand sich nur wenige Meter von Berlitz entfernt vor dem Garten des Pubs. Hinter ihr stand einer der Molly Dancer und sah ebenfalls zu, die Gesichtsbemalung von Schweiß verschmiert.

Die beiden Scharfschützen und Berlitz bildeten ein kleines Dreieck, dessen drei Eckpunkte vollkommen reglos verharrten. Der bewölkte Himmel über Blindy House zog sich mit still in der Luft hängenden, blauschwarzen Qualmwolken noch tiefer zu – und in dieser Düsternis leuchtete der rote Lichtpunkt des Glock-Laservisiers auf Berlitz' Brust unglaublich intensiv. Berlitz wusste das offensichtlich auch.

Er blickte zum Damm, über dessen Grat die Leute inzwischen zurückströmten. Dann richtete er sich hoch auf und holte so tief Luft, dass sein Brustkorb sich wölbte.

»Lassen Sie mich mit ihm reden«, rief Sal.

Statt einer Antwort verlagerte einer der Scharfschützen sein Gewicht und schrie eine weitere Warnung, die zwischen den Häusern widerhallte. Sein gekrümmter Finger lag auf dem Abzug, der durch den Druck bereits automatisch entsichert war. Berlitz blickte zu Sal hinüber und lächelte mit hochgezogenen Augenbrauen. Dann holte er noch einmal tief Luft und hob leicht die Hände, und der Beamte schrie wieder und warnte ihn zum letzten Mal.

Als Berlitz den ersten Ton sang, war der Klang so gewaltig, dass er zwischen den Gebäuden hindurch über die Shamblings zog und Sekunden anhielt, während der Ruf des Scharfschützen sofort verhallt war. Berlitz hielt inne, lächelte wieder und blickte zu den Wolken auf. Der eine Schütze sah den anderen verwirrt an. Dann legte Berlitz die Hand über dem Herzen auf die Brust, weil von dort der Gesang kam.

Sal hatte nie zuvor gesehen, wie jemand erschossen wurde. Am meisten schockierte es sie, dass die Kugeln im Körper des Getroffenen nicht Halt machten – sie durchschlugen ihn und drangen hinten wieder heraus. Noch anderes drang hinten heraus: Fetzen von Stoff und Körpergewebe, während ein Blutstrahl in den Garten von Blindy House schoss und über die Büsche spritzte. Noch bevor der Schuss verhallt war, lag Berlitz verkrümmt vor dem Gartentor, das Gesicht zum Himmel erhoben, während die Schützen sich, noch immer geduckt, vorsichtig näherten. Hinter Sal erbrach sich der Molly Dancer in den Rinnstein, und gleichzeitig trafen weitere bewaffnete Polizisten ein.

Einer der Scharfschützen trat zu dem Zusammengebrochenen, die Zielvorrichtung noch immer auf Berlitz' Kopf gerichtet. Dann kam der andere und hob vorsichtig einen Zipfel von Berlitz' Jacke an.

Plötzlich entdeckte Sal Webley, die in einer Wachsjacke, Jeans und Stiefeln neben ihr auftauchte und die Szene musterte.

»Alles in Ordnung, Moresby?«

Sal versuchte, ruhig zu atmen. »Das war absolut unnötig. Und Sie hatten uns nicht informiert. Wir hatten uns gestern Abend geeinigt: kein Glockenspiel.«

Der Scharfschütze öffnete den Reißverschluss von Berlitz' Jacke, zog dessen Pistole, die alte Margolin, heraus und legte sie auf den Bürgersteig. Inzwischen hatte sich um die Leiche so viel Blut gesammelt, dass sich die Wolken darin spiegelten.

»Wenn Sie sich recht erinnern, hatten wir uns darauf geeinigt, dass die bewaffnete Einheit für den Notfall zur Stelle ist. Und das hier *war* ein Notfall. Die Kollegen sind sehr professionell vorgegangen.«

Sal schaute sich um.

Webley ging über die Shamblings zu einem mit Dachantennen bestückten schwarzen Range Rover.

Sal blickte wieder auf die Waffe, die neben der Hand des Toten auf dem Pflaster lag.

Fletcher sah Iwan an und entdeckte in dessen Gesicht nichts, das erahnen ließ, dass er Berlitz je gekannt hatte. Iwan sah einfach nur auf die bewaffneten Polizisten hinunter, die inzwischen in Scharen eingetroffen waren, und blickte dann zu einem Hubschrauber auf, der am bedrohlich zugezogenen Himmel kreiste. Auf der Hauptstraße hörte man Sirenen, und Blaulicht tanzte über die Fassaden der Häuser.

Dann stieß Iwan plötzlich einen Schrei aus: ein wütendes

Aufbrüllen, das in der gewitterschwülen Luft hängen blieb. Unten beim Blindy House interessierten die Polizisten sich allmählich für das, was auf dem Damm vor sich ging, und zeigten nach oben, kamen aber nicht näher.

Warum kommen die nicht hoch? Und wo bleibt meine Verstärkung?

Fletcher merkte, dass nicht nur er selbst sich über die Zurückhaltung der Polizei wunderte. Auch Alain schaute mit gerunzelter Stirn zum Dorf hinunter und schien irgendeinen Gedanken im Kopf zu wälzen. Iwan sah verwirrt aus und blickte mit schiefgelegtem Kopf in die Landschaft, als erwarte er den Feind von allen Seiten. Rauchfäden verwirbelten miteinander und wehten übers Gras.

Iwan trat durch den Qualm hindurch auf Alain zu.

Alain sah ihn an. Dann blickte er an ihm vorbei zum Dorf, wobei er im Geist etwas zu berechnen schien. Das führte offensichtlich dazu, dass er seine Entscheidung revidierte, denn er pfiff seinen Hunden, machte kehrt und stapfte eilig auf der Seeseite den Damm hinunter. Er kam am Schnellboot vorbei, aus dem immer noch nach Öl stinkender Qualm aufstieg. Ohne einen Blick für die Verletzten, die dort noch am Boden lagen, ging er weiter und blieb nur ein einziges Mal stehen – um noch einen Strohhalm aufzuheben. Dann marschierten er und seine Hunde am Seeufer entlang in Richtung der Foliengewächshäuser, die weit hinten aus den Feldern herauslugten. Als er die Stelle erreichte, wo das Ufer dicht mit Schilf und Binsen bewachsen war, begann er zu rennen, und die Hunde liefen ebenfalls schneller und verschwanden an seiner Seite im Uferdickicht.

Fletcher wählte Webleys Nummer, bekam aber immer noch keine Verbindung, so als wäre sein Gerät vollkommen vom Airwave-Netz abgeschnitten. Sein Handy war ebenfalls tot. Als er sich wieder umblickte, war Iwan verschwunden.

Dann erkannte er ihn an seinem Nadelstreifenanzug und

den Armeeschuhen. Iwan ging, vom eigenen Spiegelbild begleitet, das über die dunkle Wasserfläche streifte, am Ufer entlang Alain nach. In der Wolkendecke öffnete sich eine einzige Lücke, die sich funkelnd im Fluss spiegelte und gleich wieder schloss. Zwei Schwalben schossen über den See davon, um dem bevorstehenden Unwetter zu entgehen. Die Polizisten hielten sich noch immer zurück und blieben unten im Dorf. Fletcher sagte sich, dass es dafür nur einen einzigen Grund geben konnte. Nämlich einen Befehl Webleys.

Webley weiß, dass ich das schaffe. Sie möchte, dass ich die Sache zu Ende bringe.

Er rannte die Böschung hinunter und auf das Schilfdickicht zu, in dem die beiden Männer verschwunden waren. Die Verletzten kamen inzwischen mühsam auf die Beine, und der Torfboden war von Stroh- und Schilfbüscheln übersät, die sich als ockergelbe Flecken auf dem zertretenen Gras abzeichneten. Ein langgezogenes Donnergrollen rollte über die Felder hinweg.

Sal Moresby ging über die Shamblings zurück und kam dabei an dem schwarzen Range Rover vorbei. Seine langen Antennen bogen sich leicht und zuckten wie Insektenfühler. Sie ging zwischen den Fachwerkhäusern und den Steinhäusern hindurch. Auf den Bürgersteigen und bei der Verkehrsinsel am Dorfeingang standen Leute und redeten aufgeregt miteinander. Zwei von uniformierter Polizei begleitete Krankenwagen bogen in die Straße ein. Es waren nicht die Polizisten aus dem weißen Transit.

Sie wies sich bei einem jungen Constable aus und bat ihn, ihr seinen Teleskopschlagstock zu leihen. Dann ging sie immer schneller und rannte schließlich los, den Schlagstock in der Hand. Auf dem Parkplatz fiel ihr auf, dass sowohl der Transit als auch der Wagen des Hundeführers verschwunden waren. Sie packte den Schlagstock fester und marschierte direkt auf Fletchers Nissan zu. Als sie das Seitenfenster einschlug, ging ein Scherbenregen nieder. Die Alarmanlage heulte. Sie öffnete das Heckschloss mit dem Hebel beim Fahrersitz und riss die Heckklappe auf.

In einer Tragetasche lag eine stählerne Aktenkassette. Sie nahm den Deckel ab und kippte alles aus, was mit Shane Gaffys Tod zu tun hatte: die Mappen mit Berichten, Zeitungsausschnitten und Fotos. Das Gesuchte war nicht darunter, aber sie gab nicht auf.

Als der Constable, dessen Schlagstock sie sich ausgeliehen hatte, hinter ihr auftauchte, drohte sie, ihm die Heckklappe auf den Kopf zu hauen. Da wich er zurück.

In Terry Swilters Unterlagen fand sie dann endlich die Fotos aus dem sogenannten Doomsday Book, jene Fotos, die aus dem offiziellen Bericht verschwunden waren. Da war die Aufnahme der Trafostation bei Ulsingham Hall, auf der verschiedene Leute zu sehen waren, die am Unfallort zu tun hatten.

Sal blickte sich nach dem Constable um. Da stand er, einfach nur ein junger Typ, der seine Arbeit tat.

Kurz darauf drang Fletcher in den Schilfwald beim Seeufer vor. Er rannte und das Hemd klebte ihm feucht am Rücken – aber nach den öligen Schwaden des qualmenden Rennboots war er froh, das saubere Wasser zu riechen. Seerosen und andere Wasserpflanzen bewegten sich leicht auf der Oberfläche. Dann ließ er den See hinter sich und folgte dem Pfad entlang einem Seitenarm. Hin und wieder entdeckte er die Spur von Hundepfoten in der feuchten Erde, und manchmal den Abdruck eines Armeestiefels.

Das Schilf knarrte, wenn er es im Vorbeilaufen streifte, und einmal huschte etwas vor ihm weg und glitt ins Wasser – ansonsten aber war es still. Das Thinbeach-Desaster war weit weg und das Knattern des kreisenden Hubschraubers kam nicht näher. Der Hubschrauber war noch so eine Überraschung gewesen. Er hatte Durst, seine Kehle war wie ausgedörrt.

Nach einer halben Meile kam er zum Wrack eines Kanalbootes, dessen verzogene, faulige Planken von Moos überwuchert waren. Dort führte der Pfad einen Damm hinauf und aufs offene Feld hinaus. Über den federnden Torfboden, der unter seinen Gummisohlen einsank, kletterte er nach oben.

Oben angekommen stellte er fest, dass an dieser Stelle die Weizenfelder auf die Foliengewächshäuser stießen.

Die Kunststofftunnel wirkten vor dem düsteren Himmel wie die Seidenkokons einer Raupe: Die straff über Metallrippen gespannte weiße Folie wölbte sich schimmernd aus der schwarzen Moorerde heraus. Einige Mohnblumen hatten sich an den Rand des Tunnels verirrt und ihre Blüten ruhten an der Folienwand: rote Scheiben, so leuchtend und reglos wie Laservisiere.

Von den beiden Männern war nichts zu sehen.

Fletcher ging zum nächstgelegenen Tunnel. Jemand hatte die Folienwand mit der Hand durchstoßen, und durch den zerfetzten Schlitz drang von drinnen warmer Dunst heraus.

Er blickte sich ein letztes Mal um. Er sah die Weizenfelder, das Schilfufer, den Turm der alten Kirche, die Kathedrale am Horizont – und über allem die Gewitterwolken, die sich am Himmel ballten.

Dann schlüpfte er durch die Folie und betrat den Dschungel.

Sal Moresby versuchte es noch einmal bei Fletchers Handy: derzeit nicht erreichbar. Sie warf die Aktenkassette in den Kofferraum ihres Vectra und saß dann eine Weile da und lauschte dem Polizeifunk. Zwischen dem Kontrollfahrzeug und dem Hubschrauber ging es ständig hin und her, weil die Mannschaft im Hubschrauber landen wollte, bevor das Gewitter losbrach. Als Sal gehört hatte, was sie wissen wollte, fuhr sie mit quietschenden Reifen los und raste über die Wiese eine kleine Böschung hinauf. Der Wagen flog wie über eine Schanze, und als er mit allen vier Rädern wieder auf den Boden krachte, spürte sie das bis in die Nackenwirbel. Sie riss das Steuer herum und brauste über einen holprigen Feldweg. Der führte dorthin, wo laut Meldung des Hubschraubers die drei Zielobjekte zuletzt gesichtet worden waren.

Kurz darauf erblickte sie die Folientunnel, eine riesige weiße Fläche. Sie fuhr auf einem ausgefahrenen Weg am Rand der Gewächshäuser entlang und suchte nach Anzeichen, dass sich irgendwo etwas tat. Auf dem Weg war niemand, vor sich sah sie nur die zerstörte Kirche. Als sie krachend durch ein Schlagloch rumpelte, hörte sie hinten im Kofferraum die Kiste poltern. Sie kam ihr unendlich schwer vor.

Samstagnachmittag

Im Gewächshaus blieb Fletcher blinzelnd stehen. Die Luft war so warm und feucht, dass alles hinter einem Dunstschleier verschwamm: die gerade einmal mannshohe gerippte Tunneldecke, das Gewirr der Schläuche auf dem Boden und die endlosen Reihen von Erdbeerpflanzen mit leuchtend roten, großporigen Früchten. Er bemerkte, dass alle zwanzig Schritte ein Vorhang den Durchgang zu einem Nachbartunnel markierte. Gleich hinter dem nächsten Vorhang entdeckte er eine Bewegung.

Er kämpfte sich durch ein Durcheinander von leeren Kisten, Gartengeräten und aufgerollten Schläuchen zum Nachbartunnel durch. Dort knieten zwei Männer auf dem Boden und reparierten einen Wasserhahn. Die Männer drehten sich um und starrten ihn an. Sie waren Asiaten, vermutlich Chinesen, allenfalls Anfang zwanzig, das feuchte Haar hing ihnen in die Augen. Als Fletcher etwas sagte, runzelten sie die Stirn und antworteten in einer Sprache, die er für Kantonesisch hielt.

Illegale Arbeiter, die mit Mafiamethoden rekrutiert wurden und vielleicht ein paar Pfund am Tag bekamen. Einer der jungen Männer zeigte mit dem Schraubenschlüssel auf den nächsten Tunnel, und Fletcher schob sich durch den Vorhang.

Dort drinnen stieß er auf die gleichen Pflanzen und die gleiche tropische Hitze, die ihm so zusetzte, dass er sich den Schweiß aus den Augen wischen musste. Außerdem waren dort zwei weitere Chinesen, die Pflanzen aus der Erde nahmen und mit langen Messern teilten. Die Männer betrachteten ihn, die Klingen locker in der Hand, und wechselten dann Blicke. Einer der beiden warf einen nachdrücklichen Blick nach vorn, den Tunnel entlang, dann beugten die beiden sich wieder über ihre Arbeit.

Fletcher ging durch den Tunnel. Seine Kleider waren schweißnass und die heiße Luft machte das Atmen schwer. Minutenlang durchschritt er Stahlbogen um Stahlbogen, überall feuchte Pflanzen und tropfende Schläuche, Dunst und das Geräusch seines eigenen Atems. Einmal wurde der Raum von einem Blitz erhellt, in dem der Dunst sich in eine undurchdringliche weiße Wand zu verwandeln schien. Als er schließlich keine Ahnung mehr hatte, wo er eigentlich war, außer, dass er sich wohl der Mitte des Tunnels näherte, entdeckte er durch den Dunstschleier hindurch Iwan, der sich ein Stück weiter vorn nach links und rechts umschaute und dann durch einen weiteren Vorhang schlüpfte.

Fletcher folgte ihm und stellte fest, dass im nächsten Tunnel mehr Betrieb herrschte: Hier verpackten schweißgebadete Chinesen Erdbeeren in Plastikkisten. Fletcher folgte Iwan in zwanzig Metern Abstand.

Er kam an einem improvisierten Schrein vorbei, der von Räucherstäbchen in purpurrote Wolken gehüllt wurde, und dann an einem Karren, hinter dem ein Chinese düster in einen riesigen Topf starrte, offensichtlich eine Art fahrende Kantine. Als Fletcher an dem Koch vorbeiging, sah dieser ihn an und reichte ihm einen Plastikbecher. Es war kühles Wasser, und Fletcher spürte, wie es ihm übers Kinn rann, als er es hastig hinunterkippte. Fletcher bedankte sich, doch der Mann blickte nicht mehr auf.

Am nächsten Vorhang drängte sich eine kleine Gruppe von Arbeitern und spähte in den Nachbartunnel. Fletcher schob sich an ihnen vorbei und befand sich nun auf einer Kreuzung in der Mitte der Anlage: Hier waren keine Pflanzen, und der Verlauf des Tunnels war in beide Richtungen deutlicher erkennbar. Fletcher bemerkte, dass das Licht sich zunehmend verdüsterte. Draußen zog sich der Himmel zu und das Gewitter rückte näher.

Iwan war schon dort. Er kniete bei einem Chinesen, der mit einem Erntemesser angegriffen worden war: Aus einem Schnitt in der Kehle floss Blut und durchtränkte das Hemd des Verwundeten. Das Opfer war bei Bewusstsein. Seine Hände zitterten und die Augen zuckten hin und her, während Iwan einen Stofffetzen auf die Wunde presste.

Der Russe blickte auf. »Ich dachte, wir sind hier in England.«

Genau. Ein russischer Killer rettet einen illegalen chinesischen Einwanderer vor einem belgischen Pferdemetzger.

Dann kam ein Arbeiter, um sich um den Verletzten zu kümmern, und Iwan stand auf. Die Narbe an seinem Hals glänzte röter als je zuvor.

»Können Sie Chinesisch? Ich auch nicht. Aber vermutlich hat er dem Jungen hier das Messer weggenommen.«

Inzwischen scharten sich noch mehr Arbeiter um den Verletzten – darunter auch einige vielleicht neun- oder zehnjährige Kinder mit aufgerissenen Augen.

Fletcher blickte sich in der Menge um. »Wo ist er jetzt?«

Jemand spuckte aus und erwiderte etwas, wobei er in einen der Tunnel zeigte. Ein anderer Mann reichte Iwan eines der Erntemesser. Es hatte eine zerbeulte, etwa einen halben Meter lange Klinge und war rostfleckig, die Schneide jedoch geschliffen und scharf. Fletcher streckte die Hand aus, um Iwan zurückzuhalten, doch Iwan ging schon durch den Tunnel davon, die Klinge in der Hand.

Fletcher war froh, dass er sich nicht hatte aufhalten lassen. Er folgte ihm aus dem Zentralbereich in einen anderen Gewächshaustunnel, wo Pflanzen und Feuchtigkeit die Luft wieder tropisch schwül machten und der Geruch von reifen Früchten fast wie eine Farbe in der Luft hing.

Als ein Reifen in einem Schlagloch platzte, ließ Sal den Vectra stehen. Der Weg war ihr ohnehin von hohem Weizen versperrt, der bis an die Gewächshauswände heranwuchs. Der Hubschrauber war inzwischen verschwunden und am Himmel waren nur noch die tief hängenden Gewitterwolken zu sehen.

Sie rannte den schmalen freien Streifen zwischen Weizen und Folie entlang, an der alten Kirche vorbei, deren eckiger Turm nur noch drei Wände hatte und von Moos und Efeu überwuchert war.

Sie blieb einen Moment lang stehen.

Im Inneren des normannischen Turms, aus der Ferne nicht zu sehen, stand ein graues Metallgerüst, das von einem Ring von Richtantennen gekrönt war. Das näher kommende Gewitter verursachte ein lautes statisches Summen und Knistern. Der Airwave-Funkmast.

Sie rannte weiter. Sie sagte sich, dass sie nichts dafürkonnte. Sicher, da war diese sonderbar unpassende Bemerkung gewesen, doch sie hatte sie nicht wirklich registriert. Nur unbewusst hatte sie bei diesen Worten gestutzt und sie deswegen behalten. Aber wäre es nicht jedem anderen genauso gegangen? Jetzt blieb ihr nichts anderes übrig, als die Stelle zu finden, an der die drei Männer wieder aus den Gewächshäusern auftauchen würden. Falls sie überhaupt herauskamen.

In diesem letzten Tunnel waren weniger Leute bei der Arbeit. Als Fletcher an ihnen vorbeieilte, hoben sie nur kurz den Kopf und deuteten mit einem Nicken zum Tunnelende. Fletcher behielt Iwan, dessen Nadelstreifenanzug inzwischen dunkel vor Schweiß war, durch den Dunstschleier hindurch im Auge.

In diesem Moment drang von den Feldern draußen ein Geräusch herein, von dem die Tunnelwände trotz der windstillen

Luft leise erbebten. Es war ein rhythmisches Dröhnen, das allmählich wieder abschwoll.

Fletcher hörte eine Bewegung hinter sich, drehte sich um und sah, dass eines der chinesischen Kinder ihm nachgelaufen war, einen selbstgebastelten Drachen in der Hand. Der Junge zeigte auf das dort aufgemalte Bild: ein feuerspeiender Drache. Fletcher legte ihm die Hand auf die Schulter, schob ihn in den Tunnel zurück und ging weiter. Von draußen war noch immer das Dröhnen zu hören, jetzt weiter entfernt. Fletcher ging noch ein paar hundert Meter, bevor er am Ende des Gewächshauses ankam: einer im Wetterleuchten aufschimmernden weißen Folienwand.

Von Alain de Minching war nichts zu sehen, doch Iwan stand vor der Folie, das lange Messer in der Hand und den Kopf schiefgelegt.

Als Fletcher bei ihm ankam, wurde das, worauf Iwan gelauscht hatte, von dem Lärm übertönt, der nun immer lauter von draußen hereindrang. Das Foliendach flatterte und knarrte. Plötzlich begriff Fletcher, wo dieser Lärm herkam.

Sie befanden sich am Rande des Gewächshaussystems, wo die Folientunnel von Weizenfeldern abgelöst wurden. Der Krach kam von einem in der Nähe arbeitenden Mähdrescher – eine der hausgroßen Maschinen, die eine Schleppe aus statisch aufgeladenem Spelzenstaub hinter sich herzogen. Der kleine Chinese hatte recht gehabt – die Maschine klang wirklich wie ein Drache.

Iwan drehte sich zu Fletcher um und legte ihm die Hand auf die Brust – die freie Hand, in der er kein rasiermesserscharfes Messer hielt. Diese Geste war keine Drohung, sie bedeutete einfach: *Warte.*

So verharrten sie bewegungslos, Iwans Hand auf Fletchers Brust, seine Finger waren, wie Fletcher durch den Stoff hindurch spürte, vollkommen ruhig. Über ihnen zuckte ein weiterer Blitz. Als der Mähdrescher näher kam, gingen lange

Wellen durch die Kunststofffolie, selbst der Dunst in der Luft geriet sichtbar in Bewegung.

Iwan nahm die Hand weg und zeigte auf etwas.

Am Ende des Tunnels, wo die Seitenwand auf die Abschlusswand traf, war das Ende der Folie zusammengeschoben und um die letzte Metallrippe gelegt worden. In einer der Folienfalten entstand jetzt Bewegung. Etwas beulte die Plane auf Kniehöhe aus – erst wurde nur Druck ausgeübt, dann aber waren blitzende Zähne zu sehen. Einer von Alains Hunden hatte die Geduld verloren und riss, Schaum vor den Lefzen, die Kunststoffhaut auf. Der andere Hund folgte ihm, Geifer troff aus seinem Maul. Dann arbeitete es noch stärker in den Falten, die bebten und sich blähten, bis schließlich der Umriss einer männlichen Gestalt sichtbar wurde, die Fletcher das von der weißlichen Folie verzerrte Gesicht zuwandte. Die Hunde blickten hechelnd zu ihr auf.

Eine rostige Klinge schlitzte die Folie auf, und Alain de Minching kletterte heraus.

Alains Anzug war schweißdurchtränkt, feuchte Haarsträhnen hingen ihm tief in die Stirn und er keuchte heftig – aber in seinen Augen schimmerte es berechnend. Er blickte sich in Richtung des wieder näher kommenden Lärms um und wandte sich dann Iwan zu.

»Es war einfach ein Missverständnis. Verstehen Sie? Und jetzt kommt die Polizei. Sie wird mir helfen.«

Iwan hielt Alains Augen fest.

»Die Polizei? Wo ist sie denn?«

Fletcher streckte die Hand nach Iwans Messer aus – und Iwan gab es zu seiner Überraschung her: Er warf es mit der Spitze voran in die weiche Erde, wo es sich eingrub und stecken blieb. Fletcher forderte Alain mit einer Geste auf, das Gleiche zu tun.

Den Hunden hing die von Geifer triefende Zunge aus dem Maul. Alain blickte sich im Tunnel um und schluckte. Dann sah er Iwan wieder an – und trotz des Messers, das er in der Hand hielt, stand Furcht in seinen Augen. Er drehte sich um, hackte auf die Folie ein und erzwang sich, nach seinen Hunden pfeifend, einen Weg nach draußen, ins Freie.

Iwan rannte los und sprang ebenfalls durch die Öffnung. Fletcher warf einen Blick auf sein Funkgerät: Noch immer nichts. Dann kletterte er den beiden hinterher.

Draußen war es dunkel und kühl.

Fletcher stand vor einer riesigen Weizenfläche, die nach Staub und Erde roch. Hier und da fielen erste schwere Regentropfen nieder. Einer streifte Fletchers Gesicht. Der Mähdrescher war nur noch zwanzig Meter entfernt und näherte sich mit einem ohrenbetäubenden Dröhnen. Alles, was Crispin gesagt hatte, stimmte: Das Schneidwerk erzeugte eine solche statische Aufladung, dass Funken flogen, und das Gebläse spie ganze Wolken von Spelzenstaub aus. Oben in der Kabine mit den getönten Scheiben saß der Fahrer, der offenbar noch jede Minute bis zum Ausbruch des Gewitters ausnutzen wollte. Sein Gesicht wurde vom Licht des Monitors schwach beleuchtet.

Alain de Minching stand im hohen Weizen, sah zum Mähdrescher auf, der langsam näher kam, blickte dann wieder auf Iwan und schien noch immer die für ihn günstigste Lösung zu berechnen. Da der Mähdrescher schräg vorbeifuhr, konnte er es vielleicht, wenn er sofort lossprintete, auf die andere Seite schaffen und dann verschwinden. Alain drehte sich ein letztes Mal um und schaute suchend übers Feld – vielleicht in der Hoffnung, dass Polizei auftauchen und ihn retten würde, denn selbst die Strafverfolgung wäre weniger schlimm, als Iwan Auge in Auge gegenüberzustehen. Dann ließ er das Messer fallen und stürmte durch den Weizen davon, wobei er noch nicht vom Kameraauge des Mähdreschers erfasst wurde. Er drängte sich in rasendem Tempo durch die hohen Halme, und die Hunde sprangen mit fliegenden Ohren neben ihm her.

Fletcher strich mit der Hand durch den Weizen. Die Halme waren noch trocken, standen aber dicht und kräftig und leisteten Widerstand.

Alain, dessen verschwitzte Safari-Jacke durch den Weizen peitschte, hatte es fast geschafft, als er plötzlich stolperte und hinfiel. Sein Kopf verschwand zwischen den Halmen, doch er rappelte sich sofort wieder auf und rannte weiter. Das mit den Zinken der Ährenheber bewehrte Schneidwerk ragte funkensprühend dicht hinter ihm auf.

Als die Maschine ihn erfasste, warf Alain schützend den Arm hoch, doch er wurde ihm von den Zinken gegen den Leib gerammt. Alain fiel der Länge nach hin und wurde teils vom Schneidwerk erfasst, teils vom schweren Reifen des Mähdreschers überrollt, wodurch die ganze Maschine sich leicht hob. Dann blieb das Monstrum stehen und die Dreschtrommeln hörten auf, sich zu drehen. Eine Wolke von ausgedroschener Spreu hüllte sie noch ein paar Sekunden ein, bevor auch diese verwehte. Die Tür der Fahrerkabine öffnete sich und der Fahrer kletterte totenbleich herunter, kniete sich auf den Stoppelboden und spähte unter das Rad.

Der Regen brach los.

Als Fletcher bei ihm ankam, war Alain noch bei Bewusstsein. Er lag mit dem Gesicht nach oben da. Das zerquetschte Bein steckte unter dem Rad, und die Safari-Jacke war aufgerissen und entblößte den frisch rasierten, von den Zinken durchbohrten Oberkörper. Die Brust hob und senkte sich krampfhaft, doch das Blut quoll in Strömen heraus und die Haut färbte sich dunkler, während Fletcher im prasselnden Regen neben ihm kniete.

Der Fahrer stand unter Schock und hatte den Kopf zwischen den Händen. »Ich hab ihn nicht gesehen. Ich wollte nur noch schnell fertig –«

»Haben Sie ein Handy? Dann rufen Sie den Rettungsdienst, um Himmels willen.«

Der Mann kletterte hastig in die Kabine zurück.

Mit seinen Erste-Hilfe-Kenntnissen konnte Fletcher hier nichts ausrichten. Alains Augen waren noch immer geöffnet, blinzelnd versuchte der Verletzte, etwas hinter dem Inspector zu fixieren. Fletcher drehte sich um. Alains Hunde waren unverletzt und standen reglos im hohen Weizen, hechelnd und die Augen auf ihren Herrn gerichtet.

Man hörte das Prasseln des Regens auf dem Folientunnel und dem Mähdrescher, und es zischte, wenn die Tropfen auf das heiße Blech der nur langsam abkühlenden Maschine fielen. Von Westen grollte der Donner über die Folientunnel heran.

Plötzlich stand Iwan neben ihnen im Weizen, und die Hunde sahen ihn neugierig an. Der Fahrer starrte aus der Kabine auf ihn hinunter: einen Mann mit vollkommen ausdrucksloser Miene, dessen nasses Hemd halb offen stand und fremdartige Tätowierungen auf seiner Brust sehen ließ.

Fletcher streckte die Hand aus, um ihn zurückzuhalten, da er einen Angriff Iwans auf den Sterbenden fürchtete, doch der Russe stand nur da und starrte auf Alain hinunter, und im gewittrigen Licht sah man, wie ihm der Regen vom Gesicht tropfte. Das Wasser rann aus seinem Haar und über die breiten Wangenknochen, und er öffnete die Lippen und saugte ein paar Tropfen in den Mund. Er griff in seine Brusttasche und zog eine kleine Strohpuppe heraus. Das Gesicht des verkrümmten, kleinen Figürchens starrte nach oben. Iwan hielt das Püppchen einen Moment lang in der Hand in den Regen. Dann warf er es auf das abgeschnittene Stroh des Stoppelfeldes.

Fletcher blickte wieder auf Alain hinunter. Das Wasser prasselte auf den entblößten Körper und spülte das Blut in die Erde. Alain schloss kurz die Augen und öffnete sie wieder, wobei er noch immer versuchte, etwas zu fixieren. Fletcher blickte sich wieder um.

Iwan war verschwunden.

Fletcher sah nichts als den zornigen Himmel, die vom Regen streifige, graue Luft über den Feldern und einen gezackten Blitz, dessen Nachbild sich auf seine Netzhaut zeichnete. Das ungemähte Getreide bockte und bebte unter dem peitschenden Regen. Davor standen mit regennassem Fell Alains Hunde, die ihren Herrn noch immer mit glänzenden Augen und gespitzten Ohren beobachteten. Einer der beiden tat einen Schritt vor und witterte.

Sal bog um die Ecke der Folientunnel und strich sich das nasse Haar aus den Augen. Sie sah das, was sie befürchtet hatte: zwei schwarze Range Rovers mit Dachantennen, die mit eingeschalteten Scheinwerfern aus der Richtung von Thinbeach übers Stoppelfeld geholpert kamen. Schlimmer noch, sie sah, dass Fletcher hinter einem Mähdrescher hervorkam, der so aussah, als wäre er dicht vor den Gewächshäusern im Getreide stecken geblieben. Sie sah zu, wie Fletcher auf die näher kommenden Range Rovers zuging, seine aufrechte Gestalt vor dem verschwommenen Hintergrund des Feldes. Sie schloss einen Moment lang die Augen. Der Regen lief ihr über die Lider und auf ihre Lippen. Sie öffnete den Mund und kostete ihn. Er schmeckte sauber. Sie wollte die Augen nicht öffnen.

Iwan hatte ein Versteck gefunden. In einiger Entfernung von Gewächshauskomplex und Mähdrescher standen letzte Reste einer alten Hecke auf einer kleinen Anhöhe. Die Zweige einiger gestutzter Weißdornbäume reichten bis zum Boden hinunter, und er schaffte es, sich darunter zu verkriechen, bevor die Range Rovers bei dem britischen Polizisten ankamen, der sie mit erhobener Hand anhielt.

Er zog mit einem Knurren seine Margolin aus dem Halfter und entsicherte sie. Sie war eine gute Waffe – lautlos und auf kurze Entfernungen sehr genau – doch gegen die Glock-Pistolen dieser Polizisten, die mit wattierten Jacken und Schirmmützen bekleidet aus dem Range Rover stiegen und zum Mähdrescher gingen, war sie ein Spielzeug. Dennoch hatte er irgendwie das Gefühl, dass er die Waffe vielleicht gar nicht würde einsetzen müssen.

Irgendetwas ging dort unten bei dem Mähdrescher vor: Die Polizisten versuchten, die großen Hunde bei den Halsbändern zu packen und von etwas wegzuzerren. Die Hunde wehrten sich schnappend und wollten das, worüber sie am Boden hergefallen waren, nicht hergeben. Iwan begriff, was es war, und lächelte. Er kannte noch nicht einmal den Namen dieses Mannes. Er hatte keine Zeit gehabt, dessen schlimmsten Albtraum herauszufinden, aber das hier dürfte nahe daran sein.

Er sah, dass die Tür des zweiten Range Rovers aufging und eine Frau herausstieg. Sie mochte in den Vierzigern sein und wirkte durchtrainiert. Sie trug eine Wachsjacke und setzte noch eine Schirmmütze gegen den Regen auf, die sie tief in die Stirn zog.

Er sah, dass Fletcher mit ausgebreiteten Armen auf sie zuging, und einen Moment lang glaubte Iwan, die beiden würden sich umarmen. Doch sie streckte die Hand aus und legte sie an seine Wange. Sie sahen einander aufmerksam an. Iwan meinte zu erkennen, dass Fletcher sprach und etwas erklärte.

Dann geschah etwas, was Iwan vollkommen verblüffte. Die Frau hob die andere Hand und schlug Fletcher ins Gesicht.

Fletcher schüttelte den Kopf. Er spürte Blut auf den Lippen, das sich mit dem Regen vermischte. Webley sah ihn unverwandt an, während sich in ihren Augen die Gewitterblitze spiegelten. Hinter ihr bemerkte Fletcher Sal, die von den Gewächshäusern her auf ihn zukam. Das Haar hing ihr nass über die Schultern. Er konzentrierte sich wieder auf Webley.

»Aber ich habe doch getan, was Sie wollten«, sagte er.

Er bemerkte, dass einer der Glockenspiel-Männer sich abwandte und in die Stoppeln spuckte. Zwei andere rangen mit den Hunden, beide Hände fest um die Halsbänder gelegt, um nicht gebissen zu werden. Die Schnauzen der Hunde glänzten von Alains Blut und sie ruckten wütend mit den Köpfen. Fletcher bemühte sich, kontrolliert und vernünftig zu denken.

»Wir brauchen eine komplette Untersuchung der Ereignisse von 1978«, sagte er.

Webley hielt seinen Blick fest. Der Regen wusch ihr übers Gesicht und in den Fältchen um ihre Augen glänzte das Wasser. Vor dem dunklen Himmel wirkte ihre Haut bleich und die Lippen waren leicht geöffnet. Ihre Augen ließen nicht erkennen, was sie dachte.

»Du wirst 1978 vergessen«, sagte sie. »Was Menschen tun, wenn sie jung sind – das ist irgendwann einmal Vergangenheit und bleibt zurück.«

Fletcher hörte sich sagen: »Iwan Gorenski ist hier. Er muss irgendwo dort in den Feldern stecken.«

Webley schüttelte den Kopf.

»Es gab nur einen Russen, und der ist eliminiert worden. So wird es im Bericht zu lesen sein. Sollte es da draußen zufällig noch einen anderen Russen geben, hat er das Zeichen mit Sicherheit verstanden. Er weiß, was ihm blüht, sollte er sich hier noch einmal blicken lassen. Nein, mit dem Russen ist es aus und vorbei. Und ebenso mit *The Wake*.« Sie rückte den Mützenschirm zurecht. Dabei fielen ihr ein paar Wassertropfen in die Augen. Sie lächelte. »Hab ich dir wehgetan?« Er antwortete nicht. »Dann tut es mir leid. Ich war so stolz auf dich.« Erneut berührte sie seine Wange mit der Hand, doch er entzog sich ihr, ohne den Blick zu senken.

Einer der Beamten fluchte, als ein Wolfshund ihn in den Arm biss. Er setzte dem Tier den Stiefel auf den Hals und drückte es zu Boden. Dann zog er seine Pistole.

Webley ließ Fletchers Blick nicht los.

Iwan konnte die Schüsse im prasselnden Regen nicht hören, sah aber, wie die Glock-Pistole nacheinander auf beide Hunde zielte und je eine kleine Blutfontäne hochschoss, die sofort wieder versiegte. Die Männer standen auf, steckten ihre Waffen weg und gingen langsam zu den Range Rovers zurück. Iwan legte die Mündung der Margolin auf seinen Arm. Er erwartete, dass die Männer über das Feld auf ihn zukommen oder Suchhunde holen würden, doch kurz darauf stiegen sie wieder in ihre Wagen. Die Frau in der Wachsjacke stieg ebenfalls ein, und sie fuhren langsam in Richtung Thinbeach davon. Sie ließen den Polizisten Fletcher auf dem Feld zurück. Nur eine junge Frau war jetzt noch bei ihm, in der Iwan die junge Polizistin erkannte. Beide standen allein im Regen.

Iwan legte sich auf den Rücken und dachte nach. Er blickte durch die Blätter zu den Wolken hinauf, die nun in Fetzen über den Himmel zogen. Ein letzter Lichtblitz ließ das ganze Firmament aufstrahlen.

Iwan ließ sich die unerwartete Entwicklung durch den Kopf gehen. Warum ließen sie ihn in Ruhe, obwohl sie ihn mühelos hätten festnehmen oder erschießen können – so wie sie Berlitz erschossen hatten?

Sie versuchten, ihn einzuschüchtern, doch irgendwann würden sie dafür bezahlen. Sie hatten seinen Kryscha-Mann erschossen. Den Sänger. Dafür würden sie büßen, auch wenn es ein oder zwei Jahrzehnte dauern mochte oder die Revanche erst möglich war, wenn sein eigener Sohn hierher zurückkehren konnte. Solche Dinge benötigten Zeit.

Aber jetzt? Warum bin ich noch frei?

Er schloss die Augen und atmete die feuchte Luft ein. Dann schlug er die Augen wieder auf. Der Regen ließ nach und am grauen Himmel zeigte sich ein erster blauer Schimmer.

Es gab nur eine einzige Erklärung. Seine Lebensaufgabe war noch nicht abgeschlossen. Charter, Denton und diesen

Mann mit den Hunden hatte er zur Strecke gebracht, aber Billy Breakman lief noch ungestraft herum.

Iwan wollte seine Aufgabe zu Ende bringen. Und jetzt wurde ihm klar, dass die Polizei von Cambridge genau dasselbe von ihm wollte.

Und zwar vielleicht schon von Anfang an.

Vielleicht schon, seit der dumme Junge im Schredder gelandet war und die Polizei entdeckt hatte, dass Russen in der Gegend waren und in der Vergangenheit wühlten.

Die ganze Zeit wollten sie von mir, dass ich The Wake *auslösche.*

Von der Kunststofffolie der Gewächshaustunnel stieg leichter Dampf auf, obwohl der Regen noch gar nicht ganz aufgehört hatte. Sal hatte Wasser im Haar, im Kragen und in den Schuhen. Sie sah, wie der Fahrer des Mähdreschers den Krankenwagen heranwinkte, der sich über das matschige Feld quälte. Aber sie hatte bei Alain de Minching gekniet, hatte vergeblich nach Lebenszeichen gesucht und gesehen, wie die Hunde ihn zugerichtet hatten.

»Seit wann hast du es gewusst?«, fragte Fletcher sie. Auch er beobachtete den Krankenwagen und in seinen Augen spiegelte sich das dunstige Licht.

»Es ist mir erst vorhin klar geworden, in den Shamblings. Die Scharfschützen legten Berlitz' Waffe neben seine Leiche, als hätte er sie gezogen, aber das hatte er gar nicht. Und Webley sagte dazu: *Sehr professionell.*«

Fletcher wischte sich den Regen aus dem Gesicht. »Und?«

»Erinnerst du dich, was Webley am Mittwochvormittag in ihrem Büro gesagt hat?«, fuhr Sal fort. »Als wir ihr Tevershams Kassette vorspielten? Da sagte sie: *Nicht gerade professionell.* Wir dachten, dass sie damit die Aufnahme meinte – dass die verschrammte alte Kassette amateurhaft sei. Aber irgendwie hat sich das bei mir festgesetzt. Ich glaube nämlich, dass sie in Wirklichkeit mit sich selbst redete. Sie kritisierte die Männer, die auf dem Band zu hören waren. Sie wusste, dass es Polizisten waren, und fand es unprofessionell von ihnen, dass sie sich auf ein Gespräch über *The Wake* einließen. Sie war der Meinung, sie hätten klüger sein und den Mund halten sollen.«

Der Krankenwagen hatte es inzwischen geschafft. »Aber sie war damals doch noch gar nicht bei der Polizei von Cambridge. Sie hat in Essex angefangen, das weiß hier jeder. Sie hat es uns selbst erzählt.«

»Richtig, das hat sie erzählt.« Sal atmete ein paarmal durch. »Gestern Abend, als du mir die Fotos aus dem Doomsday Book zeigtest, war ich ziemlich erledigt. Ich hab gar nicht begriffen, was ich da sah. Und du auch nicht. Aber da war etwas. Ich meine das Foto hinter Ulsingham Hall, wo so viele Menschen zu sehen sind. Auch ein Polizist, der der Kamera den Rücken zukehrt. Das war *ihr* Rücken, Fletcher. Das auf dem Foto ist kein Polizist, sondern eine Polizistin, ein weiblicher Constable, wahrscheinlich noch in der Probezeit. Vielleicht wurde sie gerade erst von Essex hierherversetzt. Eine junge Polizistin, die tut, was man ihr sagt. Ein paar Jahre später war sie so schlau, ihren Namen aus den Unterlagen entfernen zu lassen. Das auf dem Foto war der Polizist, der als Erster am Tatort eingetroffen ist, richtig. Aber ich glaube, es war kein Mann, es war nicht Ron Teversham.«

Fletchers Augen waren so blau wie sonst nur in der Schwimmhalle. Er beobachtete die Sanitäter, die auf das Blutbad beim Mähdrescher starrten und sich fragten, was zum Teufel da passiert war. Er warf einen Blick auf sein Airwave-Gerät und zeigte es Sal: Die Verbindung war wieder erstklassig.

»Wo sind die Akten?«, fragte er.

»In meinem Wagen.«

»Willst du das alles unter der Decke halten?«

»Ich würde sagen: nein.«

»Okay, Sal. Dann sollten wir jetzt getrennt aufbrechen.«
»Warum denn das?«
»Falls uns unterwegs etwas zustößt.«

Fletcher kletterte durch die aufgeschlitzte Folienwand ins Gewächshaus zurück. Wieder umfingen ihn Schwüle und der Geruch von reifen Erdbeeren. Ein paar Chinesen waren noch da, doch der Verletzte war verschwunden. Fletcher ging an den Schläuchen und Pflanzen vorbei in den Zentralbereich der Anlage und stieß wieder auf den Kantinenwagen. Der Koch reichte ihm noch einen Becher Wasser.

Fletcher trank diesmal langsam, ließ das Wasser im Becher kreisen und betrachtete sein eigenes Spiegelbild. Er sah nur den Umriss eines Mannes vor hellem Hintergrund, das Gesicht war nicht zu erkennen. Er dachte zurück.

Sal hatte recht: Es musste Mittwoch gewesen sein. Webley hatte ihn aus dem Büro angerufen, als er gerade am Thinbeach Pool war, wo das Zirpen der Heuschrecken die schlechte Verbindung fast übertönte. Sie hatte eigentlich vorgehabt, Fletcher zurückzupfeifen und anzuordnen, dass das Glockenspiel sich mit den Russen befasste. Doch jemand war bei ihr im Zimmer gewesen und hatte eine andere Meinung vertreten. Fletcher konnte sich jetzt denken, was er gesagt hatte.

Dann ist das Problem im Handumdrehen gelöst.

Denn das eigentliche Problem war *The Wake* selbst. *The Wake* war ein Risiko, das von Jahr zu Jahr größer wurde. Die Bosse hatten Fletcher angeblich Zeit gegeben, seine Aufgabe zu erledigen. In Wirklichkeit aber war es ihnen darum gegangen, Iwan ausreichend Zeit für seinen Vernichtungsfeldzug zu verschaffen. Zeit, um *The Wake* auszuradieren, deren Mitglieder das schwächste Glied der Kette waren und vielleicht irgendwann plaudern würden. Wer aber waren diese Bosse eigentlich? Polizeidirektoren, stellvertretende Polizeichefs und Vizekanzler. Wer noch? Vielleicht hatte Fletcher sich in Bezug auf Alain de Minching geirrt. Vielleicht stammte die Idee ursprünglich gar nicht von ihm. Sondern von Jonathan Ruddick-Spencer in Ulsingham Hall.

Webley hatte gesagt: *Ein harmonisches Verhältnis zum Innenministerium ist für einen modernen Polizeidienst von größter Bedeutung.*

Und dann noch: *Irgendwann ist die Polizei die einzige Familie, die man hat.*

Er leerte seinen Becher und bedankte sich beim Koch, der auch diesmal nicht aufschaute.

Er würde der Polizeifamilie zeigen, dass so etwas nicht zu vertuschen war. Er würde die alten Akten und die Fotos aus dem Doomsday Book benutzen. Alles. Denn er hatte eine richtige Familie. Er hatte Cathleen und Luke.

Cathleen.

Er rannte los.

Während Sal Moresby das Rad wechselte, kam die Sonne hervor, eine Flut von warmem Licht. Die Erde begann zu dampfen. Sal blickte sich nur ein einziges Mal um und sah pulsierende Dunstwolken um den alten Kirchturm aufsteigen. Als sie fertig war und losfuhr, war die Landschaft von Nebel verschleiert, der sich vor dem noch immer dunklen Horizont im Süden wie Rauch abzeichnete.

In ihrer Wohnung angekommen, warf sie Kleider in einen Koffer und stellte ihn in den Flur neben die stählerne Aktenkassette. Sie wusste nicht, wohin sie gehen würde, aber jedenfalls nie wieder hierher zurück. Weder in diese Wohnung noch in diese Stadt noch in diesen Job.

Sie trat auf den Balkon, um sich die Aussicht ein letztes Mal anzuschauen. Unter ihr trieben Dunstschwaden über den Midsummer Common, und hinter den Bäumen stand ein riesiger Regenbogen am blaugrauen Himmel.

Das Telefon läutete.

Aus Cambridge stieg Dunst auf. Er verschleierte die Glaskuppeln des Science Park und waberte über die Fahrbahn und die Bürgersteige der Milton Road. Unter der Elizabeth Bridge ließ die Sonne den Fluss in öligen Blau- und Grüntönen schillern. Fletcher, der aus dem eingeschlagenen Fenster des Nissan schaute, schien es, als sei der Regenbogen das einzig Feste und Beständige in dieser dunstigen Stadt. Als er auf der Mill Road durch riesige Wasserlachen pflügte, sammelte sich der Nebel vor ihm, als sei er etwas, das in der Electric Mile aus der Erde gewachsen war.

Ein Auto war hinter der Railway Bridge stecken geblieben, und Fletcher stellte seinen Nissan dahinter ab. Von den Oberleitungen und den Eisenbahnschienen, die er durch das Stahlgitter des Tors am Ende der Sackgasse sehen konnte, als er eilig dort einbog, stiegen Schwaden auf.

Er blieb stehen.

Vor dem Tor, so dass er von Cathleens Haus aus nicht zu sehen war, stand ein dunkelblauer Omega. Vorn hatte die Kühlerhaube eine Beule und ein zerbrochener Scheinwerfer war mit Klebeband zugeklebt. Ein Mann stand neben dem Wagen und blickte durch das Tor auf die Eisenbahnschienen. Er war mit Baumwollhosen und einem gebügelten Jeanshemd modisch-lässig, aber vollkommen unauffällig gekleidet. Er drehte sich um und sah Fletcher an. Er war in den Fünfzigern, das graue Haar war aus dem faltigen Gesicht gebürstet und flinke Augen behielten alles im Blick. Hinter ihm stand der Regenbogen in kräftigen, dichten Farbstreifen am Himmel.

»Fletcher. Ganz ruhig.«

Der Mann hatte die Stimme eines Einheimischen. Altmodisch und bedachtsam.

Irgendetwas brachte Fletcher ins Grübeln. Dies war der Mann, der an jenem Abend auf der Magdalene Bridge den Omega gefahren hatte, aber da war noch etwas anderes, das ihm auf unbestimmte Weise ebenfalls bekannt vorkam. Ein Geruch, vielleicht von Öl oder Tabak?

»Wer sind Sie?«, fragte er.

Der Mann zuckte die Schultern. »Das Gleiche wie du, mein Junge.«

Fletcher machte drei Schritte nach vorn und drängte den Mann gegen das Tor, das bei dem Aufprall schepperte und einen Tropfenregen auf den Unbekannten niedergehen ließ.

Der Mann lachte erschreckt auf, entfernte zwinkernd das Wasser aus seinen Augen und sah zu Fletcher hoch. »Du kannst tun, was du willst, Junge. Wenn du mich fertigmachst, kommen andere an meiner Stelle. Und jetzt lass mich los, ich will mit dir reden.«

Fletcher hielt ihn weiter fest und sah ihn an, ohne etwas zu sagen. Im silbrigen Haar des Unbekannten schimmerte das Wasser, wie ... wie was? So etwas hatte er kürzlich schon einmal gesehen, etwas Glitzerndes in grauem Haar. Jener andere Mann war in einem ähnlichen Alter gewesen. Glasscherben. Glas im Haar eines Mannes, eines Verunglückten, dessen Leiche auf der Kühlerhaube eines Fords lag.

»Teversham. Sie haben auf Tevershams Kassette gesprochen. Sie haben als Erster gesprochen, der Mann, der ...«

»Ich hab dir ja gesagt, ich bin das Gleiche wie du. Ich bin ein Ex-Bulle, und das bist du jetzt auch. Wenn du auch nur ein Fünkchen Verstand gehabt hättest, Junge, hättest du die Finger von der Sache gelassen, als du das Band gehört hast.«

»Webley kennt Sie. Sie benutzt Sie.«

»Die Polizei ist deine Familie, Fletcher. Wer in Familiengeheimnissen rumschnüffelt, der kriegt Ärger. Webley mag dich, aber sie weiß auch, was Loyalität bedeutet. Sie hat gemerkt, dass irgendwas mit dir war, dass irgendwas nicht stimmte. Du wolltest es ihr verschweigen, aber wir haben nicht lange gebraucht, um es herauszufinden. Tom Fletchers kleines Geheimnis.«

Fletcher riss den Mann herum und rammte seinen Kopf gegen das Heck des Omega. Der Schlag hallte durch die Straße und der Mann stöhnte, während Fletcher ihn mit der Wange ans feuchte Blech presste.

»Sie waren nicht in diesem Haus hier«, sagte Fletcher.

Der Mann versuchte zu lachen und brachte dann mühsam heraus: »Das brauch ich nicht, Junge. Solange Tom Fletcher das kleine Familiengeheimnis bewahrt, nicht wahr? Aber falls du das Maul nicht hältst, Fletcher, sagen wir dem Jungen die Wahrheit. Woher er kommt. Wer sein Daddy ist und was Tom Fletcher mit ihm gemacht hat.«

Fletcher blickte sich um. Einen Moment lang fragte er sich, was wohl Iwan in seiner Lage tun würde. Über den nassen Eisenbahnschienen begannen die Oberleitungen wieder zu schwanken und Funken zu sprühen. Am Himmel aber löste sich der Regenbogen auf und die Farben bluteten langsam aus.

Der Mann lachte wieder und riss sich mit einem Ruck los. »Ich hab's dir ja gesagt. Wir sind das Gleiche.«

Sal Moresby legte den Hörer auf. Ein zwölf Minuten langes Gespräch, und im Hintergrund waren die ganze Zeit Züge vorbeigerauscht. Fletcher hatte sie um etwas gebeten, das absolut keinen Sinn ergab, bis er ihr dann erzählt hatte, warum.

Sal holte Spiritus aus der Küche und ging mit der Stahlkassette auf den Balkon. Auf dem Fluss waren wieder Ruderboote unterwegs, und auf dem Uferweg liefen Jogger.

Sie nahm den Deckel ab und betrachtete den Inhalt: die Berichte des Coroners, die Zeitungsausschnitte und das Doomsday Book. Das Album stellte sie halb aufgeklappt hinein. Auf dem Deckel prangte in Goldbuchstaben das Wort »Erinnerungen«.

Die anderen Unterlagen zerknüllte sie und tränkte sie mit Spiritus. Dann warf sie ein Streichholz in die Kiste. Die Flammen waren erst blau, dann wurden sie rot und gelb. Die alten

Fotos verbreiteten einen widerlichen schwarzen Qualm, der sich erst auf dem Balkon ausbreitete und dann über den Fluss davonwehte. Nach einer Weile löste sich der Rücken des Albums ab, und ein paar Seiten wehten hoch, zerbröselten und trieben als graue Ascheflocken davon.

Einen Monat später

Im Spätsommer, früh am Morgen, wenn nur wenig Verkehr herrschte, fuhr Fletcher manchmal zu den zwei Hügeln im Süden Cambridges und ging dort eine Stunde joggen. Er mochte es da oben, auf den einzigen größeren Erhebungen im Umkreis von Meilen, er schaute gern auf die Stadt hinunter, und er mochte auch die Namen der Hügel: Gog und Magog.

Eines Morgens bat er Sal Moresby, ihn zu begleiten.

Sie parkten bei einem Getreidefeld, auf dem walzenförmige Strohballen lagen, deren Seiten mit ihrer spiraligen Struktur wie riesige Fingerabdrücke wirkten. Am Weg blühten noch immer ein paar Mohnblumen. Es war ein schöner Tag mit Federwölkchen hoch am Himmel.

Sie joggten schweigend. Er hörte gern ihren Atem, und er mochte es, wie sie beim Laufen die Hände ballte. Sie liefen den Berg hinauf, wo es keine Felder, sondern nur noch Wiesen gab, blieben oben stehen und genossen die Aussicht. Auf dem Golfplatz im Westen waren ein paar kleine Gestalten zu sehen, in der Ferne fuhr ein Zug nach Cambridge ein, ein Flugzeug startete vom Flughafen und man sah den hohen Schornstein des Addenbrooke's Hospital und den Rand der Vorstädte.

Wenn man dagegen nach Osten schaute, hatte man eine fast historisch wirkende Landschaft vor sich: die abgeernteten Weizenfelder, die lange, gerade Linie der alten Römerstraße, das Schimmern des Flusses und zwei Verteidigungswälle angelsächsischer Stämme, den Fleam Dyke und den Devil's Dyke, die sich aus der Ebene erhoben. Die modernen Straßen, die durch diese Landschaft verliefen, wirkten billig und sehr vergänglich. Er roch den Duft von Sals Haar.

»Die Namen haben doch eine Bedeutung, oder? Gog und Magog?«

»Ich glaube, das waren zwei Engel, die auf die Erde gestürzt sind.«

»Engel sind Tolpatsche. Du wirst mir fehlen.«

»Das ist eine tolle Chance für dich«, erwiderte er. »Detective Inspector in Lincoln. Hübsches Städtchen.«

»Ich bin weggelobt worden, damit ich keinen Ärger mache. Das soll in der Polizei eine lange Tradition haben.«

»Du hast die Beförderung verdient.«

Sie hob einen Stein auf und warf ihn in hohem Bogen über die Stoppeln. »Ich hab mich verkauft, stimmt's?«

»Nein. Du gehörst zur Familie.«

»Und wie geht es *dir?*«, fragte Sal.

Er lächelte. »Es ist ein ungewohntes Gefühl, allein dazustehen und keine feste Stelle mehr zu haben. Aber es ist nicht unangenehm. Es gefällt mir sogar immer besser.«

»Was willst du eigentlich machen? Ich meine, beruflich?«

»Gehen wir zum Auto zurück. Dann zeige ich es dir.«

Sal studierte die Visitenkarte, die er aus einem Karton im Handschuhfach geholt hatte. Die Buchstaben waren geprägt und die Karte wirkte professionell – nur konnte sie das, was sie da las, einfach nicht glauben.

»Ist das dein Ernst?«

»Absolut.«

Sie betrachtete die Karte erneut. *Green Street Investigation.*

»Privatdetektiv? Und das willst du wirklich machen? So soll dein Leben laufen?«

Sie fühlte Zorn in sich aufsteigen, doch seine Augen waren so gelassen und blau wie früher.

»Ich gebe der Sache sechs Monate«, sagte er. »Ich hab den Flur meiner Wohnung in ein Büro umgewandelt – groß genug ist er ja. Jetzt steht ein Schreibtisch drin, eine Stehlampe und so weiter. Außerdem noch ein Ledersofa für die Kunden.«

»Du willst nach Ladendieben Ausschau halten und in Scheidungsgeschichten rumschnüffeln? Untreue Ehefrauen ausspionieren und kompromittierende Fotos machen? In dieser Rolle kann ich dich einfach nicht sehen.«

»Ich auch nicht.« Er lächelte. »Ich wusste erst, was ich will, als ich hier oben darüber nachgedacht habe. Das kam durch die Aussicht.«

»Die Aussicht?«

»Ja, das, was wir gerade eben gesehen haben. Da liegt das moderne Cambridge mit all den Colleges und Forschungslabors und den ständigen Neuerungen und Entwicklungen. Wenn du dann aber in die entgegengesetzte Richtung schaust, siehst du das, was sich niemals verändert.«

Sie blickte in seine Augen und spürte, dass ihre Finger sich ein winziges Stück bewegten.

»Erklär mir, was du meinst, Fletcher.«

»Woran liegt den Menschen *wirklich* etwas, Sal? Und zwar sowohl einzelnen Menschen als auch Menschen in Gruppen, in Organisationen? Es ist ihnen wichtig, ihre Vergangenheit zu verstehen. Sie versuchen, ihr zu entkommen – oder sich ihr zu stellen, zu ihr zu stehen, was sogar noch schwerer ist. Wenn nun also jemand seine Geschichte verstehen will – ein einzelner Mensch oder auch eine ganze Organisation –, dann bin ich für ihn da. Ich glaube, dass es eine große Nachfrage geben wird. Du kannst meine Karte behalten.«

Es war acht Uhr morgens, und sie musste los. Er küsste sie – wie Männer küssen, wenn sie Lebwohl sagen. Sie aber nahm sein Gesicht zwischen die Hände und küsste ihn so, dass er es nicht vergessen würde. Dann versuchte sie zu lächeln.

»Aber halte dich von Thinbeach fern.«

»Da muss ich nicht mehr hin, Sal. Ohne Alain wird es keine Hochzeit mehr geben. So gesehen hat Iwan Gorenski gewissermaßen recht behalten. Er ist überzeugt, dass er die Braut von Thinbeach getötet hat.«

»Die Braut getötet? Nach tausend Jahren? Billy Breakman behauptet, dass sie ewig leben wird. Meinst du nicht eher, dass *er* recht hat?«

Sal blickte sich beim Wegfahren nur ein einziges Mal um. Im Rückspiegel sah sie die von ihren Reifen aufgewirbelte Staubfahne. Fletcher stand neben seinem Wagen und blickte über die Stoppelfelder, die den Namen eines toten Engels trugen. Ein Mann mit einem Stapel Visitenkarten und Augen von der Farbe gechlorten Wassers.

In Portugal brannte die Sonne in diesem Sommer nachmittags erbarmungslos nieder. Die meisten Leute, die nicht gerade Briten waren, zogen es vor, drinnen zu bleiben, bis die Schatten ein wenig länger wurden und eine leichte Atlantikbrise in den Palmwedeln rauschte und aus dem Sand der Golfbunker einen feinen Staubschleier aufwirbelte.

In Parque da Pinta spielte man Golf. Außerdem gab es zwei Schwimmbecken und eine gut bestückte Hotelbar, eine Dame, die Bridge-Abende organisierte, und Rasenflächen, für deren regelmäßige Bewässerung der freundliche, perfekt Englisch sprechende Clubmanager sorgte.

Wenn spät am Nachmittag die Rasensprenger zischten, hatte der Clubmanager nichts weiter zu tun und betrachtete den Himmel durch den Rauch seiner Marlboro und die Lamellen der Jalousie, während die Sonne immer größer und röter wurde und die Wolken am Horizont purpurn färbte.

Ein Klopfen an der Tür ließ ihn aufschrecken. Er öffnete und hatte zwei englische Herren in Golfhemden vor sich, mit rosig verbrannten Gesichtern und einer ganz leichten Sherryfahne.

Als sie saßen, sagte einer der beiden Herren: »Also, es tut mir leid ...«, und da wusste der Clubmanager, dass sie sich beschweren wollten.

»Aber wir müssen mit Ihnen über Billy Breakman reden«, fuhr der andere fort. »Der Geruch aus seiner Wohnung. Es tut mir leid, aber das ist einfach nicht hinnehmbar.«

Der Clubmanager schnipste etwas Asche weg und dachte nach.

Nach der hübschen englischen Polizistin hatte Billy keinen Besuch mehr bekommen, bis vor drei Tagen, als ein Mann und eine Frau nach ihm fragten. Ein Ehepaar.

Die Frau war eine Wucht. Sie hatte den Körper einer Athletin, aber ein Gesicht wie ein Engel. Der Mann sah aus wie der Typ, der sich eine solche Frau zutrauen konnte: Sehr schweigsam, irgendein ausländischer *bandido* mit einer Narbe unterm Kinn, die vom Kragen nur teilweise verdeckt wurde.

Der Clubmanager hatte eine gute Beobachtungsgabe und ihm entging nicht, dass die beiden neue, glänzende Eheringe trugen. So wie die junge Frau immer wieder auf ihre Hand blickte, war sie auf den ihren offensichtlich stolz. Alles, was mit Billy Breakman zu tun hatte, interessierte den Clubmanager, und so fragte er das Paar, ob er gratulieren dürfe.

»Verbringen Sie hier vielleicht Ihre Flitterwochen?«

Der *bandido* erwiderte nichts.

Die junge Frau sagte: »Wir haben eine Sendung für Billy Breakman.«

»Ich bringe sie ihm gern nachher hoch.«

»Nein. Die Sendung ist sowieso schon verspätet. Wir gehen selbst.«

Nach zwanzig Minuten kamen die beiden wieder herunter und marschierten sofort nach draußen. Der Clubmanager hatte ihnen durch die Jalousie nachgesehen, als sie in einem Leihwagen davonfuhren.

Jetzt seufzte er auf und bat die Engländer, zu warten. Er

nahm Breakmans Schlüssel vom Haken und fuhr in den zweiten Stock hoch. Schon am Lift war der Geruch nicht zu ignorieren, und vor Breakmans Tür stank es dann absolut unerträglich – nicht der übliche schmuddelige Mief, sondern nach Fäulnis und Verwesung.

In der Wohnung waren Hitze und Gestank wie ein körperlicher Überfall. Die Abendsonne warf rötliche Streifen über das Chaos aus Müll und schmutzigem Geschirr, leeren Flaschen und herumliegenden Büchern. Der Clubmanager sah sich in der Wohnung um. Billy war weder im Wohnzimmer zu finden noch auf dem Balkon, noch in der ekelhaften Küche, noch im Schlafzimmer mit seinen Wäschebergen und Staubflocken. Einen Moment lang fragte sich der Clubmanager, ob Billy nun doch endlich fort war – ohne sich abzumelden und ohne die offenen Rechnungen des Hauses zu begleichen, einfach davongeschlichen.

Dann bemerkte er, dass der Gestank hinter der Badezimmertür hervordrang. Er verzog das Gesicht und klopfte. Nichts tat sich, nur das Tropfen des Wasserhahns war zu hören. Er stieß die Tür auf. Rotes Abendlicht drang durch die Tür und vermischte sich mit dem Flackern der Neonleuchte über dem Waschbecken. Dem Clubmanager drehte sich der Magen um und er musste gegen den Würgereiz ankämpfen. Jetzt machte ihm nicht nur der Gestank zu schaffen. Sondern Billy.

Billy lag vollständig bekleidet in der vollen Badewanne, deren trübes Wasser nun, da die Leiche zunehmend aufquoll, über den Rand rann. Er lag auf dem Rücken. Der aufgetriebene Bauch schwamm oben, wodurch der Kopf unter Wasser gedrückt wurde – doch sein dicht unter der Oberfläche schwebendes Gesicht war deutlich zu erkennen.

Der Clubmanager bekreuzigte sich. Er trat einen Schritt vor und betrachtete das Gesicht des Toten. Der Ausdruck darin war schwer zu deuten. Man konnte es nicht Entsetzen oder auch nur Angst nennen. Der Clubmanager hielt den

Atem an und sah ganz genau hin. In diesen Zügen war etwas wie ein *Wiedererkennen* zu lesen – als hätte etwas, was Billy schon lange erwartete, ihn nun endlich eingeholt.

Als der Clubmanager die Wohnungstür hinter sich schloss, griff er nach dem Kruzifix um seinen Hals und küsste es. Er ging zum Lift zurück. Seine Beine waren wie Gummi. Er sah in den Spiegel und merkte, dass er zitterte.

Como? No nome de deus, como? fragte er sich.

Als der Lift sich in Bewegung setzte, dämmerte ihm plötzlich, was geschehen war. Billy Breakman war nicht einfach so in die Badewanne gefallen. Nein – *er war ertränkt worden*, und zwar von jenem Paar. Einer der beiden hatte Billys Kopf unter Wasser gedrückt und ihm beim Sterben vielleicht sogar in die Augen gesehen.

Der Clubmanager fragte sich, wer von den beiden es gewesen war.

Ganz bestimmt der Mann. Doch, gewiss. Er konnte nicht glauben, dass es die junge Frau gewesen war – sie hatte so schönes Haar gehabt, das ihr ins Gesicht fiel, lange Arme und schlanke Finger, an einem hatte der neue Ehering gefunkelt, das Letzte, was Billy auf Erden gesehen hatte.

Er konnte nicht glauben, dass es die Braut gewesen war.

Veit Heinichen im dtv

»Best of Triest!«
FAZ

Gib jedem seinen eigenen Tod
Ein Proteo-Laurenti-Krimi
ISBN 978-3-423-**20516**-0

Eigentlich hat sich Kommissar Laurenti auf einen ruhigen Triester Sommer eingestellt. Doch nach einem merkwürdigen Yacht-Unfall bekommt er es mit Mord, Geldwäsche und Menschenschmuggel zu tun. »Spannend und lesenswert.« (Kölner Stadt-Anzeiger)

Die Toten vom Karst
Ein Proteo-Laurenti-Krimi
ISBN 978-3-423-**20620**-4

Ein grausiger Ritualmord auf dem Karst: der zweite Fall für Kommissar Laurenti. »Proteo Laurenti ist ein leidenschaftlicher Ehemann mit Machoallüren, viel Sinn für gutes Essen und ein scharfsinniger Aufklärer im Kampf gegen das Böse. Man möchte noch öfter mit ihm auf Spurensuche gehen!« (Maike Albath in der ›SZ‹)

Tod auf der Warteliste
Ein Proteo-Laurenti-Krimi
ISBN 978-3-423-**20756**-0

Proteo Laurenti ermittelt in einer Triester Schönheitsklinik. Hier werden nicht nur Gesichter geliftet, sondern auch illegale Operationen vorgenommen – und Schlimmeres …

Der Tod wirft lange Schatten
Ein Proteo-Laurenti-Krimi
ISBN 978-3-423-**20994**-6

Auch in Laurentis viertem Fall führen Spuren in die unruhige politische Vergangenheit Triests. Außerdem stören die Hochfinanz des Balkans und der Geheimdienst Laurentis Kreise …

Totentanz
Ein Proteo-Laurenti-Krimi
ISBN 978-3-423-**21161**-1

Wieder tauchen alte Feinde von Proteo Laurenti auf. Und diesmal wollen sie vor allem eins: den Tod des Kommissars.

Die Ruhe des Stärkeren
Ein Proteo-Laurenti-Krimi
ISBN 978-3-423-**21235**-9

Drogenschmuggel, illegale Hundekämpfe und eine EU-Sicherheitskonferenz machen Laurenti bei seinem sechsten Fall zu schaffen.

Marek Krajewski im dtv

»Krajewski lesen ist Wahn-Sinn!«
Tobias Gohlis in der ›Zeit‹

Tod in Breslau
Kriminalroman
Übers. v. Doreen Daume
ISBN 978-3-423-**21181**-9

1933. Ein grausiger Mord ruft Kriminalinspektor Mock auf den Plan: Im Salonwagen des Zuges Berlin–Breslau wird eine 17-jährige Baronesse samt ihrer Gouvernante tot aufgefunden.

Der Kalenderblattmörder
Kriminalroman
Übers. v. Paulina Schulz
ISBN 978-3-423-**21092**-8

Breslau 1927. Ein Unbekannter begeht mehrere grausame Morde. Jedes Mal lässt er ein Kalenderblatt bei der Leiche zurück. Kriminalrat Eberhard Mock wird mit den Ermittlungen betraut. »Düster-schwüles Sittenbild vom sprachmächtigsten polnischen Krimiautor.« (KrimiWelt-Bestenliste)

Gespenster in Breslau
Kriminalroman
Übers. v. Paulina Schulz
ISBN 978-3-423-**21150**-5

Breslau 1919. Auf einer der Oder-Inseln werden die grässlich zugerichteten Leichen von vier jungen Männern gefunden. Der Mörder spielt Katz und Maus mit der Breslauer Polizei – und mit Eberhard Mock.

Festung Breslau
Kriminalroman
Übers. v. Paulina Schulz
ISBN 978-3-423-**21182**-6

Breslau 1945. Ein junges Mädchen wird bestialisch ermordet. Trotz seiner schweren Kriegsverletzung verbeißt sich Mock in den Fall, während um ihn herum die Stadt in Schutt und Asche sinkt … »Marek Krajewski ist mit ›Festung Breslau‹ endgültig zum Großmeister devianter Opulenz aufgelaufen. Ein wuchtiges, originelles und faszinierendes Projekt.« (Thomas Wörtche)

Pest in Breslau
Kriminalroman
Übers. v. Paulina Schulz
dtv premium
ISBN 978-3-423-**24727**-6

Breslau 1923. Ein Geheimbund, der sich Mord und Totschlag aufs Panier geschrieben hat, treibt sein Unwesen in der Stadt. Und die Verbrecher scheines es speziell auf Eberhard Mock abgesehen zu haben …

Bitte besuchen Sie uns im Internet: www.dtv.de

Ilkka Remes im dtv

»Intelligente Unterhaltung der Extraklasse.«
Jil Malin

Ewige Nacht
Thriller
ISBN 978-3-423-20939-7

Die Nachricht von einer noch nie dagewesenen Bedrohung erschüttert Europa. Für den Sicherheitsexperten Timo Nortamo beginnt ein Wettlauf mit der Zeit.

Das Hiroshima-Tor
Thriller
ISBN 978-3-423-21044-7
ISBN 978-3-423-40113-5 (eBook)

Timo Nortamo ermittelt gegen die geheimsten operativen Einheiten der Großmächte …

Blutglocke
Thriller · dtv premium
ISBN 978-3-423-24605-7

Der deutsche Innenminister wird ermordet. In einem Wald findet man seine Leiche, nackt und auffallend weiß …

Die Geiseln
Thriller · dtv premium
ISBN 978-3-423-24638-5
ISBN 978-3-423-40110-4 (eBook)

Am finnischen Unabhängigkeitstag versammelt sich die Elite des Landes im Präsidentenpalast. Da bringen schwer bewaffnete Männer die Gäste in ihre Gewalt …

Höllensturz
Thriller · dtv premium
ISBN 978-3-423-24572-2

Drei Frauen werden im äußersten Norden Finnlands ermordet aufgefunden. Die Spuren führen in den Nahen Osten …

Das Erbe des Bösen
Thriller
ISBN 978-3-423-21228-1

Ilkka Remes' großer Thriller über Atomwaffen- und Menschenversuche der Nazis, deren Folgen bis in die Gegenwart reichen.

Hochzeitsflug
Thriller
ISBN 978-3-423-21117-8

Ein Flugzeug verschwindet vom Radar. Das Wrack wird gefunden, doch keine Passagiere. Mit an Bord war eine junge Frau – auf dem Weg zu ihrer Hochzeit …

Tödlicher Sog
Thriller · dtv premium
ISBN 978-3-423-24760-3

Der Tod einer Schülerin. Ein geheimnisvolles Bankschließfach. Ein dunkles Geheimnis um den Untergang der Estonia …

Alle Titel übersetzt von Stefan Moster